Del infierno al paraíso

SANDRA BROWN

Los riesgos de amar

Editado por Harlequin Ibérica.
Una división de HarperCollins Ibérica, S.A.
Núñez de Balboa, 56
28001 Madrid

© 2016 Harlequin Ibérica, una división de HarperCollins Ibérica, S.A.
N°. 10 - 20.12.16

© 1985 Sandra Brown
Del infierno al paraíso
Título original: Led Astray

© 1987 Sandra Brown
Los riesgos de amar
Título original: The Devil's Own
Publicadas originalmente por Silhouette® Books
Estos títulos fueron publicados originalmente en español en 2003 y 2001

Todos los derechos están reservados incluidos los de reproducción, total o parcial. Esta edición ha sido publicada con autorización de Harlequin Books S.A.
Esta es una obra de ficción. Nombres, caracteres, lugares, y situaciones son producto de la imaginación del autor o son utilizados ficticiamente, y cualquier parecido con personas, vivas o muertas, establecimientos de negocios (comerciales), hechos o situaciones son pura coincidencia.
® Harlequin, HQN y logotipo Harlequin son marcas registradas por Harlequin Enterprises Limited.
® y ™ son marcas registradas por Harlequin Enterprises Limited y sus filiales, utilizadas con licencia. Las marcas que lleven ® están registradas en la Oficina Española de Patentes y Marcas y en otros países.
Imagen de cubierta utilizada con permiso de Dreamstime.com.

I.S.B.N.: 978-84-687-9078-7
Depósito legal: M-33899-2016

ÍNDICE

Del infierno al paraíso......................... 7

Los riesgos de amar 213

DEL INFIERNO AL PARAÍSO

SANDRA BROWN

Capítulo 1

Si no cambiaban pronto de tema, iba a ponerse a gritar.
Pero eso era imposible. Era lo único en que pensaban todos, y nadie iba a ponerse a hablar de otra cosa.
Sarah se había superado a sí misma al preparar la cena. Un exquisito estofado de ternera, panecillos calientes recién sacados del horno y un pudin casero que hacía olvidar las calorías. Era una comida propia de los domingos, pero aquella era una ocasión especial que merecía celebrarse en vez de lamentar.
Más tarde, cuando sirvió el café en las tazas de porcelana china con diseños primaverales, seguían hablando sobre el inminente viaje de Hal a Centroamérica. Un viaje de duración indefinida que acabaría convirtiéndolo en un proscrito y que incluso pondría en peligro su vida.
Y, sin embargo, todos estaban entusiasmados. Especialmente Hal, cuyas mejillas se ruborizaban por la expectación.
–Es una tarea enorme. Pero de nada serviría si no fuera por el coraje que han demostrado esas pobres almas de Monterico. El honor es solo de ellos.
Sarah acarició la cara de su hijo menor mientras se sentaba.
–Pero fuiste tú quien les dio la idea para escapar. Creo que es algo maravilloso. Absolutamente maravilloso –su labio inferior empezó a temblar–. Tendrás cuidado, ¿verdad? Dime que no correrás peligro.
Hal le dio una palmadita en la mano.

—Mamá, te he dicho más de cien veces que los refugiados políticos nos estarán esperando en la frontera de Monterico. Solo tendremos que recogerlos, escoltarlos hasta México y...

—Introducirlos ilegalmente en Estados Unidos —intervino Cage con voz seca.

Sarah le lanzó una dura mirada al hermano mayor de Hal. Pero Cage estaba acostumbrado al desprecio de su madre, por lo que estiró las piernas y se recostó en la silla del modo que tanto irritaba a Sarah. Todos sus esfuerzos para que se sentara correctamente en la mesa habían resultado inútiles.

Cage cruzó un tobillo encima de otro y miró a su hermano.

—Me pregunto si seguirás igual de contento cuando la Policía Fronteriza meta tu trasero en la cárcel.

—Si no sabes hablar de otro modo, haz el favor de abandonar la mesa —le espetó el reverendo Bob Hendren.

—Lo siento, papá —sin el menor arrepentimiento se puso a tomar el café.

—Si Hal acaba en la cárcel —continuó el pastor—, será por una buena causa. Algo en lo que cree.

—No fue eso lo que dijiste la noche que me sacaste a mí de la cárcel —le recordó Cage.

—Te detuvieron por alcoholemia.

—A veces es bueno beber —replicó él con una sonrisa.

—Cage, por favor —le pidió su madre con un largo suspiro—. Por una vez en tu vida intenta comportarte.

Jenny bajó la vista hasta sus manos. Odiaba las escenas familiares. Cage podía ser muy provocador, pero en esa ocasión tenía razón al señalar los peligros que correría Hal en esa aventura. Además, las burlas de Cage solo eran una respuesta a la evidente predilección que sus padres mostraban hacia Hal. Incluso el propio Hal se sentía incómodo ante el descarado favoritismo de Bob y Sarah.

Cage borró la sonrisa desdeñosa de su rostro, pero no dejó de discutir.

—Solo digo que esta misión tan solidaria de Hal parece un

buen modo de acabar muerto. ¿Por qué tiene que jugarse el cuello en una de esas repúblicas bananeras donde disparan antes de preguntar?

–Jamás podrás entender los motivos de Hal –dijo Bob, haciendo un gesto despectivo con la mano hacia su hijo mayor.

Cage se enderezó en su silla y puso los brazos sobre la mesa.

–Puedo entender que quiera liberar a los condenados a muerte. Pero no creo que esta sea la mejor manera –se pasó una mano impaciente por sus rubios cabellos–. Un ferrocarril subterráneo para cruzar México y entrar ilegalmente en el país… –el tono de burla se recrudeció–. ¿Y qué van a hacer cuando lleguen a Texas? ¿A qué se dedicarán? ¿Has pensado en sus refugios, comida, medicinas, ropas y demás? No serás lo bastante ingenuo para creer que todos los recibirán con los brazos abiertos, ¿verdad? Los tratarán como lo que son. Unos «espaldas mojadas».

–Será lo que Dios quiera –dijo Hal sin mucho convencimiento. Sus ideales siempre flaqueaban ante el crudo pragmatismo de su hermano. Justo cuando creía que sus principios eran inquebrantables, Cage los hacia tambalear igual que un terremoto. Hal prefería pensar que Dios lo ponía a prueba usando a Cage. ¿O tal vez la astucia de su hermano era un regalo del Diablo? Sus padres no dudarían en aceptar la segunda opción.

–Sí, bueno, espero que Dios tenga más sentido común que tú.

–¡Ya basta! –atajó Bob.

Cage se encorvó sobre la mesa y agarró la taza con ambas manos. Nunca la sujetaba por el asa, aunque Jenny dudaba de que su dedo índice cupiera por el hueco.

Su aspecto desentonaba en la acogedora cocina parroquial. Era una agradable salita con cortinas en las ventanas, alfombrillas de color pastel y armarios de cristal con delicadas piezas de porcelana. Pero la imponente presencia de Cage la hacía parecer pequeña y desordenada.

Pero no era solo por su extraordinaria musculatura. En eso era tan parecido a su hermano que no siempre era fácil distinguirlos, si bien la ocupación de Cage lo había hecho un poco más robusto que su hermano menor.

La principal diferencia estribaba en lo que cada uno transmitía. Cage irradiaba una fuerza tan poderosa que empequeñecía toda estancia en la que estuviera, como un cuerpo a punto de reventar las costuras de un traje pequeño. Cualquier habitación le resultaba agobiante, ya que lo que más necesitaba a su alrededor eran espacio y cielo abierto. Y era como si en sus ropas y en sus cabellos llevara siempre la esencia de la brisa exterior.

Jenny nunca se había acercado lo bastante como para comprobarlo, pero estaba segura de que su piel debía de oler a sol. En su rostro eran evidentes las largas horas que pasaba bajo la luz del día, sobre todo en las finas arrugas que rodeaban sus leonados ojos y que le hacían parecer más viejo de lo que era. A sus treinta y dos años tenía una larga y curtida vida a sus espaldas.

Y esa noche, como siempre que Cage estaba presente, la discordia había hecho su aparición. Era como un depredador acechando en la jungla a los pacíficos habitantes de una aldea. La turbación y la inquietud lo precedían, aun cuando no fuera su intención crear problemas a nadie.

–¿Estás seguro de haber dejado claros todos los detalles del encuentro? –preguntó Sarah. Se sentía muy apenada de que Cage hubiera estropeado la perfecta cena de despedida, pero intentó ignorarlo y volver al tema acuciante.

Mientras Hal repetía los planes del viaje por centésima vez, Jenny empezó a limpiar la mesa. Cuando se inclinó sobre el hombro de Hal para recoger su plato, él le tomó la mano y le dio un beso en el dorso, pero sin dejar de hablar ni un segundo.

Ella tuvo el deseo de besarlo en la coronilla, sujetarle la cabeza entre sus pechos y suplicarle que no se fuera. Pero no lo hizo. Sería demasiado indignante y escandaloso, y todos pensarían que se había vuelto loca.

Reprimió sus emociones y terminó de llevar los platos al fregadero. Nadie se ofreció para ayudarla. Ni siquiera se fijaron en ella. Desde que vivía en esa casa, lavar los platos de la cena había sido tarea suya.

Quince minutos más tarde, cuando se secaba las manos con un trapo de cocina, seguían hablando. Abrió la puerta trasera y bajó los escalones del porche. Cruzó el jardín hasta la valla de color blanco y apoyó los brazos encima.

La noche era muy agradable. Apenas soplaba el viento, lo cual no era muy frecuente en Texas, y una tenue nube de polvo se levantaba en el aire. La luna llena brillaba en el cielo nocturno, como si alguien hubiera pegado una inmensa pegatina dorada en un telón negro, salpicado de escasas estrellas.

Era una noche propicia para que los amantes se abrazaran y se susurraran palabras de amor al oído. No era una noche para decir adiós. Y en el caso de que sí lo fuera, las despedidas tendrían que ir acompañadas de pena y pasión, tildadas con palabras cariñosas en vez de con detalles de huida.

Jenny se sentía inquieta, como si tuviera un picor que no podía localizar.

La puerta trasera se abrió y volvió a cerrarse. Jenny se giró y vio que Cage bajaba los escalones y se dirigía hacia ella. Apartó la mirada mientras él llegaba a su lado.

Sin decir nada, Cage sacó un paquete de cigarros del bolsillo y tomó uno con los labios. Al encender el mechero, la llama iluminó brevemente su rostro. Volvió a guardar el paquete y aspiró una profunda calada.

–Eso te matará –dijo Jenny sin mirarlo.

Cage la miró y se apoyó de espaldas contra la valla.

–Todavía no me ha matado, y empecé a fumar a los once años.

Ella levantó la vista para mirarlo y sonrió.

–Qué lástima –dijo negando con la cabeza–. Piensa en cómo tendrás los pulmones. Deberías dejarlo.

–¿Ah, sí? –esbozó una media sonrisa que siempre había provocado estragos en las mujeres, ya fueran jóvenes, maduras, casadas o solteras. No había ni una sola mujer en La Bota que pudiera permanecer indiferente a la sonrisa de Cage Hendren. Todas sabían el significado: «yo soy un hombre y tú eres una mujer. No hay que decir nada más».

–Sí, deberías dejarlo. Pero sé que no lo harás. Llevo años oyendo a Sarah pedírtelo.

–Solo me lo pide porque no le gustan los ceniceros manchados de ceniza ni el olor a tabaco. Nunca me lo ha pedido porque esté preocupada por mi salud –un brillo casi imperceptible de amargura destelló en sus ojos ambarinos. Cualquiera menos sensible que Jenny no lo hubiera notado.

–Yo sí me preocupo por tu salud.

–¿En serio?

–Sí.

–¿Y por eso me pides que deje de fumar?

Jenny sabía que se estaba burlando de ella, pero no le importó seguir jugando.

–Sí –respondió alzando el mentón.

Él arrojó el cigarrillo al suelo y lo pisó con la bota.

–Ya está. Lo he dejado.

Ella se echó a reír, sin ser consciente de lo adorable que parecía cuando echaba la cabeza hacia atrás y soltaba una carcajada. Su cuello se arqueaba con exquisita elegancia, el pelo castaño caía libremente sobre los hombros, sus ojos verdes chisporroteaban de gozo, la nariz vivaracha se arrugaba… Y su risa era deliciosamente seductora. Jenny nunca se había dado cuenta.

Pero Cage sí. Todo su cuerpo respondía de forma automática al sensual sonido de la risa y no podía hacer nada por evitarlo. Bajó la mirada hasta sus labios, tan suaves como pétalos de rosa, y su reluciente dentadura.

–Es la primera vez que te veo sonreír esta noche –dijo él.

Jenny se puso seria al instante.

–No me apetece mucho sonreír.

–¿Porque Hal se va?

–Sí.

—¿Y porque de nuevo has tenido que posponer la boda?
—Sí —respondió ella rascando la valla con la uña—, aunque eso no importa.
—¿Cómo no va a importar? —espetó él—. Creía que, para una mujer, el día de su boda era el más importante de su vida. Al menos para una mujer como tú.
—Lo es, pero si lo comparo a la misión de Hal...
Cage masculló una palabrota que la hizo callar.
—¿Y qué pasa con las otras veces? —le preguntó con brusquedad.
—¿Te refieres a los anteriores aplazamientos?
—Sí.
—Tenía que sacarse el doctorado antes de que pudiéramos casarnos y de... de formar una familia.
Otra vez. Cage la había hecho tartamudear, como tantas otras veces. Quiso pedirle que no se acercara tanto, pero realmente no estaba tan cerca. Solo parecía estarlo. Siempre provocaba el mismo efecto en ella. Se quedaba sin aire y sentía un ligero vértigo. Nunca había encontrado una explicación a esas reacciones, pero así eran. Y esa noche en especial le resultaba muy difícil mantenerle la mirada.
—¿Cuándo empezasteis a salir Hal y tú? —le preguntó de golpe.
—¿A salir? —el tono hacía ver que aquella palabra no formaba parte de su vocabulario.
—Sí, ya sabes. Salir juntos, agarrarse de la mano, darse el lote en el autocine... Salir. Debió de ser mientras yo estaba en la universidad, porque no lo recuerdo.
—Bueno, no hubo un comienzo propiamente dicho. Todo se fue... desarrollando a su paso. Siempre estábamos juntos, igual que una pareja.
—Jenny Fletcher —Cage cruzó los brazos al pecho y la miró con incredulidad—. ¿Quieres decir que nunca has tenido una cita con nadie más?
—¡No, porque nadie me lo pidió! —replicó ella a la defensiva.

Cage alzó las manos en gesto de rendición.

–Eh, no estaba insinuando eso. Podrías haber tenido a todos los chicos del pueblo jadeando a tus pies.

–No quería que jadearan a mis pies. Suena muy... indigno.

Se ruborizó, y Cage no pudo resistir la tentación de tocarle la mejilla con el dorso de la mano.

–Supongo que un hombre estaría encantado de perder su dignidad por ti, Jenny –dijo en tono pensativo–. Si no saliste con nadie, fue porque querías guardar fidelidad a Hal.

–Eso es cierto.

–¿Incluso cuando los dos estabais en Texas Christian?

–Sí.

–Mmm... –Cage sacó el paquete de cigarrillos, pero volvió a guardarlo enseguida–. ¿Cuándo te lo propuso Hal?

–Hace unos años. Creo que estábamos en el último curso de la universidad.

–¿Lo crees? ¿No lo recuerdas? ¿Cómo has podido olvidar un momento tan emocionante como ese?

–No te burles de mí, Cage.

–¿No fue tan emocionante?

–No es igual que en las películas.

–Creo que no vemos el mismo tipo de películas –Cage arqueó las cejas en un gesto lascivo.

–Ya sé cuáles ves tú –le lanzó una mirada acusatoria–. Las que Sammy Mac Higgins exhibe en la parte trasera de su local.

A Cage le resultó imposible mantener una expresión seria y esbozó otra sonrisa.

–Las damas están invitadas. ¿Quieres venir conmigo alguna vez?

–¡No!

–¿Por qué no?

–¿Por qué no? Jamás vería una película de esas. Son asquerosas.

–¿Cómo lo sabes si nunca las has visto? –preguntó él acercándose. Ella le dio un empujón en el hombro y lo hizo apartarse. Cage se echó hacia atrás, no sin antes embriagarse con su fragancia floral–. Jenny, ¿cuándo te pidió Hal que te casaras con él?

–Ya te lo he dicho. No…

–¿Dónde estabas? Descríbeme el lugar. ¿Qué ocurrió? ¿Se puso de rodillas? ¿Fue en su coche? ¿A la luz del día? ¿De noche? ¿En la cama? ¿Cuándo?

–¡Cállate! Ya te he dicho que no lo recuerdo.

–¿Lo hizo alguna vez? –le preguntó en un tono demasiado tranquilo.

–¿El qué?

–¿Pronunció alguna vez en voz alta? «Jenny, ¿quieres casarte conmigo?».

–Siempre se supo que acabaríamos casados –respondió ella apartando la mirada.

–¿Quién lo sabía? ¿Tú? ¿Hal? ¿Tus padres?

–Sí. Todo el mundo –le dio la espalda y empezó a caminar hacia la casa–. Tengo que entrar y…

Él la sujetó por la muñeca y la hizo volver.

–Dile a Hal que no haga ese estúpido viaje.

–¿Qué?

–Ya me has oído. Dile que se quede en casa, adonde pertenece.

–No puedo.

–Eres la única que puede. No querrás que se vaya, ¿verdad? –ella no contestó–. ¿Verdad? –repitió él con más énfasis.

–¡No! –gritó, y se soltó de su mano–. Pero no puedo entrometerme entre Hal y la misión que, según él, Dios le ha encomendado.

–¿Te quiere?

–Sí.

–Y tú a él.

–Sí.

–Quieres casarte con él y tener una casa con niños y todo eso, ¿es así?

–Eso es asunto mío. Mío y de Hal.

–Maldita sea, no quiero meterme en tu vida privada. Lo

que intento es evitar que mi hermano haga una tontería. Y le guste o no a la gente, yo también soy un miembro de la familia. Así que respóndeme.

Ella reprimió su ira, pero se sentía avergonzada de gritarle.

—Pues claro que es eso lo que quiero, Cage. Llevo años esperando para casarme.

—De acuerdo —repuso él con calma—. Mantente firme. Dale un ultimátum. Dile que no estarás aquí cuando regrese. Hazle saber cuánto te afecta todo esto.

—Es algo que se siente destinado a hacer.

—Entonces está destinado al fracaso, Jenny. Demonios, ni los políticos ni los mercenarios ni nadie pueden arreglar el caos de Centroamérica. ¿Cómo cree Hal que va a hacerlo él? Está a punto de emprender una empresa de la que no tiene ni idea.

—Dios lo ayudará.

—Estás repitiendo lo mismo que él. Yo también he leído la Biblia, Jenny. Y también estudié las guerras de Israel. Sí, los judíos consiguieron unas cuantas victorias milagrosas, pero Hal no lleva un ejército con él. Ni siquiera cuenta con el apoyo del gobierno americano. Dios nos da a cada uno un cerebro para razonar, y lo que Hal está haciendo no es nada razonable.

Jenny estaba de acuerdo con él. Pero Cage era un experto en darle la vuelta a las palabras y a las verdades para alcanzar su objetivo. Tomar partido por su forma de pensar era tentador, pero su lealtad se debía por completo a Hal y a su causa.

—Buenas noches, Cage.

—¿Cuánto tiempo llevas viviendo con nosotros, Jenny?

—Casi doce años. Desde que tenía catorce.

Los Hendren la habían acogido tras la muerte de sus padres. Un día, mientras estaba en el colegio, una explosión de gas destruyó su casa hasta los cimientos. Jenny recordaba haber oído las sirenas de las ambulancias y de los bomberos durante la clase de Álgebra. En aquel momento no sabía que para sus padres y su hermanita menor, quien se había quedado en casa por una inflamación de garganta, ya era demasiado tarde. A la caída del sol Jenny estaba sola en el mundo, sin otra cosa que la ropa que llevaba puesta.

Los Fletcher habían sido muy buenos amigos de su pastor, Bob Hendren, y de su esposa, Sarah. Como Jenny no tenía otros parientes, no hubo discusión sobre su futuro.

–Recuerdo cuando volví de la universidad para el Día de Acción de Gracias y te encontré aquí –dijo Cage–. Mi madre había transformado su cuarto de costura en un dormitorio propio de una princesa. Al fin tenía a la hija que siempre quiso tener. Me dijeron que debía tratarte como a una más de la familia.

–Tus padres fueron muy buenos conmigo –dijo Jenny con voz débil.

–¿Por eso nunca les has hecho frente?

–¡No sé de qué estás hablando! –replicó ella, ofendida.

–Oh, sí, claro que lo sabes. No has tomado una decisión por ti misma desde hace doce años. ¿Temes que te echen a la calle si les contradices?

–Eso es una tontería –exclamó. Se había quedado perpleja.

–No, no lo es. Es triste –dijo Cage–. Eran ellos los que decidían quién podía ser tu amigo y quién no, las ropas que debías vestir, la facultad a la que debías ir, incluso con quién debías casarte. Y parece que lo próximo es decidir la fecha de tu boda. ¿Vas a dejar que también decidan por tus hijos?

–Ya basta, Cage. Nada de eso es verdad y no quiero seguir escuchando. ¿Has bebido?

–Por desgracia, no. Pero ojalá lo hubiera hecho –dio un paso adelante y le agarró el brazo–. Jenny, despierta. Estás bajo su control, y ya eres una mujer. Una mujer condenadamente atractiva. ¿Qué pasaría si hicieras algo sin su aprobación? No pueden castigarte. Y si te echaran, cosa que jamás harían, podrías irte a cualquier parte.

–Una mujer independiente, ¿no?

–Eso es.

–¿Y crees que debería hacer como tú y ponerme a vagar de un sitio para otro?

–No, pero tampoco creo que debas emplear casi todo tu tiempo en estudiar la Biblia en grupo.

–Me gusta el trabajo en la iglesia.

–¿Más que cualquier otra cosa? –Cage se pasó una mano por el pelo–. Lo que haces es admirable y no voy a quitarte mérito. Lo que no soporto es ver cómo te conviertes en una anciana marchita antes de tiempo. Estás tirando tu vida por la borda.

–No es así. Voy a tener una vida junto a Hal.

–¡No, si se marcha a Centroamérica para que lo maten! –vio que Jenny se ponía pálida y suavizó la voz–. Lo siento. No quería meterme en eso.

–Hal es lo que de verdad te preocupa.

–Cierto –le tomó las manos–. Habla con él, Jenny.

–No puedo hacer que cambie de opinión.

–Tendrá que escucharte. Eres su futura esposa.

–No confíes tanto en mí.

–La responsabilidad de que se vaya o se quede no es tuya, si es eso lo que quieres decir. Pero prométeme que intentarás convencerlo.

Jenny miró hacia la cocina. A través de la ventana pudo ver a Hal y a sus padres alrededor de la mesa. Seguían inmersos en su discusión.

–Lo intentaré.

–Bien –le dio un apretón en las manos antes de soltarla.

–Sarah dijo que te quedarías esta noche –por alguna razón no quería que Cage supiera que había sido ella quien preparó su habitación, aireándola y poniendo sábanas limpias en la cama. Quería que pensara que había sido su madre.

–Sí, le prometí que estaría para la despedida de Hal por la mañana. Espero que no llegue a producirse.

–Bueno, en cualquier caso, a Sarah le gusta que duermas en casa de vez en cuando.

Él sonrió tristemente y le acaricio la mejilla.

–Ah, Jenny... Eres una persona muy diplomática. Mi madre me invitó a venir, y luego me dijo que sacara todos los trofeos de fútbol y baloncesto de mi cuarto. Dijo que estaba harta de quitarle el polvo a esos trastos.

Jenny tragó saliva. Unas semanas atrás había ayudado a Sarah a envolver los trofeos de Hal y a guardarlos en cajas en el ático. Durante doce años, Jenny no había tenido duda de quién era el hijo preferido. Pero Cage era el único culpable. Había escogido un modo de vida que sus padres no podían aprobar.

–Buenas noches, Cage –Jenny tuvo el repentino deseo de abrazarlo. A veces parecía necesitarlo, lo cual era una idea ridícula teniendo en cuenta su reputación de tipo duro.

–Buenas noches.

Ella se alejó, reacia, y entró en la casa. Hal la miró y le indicó con la cabeza que se pusiera tras él. Estaba escuchando con atención a su padre, quien explicaba sus ideas para ayudar a los refugiados cuando llegaran a Texas.

Jenny se acercó a su silla y lo abrazó por detrás.

–¿Cansada? –le preguntó Hal cuando Bob terminó de hablar. Los Hendren los contemplaron con orgullo.

–Un poco.

–Sube a acostarte. Mañana tendrás que levantarte muy temprano para despedirme.

Ella suspiró y se apoyó en su cabeza. No quería que sus padres notasen su desesperación.

–No podré dormir.

–Tómate una de esas píldoras que me recetó el doctor –sugirió Sarah–. Son muy suaves, pero muy eficaces para conciliar el sueño.

–Vamos –dijo Hal echando para atrás la silla–. Subiré contigo.

–Buenas noches, Bob, Sarah –se despidió Jenny con voz apática.

–Hijo, no nos has dado el nombre de tu contacto en México –le recordó Bob a Hal.

–Todavía no voy a acostarme. Enseguida vuelvo.

Los dos subieron las escaleras, y él se paró en la puerta de sus padres.

−¿Quieres el somnífero?

—Creo que sí. Si no, voy a pasarme la noche dando vueltas.

Él entró en el dormitorio y volvió a salir con dos pastillas de color rosado.

−Las instrucciones dicen que hay que tomar una o dos. Creo que te harían falta dos.

Entraron en la habitación de Jenny y ella encendió la lamparita que había junto a la cama. Cage tenía razón. Su dormitorio era propio de una princesa. Pero, por desgracia, Jenny tenía poco que decir en el tema de la decoración.

Años atrás, Sarah había sugerido un cambio y el odiado azul con flores había sido reemplazado por blanco con cenefas. El cuarto era demasiado infantil para Jenny, pero por nada del mundo se hubiera atrevido a herir los sentimientos de Sarah. Tan solo guardaba la esperanza de que, cuando se casara con Hal, pudiera ser ella quien decorase su dormitorio. Nunca habían hablado de mudarse a otra casa, ya que era obvio que cuando Bob se retirase, sería Hal quien lo sustituyera en la iglesia.

−Tómate las pastillas y ponte el pijama. Esperaré hasta que te hayas acostado.

Jenny obedeció y entró en el baño. Pero, en vez de ponerse el pijama, se puso un camisón nuevo. Lo había comprado con la esperanza de poder estrenarlo esa noche.

Se miró al espejo y se propuso hacer lo que Cage le había pedido. No quería que Hal se marchara. Era una misión muy peligrosa y, aunque no lo fuera, arruinaba sus planes de boda. ¿Qué mujer podría aceptarlo?

Tenía el presentimiento de que su futuro dependía de esa noche. Debía evitar que Hal se fuera de su lado. De lo contrario, su vida cambiaría para siempre. No habría más oportunidades. Esa noche era necesario jugarse el todo por el todo. Y para asegurarse la victoria, nada mejor que usar el viejo recurso femenino...

Según la Biblia, Dios llevó a Ruth, la viuda, hacia el rico Booz. Tal vez aquella fuera una ocasión similar.

Pero Ruth no había llevado un camisón que se deslizaba por su cuerpo, ni había sentido el pecaminoso tacto de la seda contra su piel desnuda. Dos tirantes tan finos como las cuerdas de un violín sostenían un body, que se hundía entre sus pechos resaltando la opulencia de sus curvas. El camisón perlado caía sensualmente sobre sus caderas, sin perder un solo detalle de su figura, hasta rozarle el empeine de los pies.

Se roció con un ligero perfume floral y se cepilló el pelo. Cuando estuvo lista, cerró los ojos y buscó el valor para abrir la puerta. Antes de hacerlo, apagó la luz del baño.

–Jenny, no olvides…

Hal se quedó mudo de asombro en cuanto la vio. Era como contemplar una visión etérea y real a la vez. La luz de la lámpara bañaba su piel con reflejos dorados y dibujaba la sombra de sus piernas contra la tela transparente del camisón.

–¿Qué…? ¿De dónde has sacado ese, eh… camisón? –balbuceó Hal.

–Lo guardaba para una ocasión especial –respondió ella con suavidad. Se acercó a él y le puso las manos en el pecho–. Una ocasión como esta.

Él se echó a reír, incómodo. La abrazó por la cintura sin apenas tocarla.

–Tal vez deberías haberlo guardado hasta que estuviéramos casados.

–¿Y cuándo será eso? –apretó la mejilla contra su camisa de algodón.

–En cuanto regrese. Ya lo sabes. Te lo he prometido.

–Ya me lo has prometido otras veces.

–Y siempre lo has comprendido –le dijo en tono efusivo mientras le acariciaba la espalda–. Esta vez cumpliré mi promesa. Cuando regrese…

–Podrían pasar meses.

–Es posible –le echó hacia atrás la cabeza para mirarla a la cara–. Lo siento.

—No quiero esperar tanto tiempo, Hal.
—¿Qué quieres decir?
Ella se apretó contra él.
—Ámame.
—Ya lo hago, Jenny.
—Quiero decir... —se humedeció los labios—. Abrázame. Acuestate conmigo. Hazme el amor esta noche.
—Jenny —gimió él—. ¿Por qué haces esto?
—Porque estoy desesperada.
—No tanto como me estás haciendo sentir a mí.
—No quiero que te vayas.
—Tengo que irme.
—Quédate, por favor.
—Ya me he comprometido.
—Cásate conmigo —le susurró con la boca pegada a su cuello.
—Lo haré cuando todo esto acabe.
—Necesito una prueba de tu amor.
—Ya la tienes.
—Muéstramelo. Hazme el amor esta noche.
—No puedo. No estaría bien.
—Para mí sí.
—Para ninguno de los dos.
—Los dos nos queremos.
—Y por eso tenemos que hacer sacrificios el uno por el otro.
—¿No me deseas?
Hal la atrajo hacia él y presionó los labios contra su cuello.
—Sí... sí. A veces sueño despierto en cómo sería compartir una cama contigo y... Sí, te deseo, Jenny.
La besó y le acarició la cadera con la mano. Ella respondió apretándose contra él y frotando su muslo contra el suyo. Hal apenas introdujo la lengua en su boca.
—Por favor, Hal, ámame —le susurró agarrándolo por la camisa—. Te necesito esta noche. Necesito que me abraces, que me acaricies y que me beses. Necesito saber que esto es real y que vas a volver.

–Voy a volver.

–No lo sabes con seguridad. Quiero amarte antes de que vayas –lo besó frenéticamente en los labios y en el cuello. Él intentó apartarla, pero ella insistió, por lo que tuvo que sujetarla con fuerza por los brazos.

–¡Jenny, piensa! –ella lo miró con ojos muy abiertos, como si la hubiera abofeteado–. No podemos. Sería ir contra nuestros principios. Mañana parto para una misión que Dios me ha encomendado, y no puedo permitir que me distraigas con tu belleza y encanto. Además, mis padres están abajo –se inclinó y le dio un casto beso en la mejilla–. Ahora métete en la cama como una buena chica.

La llevó hasta la cama y retiró las mantas. Ella se acostó obedientemente y él la arropó, manteniendo la vista lejos de sus pechos.

–Te veré mañana –la besó ligeramente en los labios–. Te quiero de veras, Jenny. Por eso no puedo hacer lo que me pides –apagó la lámpara y salió del dormitorio cerrando la puerta a su paso.

Jenny se tumbó de costado y empezó a llorar. Las lágrimas se resbalaron por sus mejillas y empaparon la almohada. Nunca se había sentido tan abandonada, ni siquiera cuando perdió a su familia. Estaba sola, más sola de lo que jamás había estado.

Incluso su dormitorio le parecía algo extraño y desconocido. Quizá fuera el efecto de las pastillas. Intentó distinguir en la oscuridad la forma de los muebles y el contorno de las ventanas, pero todo estaba borroso. Su percepción estaba enturbiada por culpa de los somníferos.

Tuvo la sensación de estar flotando y de volar hacia el sueño, pero un baño de lágrimas la mantenía despierta. Era demasiado humillante. Había ido contra sus propias normas morales. Se había ofrecido al hombre al que amaba, al hombre que juraba amarla… Y él la había rechazado.

Aunque no hubieran consumado el acto amoroso, al menos podría haberse quedado con ella, abrazándola y demostrándole que en su interior ardía la pasión. De ese modo le habría dejado algún recuerdo al que aferrarse en su ausencia.

Pero su rechazo había sido total. Seguramente porque ella no era una de sus prioridades. Hal tenía cosas más importantes que hacer que amarla y consolarla.

En ese momento se abrió la puerta del dormitorio.

Jenny miró hacia el rectángulo de luz que irrumpía en la oscuridad. La silueta de un hombre se recortaba al fondo antes de que entrara en la habitación y cerrara la puerta.

Jenny se sentó y extendió los brazos hacia él. El corazón le saltaba en el pecho.

–¡Hal! –exclamó llena de alegría.

Capítulo 2

Se dirigió hacia la cama y se sentó en el borde. Su sombra apenas era discernible de las otras que envolvían la habitación.

–Has vuelto, has vuelto... –repetía Jenny mientras tomaba sus manos y se las llevaba a los labios–. Tenía el corazón destrozado. Te necesito tanto esta noche... Abrázame –sus palabras acabaron en sollozos y él la rodeó con sus brazos–. Oh, sí, abrázame fuerte.

–Sss...

Ella apoyó la mejilla en su palma y él le acarició el pómulo con el pulgar. Cuando las lágrimas se secaron, hundió la cabeza entre su hombro y su pecho.

Sentía el tacto rugoso de su barba incipiente contra la sien. Alargó un brazo para tocarle la cara y le acarició la áspera barbilla. Lo oyó emitir un grito ahogado, que parecía estar muy lejano, y sintió que se le aceleraba el pulso. Él le inclinó hacia atrás la cabeza y la besó en los labios. La apretó fuertemente contra su pecho, y Jenny abandonó su último resto de conciencia y se dejó llevar por el instinto.

Él abrió la boca y su lengua tomó posesión de los dulces secretos de la suya. Jenny se estremeció y se aferró con ansia. La cabeza le daba vueltas y no sabía si era por el beso o por las pastillas. El beso se alargó, creciendo en intensidad a cada segundo y a cada latido, hasta que ella pensó que el corazón iba a explotarle.

Sintió un frío repentino en la piel, por lo que las sábanas debían de haber caído al suelo, pero enseguida llegó el calor de sus caricias. Su mano le recorría los pechos, amasándolos con sutil delicadeza.

Sintió el tacto de la almohada contra la cabeza y supo que él la había tumbado de espaldas. Los tirantes del camisón fueron desplazados de sus hombros, y no estuvo segura de si el gemido que emitió fue de protesta o de aceptación. De lo que estaba segura era de que nada protegía ya su desnudez entre aquellas manos.

Cayó rendida, víctima de una sensación tan ardiente y dominante como la lengua que recorría en círculos el interior de su boca.

Quería sujetarlo contra ella, pero no pudo. Era como si tuviera los brazos atados por cadenas invisibles. La sangre le manaba por las venas como un torrente de lava fundida, pero no tenía fuerzas para moverse. Recibió con agrado el peso de su cuerpo cuando él se tumbó sobre ella.

Elevó las caderas para que pudiera quitarle el camisón. Quedó desnuda y vulnerable ante él, pero las manos que seguían tocándola eran dulces y placenteras. Cada tacto era una caricia exquisita.

Notó que le rozaba con el pulgar los dedos de los pies. ¿O era con la lengua? Un apretón en sus gemelos, en las rodillas, en los muslos... Las manos la levantaron y la colocaron en posición, y ella no pudo ni pensar en resistirse. Era la esclava de aquel maestro de la seducción, una sacerdotisa de la sensualidad, una discípula del deseo.

Sintió el tacto de su pelo en el vientre cuando su cabeza se movió de lado a lado. Le pellizcó la carne con los labios y la humedeció con la lengua, mientras su mano llegaba hasta la emanación del placer.

«¡Oh, sí!», gritó su mente. ¡La amaba! ¡Y también la deseaba! Su cuerpo se contoneó para demostrarle su entrega total, y unos dedos experimentados hicieron que se le acelerara la respiración.

Más rápido. Más fuerte... Un torbellino de emoción pagana la envolvió hasta que...

Su alma pareció abrirse y liberar una bandada de pájaros de colores que batían frenéticamente sus alas.

¡Pero no era suficiente! «Quiero más», demandaba su alma insatisfecha.

La tela vaquera de sus pantalones le rozaba sus muslos desnudos. Unos botones sueltos y después...

Pelo. Piel. Dureza masculina y abrasadora fuerza viril. Una aterciopelada punta de lanza que buscaba el camino hacia la hembra, y que encajaba allí adonde iba dirigida.

La penetración fue rápida y certera.

Oyó el grito agudo que siguió a la convulsión de calor, pero no se le ocurrió que pudiera ser ella la que emitió un sonido tan sorprendente. Estaba demasiado embelesada por la acerada masculinidad que la sacudía en su interior. Pero entonces, cuando se dio cuenta del alcance de su posesión, él empezó a apartarse.

–No, no... –las palabras resonaron en los oscuros rincones de su mente, y se preguntó si las habría pronunciado en voz alta. La consumía una inquebrantable decisión de postergar el final.

Sus manos se movieron con voluntad propia, se deslizaron por la parte trasera de sus vaqueros y le presionaron sus endurecidas nalgas. Sintió el espasmo que lo sacudía, el calor de su respiración en el oído, el gemido animal que se intensificaba con el avance de su miembro...

Su cuerpo entero respondió a las innumerables sensaciones que la traspasaban. Besos ardientes le recorrieron la cara, el cuello y los pechos, y todos sus músculos se movían en perfecta armonía al creciente ritmo de los impulsos. Y entonces, la espiral de placer que se arremolinaba en su interior estalló en su punto culminante, y sus muslos, caderas, manos y pechos respondieron en la más fogosa de las reacciones físicas, exprimiendo el caudal de vida que emanaba de él.

El cuerpo que la aprisionaba se tensó, y ella sintió en las

paredes del útero la erupción del amor que la inundaba, hasta que no hubo nada más que la presión llenándola por completo.

Saciada, se aferró a él como un puño de seda. Estaba casi dormida cuando él la soltó, se tumbó a su lado y la abrazó contra su cuerpo. Ella se acurrucó y apretó su camisa empapada. La abarcaba una sensación de paz como nunca antes había tenido.

Todavía mareada y medio hechizada por la increíble experiencia, se quedó dormida con una sonrisa en los labios.

Se despertó temprano y sola. En algún momento de la noche debió de haberla dejado. Era comprensible, aunque hubiera sido maravilloso despertarse entre sus brazos. Los Hendren jamás aceptarían lo que había pasado, y ni Hal ni ella iban a revelar el secreto.

Oyó pasos en el rellano de la escalera y el murmullo de voces que se perdían en el pasillo. Podía oler a café recién hecho. Los preparativos para la salida de Hal estaban en marcha. Por lo visto, Hal aún no había hablado con sus padres.

La última noche lo había cambiado todo. Él ya estaría tan ansioso por casarse como lo estaba ella. Recordó cómo habían hecho el amor y no sintió pena ni vergüenza, ni aunque hubiera sido un medio para mantener a Hal en casa.

Él pertenecía a aquel lugar. Se quedaría allí, como párroco asociado, hasta que su padre se retirase y le cediera su puesto. Jenny había sido bien entrenada para convertirse en la esposa de un pastor. Hal podría ver en ello la voluntad de Dios.

Pero, ¿cómo reaccionarían los Hendren a su cambio de planes?

No quería que Hal se enfrentara a ellos sin su ayuda, por lo que apartó las mantas para levantarse. Se sorprendió al encontrarse desnuda.... Oh, él le había quitado el camisón, recordó con una sonrisa traviesa.

Entró en el baño y abrió el grifo de la ducha. Al mirarse al espejo no se notó distinta, salvo unas marcas sonrosadas en los pechos.

Le había dejado su huella, y pensar en ello aún podía hacerla sentir el peso de su cuerpo, el movimiento de sus músculos bajo las manos, podía oír los gemidos de deleite... Se avergonzó y se excitó al mismo tiempo cuando su cuerpo respondió a los recuerdos.

Se vistió deprisa y bajó las escaleras, ansiosa por ver a Hal. Se dirigió hacia la cocina, con el corazón palpitante de emoción, pero al llegar a la puerta se quedó en el umbral, con la respiración contenida.

Los Hendren estaban sentados a la mesa, rezando. Cage también estaba allí, recostado en la silla, con la vista fija en su taza de café.

¿Dónde estaba Hal? No podía seguir durmiendo.

Bob pronunció el «amén» y levantó la cabeza.

—¿Dónde está Hal? —preguntó Jenny.

Los tres la miraron en silencio, y ella creyó ver que la cocina se oscurecía de repente, como si nubes negras hubieran cubierto el cielo.

—Ya se ha ido, Jenny —dijo Bob con voz amable. Se levantó y dio un paso hacia ella.

Jenny retrocedió, sintiendo que la oscuridad se cernía sobre su cabeza. No podía respirar bien, y se puso completamente pálida.

—Eso es imposible —murmuró—. No se ha despedido de mí.

—No quería hacerte pasar por otra triste despedida —dijo Bob—. Pensó que sería más fácil así.

Aquello no estaba pasando. Ella se había imaginado la escena. Hal se quedaría fascinado al verla por la mañana. La miraría a los ojos y los dos compartirían un maravilloso secreto.

Pero Hal no estaba, y allí solo pudo ver tres rostros. Dos la miraban con pena, uno con ausencia total de emociones.

—¡No te creo! —gritó. Atravesó corriendo la cocina hacia la puerta trasera. El jardín estaba desierto y no se veían coches en la calle.

Se había ido.

La verdad la golpeó con fuerza. Sintió el deseo de arrojarse al suelo y golpear la tierra con los puños. Un amargo sentimiento de decepción la oprimía hasta lo más profundo de su ser.

Pero, ¿qué había esperado? Hal nunca le había demostrado el verdadero afecto que sentía por ella. A la luz del día se dio cuenta de lo ingenua que había sido. Él no le había prometido que no se iría. Tan solo había sellado su compromiso de amor con una expresión puramente física. Lo que ella le había pedido, nada más. Y luego había preferido evitarle la humillación de la súplica.

Entonces, ¿por qué se sentía abandonada? Abandonada y rechazada.

Y loca.

¿Cómo la había podido dejar así? ¿Cómo? Ni siquiera habían pasado juntos toda la noche.

Se quedó de pie en la acera, mirando la calle desierta. Se había ido tan alegremente, sin despedirse. ¿Tan poco suponía para él? Si la hubiera amado de verdad...

Esa idea se quedó fija en su mente. ¿La amaba de verdad? Y ella, ¿lo amaba a él como debería? ¿O tenía razón Cage? ¿Estarían juntos porque la relación les convenía a los dos? A ella porque le suponía seguridad, y a él porque no tendría que dejar sus obligaciones religiosas.

Qué pensamiento tan triste...

Se esforzó por apartarlo de su cabeza. ¿Por qué no podía quedarse con la felicidad que la había embriagado la noche anterior?

No podía. Las ambigüedades seguirían atormentándola hasta que consiguiera sacar algunas conclusiones. Sería una imprudencia meterse en un matrimonio albergando tantas dudas. La unión de sus cuerpos había sido sublime, pero no bastaba para asentar los pilares de una vida en común. Y además, los sedantes la habían dejado medio atontada. Tal vez el acto sexual no había sido tan increíble. Tal vez había sido tan solo un sueño erótico...

Al darse la vuelta para volver a casa, casi se tropezó con Cage. Se había acercado a ella tan silenciosamente, que no lo había oído.

El impacto de su mirada la hizo dar un salto atrás.

La miraba sin pestañear con sus penetrantes ojos marrones, bajo sus pobladas cejas rubias. No movió ni un músculo, hasta que la comisura de su boca se alzó involuntariamente.

Jenny atribuyó aquel gesto revelador a una muestra de remordimiento. ¿Se estaría lamentando por la marcha de su hermano, al haber fracasado ella en su intento? ¿La vería así todo el pueblo, como a una amante abandonada por un hombre que anteponía su trabajo a ella?

Apartó la mirada, se irguió e intentó pasar a su lado, pero él se lo impidió.

–¿Estás bien, Jenny? –le preguntó con el ceño fruncido y la mandíbula endurecida.

–Sí, claro –respondió con una sonrisa forzada–. ¿Por qué no habría de estarlo?

Él se encogió de hombros.

–Hal te ha dejado sin decirte adiós.

–Pero volverá. Y ha hecho lo correcto. No hubiera podido ver cómo se iba –se preguntó si sus palabras le sonarían a Cage tan falsas como a ella.

–¿Hablaste con él anoche?

–Sí.

–¿Y? –su sonrisa hipócrita se desvaneció.

–Hizo que me sintiera mucho mejor. Quiere que nos casemos en cuanto regrese.

Aquello no era una mentira, aunque tampoco era la verdad absoluta, y los ojos de Cage le dijeron que no estaba convencido.

–¿Has desayunado? –le preguntó ella–. ¿Quieres que te prepare algo? ¿Te apetecen unos huevos?

–¿Recuerdas cómo me gustan? –le sonrió agradecido.

–Claro que sí –mantuvo la puerta abierta para él y se quedó apoyada en la jamba hasta que pasó a su lado. Cuando la rozó ligeramente, Jenny sintió que todas las células de su cuerpo se encendían y que sus pezones se endurecían. El calor palpitó entre sus muslos y el corazón le dio un vuelco.

Se quedó tan sorprendida, que se apresuró a prepararle el desayuno a Cage. Las manos le temblaban tanto, que apenas podía controlarlas, y en cuanto le sirvió el plato huyó a su habitación.

Parecía que la conciencia sexual de su cuerpo, que acababa de ser despertada, se negaba a dormir de nuevo.

Pero, por Dios Santo, ¿no sería capaz de hacer la mínima distinción? ¿Reaccionaría del mismo modo ante cualquier hombre que la tocase?

La idea la avergonzó bastante. Sin embargo, se sentó en la cama, se abrazó las rodillas, y dejó que los recuerdos de la última noche desfilaran por su cabeza, deleitándose con las sensaciones que aún latían en ella.

El líquido ambarino del vaso no ofrecía ninguna absolución para la culpa de Cage, pero al menos mantenía su atención fija.

Tres botellas vacías de Jack Daniel's estaban alineadas junto a él en la superficie lustrada de la mesa. Había recurrido al alcohol para intentar diluir el remordimiento que le envenenaba la sangre, pero ni una cantidad tan grande y letal daba resultado.

Había violado a Jenny.

No tenía sentido usar eufemismos para intentar aliviar la culpa. Podría decir que le había hecho el amor, que la había desflorado o iniciado en los ritos del amor sexual. Su conciencia no atendía a cambios semánticos. La había violado. No había sido por la fuerza, pero ella no había estado en condiciones de negarse. Había sido una violación de lo más infame y vil.

Tomó otro trago de whisky que le abrasó la garganta. Ojalá pudiera beber hasta vomitarlo todo. Tal vez de ese modo consiguiera expiar su culpa.

¿Acaso sería posible? Nada iba a redimirlo. No se había sentido tan culpable en años. ¿Qué demonios iba a hacer?

¿Confesarle la verdad a Jenny?

«Oh, por cierto, Jenny, hablando de esa noche en la que hiciste el amor con Hal... Sí, bueno, no era él. Era yo».

Maldijo en voz baja y apuró el vaso de golpe. Podía imaginar su cara. Una expresión de puro horror, un estado catatónico del que jamás podría recuperarse. El rompecorazones más famoso de Texas se había acostado con la dulce Jenny Fletcher...

No, no podía contárselo.

Había hecho otras cosas malas en su vida, pero esa vez no podía caer más bajo. Le gustaba su fama de pendenciero. Durante años se había dedicado a mantener su reputación y demostrar que Cage Hendren no se ablandaba con el paso del tiempo. Había recibido las críticas hacia su comportamiento con una sonrisa perezosa, y no le daba la menor importancia a las conclusiones que sobre él pudieran sacar.

Pero aquello...

Le hizo señas al camarero y se acordó de dónde estaba. Todo le era penosamente familiar. La atmósfera de la taberna cargada de humo; las luces de neón que parpadeaban en las paredes, anunciando marcas de cerveza; el oropel dorado que colgaba de la lámpara, olvidado allí desde la última Navidad; las telarañas en los rincones; la canción de amor de la máquina de discos...

Todo era sombrío, cutre, oscuro. Todo era familiar.

–Gracias, Bert –le dijo lacónicamente al camarero cuando le sirvió otro vaso.

–¿Un día duro?

«Una dura semana», pensó Cage. Llevaba viviendo una semana con el pecado, cuyos afilados colmillos le traspasaban el alma. ¿Alma? ¿Acaso alguna vez la había tenido?

Bert se inclinó sobre la mesa y retiró las botellas vacías.

–He oído algo que puede interesarte.

–¿Ah, sí? ¿De qué se trata? –vio en el borde del vaso una

gotita de agua que le recordó a las lágrimas de Jenny. La apartó con el pulgar.

–De los terrenos de Mesa.

–¿El viejo rancho de los Parson? –preguntó Cage con súbito interés.

–Sí. He oído que están dispuestos a hablar de dinero con cualquiera a quien le interese.

–Gracias, amigo.

Le sonrió y le dio una propina de diez dólares. Bert le devolvió la sonrisa y se alejó. Cage era su favorito, y se alegraba por hacerle un favor.

Cage Hendren era uno de los mejores buscadores de petróleo del estado. Parecía saber instintivamente dónde encontrarlo. Se había licenciado en Geología en Tech para inspirar confianza; pero su habilidad era innata; algo que no podía aprenderse en ninguna universidad. De todas las prospecciones que había realizado, muy pocas resultaron infructuosas. Tan pocas, que se había ganado el respeto de los magnates del negocio, hombres que lo triplicaban en edad y experiencia.

Llevaba años intentando conseguir los derechos de explotación de las tierras de los Parson. La anciana pareja había muerto, pero los hijos se habían negado a que los terrenos de su familia fueran profanados por las torres de perforación. Y se habían mantenido en su postura mientras el precio iba subiendo. Al día siguiente llamaría al albacea de la finca.

–Hola, Cage.

Estaba tan ensimismado en sus pensamientos, que no vio a la mujer que se había acercado furtivamente hacia su mesa hasta que le empujó el hombro con la cadera.

–Hola, Didi –la saludó sin el menor interés–. ¿Cómo te va?

Sin decir nada, ella dejó una llave sobre el pequeño tablero circular y la deslizó hacia Cage.

–Sonny y yo lo hemos dejado.

–¿Por fin?

El matrimonio entre Sonny y Didi llevaba meses en la cuerda floja. Ninguno de los dos se había preocupado en mantener los juramentos de fidelidad. Didi ya le había hecho otras proposiciones a Cage, pero él se había mantenido alejado. No era un hombre de muchos principios, pero al menos tenía uno inquebrantable: jamás lo haría con una mujer casada. Algo en su interior aún creía en el carácter sagrado del matrimonio, y no quería ser el responsable de su ruptura.

–Ajá. Por fin. Soy una mujer soltera, Cage. –le dijo con una insinuante sonrisa. Si se hubiera relamido los labios, hubiera sido la imitación perfecta de una gata bebiendo a lengüetadas un cuenco de leche. Llevaba unos vaqueros de marca y un jersey holgado, y al inclinarse le ofreció a Cage una vista privilegiada de su escote.

En vez de provocarle deseo, le hizo sentirse con ganas de tomar un baño.

Jenny, Jenny, Jenny… Tan limpia y femenina. Su cuerpo no era exagerado, exuberante ni voluptuoso. Solo femenino.

¡Maldición!

Didi le pasó una de sus largas uñas por el brazo.

–Hasta luego, Cage –le dijo con voz tentadora, y se marchó ondulando sus caderas.

Cage esbozó una media sonrisa irónica. El descaro de Didi llegaba a ser ridículo.

Jenny ni siquiera sabía que era sexy. Su fragancia era tan suave que, en comparación, el perfume de Didi dejaba un desagradable rastro tras ella.

Jenny casi se quedaba sin aliento al hablar, pero su voz le resultaba a Cage infinitamente más sensual que el exagerado ronroneo de Didi. Y sus caricias de principiante lo habían excitado más que cualquier otra de sus experimentadas amantes.

Cerró los ojos y se perdió en los recuerdos de aquella habitación tan inocente, que parecía más propia de una niña que de una mujer con camisón de seda. Y había sido de seda… Sus dedos estaban entrenados para reconocer el incomparable tacto de la seda contra la piel de una mujer. Pero la piel de Jenny era casi tan suave como el camisón, y sus cabellos…

Su virginidad había sido toda una sorpresa. ¿Cómo era posible que Hal, por muy santo que fuese, hubiera compartido casa con Jenny durante tantos años sin hacerle el amor?

¿Era él tan diferente a su hermano? Los dos estaban igual de bien dotados físicamente. Cage tenía que admirar la incansable moralidad de Hal, pero no podía comprender un código de conducta tan estricto.

Jenny no era así.

Había deseado entregarse a Hal la víspera de su salida. Menudo idiota había sido por no aceptar un regalo semejante. A Cage no le gustaba pensar mal de su hermano, pero era lo que sentía. ¿No se había dado cuenta Hal del enorme sacrificio que Jenny estaba haciendo por él? Estaba dispuesta a entregarle su virginidad... y fue él quien se la había quedado.

De siempre había sabido que Jenny pertenecía a Hal... Y que era la única mujer a la que realmente deseaba.

Estaba podrido hasta los huesos. No hacía nada bueno por nada ni por nadie. La gente tenía razón con lo que decían de él. Pero sí se había preocupado bastante por Jenny y Hal, y por eso no había querido entrometerse.

Había mantenido su atracción en secreto. Nadie se lo había imaginado jamás, y mucho menos ella. Jenny no tenía ni idea de las veces que él había estado a su lado muriéndose por tocarla. Solo por tocarla...

Ella lo quería como a un hermano. Su amor por él era puramente fraternal, y además le tenía miedo, lo cual no era extraño. La reputación de Cage era tan escandalosa, que cualquier mujer que quisiera mantener la dignidad se mantenía alejada, como si la sexualidad que emanaba de él fuera más peligrosa que la lepra.

Pero, con frecuencia, Cage se preguntaba qué habría pasado si Jenny se hubiera ido a vivir con ellos antes de que él se marchara a la universidad. Si lo hubiera conocido antes que a su reputación, ¿lo habría preferido en vez de a Hal?

Esa era su fantasía favorita. Intuía que bajo el carácter reservado de Jenny se escondía un espíritu vivo y sensual que anhelaba ser liberado. ¿Qué pasaría si se concediera esa libertad?

Tal vez deseara ser rescatado. Tal vez clamaba en silencio por su liberación. Tal vez ningún hombre se hubiera enterado y…

«No seas imbécil. No se iría contigo por nada del mundo».

Echó hacia atrás la silla y se levantó. Arrojó con enfado unos cuantos billetes sobre la mesa, pero entonces se quedó inmóvil al pensar en algo:

«A menos que cambies tu vida».

No había entrado en su dormitorio con intención de que sucediese lo que acabaron haciendo. La había oído llorar y supo que no había conseguido convencer a Hal. Solo pretendía consolarla.

Pero ella lo había confundido con Hal, y él se vio arrastrado hacia ella como la marea hacia la costa. Se había acercado a la cama, diciéndose a sí mismo que en cualquier momento lo reconocería.

La había tocado y había oído la desesperación en su voz. El lamento por haber suplicado el amor y no haberlo recibido. Entonces la abrazó y la besó, y supo que no había vuelta atrás.

Lo que había hecho era imperdonable. Pero lo que pensaba hacer a continuación era aún peor. Iba a arrebatársela a su hermano.

Después de haberla poseído, no podía dejarla ni aunque el infierno se lo tragase. No dejaría que su familia siguiera ahogando su alma. Hal había tenido una oportunidad de oro para recibir su amor eterno, pero la había rechazado. Cage no se quedaría de brazos cruzados a ver cómo la tremenda vitalidad de Jenny se consumía en un cascarón de rectitud.

Disponía de varios meses antes de que Hal regresara.

–Didi –la vio en un rincón oscuro. Un obrero le pasaba una mano bajo el jersey y la lengua por la oreja. Ella se apartó, disgustada por la interrupción–. Te has olvidado de esto –le arrojó la llave a la mesa.

—¿Por qué me la das? —le preguntó ella con la mirada vacía.
—No voy a usarla.
—Bastardo —le espetó con voz envenenada.
—No te dije que fuera a hacerlo —respondió él despreocupadamente, y empujó la puerta del bar.
—Eh, tú —lo llamó el otro tipo—. No puedes hablarle así a la señora...
—Oh, déjalo, cariño —le susurró Didi acariciándole el pecho. Él no insistió y los dos siguieron donde lo habían dejado.

Cage salió a la calle y se metió en su Corvette Stingray del 63. Condujo con la ventanilla abierta, para que la fresca brisa nocturna lo hiciera olvidar el hedor de la taberna.

El coche, negro y con el interior tapizado de piel, era la envidia de cualquier hombre en un radio de doscientos kilómetros. Lo llevó por las desiertas calles del pueblo hasta una manzana de distancia de la casa parroquial. Lo aparcó junto al bordillo y apagó el motor.

La ventana de Jenny estaba a oscuras. Cage se quedó sentado al volante durante una hora, igual que había hecho durante las seis noches anteriores.

Capítulo 3

Jenny levantó la vista desde el altar cuando una alta figura se recortó contra la luz que entraba por la puerta. La última persona a la que esperaba ver allí era Cage. Y sin embargo allí estaba él. Se quitó las gafas de sol y avanzó por el pasillo de la iglesia.

–Hola.
–Hola.
–Tal vez debería aumentar mis donativos. ¿La iglesia no puede permitirse contratar a alguien para limpiar? –preguntó él, señalando con la barbilla la caja con las cosas de la limpieza.

Ella se metió el mango del plumero en el bolsillo trasero de sus vaqueros. Las plumas quedaron colgando, como si fuera una cola de ave.

–Me gusta hacerlo.
–Pareces sorprendida de verme.
–Lo estoy –respondió ella con sinceridad–. ¿Cuándo fue la última vez que viniste a la iglesia?

Había estado limpiando el altar antes de colocar el ramo de flores que la florista había entregado. Las motas de polvo brillaban en el aire al recibir los rayos de sol que se filtraban por las vidrieras de colores.

Un arco iris cruzaba la piel y el pelo de Jenny, recogido en lo alto de su cabeza. Los vaqueros y las zapatillas deportivas le quedaban tan bien como todo lo demás en ella, pensó Cage.

—La Pascua pasada —se dejó caer en el primer banco y extendió los brazos en el respaldo. Echó un vistazo alrededor y vio que nada había cambiado desde entonces.

—Oh, sí —dijo Jenny—. Aquella tarde nos fuimos de picnic al parque.

—Y yo te empujé en el columpio.

—¿Cómo podría olvidarme de eso? —preguntó con una carcajada—. No hacía más que gritar y suplicarte que no me empujaras tan fuerte, pero tú no me hacías caso.

—Te encantaba.

Ella esbozó una adorable sonrisa al tiempo que sus ojos brillaron con picardía.

—¿Cómo podías saberlo?

—Por instinto.

Cuando la miró sonriente, Jenny pensó que Cage tenía muchos instintos con las mujeres, ninguno de ellos sagrado.

Cage recordó aquel domingo de la primavera pasada. El cielo estaba despejado y hacía calor. Jenny llevaba un vestido amarillo y espumoso que se pegaba a su cuerpo cada vez que se levantaba algo de viento.

A él le encantó tenerla contra su pecho cuando la sentó en el columpio. La sostuvo por más tiempo del necesario antes de empujarla. Así tuvo la oportunidad de aspirar su esencia veraniega y sentir el tacto de su esbelta espalda contra los pectorales.

Cuando la soltó, ella se rio como una niña. El sonido de aquella risa tan infantil y alegre resonó en sus oídos mientras empujaba el columpio cada vez más alto.

Era cierto lo que los poetas románticos recitaban sobre los caprichos primaverales de los jóvenes. Aquel día Cage sintió que el jugo viril le recorría las venas, incitándolo a la excitación del apareamiento.

Hubiera querido tumbarse con ella en la hierba, los dos bañados por el sol mientras la cubría de besos. Hubiera querido apoyar la cabeza en su regazo, contemplar su rostro, y hacerle el amor con toda la dulzura posible.

Pero aquel día, igual que todos, ella era la chica de Hal. Y cuando Cage los volvió a ver juntos, no pudo seguir aguantando y fue a su coche a tomar una cerveza helada. Sus padres manifestaron su más enérgica desaprobación ante su indecoroso comportamiento.

Finalmente, para no estropearle el día a nadie, y menos a Jenny, se despidió de todos y se alejó del parque en su Corvette negro.

Y en aquel momento, en la iglesia, volvía a sentir el irrefrenable deseo de tocarla. A pesar de su aspecto desaliñado, seguía pareciendo tan provocadora y dulce como siempre, y Cage se preguntó si las paredes de la iglesia soportarían la embestida de la pasión que lo invadía.

–¿Quién ha donado las flores esta semana? –le preguntó antes de que su cuerpo respondiera a sus pensamientos lujuriosos.

Todos los años circulaba un calendario entre los feligreses. Cada domingo era una familia la que llevaba las flores al altar, por lo general en honor a una ocasión especial.

Jenny leyó la tarjeta del ramo de gladiolos colorados.

–Los Randall. «En memoria de nuestro hijo Joe Wiley» –leyó en voz alta.

–Joe Wiley Randall –Cage entrecerró los ojos y sonrió.

–¿Lo conocías?

–Sí. Era un poco mayor que yo, pero pasamos algún tiempo juntos –giró la cabeza y miró por encima del hombro a la fila de bancos–. ¿Ves el cuarto banco? Joe y yo nos sentamos ahí un domingo. Cuando la bandeja de ofrendas pasó por nosotros, él se sacó el chicle de la boca y lo pegó por debajo. Los dos pensamos que era para desternillarse de risa. Imagínate la cara de la gente cuando les llegaba la bandeja y se les pegaban las manos al chicle.

–¿Qué pasó? –le preguntó ella sentándose a su lado.

–Me gané un guantazo, y creo que él se llevó otro.

–No. Me refiero a lo que le pasó a él. La tarjeta dice «en memoria de».

—Oh... Se fue a Nam —miró las flores por un momento—. No recuerdo haberlo visto desde que se graduó en el instituto. Era un jugador de baloncesto endemoniadamente bueno —al decir eso, se encorvó y agachó la cabeza, como esperando recibir la ira de Dios—. ¡Uy! No se puede hablar así en la iglesia, ¿verdad?

Jenny se echó a reír.

—¿Qué más da aquí que en cualquier otro sitio? Dios siempre te está oyendo hablar así —de repente se puso seria—. Tú crees en Dios, ¿verdad, Cage?

—Sí —respondió con una seriedad rara en él. No había duda de que estaba diciendo la verdad—. Y le rindo culto aunque sea a mi modo. Sé lo que dicen de mí. Hasta mis propios padres creen que soy un pagano.

—Estoy segura de que no es eso lo que creen.

Él la miró dudoso.

—¿Qué piensas tú de mí?

—Que eres el estereotipo del hijo de un predicador.

Cage echó hacia atrás la cabeza y soltó una carcajada.

—Eso es simplificarlo mucho, ¿no crees?

—En absoluto. Siempre estabas haciendo lo posible para que no se te viera como a un niño bueno.

—Ya he crecido y sigo sin querer que me vean así.

—Nadie te acusaría de eso —se burló ella, dándole un golpecito en el muslo. Retiró la mano enseguida. Sus piernas eran recias y musculosas, igual que las de Hal, y le recordaron el tacto de su dureza contra su piel desnuda—. ¿Recuerdas cómo intentabas hacerme reír cuando estaba cantando en el coro?

—¿Yo? —preguntó indignado—. Nunca hice algo semejante.

—Oh, sí, claro que lo hiciste. Te ponías a hacerme muecas desde el último banco, donde te sentabas con una de tus chicas. Tú...

—¿Con una de mis chicas? —repitió él—. Hablas como si hubiera tenido un harén.

—¿Acaso no lo tenías? ¿No lo tienes ahora?

Él le recorrió el cuerpo con la mirada.

—Siempre hay espacio para una más. ¿Quieres rellenar una solicitud?

—¡Oh! —exclamó ella. Se levantó de un salto y lo miró con furia—. Sal de aquí. Tengo mucho que hacer.

—Sí, yo también —suspiró y se puso en pie—. Acabo de firmar un contrato para arrendar cien acres de los terrenos de los Parson.

—¿Y eso es bueno? —lo único que sabía de su trabajo era que estaba relacionado con el petróleo y que tenía bastante éxito.

—Mucho. Estamos listos para empezar las perforaciones.

—Felicidades.

—Guárdalas para cuando lleguen los beneficios —le puso tras la oreja un mechón de pelo, que se había soltado del recogido, y se dio la vuelta para salir.

—¿Cage?

—¿Sí? —se volvió para mirarla, con los pulgares en el cinturón y con el cuello de la camisa vaquera subido hasta la mandíbula. Un tipo duro, atractivo y peligroso...

—He olvidado preguntarte para qué has venido.

Él se encogió de hombros.

—Por nada en especial. Adiós, Jenny.

—Adiós.

Él la miró por un momento antes de ponerse las gafas de sol, y caminó hacia la puerta.

Jenny se afanaba por tender la sábana empapada en la cuerda antes de que el viento se la arrebatase de las manos. Las otras que había colgado se mecían como velas gigantes a su alrededor.

Cuando sujetó la última pinza y dejó caer los brazos, oyó una especie de rugido monstruoso. Una forma amenazante se revolvió tras la sábana y la agarró entre sus enormes brazos.

Ella intentó gritar de miedo, pero la figura se lo impidió poniéndole una mano en la boca.

—Te he asustado, ¿verdad? —le susurró al oído su agresor.

—Suéltame.

—Di «por favor».

—¡Por favor!

Cage la soltó y salió riendo de detrás de la sábana.

—Cage Hendren, ¡me has dado un susto de muerte!

—Eh, vamos, sabías que era yo.

—Solo porque ya me lo has hecho antes —hizo un esfuerzo por no sonreír, sin éxito, y acabó riéndose con él—. Algún día... —dejó la amenaza latente en el aire.

—Algún día, ¿qué, Jenny Fletcher?

—Algún día tendrás tu merecido —le agitó el dedo bajo su nariz, pero él la agarró por la muñeca y le dio un pequeño mordisco.

—No lo creo.

El ver su dedo entre aquellos dientes tan blancos la hizo sonrojarse. Pensó en cómo podría apartar la mano sin que pareciera un movimiento cobarde, pero finalmente fue él quien la liberó.

Se preguntó por qué estaría Cage allí, aunque sus visitas no eran ocasionales como antes de que Hal se marchara. Desde entonces se dejaba ver con mucha más frecuencia.

Sus motivos aparentes eran preguntar por su hermano; pero se trataba de una excusa tan pobre, que Jenny se preguntó si acaso lo haría en atención a sus padres. De ser así, era un gesto muy bonito por su parte.

También había ido varias veces para vaciar su antiguo dormitorio de todos los «trastos», tal y como su madre le había pedido, pero hubiera podido hacerlo de un solo viaje.

Más tarde se presentó con un pastel que había comprado en la feria pastelera del Organismo de Viviendas Sociales, alegando que él solo no podría comérselo entero.

Una noche se pasó con la intención de que su padre le prestase una lijadora eléctrica para limpiar el coche. A pesar de todas esas razones, Jenny seguía pensando que Cage escondía un motivo oculto.

Y cuanto más tiempo pasaba a su lado, menos le gustaba

pensar en las mujeres que habían estado con él. Los celos que la asaltaban eran infundados, y Jenny no podía imaginarse de dónde habían salido.

–¿Está rota la secadora? –le preguntó él cargándose al hombro la cesta vacía y siguiéndola hacia la puerta trasera.

–No, pero me gusta el olor de las sábanas cuando se secan fuera.

Él sonrió y le sostuvo la puerta abierta.

–Eres un caso, Jenny.

–Lo sé. Totalmente pasada de moda.

–Eso es lo que me gusta de ti.

De nuevo sintió la necesidad de alejarse. Cada vez que la miraba de aquel modo tan peculiar apenas podía respirar.

–¿Te apetece… te apetece algo de beber?

–Con mucho gusto –llevó la cesta al lavadero mientras ella servía el refresco en dos vasos con hielo.

–¿Dónde están papá y mamá?

–Tenían que visitar a varias personas en el hospital.

Al darse cuenta de que estaban los dos solos en casa, se puso inexplicablemente nerviosa. La mano le temblaba cuando le puso el vaso sobre la mesa. No quería arriesgarse a tocarlo. Siempre había evitado hacerlo…

Se sentó frente a él y bebió inquieta su refresco. Aunque mantenía la vista apartada, sentía que la estaba mirando. ¿Por qué no se había puesto algo debajo de la camiseta?

Entonces, para aumentar su mortificación, sus pechos empezaron a endurecerse bajo la tela.

–¿Jenny?

–¿Qué? –su voz la sobresaltó, como si hubiera estado haciendo algo malo. Recordó su noche de amor con Hal, quien vestía igual que Cage, con vaqueros y camisa de algodón.

Casi podía sentir el tacto del tejido contra su piel desnuda, el frío picor de su hebilla antes de que la desabrochara, la abrasadora fuerza de su masculinidad cuando… Se estremeció y juntó las rodillas bajo la mesa, tratando de permanecer impasible.

—¿Sabes algo de Hal?

Ella negó con la cabeza. Era tanto una respuesta como un intento de rechazar las sensaciones que la asaltaban.

—No sé nada desde la última postal que envío hace un mes. ¿Crees que deberíamos sacar alguna conclusión?

—Sí —respondió él con una sonrisa—. Que todo va bien.

—La falta de noticias son buenas noticias, ¿no?

—Sí, algo así.

—Bob y Sarah intentan disimularlo, pero están muy preocupados. No sabíamos que tendría que internarse en el país. Pensábamos que solo llegaría hasta la frontera y que ya estaría de vuelta.

—Puede que ya esté de regreso y que no haya tenido la oportunidad de comunicárnoslo.

—Puede —Jenny se sentía dolida, porque las pocas veces que Hal había escrito se había dirigido a todos en general. Explicaba las malas condiciones de Monterico e insistía en que se encontraba a salvo, pero no incluía ni una sola palabra especial para ella. Su propia novia. ¿Era eso normal en un hombre enamorado?

—¿Lo echas de menos? —le preguntó Cage con amabilidad.

—Muchísimo —alzó la vista para mirarlo pero enseguida bajó la mirada. No podía mentir ante aquellos ojos leonados. Ni siquiera podía eludir la verdad. Echaba de menos a Hal, pero no «muchísimo».

¿Cómo era posible, después de haber hecho el amor con él? ¿En qué clase de depravación se había metido? Se moría por volver a sentir un placer tan increíble, pero no estaba particularmente ansiosa por volver a ver a Hal. Tal vez aún le guardara rencor por haberla dejado sin despedirse. Al menos esa era la respuesta que intentaba creerse. No la satisfacía del todo, pero no tenía otra.

—Seguro que está bien —dijo Cage reclinándose en la silla—. Hal siempre sale ileso de cualquier apuro. Había una familia que vivía no lejos de aquí... mucho antes de que vinieras a esta casa. Yo tenía doce años, y Hal ocho o nueve.

Tenían una hija con un grave problema de sobrepeso. Todos los chicos del colegio la llamaban «gorda mantecosa», «porky» y cosas así. Un grupo de ellos solía esperarla en una esquina y, cuando ella pasaba de camino a casa, se ponían a reírse y a silbarle –mientras hablaba, deslizaba los dedos por el vaso. El modo en que acariciaba el vidrio era fascinante, y Jenny se imaginó...–. Un día, Hal la acompañaba a casa y se topó con los chicos que la insultaban. Sus intentos de defenderla le costaron un ojo morado, un labio partido y una nariz sangrando. Pero, aquella noche, papá y mamá lo convirtieron en un héroe por haberse enfrentado a un enemigo mayor que él. Mamá le sirvió una doble ración de postre y papá comparó su hazaña a la de David contra Goliat.

Hizo una pequeña pausa antes de seguir:

–Yo pensé, demonios, si eso es todo lo que hay que hacer para contentarlos, yo también puedo hacerlo. Sabía luchar, y mucho mejor que Hal. De modo que, al día siguiente, esperé a esos pequeños matones detrás del garaje. Tenía que ajustar cuentas con ellos; por un lado al haber herido a mi hermano, y por otro al reírse de esa pobre chica.

–¿Qué hiciste?

–Se sentían muy orgullosos de sí mismos y bajaban riendo por el callejón. Entonces salí de mi escondite y golpeé a uno con la tapa de un cubo de basura. Le rompí la nariz. A otro le hundí el puño en el cuello y lo dejé sin respiración. Y al último le di una patada en... en el sitio donde le duele a los niños.

Jenny sonrió a su pesar y se ruborizó un poco.

–¿Qué pasó?

–Esperé con ilusión el mismo premio que Hal había obtenido la noche anterior –negó con la cabeza y una triste sonrisa curvó sus labios–. Me mandaron a la cama sin cenar después de haberme dado un guantazo, haberme soltado un sermón y requisarme la bici durante dos semanas –se echó hacia delante y las dos patas frontales de la silla acabaron la historia con un crujido seco–. Así que ya ves, Jenny, si hubiera sido yo el que se marchara a Centroamérica me habrían etiquetado de alborotador y agitador de las masas. Pero Hal... a él se le considera un santo.

Sin pensar en lo que hacía, Jenny alargó la mano y le cubrió la suya.

–Lo siento, Cage. Sé que es doloroso.

Él le puso la otra mano encima y le clavó la mirada. Los verdes ojos de Jenny brillaban con lágrimas de empatía.

–¿Jenny? Estamos en casa. ¿Dónde estás?

Los Hendren acababan de entrar por la puerta principal. Pasaron a la cocina un segundo antes de que Cage y Jenny se soltaran.

–Ah, aquí estás. Hola, Cage.

Jenny se puso en pie de un salto y les ofreció algo para beber. Cage también se levantó.

–Tengo que irme. Solo he pasado por aquí para preguntar por Hal. Volveré más tarde. Hasta luego.

No había razón para prolongar la visita. Realmente había querido preguntar por Hal, pero su principal motivo había sido ver a Jenny.

La había visto.

Y ella lo había tocado.

Era estupendo.

Jenny colocó la bolsa de la compra sobre el asiento trasero del coche, un pequeño utilitario que los Hendren le regalaron tras graduarse. De pronto, un largo silbido la hizo volverse tan rápidamente que a punto estuvo de golpearse la cabeza.

Cage estaba montado en una impresionante motocicleta, y su expresión encajaba muy bien con el silbido. Tenía un casco negro en la mano y una camisa azul sin mangas. Los botones habían sido arrancados o desabrochados, y lo único decente de su aspecto era que el borde de la camisa lo tenía metido por dentro de los vaqueros.

Llevaba un pañuelo rojo anudado al cuello. Los Ángeles del

Infierno lo habrían acogido con los brazos abiertos y sin duda lo habrían elegido presidente.

Jenny sintió curiosidad por el vello castaño que le cubría el pecho. Se desplegaba en abanico sobre los pectorales y bajaba como una cinta por el estómago. Le resultó muy difícil apartar la mirada de aquella piel bronceada y aquellos músculos endurecidos.

—No tienes muy buen aspecto —le mintió.

—Gracias, señorita —ella se echó a reír—. Tú tampoco.

—¿Qué tiene de malo mi aspecto?

—Llevas unos vaqueros tan ajustados, que calentarían la imaginación de cualquier hombre.

—Solo a algunos —replicó ella—. Los que tienen el cerebro en sus partes íntimas.

—Mmm... supongo que soy uno de ellos.

—Ningún otro me ha silbado hoy.

—Eso es porque ninguno te ha visto inclinada sobre el asiento.

—Eres un sexista.

—A mucha honra.

—¿Cómo te sentaría que te silbara yo así?

—Te arrastraría detrás de los arbustos.

—Eres incorregible.

—Eso dicen por ahí —sonrió, luciendo sus blancos dientes al sol. Al apoyarse sobre el manillar de la moto, sus bíceps se hincharon—. ¿Quieres dar una vuelta conmigo?

Ella apartó la mirada, cerró con un portazo la puerta trasera y abrió la del conductor.

—¿Un paseo? ¿Te has vuelto loco? —le preguntó mirando con recelo la motocicleta.

—No, solo incorregible. Vamos, será un momento.

—Ni hablar. No pienso montarme en esa cosa.

—¿Por qué?

—No confío en ti como conductor.

—Estoy más sobrio que una piedra —dijo él riendo.

—Será por primera vez. Ya me he montado en un coche contigo y fue arriesgar mi vida. Hasta la policía te saluda cuando te ve pasar. Saben muy bien que no podrían alcanzarte.

Él se encogió de hombros.

—Me gusta conducir deprisa. Soy digno de confianza.

—Y yo también. No, gracias —dijo con cortesía, y se sentó al volante—. Además, el helado se está derritiendo —añadió mientras arrancaba el motor.

Cage la siguió hasta la casa, cruzándose en su camino una y otra vez, y haciéndola frenar de golpe para no atropellarlo. Ella pudo ver su sonrisa burlona bajo el cristal del casco. Intentó mantenerse seria y ceñuda, pero cuando aparcó no podía dejar de reír.

—¿Lo ves? —él se puso a su lado y se quitó el casco—. Sano y salvo. Ven a dar un paseo conmigo.

Sus cabellos destellaban a la luz del sol, adquiriendo el color del trigo maduro. Su mirada era tan convincente, que Jenny dudó con la bolsa de la compra en los brazos.

—¿Cuándo fue la última vez que hiciste algo sin pensar?

«La noche que seduje a Hal», pensó, pero ni siquiera quería pensar en él. Llevaba fuera diez semanas. En ese tiempo Cage iba a verla con tanta frecuencia que, si no lo conociera tan bien, pensaría que la estaba siguiendo.

—No puedo, de verdad que no.

—Claro que sí. Vamos. Te ayudaré a guardar el helado.

No tenía sentido discutir con él. Bob y Sarah no estaban en casa, por lo que Jenny era un blanco fácil, y Cage sabía aprovechar las circunstancias.

—Oh, está bien —aceptó ella con un suspiro de irritación, aunque su corazón latía frenético de anticipación.

Él la agarró del brazo y la volvió a sacar a la calle antes de que cambiase de opinión.

—Tengo un casco para ti —se lo puso en la cabeza y ató las correas a la barbilla. Por un breve instante sus ojos se encontraron y él le rozó la mejilla. Pero enseguida se puso a explicarle cómo debía sentarse en la moto—. Ahora rodéame con los brazos —le dijo cuando se sentó delante de ella.

Ella dudó un segundo antes de abrazarlo. Al tocar sus abdominales desnudos, el vello le hizo cosquillas en las muñecas y retiró las manos.

–Lo siento –murmuró. Tenía el corazón desbocado.

–Está bien –él le tomó las manos y las sujetó firmemente sobre su cintura–. Tienes que agarrarte con fuerza.

La cabeza de Jenny daba vueltas. Si no hubiera estado tan temerosa de caerse, habría cerrado los ojos mientras él arrancaba y se ponían en marcha. Mantuvo las manos quietas, a pesar de que se moría por deslizar los dedos por su pecho y palpar aquellos músculos tan poderosos.

–¿Te gusta? –le gritó por encima del hombro.

–¡Me encanta! –respondió ella con sinceridad.

El cálido viento los golpeaba sin piedad a medida que se alejaban del perímetro urbano. Al salir de la ciudad, Cage aceleró y se lanzó como un cohete a la carretera. Jenny pensó que había algo excitante y salvaje en que solo dos neumáticos la separasen del asfalto que se deslizaba velozmente a sus pies, y en las vibraciones que el motor le provocaba entre los muslos.

Cage salió de la carretera y se desvió por un camino que acababa en una verja. La casa que se veía al otro lado de la valla era auténticamente victoriana, rodeada por un jardín con césped y variedad de árboles. Un porche rodeaba tres fachadas del edificio, protegido del sol por los balcones del segundo piso, y en una de las esquinas se veía una cúpula. Las paredes estaban pintadas de color arena, con adornos de pizarra.

En un lateral estaba el garaje, donde Jenny vio el Corvette aparcado junto a otros vehículos. Más allá había un establo, detrás del cual se extendía un pasto donde pacían algunos caballos.

–Esta es mi casa –dijo él cuando apagó el motor. Jenny se quitó el casco y la contempló sorprendida.

–¿Es aquí donde vives?

–Sí, desde hace dos años.

—Nunca he sabido dónde estaba tu casa. Nunca nos has invitado a venir. ¿Por qué, Cage?

—No quería recibir críticas de mis padres. Ven esto como una injusticia, y Hal no quería venir por miedo a contradecirles. Así que me pareció mejor no invitar a nadie.

—¿Ni siquiera a mí?

—¿Habrías venido?

—Creo que sí —respondió sin mucha convicción.

—Ya estás aquí. ¿Te gustaría verla?

—Por favor —aquella vez Jenny no tuvo la menor duda—. ¿Podemos entrar?

Él sonrió y la condujo hacia los escalones de la entrada.

—La casa se construyó a principios de siglo y pasó por varios propietarios, cada uno de los cuales la deterioró un poco más. Cuando la compré, estaba en un estado de total abandono. Lo que yo quería realmente era el terreno que la rodeaba, pero al final decidí quedarme. Sentía que era mi hogar.

—Es preciosa —dijo ella mientras recorrían las habitaciones de techos altos y alegremente iluminadas.

Cage las había decorado con simpleza. Todo estaba pintado de blanco: paredes, puertas y postigos. El suelo estaba recubierto de una capa de pátina, y los muebles ofrecían una combinación de clasicismo y modernidad, todos ellos dispuestos de una forma cómoda y elegante.

La cocina parecía un prodigio de la era espacial, pero los modernos electrodomésticos estaban apropiadamente escondidos tras una fachada de encanto centenario. En el piso superior había tres dormitorios, de los cuales solo uno había sido reformado.

Cage observó desde la puerta del pasillo la habitación en la que Cage dormía. El color siena de las paredes combinaba muy bien con el edredón de ante que cubría la inmensa cama, que parecía tan blanda como la mantequilla. A través de una puerta se veía un lujoso cuarto de baño con una enorme bañera bajo una ventana.

—Me gusta tomar un baño mientras contemplo el paisaje

–dijo Cage al notar la dirección de su mirada–. Desde ahí se observa una puesta de sol espectacular... O de noche, bajo la luna llena y las estrellas.

Jenny se sintió como si estuviera hipnotizada.

–La casa parece perfecta para ti, Cage. Al principio pensé que no, pero así es.

–Ven a ver a la piscina.

Bajaron las escaleras y salieron a un patio de piedra caliza lleno de macetas y geranios. En una esquina se veía un cactus con flores rojas y amarillas, y una hilera de arbustos plateados y morados se alineaban junto a la valla. La piscina era honda y tan azul como un zafiro.

–Vaya –susurró ella.

–¿Quieres bañarte?

–No tengo bañador.

–¿Quieres bañarte?

Jenny se quedó sin respiración, cautivada por la intensa mirada y por la embriagadora sutileza de la provocación.

Era algo impensable...

Pero, aun así, pensó en ello.

Y los pensamientos prohibidos se arremolinaron en su mente elevando la temperatura de sus células. Pudo verse a los dos desnudos, bañados por el sol y la brisa. El cuerpo desnudo de Cage, su piel morena y su fina capa de vello dorado. Y a ella misma, mostrándole sus secretos...

La fantasía le hizo la boca agua.

Se imaginó tocándolo, sus manos deslizándose por aquellos musculosos brazos, siguiendo con los dedos el curso de las venas que se marcaban en la superficie. Lo vio a él tocándola a ella; vio sus manos acariciándole los pechos, los pezones erguidos, resbalándose por el vientre hasta sus muslos y...

–Tengo que volver –dijo de repente, y entró corriendo en la casa como si el mismo demonio la persiguiera. Cage no tenía cuernos ni tridente, pero su sonrisa era igual de diabólica.

Lo esperó en el porche a que cerrara la puerta, y se apartó de él cuando tomó su brazo para bajar los escalones.

–¿Pasa algo, Jenny?

–No, no, claro que no –se apresuró a responder–. Me ha gustado mucho tu casa.

¿Por qué se comportaba así? Cage no iba a hacerle daño. Lo conocía desde hacía años.

¿Por qué de repente era como un desconocido para ella, y a la vez alguien a quien conocía mejor que a nadie en la tierra? No había hablado con él tanto como con Hal, y aun así sentía una afinidad inexplicable.

Los sentimientos que bullían en su interior eran extraños, sexuales... Y, sin embargo, parecían los apropiados.

–Muy bien, ya sabes cómo va esto –le dijo él subiendo a la moto–. Aprieta los muslos, nena.

–¡Cage!

Fue su única protesta. En cuanto la moto se puso en marcha, se aferró a él como si la vida dependiera de ello, sin el menor temor por tocarle la piel del estómago ni por apretarse contra su espalda. Apretó los muslos contra sus caderas y apoyó la barbilla en su hombro.

Cuando se acercaron a la casa parroquial, Cage aparcó entre unas moreras, a cierta distancia. No pasaban peatones, pero Jenny no estaba tranquila.

–¡Estás loco, Cage Hendren! –exclamó riendo.

–¿Quieres repetirlo mañana? –le preguntó él sonriente.

–No, por supuesto que no –estaba tan nerviosa, que al bajar estuvo a punto de caer al suelo–. Esta última carrera ha sido un auténtico desafío a la muerte.

Tenía las mejillas sonrosadas y los ojos brillantes. Cage nunca la había visto sonreír así, sin su eterna máscara de conservadurismo. Jenny tenía una vena aventurera, y la estaba dejando salir por primera vez en su vida.

Él también se bajó y se quitó el casco.

–Muy pronto estarás deseando repetirlo –la ayudó a quitarse el casco y entrelazó los dedos en su pelo, como si fuera lo más natural del mundo–. La próxima vez traspasaremos la barrera del sonido.

Le pasó el brazo por los hombros. A ella todavía le temblaban las rodillas, por lo que se apoyó en él y le rodeó la cintura con un brazo. Juntos se encaminaron hacia la puerta trasera.

Entonces Bob abrió y salió a los escalones. Lanzó una mirada acusadora a Cage y luego miró a Jenny. Su expresión los hizo detenerse.

–¿Papá?

–¿Bob?

Los dos le preguntaron al mismo tiempo, pero ambos lo sabían.

–Mi hijo ha muerto.

Capítulo 4

–¿Jenny? –le susurró Cage–. Jenny, por favor, no llores. ¿Quieres que le pida algo a la azafata?

Ella negó con la cabeza y se apartó el pañuelo de los ojos.

–No, gracias, Cage. Estoy bien.

Pero no estaba bien. No lo estaba desde la tarde anterior, cuando Bob Hendren les dijo que Hal había sido ejecutado por un pelotón de fusilamiento en Monterico.

–Jamás sabré por qué demonios te he permitido venir –dijo Cage en un tono de amargo reproche.

–Es algo que tengo que hacer –insistió ella restregándose los ojos.

–Me temo que esto va a ser un calvario y que solo te pondrá las cosas más difíciles.

–No. No podría quedarme sentada en casa a esperar. Tengo que ir contigo o me volveré loca.

Al menos Cage podía entender eso. Se trataba de un espantoso viaje a Monterico para identificar el cadáver de Hal y conseguir llevarlo de vuelta a Estados Unidos. Habría que negociar con el Departamento de Estado y con la Junta Militar en Monterico. Pero siempre sería mejor que quedarse en casa y contemplar el humillante dolor de los Hendren.

–Jenny, ¿dónde has estado? –le había gritado Sarah al verla–. Tu coche estaba aquí… Te hemos buscado por todas partes… ¡Oh, Jenny!

Se había abrazado a ella sin parar de llorar, mientras Cage

se desplomaba en el sofá y bajaba la vista al suelo. Nadie se preocupó de consolarlo por la pérdida de su hermano. Era como si no estuviese allí, salvo por la reprobatoria mirada que su padre lanzó al casco. Cage lo había tirado al suelo del vestíbulo cuando irrumpieron en la casa.

–Siento no haber estado aquí –dijo Jenny acariciando el pelo de Sarah–. Yo… Cage y yo fuimos a dar un paseo en moto.

–¿Estabas con Cage? –Sarah levantó la cabeza y miró a su hijo. Parecía que por primera vez se daba cuenta de su presencia.

–¿Cómo os habéis enterado de lo de Hal, mamá? –preguntó él tranquilamente.

–Un representante del Departamento de Estado nos llamó hace media hora –explicó su padre. Sarah parecía haber caído en trance. El viejo pastor tenía los hombros encorvados, y la barbilla le temblaba. Sus ojos habían perdido el brillo habitual y su voz era un triste balbuceo–. Por lo visto, a esos matones fascistas no les gustaba lo que hacía Hal. Él y sus compañeros fueron arrestados junto a varios de los rebeldes que habían ido a rescatar. Todos fueron… –miró a Sarah–. Ejecutados. Nuestro gobierno va a hacer una protesta formal.

–¡Nuestro hijo ha muerto! –gritó Sarah–. ¿De qué sirven las protestas? Nada va a hacer que Hal regrese.

Jenny estaba de acuerdo. Las dos mujeres permanecieron abrazadas toda la tarde, sin parar de llorar. La noticia no tardó en divulgarse y pronto la gente empezó a llegar. Llenaron la casa con muestras de compasión y la cocina con comida.

El teléfono sonaba incesantemente. En un momento, Jenny levantó la cabeza y vio que Cage estaba hablando por el auricular. Había ido a su casa para cambiarse de ropa, y estaba vestido con unos pantalones entallados, una camisa y una chaqueta. Mientras escuchaba a su interlocutor, se restregaba los ojos con los dedos, apoyado en la pared. Parecía agotado y desconsolado.

Jenny no había tenido tiempo de subir a arreglarse un poco tras su descabellado paseo. Pero nadie parecía notar su aspecto. Todo el mundo se movía como si fueran autómatas, yendo de un lado para otro sin interés. Nadie podía creer que Hal ya no estuviera entre ellos.

–Pareces cansado –le dijo a Cage–. ¿Has comido algo?

La encimera de la cocina estaba repleta de los platos que habían llevado los miembros de la iglesia, pero a Jenny la idea de comer en esos momentos le resultaba repugnante.

–No, no me apetece nada. ¿Y tú?

–Yo tampoco tengo hambre.

–Deberíamos comer algo –dijo Bob entrando en la cocina. Sarah iba agarrada de su brazo.

–Papá, ha llamado un tal Whithers, del Departamento de Estado –le dijo Cage–. Tengo que ir mañana a recuperar el cuerpo –Sarah se estremeció y se llevó la mano a la boca–. Whithers se encontrará conmigo en Ciudad de México. Me ayudará a gestionar los trámites, así que ya podéis ir preparando el funeral.

Sarah se apoyó sobre la mesa y empezó a llorar de nuevo.

–Iré contigo, Cage –dijo Jenny tranquilamente.

La reacción de los Hendren no fue tan tranquila, pero ella había tomado una decisión y estaba dispuesta a llevarla hasta el final.

Cage y ella condujeron hasta el Paso, desde donde tomaron un avión hacia México. Era el mismo recorrido que había seguido Hal tres meses antes.

Cage iba sentado junto a ella, como si quisiera protegerla del resto del mundo. Cuando vio que había hecho trizas su pañuelo, sacó el suyo del bolsillo y se lo ofreció.

–Gracias.

–No me des las gracias, Jenny. No soporto verte llorar.

–Me siento tan culpable.

–¿Culpable? ¿Por qué?

Ella hizo un gesto de frustración con las manos y perdió la mirada entre las nubes que desfilaban al otro lado de la ventanilla.

–No lo sé. Por muchas razones. Por enfadarme cuando se

marchó sin despedirse, por guardarle rencor cuando no me mandaba ninguna carta íntima. Tonterías como esa.

–Todo el mundo se siente culpable por menosprecios así cuando alguien muere. Es natural.

–Sí, pero... yo me siento culpable por... estar viva –giró la cabeza y lo miró con sus ojos llorosos–. Por haberlo pasado tan bien contigo ayer cuando Hal ya estaba muerto.

–Jenny –Cage sintió una punzada en el pecho. Había albergado el mismo sentimiento de culpa, pero no se lo había dicho.

La rodeó con un brazo y la apretó contra él. Con la otra mano le acarició el pelo.

–No debes sentirte culpable por estar viva. A Hal no le hubiera gustado. Fue él quien eligió hacer esto. Sabía los riesgos que asumía. Y los asumió.

Cage no quería reconocer lo bien que se sentía al abrazarla. Había querido hacerlo miles de veces, y al fin podía hacerlo. No le gustaba que la oportunidad le hubiera llegado en un momento así, pero era humano y no podía ignorar el placer que lo invadía.

¿Por qué tuvo que morir Hal? ¿Por qué? Cage hubiera querido quedarse con Jenny, pero tras arrebatársela a su hermano en un duelo justo. No había victoria en aquella muerte tan repentina. ¿Sería el remordimiento de Jenny el siguiente obstáculo a vencer?

–¿Por qué te enfureciste tanto con Hal cuando se marchó? –tal vez oyera una respuesta que no le gustase, pero tenía que preguntárselo.

Jenny dudó un rato antes de contestar.

–La noche antes pasó algo que nos acercó más que nunca. Pensé que aquello lo cambiaría todo. Sin embargo, a la mañana siguiente se marchó sin decirme nada, como si nunca hubiera pasado.

«Porque a Hal no le había pasado nada...», pensó él.

–Tenía la esperanza de que anulase el viaje –continuó ella con un suspiro–. Por eso me sentí tan rechazada cuando no lo hizo. En el fondo sabía que mis sentimientos no eran más importantes para él que su misión, pero...

Cage estaba desesperado por saber lo que había pensado y sentido aquella mañana. Cuando la miró en la cocina se le habían pasado por la cabeza mil preguntas, pero no fue capaz de formular ninguna.

Hubiera querido preguntar: «¿estás bien?», «¿te hice daño?», «Jenny, ¿lo he soñado o de verdad ha sido algo tan increíble?».

Seguía sin saber las respuestas a esas preguntas. Pero, fueran cuáles fueran las respuestas, pertenecían a Hal, no a él. A Jenny le había dolido la aparente despreocupación de su novio tras su primera noche de amor, y no podía entender su reacción al marcharse como si para él no hubiese significado nada. Pero tanto Hal como ella eran inocentes. El único culpable, como siempre, era él.

¿Debería decírselo en esos momentos? ¿La absolvería de su martirio?

No, por Dios, claro que no. Tenía que superar la muerte de Hal. ¿Cómo iba a hacerlo sabiendo que había hecho el amor con otro hombre? ¿Cómo se perdonaría a ella misma y al hombre que la había engañado?

Jenny debió de sentir la tensión del brazo que la rodeaba, porque de repente se enderezó en el asiento y puso distancia entre ellos.

—No debería estar molestándote con esto. Seguro que mi vida personal poco te importa.

Oh, sí, claro que le importaba. Pero ella no podía saberlo. No podía saber que él la había tocado y sentido como ningún otro hombre. Que había palpado los secretos de su piel, que había escuchado los íntimos gemidos de placer y que la había besado con más pasión de la que Hal hubiera sentido jamás.

De pronto se dio cuenta de lo que estaba pensando. ¿Qué clase de bastardo era? Su hermano había muerto y él estaba pensando en cómo había sido su encuentro sexual con Jenny.

—Pronto aterrizaremos —dijo con voz tosca para disimular su confusión.

—Entonces debería arreglarme un poco la cara.

—Estás muy guapa.

Ella lo miró, y se dio cuenta de que nadie le había agradecido todo el esfuerzo que estaba haciendo. Se había hecho responsable de aquel encargo tan desagradable sin que nadie se lo hubiese pedido.

—Has sido de gran ayuda con todo esto, Cage. Con tus padres y conmigo —le puso la mano en el brazo—. Me alegra que podamos contar contigo.

—Yo también me alegro de poder ayudaros —respondió él con suavidad.

Era mejor no contarle que había sido él su amante nocturno. El egoísmo de Cage no habría permitido que Hal se llevase el mérito, pero su nobleza no podía consentir que Jenny tuviera que afrontar una doble tragedia.

La capital de Monterico era una ciudad agobiante, miserable y calurosa. Los edificios no eran más que ruinosos esqueletos de acero y hormigón; enormes pilas de basura y escombros hacían intransitables las calles. Las paredes y vallas estaban cubiertas de pinturas rojas que recordaban los logros de la espeluznante guerra civil. Por todas partes se veían soldados de uniforme, con expresión adusta y actitud arrogante, mientras que la población civil intentaba vivir con normalidad bajo el miedo y el peligro.

Jenny nunca había visto un lugar tan deprimente. No tardó en comprender la determinación de Hal para liberar a aquel desgraciado pueblo de la opresión.

Whithers, el oficial del Departamento de Estado que los recibió en Ciudad de México, le resultó una decepción. Jenny había esperado encontrar a alguien parecido a Gregory Peck: un hombre de personalidad arrolladora y autoridad incuestionable. Pero el señor Whithers no parecía ni resistir el soplo del viento, y mucho menos las dificultades que presentara un gobierno hostil a Estados Unidos. Con su traje arrugado y su aspecto débil, parecía más bien el blanco de bromas crueles que una supuesta amenaza a una junta militar.

Sin embargo, a ella la trató con deferencia, y se mostró amable y comprensible con su dolor mientras los conducía al avión que los llevaría a Monterico.

Jenny dejó que fuera Cage quien llevara el ritmo de la conversación con Whithers. Pero aunque no dejó de hablar durante todo el vuelo, no le quitó la vista de encima ni le apartó el brazo de su hombro.

Ella se relajó en su compañía, y se preguntó por qué la gente no apreciaría la sensibilidad de Cage.

«A Cage Hendren le importa un pimiento cualquiera que no sea él mismo».

Eso era lo que la gente decía de él.

Pero estaban equivocados. Él se interesaba por los demás. Por su hermano… y por ella.

Cuando llegaron a Monterico, Jenny, Cage y el señor Whithers se subieron al asiento trasero de un viejo Ford. Delante se sentaron el conductor y un soldado con un rifle AK-47 soviético. Ninguno de los dos ocultó su desprecio hacia los pasajeros, y cada vez que Jenny miraba el arma automática un escalofrío le recorría la columna.

Después de un recorrido por la ciudad, los dejaron frente a un edificio que anteriormente había sido un banco y que en esos momentos albergaba la sede general del gobierno. Una cabra, de aspecto tan enfermizo y hostil como cualquier otro habitante de Monterico, estaba atada a una de las columnas de la fachada.

Los ventiladores apenas funcionaban, y en el interior hacía casi tanto calor como en el exterior; pero, al menos, el amplio vestíbulo suponía un refugio contra el sol. Jenny tenía la blusa empapada de sudor y pegada a la espalda, y Cage se había quitado la chaqueta y la corbata y se había arremangado la camisa.

Un soldado les indicó un sofá destartalado, y murmuró una orden para que se sentaran mientras hacía pasar al señor Whithers a la oficina del comandante. Cuando Whithers salió, varios minutos más tarde, estaba nervioso y se secaba la frente con un pañuelo.

—Washington tendrá que oír esto —dijo con indignación.

—¿El qué? —le preguntó Cage.

De pie, con la chaqueta al hombro, la camisa abierta revelando los músculos de su pecho, con el ceño fruncido y la mandíbula recia, Cage parecía más intimidador que cualquiera de los soldados.

El señor Whithers explicó que el cuerpo de Hal aún no había llegado a la ciudad.

—El pueblo donde… eh… la…

—Ejecución —añadió Cage.

—Sí, bueno, el pueblo donde tuvo lugar está acordonado por la guerrilla. Pero esperan que el cuerpo sea devuelto esta noche.

—¡Por la noche! —exclamó Jenny. Pasar una tarde entera en aquel horrible lugar era desolador.

—Eso me temo, señorita Fletcher —el señor Whithers miró nervioso a Cage—. Puede que sea antes. Nadie lo sabe con seguridad.

—¿Qué se supone que debemos hacer mientras tanto? —preguntó ella.

Él se aclaró la garganta y tragó saliva.

—Esperar.

Y eso hicieron. Durante interminables horas tuvieron que permanecer encerrados en el edificio. El señor Whithers usó todo su poder diplomático para que les llevaran comida y agua; solo consiguió unos sándwiches rancios de jamón y unos vasos de agua turbia.

—Seguro que son las sobras del campo de prisioneros —dijo Cage tirando el sándwich en una papelera. Jenny tampoco pudo comerse el suyo. El jamón estaba recubierto por una capa verdosa. Pero estaban tan sedientos, que se bebieron todo el agua. Se pasaron sudando toda la tarde mientras los soldados dormitaban apoyados contra la pared.

Cage caminaba de un lado para otro, mascullando blasfemias e insultos sobre Monterico y los soldados. El pelo de Jenny y sus ojos verdes eran una novedad en aquel país, donde casi toda la población era de descendencia latina. Cada vez que uno de los soldados la miraba, Cage fruncía el ceño amenazadoramente.

Los soldados no sabían que Cage hablaba muy bien español y, cuando uno de ellos dijo algo ofensivo, Cage se dirigió hacia él con los puños cerrados. El señor Whithers lo agarró por la manga.

–Por amor de Dios, no haga ninguna tontería si no quiere que sean tres cuerpos lo que lleven a sus padres.

Tenía razón, y Cage volvió resignado al sofá. Se sentó junto a Jenny y le apretó la mano.

–No te muevas de aquí, pase lo que pase.

Cuando el sol empezó a ocultarse por el horizonte, un camión militar paró frente al edificio gubernamental. Sus ocupantes bajaron, fumando y riendo entre ellos, y se dirigieron hacia el despacho del comandante. Al poco rato, el comandante salió con un fajo de papeles y les indicó que lo acompañaran. Se subió a la parte trasera del camión, seguido por Whithers y Cage.

–No –le dijo Cage a Jenny cuando ella puso el pie en el portón.

–Pero, Cage…

–No –repitió con firmeza.

Dentro del camión había cuatro ataúdes. Hal estaba en el tercero que abrieron. Jenny lo supo al ver la expresión de Cage. Cerró los ojos y puso una mueca endurecida de dolor. Whithers le preguntó algo y él asintió en silencio.

Cuando abrió los ojos, dio unos pasos por el interior del camión antes de mirar a su hermano de nuevo. Entonces su expresión se suavizó un poco y las lágrimas le empezaron a afluir. Extendió la mano y tocó el rostro de Hal.

El comandante dio una rápida orden en español y el ataúd fue sellado de nuevo. Hizo que Cage y Whithers salieran, y cuatro soldados subieron para bajar el féretro.

En cuanto Cage pisó el suelo, se abrazó a Jenny. Ella también estaba llorando.

–Vámonos de aquí –le dijo a Whithers–. Haz que lo lleven al aeropuerto y salgamos cuanto antes –Whithers se alejó y Cage le puso a Jenny un dedo en la barbilla–. ¿Estás bien?

–¿Estaba…? ¿Su cara esta…?

–No –respondió él con una triste sonrisa–. No tiene nada. Parece que está durmiendo plácidamente.

Ella soltó un gemido y hundió la cara en su pecho. Él la apretó con fuerza y le acarició la espalda. Cage comprendía su sufrimiento. Además de ser su novio, Hal era como un hermano para ella. Era como si una parte de ambos estuviera en el ataúd.

–Eh… señor Hendren –interrumpió Whithers–. Van a trasladar el cuerpo ahora mismo –señaló una furgoneta tambaleante que subía dando tumbos por la colina.

–Bien. Quiero sacar a Jenny de este infierno. Podemos estar en México dentro de…

–Hay… eh… hay un problema.

Cage ya estaba caminando hacia la furgoneta. Se paró y dio media vuelta.

–¿Qué problema? –preguntó con furia.

Whithers se balanceó ligeramente sobre sus pies.

–No permiten que ningún avión despegue de noche.

–¿Qué? –explotó Cage. Ya había oscurecido por completo.

–Seguridad –explicó Whithers–. No encienden ninguna pista de aterrizaje tras la puesta de sol. Si recuerda bien, los fugitivos estaban camuflados cuando aterrizamos hoy.

–Sí, sí, lo recuerdo –dijo él irritado–. ¿Cuándo podremos salir?

–A primera hora de la mañana.

–Si no es así, voy a armar el escándalo de mi vida. Seré peor que cualquier guerrilla de la jungla. ¡Y si piensan que voy a dejar a Jenny en este maldito edificio, están muy equivocados!

–No, no, eso no será necesario. Lo han arreglado todo para que pasemos la noche en un hotel.

—No me interesa —espetó Cage—. Buscaremos un hotel nosotros mismos.

Pero las posibilidades eran tan escasas, que al final tuvieron que aceptar el lugar que les había asignado el gobierno. Al ver el vestíbulo, Jenny se hundió en la desesperación. Los muebles estaban manchados y desvencijados. Los ventiladores no funcionaban. Las cortinas desastradas y hechas jirones, y las paredes y el techo agrietados. En un rincón se veía una pila de revistas, tan viejas que apenas podían distinguirse los títulos.

—No es exactamente el Farmont —dijo Cage.

Después de hablar con el desaseado conserje, Whithers les dio a cada uno una llave.

—Estamos todos en el mismo piso —dijo más animado.

—Fabuloso. Llamaré al servicio de habitaciones y pediré champán y caviar —comentó Cage con sorna.

—Señorita Fletcher, su habitación es la trescientos diecinueve —Whithers pareció ofenderse por el sarcasmo de Cage.

Cage agarró la llave antes de que llegara a Jenny y miró el número de la suya.

—La señorita Fletcher se quedará conmigo en la trescientos veinticinco. Vamos, Jenny —la agarró del brazo y la condujo hacia las escaleras en vez de al ascensor. No valía la pena correr el riesgo de probarlo.

—Pero han sido muy específicos con eso —protestó Whithers—. Nos han asignado una a cada uno.

—Al infierno con ellos. ¿Cree que voy a dejar sola a Jenny? Píenselo bien.

—Esto rompe nuestro acuerdo.

—Pues me importa un rábano si eso nos lleva a la Tercera Guerra Mundial.

—No creo que le hicieran nada a la señorita Fletcher. No son salvajes...

Cage se volvió y lo miró con tanta severidad, que el otro hombre enmudeció.

—Ella se queda conmigo.

No había discusión posible contra esa declaración.

La habitación trescientos veinticinco era tan calurosa y polvorienta como cualquier otra estancia en Monterico. Cage miró por la ventana y, tal y como sospechaba, vio a dos soldados vigilándolos tres plantas más abajo. Ajustó los postigos para preservar un poco de intimidad, pero dejó la ventana abierta para que la brisa nocturna airease un poco el cuarto.

–Whithers ha dicho que nos subirán la cena.

–Si son más bocadillos de jamón, me muero de impaciencia –dijo Jenny. Soltó la bolsa sobre la cama y se sentó en el borde. Tenía los hombros encorvados, pero no había perdido todo el ánimo.

–Quítate los zapatos y túmbate.

–Puede que descanse unos minutos –dijo ella acostándose.

Media hora más tarde, un soldado llamó a la puerta y entró con una bandeja. Jenny estaba medio adormilada y se sentó de un salto en la cama, provocando que la falda se le subiera hasta los muslos. El soldado se dio cuenta y le lanzó una mirada lasciva.

Cage, olvidando la advertencia de Whithers, le quitó la bandeja de las manos y lo empujó afuera. Echó el pestillo y puso una silla bajo el pomo. Tales precauciones no detendrían las balas de un AK-47, pero al menos lo hacían sentirse mejor.

La cena consistía en un plato de arroz con pollo, judías y pimienta. Estaba tan picante, que a Jenny se le saltaron las lágrimas. No pudo tragar más de dos bocados.

–Come –le ordenó Cage.

–No tengo hambre.

–Come de todas formas.

Lo dijo con una voz tan implacable que ella obedeció, intentando separar los trozos de pollo. Había también una pequeña garrafa de vino tinto, y Cage probó un poco.

–Con esto podrían limpiar los orinales –dijo poniendo una mueca de asco.

–¿Es el borracho de La Bota quien habla?

–¿Así es como se me conoce? –preguntó él arqueando una ceja.

—A veces.

Cage sirvió un vaso de vino y se lo tendió. Ella lo miró, como preguntando: «¿qué se supone que tengo que hacer con esto?».

—Bebe —la apremió él—. No confío en el agua de este lugar y, créeme, ninguna bacteria podría vivir en este líquido.

Ella dio un sorbo, y puso una mueca que le hizo reír. Solo consiguió dar cinco sorbos más.

—No puedo tomar más —dijo con un estremecimiento de repugnancia.

Cage dejó la bandeja con los platos en el suelo, junto a la puerta. Escuchó unos segundos, pero al final se convenció de que nadie los estaba espiando al otro lado. Los guardias debían de estar vigilando el ascensor y las escaleras.

—¿Crees que la ducha funcionará? —preguntó ella entrando en el baño.

—Inténtalo.

—¿Crees que pillaré una infección?

Él se echó a reír.

—Tendremos que arriesgarnos —se quitó la camisa manchada—. No tengo otra opción.

—Yo tampoco, me temo —dijo ella, viéndose reflejada en el espejo.

Cerró la puerta y se desnudó. En otras circunstancias no se habría atrevido a pisar descalza un plato de ducha cubierto de moho, pero como Cage había dicho, no tenían alternativa. O eso, o dormir cubierta de polvo y sudor.

Sorprendentemente, el agua salía caliente y abundante, y el jabón era importado de Estados Unidos. Lo usó incluso para lavarse el pelo, ya que no tenía champú.

Después de secarse pensó en el siguiente dilema. ¿Qué podría ponerse? Tenía que enjuagar la ropa usada si quería volver a utilizarla al día siguiente. Se puso la combinación y se cubrió con la chaqueta del traje. Tenía un aspecto ridículo, pero mejor era eso que nada.

Dejó la ropa interior en el lavabo, y colgó los pantalones y la blusa en el único toallero disponible. Apagó la luz y abrió la puerta.

Al ver a Cage, se llevó los dedos a los botones de la chaqueta y la mantuvo sobre los pechos. ¿Alguna vez la había visto Cage con el pelo mojado?

—Yo... eh... Solo había una toalla. Lo siento.

—Me secaré con el aire —dijo él con una sonrisa. Tenía la mirada fija en el borde de la combinación, sobre las rodillas.

Pasó a su lado y entró en el baño. Cuando cerró la puerta, ella se puso colorada al recordar la ropa que había dejado a secar. Era absurdo sentir vergüenza. En casa habían colgado su ropa en el mismo tendedero. Cage la había visto con bata y camisón en innumerables ocasiones.

Pero aquello era diferente. Y solo de pensar en que Cage estaría viendo su ropa interior en el lavabo la hizo ruborizarse aún más.

Cuando salió del baño, ella ya se había quitado la chaqueta y estaba acostada bajo las sábanas. Le llegó el olor de su piel masculina, húmeda y recién enjabonada. Iba desnudo de cintura para arriba, y tenía el cabello mojado y despeinado.

Apagó la luz y se sentó en el borde de la cama.

—¿Estás cómoda?

—Teniendo en cuenta todo, sí.

Él alargó una mano hasta la suya, que estaba sujetando la sábana, y entrelazó los dedos con los suyos.

—Eres un caso, Jenny Fletcher —le dijo con suavidad—. ¿Lo sabías?

—¿A qué te refieres?

—Hoy has pasado por un infierno y ni siquiera has emitido una queja —con la otra mano le rozó un mechón de pelo—. Creo que eres tremenda.

—Tú también —dijo temblorosa—. Has llorado por Hal.

—Era mi hermano. Y a pesar de nuestras diferencias, yo lo quería.

—Sigo pensando en... —se le rasgó la voz, al tiempo que una lágrima se deslizaba por su mejilla.

–No pienses más en ello, Jenny –le acarició la mejilla con el dorso de la mano.

–¡Tengo que hacerlo!

–No. Te volverás loca si sigues pensando.

–Tú también has pensado en eso, Cage. ¿Cómo murió? ¿Lo torturaron? ¿Tuvo miedo? ¿Estaba...?

Él le puso un dedo sobre los labios.

–Claro que he pensado en todo eso. Y creo que Hal se enfrentó con valor a su destino. Su fe era inquebrantable, y seguro que nunca lo abandonó.

–Lo admirabas –susurró ella con repentina perspicacia.

–Sí, lo admiraba –la confesión pareció avergonzarlo un poco–. Éramos completamente diferentes. Yo era agresivo y pendenciero, mientras que él nunca perdía la calma. Tal vez su serenidad le exigiera mucho más coraje que a mí la violencia.

Sin pensar, ella alargó un brazo y le tocó la cara.

–Él también te admiraba.

–¿A mí? –preguntó incrédulo.

–Por tu garra, tu carácter desafiante... Llámalo como quieras.

–Puede ser –dijo en tono reflexivo–. Me gustaría pensar que así era –la arropó hasta los hombros–. Intenta dormir –apagó la lámpara de la mesita y dudó un segundo antes de inclinarse y besarla en la frente.

Luego se movió hacia un sillón junto a la ventana y se sentó. El día había sido agotador, y en pocos minutos los dos se quedaron dormidos.

–¿Qué ha sido eso? –preguntó Jenny dando un salto en la cama. La habitación estaba a oscuras, pero una serie de resplandores iluminaban la ventana.

Cage se acercó a ella rápidamente.

–Tranquila, Jenny –se sentó e intentó acostarla sobre la almohada, pero ella tenía el cuerpo rígido–. Están a varios kilómetros. Llevan una media hora. Siento que te haya despertado.

—No son truenos —dijo ella.

—No.

—Están luchando.

—Sí.

—Oh, Señor... —se cubrió la cara con las manos y se tumbó de espaldas—. Odio este lugar. Tan sucio y agobiante, y donde matan a tantas personas... A gente buena y noble como Hal. Quiero irme a casa —dijo entre sollozos—. Tengo miedo. Odio tenerlo, pero no puedo evitarlo.

—Ah, Jenny... —se acostó a su lado y la abrazó—. Los combates están lejos. Mañana nos marcharemos y nunca más tendrás que pensar en Monterico. Mientras tanto, yo estoy contigo.

Con los dedos le masajeó la cabeza, como si con ello quisiera introducirle sus palabras de consuelo en la mente. Apoyó la barbilla en su pelo y le dio un beso.

—No dejaré que te ocurra nada. Por Dios, te juro que mientras yo viva, no te pasará nada malo.

Ella sintió un alivio inmediato al oír su voz profunda. Se aferró a sus fuertes brazos, como si de ellos dependiera su vida, y dejó que él la acostara sobre su pecho.

Deslizó los dedos entre el vello y presionó la mejilla contra sus poderosos pectorales. Con el otro brazo le abrazó la cintura y se quedó acurrucada entre sus fuertes músculos.

Él la mantuvo abrazada mientras le susurraba las promesas que ella necesitaba oír. Pero la atención de Cage no estaba en las palabras que pronunciaba, sino en la incomparable sensación de estar pegado a ella. La seda de la combinación se amoldaba a la curva de su cadera, y sus senos descansaban sensualmente sobre su pecho.

De vez en cuando un estremecimiento la recorría. Entonces él la besaba en el pelo y le acariciaba los hombros desnudos. Lo maravillaba la suavidad de su piel y le resultaba difícil tocarla de un modo impersonal.

Finalmente, ella se durmió. Él lo supo por el calor de la respiración y por el movimiento inconsciente de su pierna sobre su espinilla. Tenía el muslo sobre el suyo y la rodilla flexionada sobre la cremallera de los pantalones. Cage apretó los dientes luchando contra el deseo. La necesidad de tocarla era tan profunda, que llegaba a ser dolorosa. Y si ella bajase un poco más la mano, él moriría de éxtasis y agonía al mismo tiempo.

En la distancia se oía el tronar de las bombas. Poco a poco todo fue quedando en silencio, y las primeras luces del amanecer se dibujaron en el horizonte. Y él la seguía abrazando. La novia de Hal.

Pero su amada.

Capítulo 5

El funeral de Hal Hendren congregó a muchos asistentes. Todos aquellos que habían criticado su fanatismo se presentaron a rendirle homenaje en la tumba, considerando que había sido un auténtico mártir. Las principales cadenas de televisión de todo el país acudieron a cubrir el acto y las cámaras se esparcieron por todo el cementerio.

Jenny, sentada junto a Bob y a Sarah, aún no podía creer que la misión de Hal hubiese acabado de aquella manera. Parecía imposible que hubiera muerto. Era como si todo fuese una horrible pesadilla.

Desde que Cage y ella regresaron de Monterico, la casa parroquial había sido un caos. El teléfono no dejaba de sonar y las visitas se sucedían una detrás de otra. Incluso llegaron agentes del gobierno para preguntarle a Cage por sus impresiones acerca del país centroamericano.

Jenny había dormido muy poco desde que se despertó en brazos de Cage en aquel hotel de Monterico. Se había despertado poco a poco y, cuando se dio cuenta de que estaba tumbada sobre su torso desnudo y de que ella solo llevaba la combinación, levantó la cabeza y vio que él la estaba mirando.

–Lo… lo siento –balbuceó. Se levantó a toda prisa y se metió en el baño.

La tensión crepitaba entre ellos como una hoguera mientras se vestían para salir. No hacían más que chocarse accidentalmente el uno con el otro, lo que provocaba torpes disculpas.

Cada vez que lo miraba se encontraba con sus penetrantes ojos. Evitó mirarlo más, lo que pareció irritarlo.

Los condujeron al aeropuerto en otro destartalado coche y los subieron al avión que transportaba el féretro de Hal. En Ciudad de México, el señor Whithers hizo los preparativos necesarios para volar hasta El Paso, donde una limusina funeraria llevaría el cuerpo a casa.

No se dijeron nada durante el vuelo a El Paso, ni tampoco en el interminable trayecto hasta La Bota.

Apenas se dirigieron la palabra hasta el funeral.

La química que se había despertado entre ellos en Monterico parecía haber desaparecido por completo. Por razones que no podía comprender, Jenny se sentía más incómoda a su lado de lo que jamás había estado. Cuando él entraba en una habitación, ella salía. Cuando la miraba, ella giraba la cabeza. No sabía por qué lo evitaba, pero suponía que tenía que ver con la noche que compartieron en Monterico.

Había dormido abrazada a él...

Semidesnuda...

Y semidesnudo él...

Habían sido dos extranjeros en un país lleno de peligros. En semejantes circunstancias, la gente hacía cosas que normalmente no se atrevería a hacer. Como apretar la mejilla contra un pecho musculoso y despertarse con los labios alarmantemente cerca de un pezón...

En esos momentos, mientras contemplaba el féretro recubierto de flores, Jenny intentó borrar esos recuerdos de su mente. No quería ni recordar la milésima de segundo en la que, al despertarse sobre el cuerpo de Cage, se sintió cálida, segura y en paz.

No volvería a correr el riesgo de acercarse más a Cage, aunque fuera difícil no mirarlo. La fuerza que emanaba era como un imán que la atraía irresistiblemente hacia él. Incluso estando sentada junto a Bob sentía la necesidad de buscarlo con la mirada para encontrar su apoyo.

El sacerdote concluyó el servicio con una larga oración. En

la limusina que los llevó de vuelta a casa, Sarah estuvo llorando en el hombro de su marido. Cage mantuvo la vista fija en la ventanilla. Se había aflojado la corbata y se había desabrochado el cuello de la camisa. Jenny manoseaba un pañuelo, sin decir nada.

Algunas señoras de la iglesia ya estaban sirviendo café y pastelillos en la casa parroquial. Había mucha gente entrando y saliendo, y Jenny pensó que aquel desfile de personas nunca acabaría. Entró en la cocina y se ofreció para lavar los platos.

–Por favor –le dijo a la mujer que estaba frente al fregadero–. Necesito ocuparme en algo.

–Pobrecita...

–Tu dulce Hal se ha ido...

–Pero todavía eres joven, Jenny...

–Tienes que seguir adelante. Quizá te cueste un tiempo...

–Lo estás llevando muy bien...

–Todo el mundo lo dice...

–El viaje a ese horrible país debe de haber sido una pesadilla...

–Y encima con Cage...

La última que habló negó tristemente con la cabeza, como si quisiera decir que viajar con Cage era un castigo peor que la muerte.

Jenny hubiera querido decirles a todas que, de no ser por Cage, no lo habría superado. Pero sabía que nadie podría entenderlo. Les dio las gracias y les perdonó su ignorancia. Sabía que se preocupaban realmente por ella.

Terminó de lavar los platos que había en el mostrador y fue a buscar los que había esparcidos por la casa. Cuando entró en la salita, descubrió aliviada que solo estaban los Hendren. Todos los demás ya se habían ido. Se dejó caer en una silla y se apoyó en el reposacabezas.

Abrió los ojos cuando oyó el ruido de un mechero. Cage acababa de encender un cigarrillo.

–Te he dicho que no fumes en esta casa –lo recriminó Sarah desde el sofá. Su aspecto encorvado y esquelético agudizaba la amargura de su expresión.

—Lo siento —se disculpó él con sinceridad. Se levantó y arrojó el cigarrillo por la ventana—. Es la costumbre.

—¿Por qué traes los malos hábitos a esta casa? —le preguntó Bob—. ¿No tienes ningún respeto por tu madre?

—Os respeto a los dos —le respondió Cage. Su voz era amable, pero tenía el cuerpo en tensión.

—Tú no respetas nada —le espetó Sarah—. No me has dicho ni una sola vez que lamentas la muerte de tu hermano. No puedo comprenderte.

—Mamá, yo...

—Pero no sé ni por qué me molesto en esperar nada de ti —continuó ella como si no lo hubiera oído—. Desde el día que naciste no has hecho otra cosa más que darme problemas. Nunca te has preocupado por mí como lo hacía Hal.

Jenny se enderezó en la silla. Quería recordarle a Sarah que durante los últimos días fue Cage quien se ocupó de todo lo relacionado con la muerte de Hal. Pero antes de que pudiera abrir la boca, Sarah siguió hablando:

—Hal no se hubiera separado de mi lado en un momento como este...

—Yo no soy Hal, mamá...

—¿Crees que no lo sé? A Hal no le llegabas ni a la suela de los zapatos.

—Sarah, por favor... —interrumpió Jenny.

—Hal era tan bueno... tan bueno y tan dulce. Mi niño... —le temblaron los hombros y rompió a llorar de nuevo—. Si Dios tenía que arrebatarme a uno de mis hijos, ¿por qué se llevó a Hal y me dejó contigo?

—Oh, Dios mío —exclamó Jenny llevándose la mano a la boca.

Bob se arrodilló a los pies de su esposa y empezó a consolarla. Durante largo rato Cage los contempló en silencio, sin poder creer lo que había oído. Luego se dirigió hacia la puerta, la abrió con violencia y bajó los escalones del porche.

Sin pararse a pensar, Jenny salió corriendo tras él. Lo alcanzó cuando estaba abriendo la puerta de su Corvette.

–¡Vuelve a donde perteneces! –le gritó al mirarla.

Se metió en el coche y arrancó el motor. Jenny tuvo el tiempo justo de abrir la puerta del pasajero y de meterse dentro antes de que Cage pisara el acelerador.

El coche salió disparado como un misil. Enfiló la calle y tomó una curva sin disminuir la velocidad. Jenny consiguió cerrar la puerta antes de que la inercia del giro la lanzara sobre el pavimento.

Cage aceleró a fondo a medida que salía del pueblo. Fueron dejando atrás las farolas que iluminaban las calles y, cuando la oscuridad los engulló, Jenny ni siquiera se atrevió a mirar el velocímetro.

Cage accionó los mandos de la radio con una mano mientras con la otra controlaba el volante. Encontró una emisora de heavy-metal y puso el volumen al máximo.

–Has cometido un gran error –gritó por encima de la ensordecedora música–. Deberías haberte quedado en casa.

Alargó el brazo hacia la guantera, entre las rodillas de Jenny, y sacó una petaca plateada. Se la puso entre los muslos para desenroscar el tapón y se la llevó a los labios. Tomó un largo trago y, por la expresión de su rostro, Jenny supo que la bebida era fuerte. Bebió una y otra vez mientras con la otra mano intentaba mantener el vehículo en línea recta.

Las ventanillas del coche estaban abiertas y el viento irrumpía en el interior. El cuidadoso peinado que Jenny se había hecho para el funeral se había deshecho por completo, y la sorprendió ver que, a pesar del aire, Cage había conseguido encender un cigarrillo.

–¿Te diviertes? –le preguntó él con voz burlona.

Ella se negó a seguirle el juego, por lo que mantuvo la vista fija en el parabrisas. La velocidad la aterraba, pero no diría nada ni aunque se estrellasen. Cage giró bruscamente y se internó por un camino que no tenía ninguna señalización. Cómo había sabido que estaba allí era un misterio para Jenny.

El camino estaba tan lleno de baches, que Jenny tuvo que agarrarse al asiento para que los tumbos no la despidieran contra el techo. A pesar de que no podía ver nada, excepto los pocos metros que iluminaban los faros, notó que estaban subiendo una cuesta.

Finalmente, Cage dio un frenazo tan brusco que Jenny a punto estuvo de estrellarse contra el cristal. Los neumáticos derraparon en la tierra antes de que el coche se detuviera por completo.

Apagó el motor al mismo tiempo que la radio y se apoyó en el alfeizar de la ventana. Se quitó el cigarrillo de la boca y tomó unos cuantos tragos de la petaca antes de ofrecérsela a Jenny.

–Lo siento. ¿Dónde están mis modales? ¿Te apetece un trago? –ella no respondió ni cambió la expresión–. ¿No? –se encogió de hombros y siguió bebiendo–. ¿Un cigarrillo? –le ofreció el paquete–. No, claro que no. Eres toda una dama, ¿verdad? La señorita Jenny Fletcher, libre de vicios. Incorruptible. Intocable. Tan solo digna de un santo como nuestro querido Hal Hendren –aspiró una profunda bocanada y soltó el humo directamente en su rostro.

Ella siguió imperturbable, y Cage acabó arrojando el cigarrillo por la ventana.

–Vamos a ver, ¿qué hay que hacer para que chilles de terror? ¿Qué hay que hacer para que salgas huyendo de mi coche y de mi condenada vida? –le gritó con tanta furia, que se quedó sin aire en los pulmones. Ella permaneció callada y serena. Cuando él habló de nuevo, lo hizo más calmado, aunque su voz seguía mostrando su dolor y su ira–. ¿Qué te asquearía lo suficiente para que corrieras en busca de tus virtudes? ¿Una retahíla de palabrotas? Sí, eso tal vez. No creo que sepas ninguna, pero podemos intentarlo. ¿Las prefieres en orden alfabético o las voy soltando según se me ocurran?

–No vas a conseguir asquearme, Cage.

–¿Quieres apostar?

–Nada de lo que hagas o digas hará que me marche.

—¿De modo que estás dispuesta a salvarme? —se echó a reír—. No pierdas el tiempo con eso.

—No te abandonaré —insistió ella.

—¿Ah, no? —una sonrisa irónica curvó sus labios—. Ahora lo veremos.

Le agarró la cabeza con una mano y, tirando de ella hacia él, la besó ferozmente en los labios. Ella no intentó apartarlo, ni siquiera cuando le introdujo la lengua en la boca y sus dientes le mordieron el labio inferior. Dejó que consumara su humillante saqueo sin oponer la más mínima resistencia.

El vestido negro que se había puesto para el funeral constaba de dos piezas. Cage deslizó la mano hasta su cintura y levantó la parte superior.

—Ya veo que no conoces mi fama con las mujeres —le murmuró contra el cuello—. No tengo escrúpulos, ni con vírgenes ni con mujeres casadas. Soy una máquina del sexo que ataca de la forma más indiscriminada. Dicen que estoy siempre tan caliente, que no puedo ni mantener subida la cremallera —le separó las rodillas con la suya—. ¿Sabes lo que eso significa, Jenny? Pues que ahora estás en un grave apuro.

La besó de nuevo con salvaje arrebato mientras su mano encontraba su pecho. Lo apretó con fuerza y deslizó los dedos bajo el sujetador. Lo masajeó con los dedos hasta endurecer la cresta erguida.

A pesar de su determinación de permanecer impasible, Jenny se inclinó de espaldas contra el asiento. Pero no se revolvió ni luchó. Su única resistencia era la pasividad.

Su gemido ahogado fue como un canto de sirena a oídos de Cage. Se dio cuenta de lo que estaba haciendo, y parecía como si fuera un globo al que hubieran pinchado con un alfiler. Se desinfló en sonoras exhalaciones, con los labios todavía pegados a su boca, pero sin exigir ya venganza alguna.

El oxígeno le sirvió para aliviar el efecto del alcohol mezclado con la furia. Retiró la mano de su pecho y, en un patético ademán por enmendar su error, intentó colocar el sujetador en su lugar. Luego abrió la puerta y salió del coche.

Jenny se cubrió la cara con las manos y tragó saliva varias veces. Cuando sintió que recuperaba algo de su compostura, se ajustó la ropa y también salió.

Cage estaba sentado en el capó del coche, con la mirada perdida en la oscuridad. Jenny reconoció entonces los alrededores. Estaban en la Mesa, una meseta que se elevaba sobre los prados circundantes. Se extendía varios kilómetros.

Jenny se puso delante de él, con las rodillas casi rozando las suyas. Él la miró durante unos segundos y entonces bajó la cabeza.

—Lo siento —murmuró.

—Lo sé —le acarició el pelo, desde la nuca hasta la frente, pero la cálida brisa lo volvió a despeinar.

—¿Cómo he podido...?

—No importa, Cage.

—Sí importa —replicó él entre dientes—. Claro que importa.

Alzó de nuevo la cabeza y apoyó suavemente la mano en el pecho que minutos antes había intentado poseer. No había nada sexual en ese contacto. Era como tocar el hombro de una niña herida.

—¿Te he hecho daño?

—No —su tacto era cálido e inocente, y Jenny cubrió la mano con la suya.

—Sí, te lo he hecho.

—No tanto como ellos a ti.

Se miraron a los ojos durante unos instantes cargados de electricidad. Finalmente, ella retiró la mano y él se apresuró a bajar la suya.

Jenny se sentó a su lado en el capó. La superficie encerada estaba muy caliente por el motor, pero ninguno de los dos pareció notarlo.

—Sarah no tenía intención de decir lo que te dijo, Cage.

—Oh, sí —replicó él riendo sin humor—. Claro que sí.

—Está destrozada. Era su dolor el que hablaba, no ella.

—No, Jenny —negó tristemente con la cabeza—. Sé lo que sienten por mí. Desearían que yo no hubiera nacido. Soy un recuerdo perpetuo de un fallo que cometieron, y un constante insulto a sus creencias. Aunque no lo dijeran en voz alta, sé que lo están pensando. Igual que todo el mundo. Cage Hendren merece morir. Su hermano no.

–¡Eso no es verdad!

Cage se levantó y fue hasta el borde de la meseta con las manos en los bolsillos. Su camisa blanca destacaba en la oscuridad. Jenny lo siguió.

–¿Cuándo empezó todo?

–Cuando Hal nació. Puede que antes. No lo recuerdo. Solo sé que siempre fue igual. Hal era el chico de oro. Yo tendría que haber nacido con el pelo moreno. Así habría sido de verdad la oveja negra.

–No digas eso de ti mismo.

–Es la verdad, ¿no? –se giró para mirarla con agresividad–. Mira lo que casi te he hecho a ti. He estado a punto de violar a la mujer que... –dejó la frase sin terminar y Jenny se preguntó qué habría querido decir.

–Sé por qué lo has hecho, y por qué has estado conduciendo bebido. Intentabas convencerte de que tenían razón sobre ti. Pero no la tienen, Cage –se acercó más a él–. No eres una mala semilla que haya brotado por accidente en una familia impecable. No sé lo que vino primero, si tu rebeldía o su desprecio –lo agarró de la manga y lo hizo mirarla–. Te has pasado toda tu vida reaccionando contra ellos. Te comportas de esa manera porque sabes que es eso lo que los demás esperan de ti. Tú mismo te has esforzado en ser la oveja negra de la familia. ¿No lo ves, Cage? Incluso de niño intentabas llamar la atención que le dedicaban a Hal. Pero fue culpa de ellos, no tuya. Tuvieron dos hijos y cada uno salió con su propia personalidad. La de Hal era la más parecida a la de ellos, por eso lo escogieron como el hijo modelo. Tú intentaste ganar su aprobación y, al no conseguirlo, te dedicaste a hacer justo lo contrario.

Cage esbozó una sonrisa paternalista.

–Veo que lo tienes todo muy claro.

–Sí. Si no lo tuviera, me habría espantado lo que ha pasado esta noche. Incluso hasta hace unos meses me habría asustado. Pero ahora te conozco mejor, y sé que no me harías daño. Te he estado observando. He visto cómo llorabas por tu hermano. No eres tan «malo» como quieres hacer creer a los demás. No puedes competir con la bondad de Hal, por eso intentas ser el mejor en otros aspectos.

Cage la escuchaba con toda su atención. Quería contradecir sus palabras, pero los argumentos eran ciertos. Con la punta del pie removió la tierra del suelo, levantando una nube de polvo.

–Lo que me preocupa es hasta dónde piensas llegar –continuó ella.

–¿Qué quieres decir?

–¿Hasta cuándo seguirás demostrándoles que tienen razón sobre ti?

–Ya lo estás viendo –respondió él–. ¿Por qué no lo sueltas de una vez? Tú crees que solo tengo ganas de morir.

–Las personas con poca autoestima hacen cosas estúpidas.

–¿Como conducir a toda velocidad y vivir al límite del riesgo?

–Exacto.

–Bah... Pregúntale a cualquiera sobre mi autoestima. Todos te dirán lo engreído que soy.

–No me refiero a lo que haces, sino a tus sentimientos. He visto tu lado sensible, Cage; el que no muestras a nadie.

–¿Crees que me estoy suicidando poco a poco?

–No he dicho eso.

–Pero es lo que quieres decir. Has llevado tu psicología demasiado lejos, Jenny.

–De acuerdo –admitió ella–. Lo siento. Pero si me preocupo tanto es porque me importas, Cage.

Él relajó su expresión y suavizó la mirada.

–Aprecio tu preocupación, pero no tienes por qué molestarte. Me gusta conducir deprisa, beber y... ¿qué era lo otro? –preguntó con burla.

–Creo que a tus padres también les importas –dijo ella muy seria.

Cage apartó incómodo la mirada.

–¿Acaso mi madre no se da cuenta de que quiero abrazarla? ¿A ella y a mi padre? Desde que nos enteramos de lo de Hal es lo único que he querido hacer. Abrazarlos… y ellos a mí.

Cage… –le tocó el brazo, pero él se apartó. No quería la compasión de nadie.

–No me acerqué a ellos porque sé que no me quieren a su lado. De modo que intento demostrar mi cariño de otras maneras –soltó un suspiro–. Pero ellos no lo ven.

–Yo sí lo he visto, y te estoy muy agradecida.

–Pero tú tampoco me permites acercarme a ti, Jenny –dijo él bruscamente.

–No sé a qué te refieres.

–Claro que lo sabes. Cuando estábamos en Monterico te aferrabas a mí como si fuera tu único medio de salvación. Confiabas en mí tanto emocional como físicamente. Y desde que volvimos, vuelvo a ser como un leproso para ti. Ni me hablas, ni me tocas… Demonios, ni siquiera me miras.

Tenía razón, pensó Jenny, pero ella no iba a reconocerlo.

–¿Tu rechazo tiene algo que ver con la noche que compartimos en Monterico?

Ella levantó la cabeza e intentó humedecerse los labios, pero tenía la lengua seca.

–Por supuesto que no.

–¿Seguro?

–Sí. ¿Qué diferencia podría haber supuesto?

–Nos acostamos juntos.

–¡No fue así! –exclamó ella a la defensiva.

–No –dio unos pasos hacia ella–. Pero, por tu modo de reaccionar, podría haber sido así. ¿Qué te hace sentirte tan culpable?

–No me siento culpable.

–¿No? ¿No piensas que no tenías derecho a dormir medio

desnuda en mis brazos? ¿No sientes que estabas siendo infiel a la memoria de Hal?

Ella le dio la espalda y cruzó los brazos sobre el estómago.

—No debería haberlo hecho.

—¿Por qué?

—Lo sabes muy bien.

—Porque sabes lo que todo el mundo pensaría de una mujer que se acuesta conmigo —ella no respondió—. ¿De qué tienes miedo, Jenny?

—De nada.

—¿Temes que alguien descubra lo que pasó esa noche?

—No.

—¿Temes que tu nombre se añada a la lista de Cage Hendren?

—No.

—¿Tienes miedo de mí?

Ni siquiera el viento podía ocultar la duda y la desolación en la voz de Cage. Jenny se dio la vuelta y vio la expresión de tristeza en su rostro.

—No, Cage, no —para demostrar la veracidad de sus palabras, se abrazó a su cintura y apoyó la mejilla contra su pecho.

Él no tardó ni un segundo en rodearla con sus brazos.

—No te culparía si así fuera, especialmente después de lo que ha pasado esta noche. Pero no podría soportarlo. No podría vivir sabiendo que te he hecho daño.

Jenny podría haberle dicho que no tenía miedo de él, sino de las reacciones que provocaba en ella. Cuando estaban juntos, podía arrancarse la máscara parroquial y ser una mujer completamente distinta. Cage le aceleraba el corazón y la respiración, y hacía que sus manos se llenaran de sudor. Con él se olvidaba de quién era y de dónde venía. Con él solo vivía para el presente, ya fuera montando en moto o compartiendo una cama...

Era como si todos esos años hubiese estado enamorada de

Cage en vez de Hal. Había hecho el amor con Hal, pero la noche que durmió en brazos de Cage había sido igualmente maravillosa. No podía dejar de recriminarse por eso. ¿Cómo era posible que, tan solo una semana después de la muerte de su novio, se estuviera preguntando cómo sería hacer el amor con Cage?

–Deberíamos volver a casa –dijo de repente, asustada por ese pensamiento–. Estarán preocupados.

Él pareció decepcionado, pero la hizo subir al coche. Volvió a guardar la petaca en la guantera y tiró la caja de cigarrillos por la ventana.

–¿No te da vergüenza ensuciar el campo? –le preguntó ella.

–Mujeres… –murmuró él con exasperación–. Nunca están contentas del todo.

Se sonrieron el uno al otro. Todo iba bien.

Cuando llegaron a la casa parroquial, después de un viaje tranquilo y moderado, él le abrió la puerta y la llevó por la cintura de camino a la puerta. Ella hizo lo mismo.

–Gracias, Jenny.

–¿Por qué?

–Por ser mi amiga.

–Últimamente tú también has sido mi amigo.

–Gracias, de todos modos –en la puerta se pararon y se miraron. Él parecía reacio a marcharse–. En fin… Buenas noches.

–Buenas noches.

–Puede que pase un tiempo antes de que vuelva por aquí.

–Lo entiendo.

–Pero te llamaré.

–Me rompe el corazón estar entre tus padres y tú en un momento en el que os necesitáis más que nunca.

Cage soltó un suspiro lleno de tristeza.

–Sí, bueno, así son las cosas. Si necesitas algo, cualquier cosa, grita.

–Lo haré.

–¿Lo prometes?

–Lo prometo.

Él le apretó la mano y se inclinó para darle un beso en la mejilla. Sus labios se mantuvieron unos segundos pegados a la piel, o tal vez fue ella quien lo imaginó. Antes de decidirlo, entró y subió a su dormitorio. La casa estaba a oscuras. Los Hendren ya se habían acostado.

«¿Ahora qué?», se preguntó mirando su habitación infantil–. «¿Qué voy a hacer con mi vida?».

Pensó en la pregunta mientras se desnudaba, y siguió dándole vueltas durante largas horas después de acostarse.

A la mañana siguiente ya tenía una respuesta. La otra pregunta era, ¿cómo iba a decírselo a los Hendren?

Capítulo 6

Bob estaba haciendo las tostadas cuando Jenny entró en la cocina. Ella sonrió al verlo con el delantal y le dio un beso en la mejilla. Se sirvió una taza de café y se sentó a la mesa junto a Sarah, quien estaba removiendo el tenedor entre los huevos revueltos de su plato.

–¿Adónde fuiste anoche?

Nada de «buenos días», ni «¿qué tal has dormido?». Nada. Solo una pregunta escueta.

–Fuimos a dar un paseo –respondió ella, enfatizando el verbo en plural.

–Volviste muy tarde –intervino Bob. Se respiraba un ambiente hostil en la cocina.

–¿Cómo sabes cuándo volví? Ya estabais durmiendo.

–La señora Hicks vino esta mañana. Os vio... os vio juntos a Cage y ti anoche.

Jenny los miró a los dos, desconcertada y furiosa. La señora Hicks era la vecina más cotilla del barrio. Le encantaba propagar rumores, sobre todo si eran malos.

–¿Qué ha dicho?

–Nada –respondió Bob, incómodo.

–No. Quiero saberlo. ¿Qué ha dicho? Sea lo que sea, parece que os ha inquietado.

–No estamos preocupados, Jenny –dijo Bob con diplomacia–. Pero no queremos que la gente empiece a relacionar tu nombre con el de Cage.

—Mi nombre ya está relacionado con el de Cage. Es un Hendren, e hijo vuestro —les recordó enojada—. He pasado doce años de mi vida en esta casa. ¿Cómo podría no estar unida a él?

—Sabes a lo que me refiero, querida —dijo Sarah con lágrimas en los ojos—. Tú eres todo lo que tenemos. Nosotros...

—¡Eso no es así! —exclamó al tiempo que se levantaba de la silla—. Tenéis a Cage. Nunca había pensado que os iba a decir esto, pero los dos me avergonzáis. Sarah, ¿te das cuenta del daño que le hiciste anoche a Cage? Puede que no te guste todo lo que hace, pero es tu hijo. ¡Y deseaste que fuera él quien muriera!

Sarah agachó la cabeza y rompió a llorar. Jenny se avergonzó al instante de su arrebato, y se volvió a sentar mientras Bob le daba golpecitos de consuelo a su esposa.

—Se quedó muy apenada cuando los dos os marchasteis anoche —le explicó a Jenny—. Se dio cuenta de lo que había dicho y lo lamentó mucho.

Jenny esperó tomándose el café hasta que Sarah dejó de llorar. Entonces puso la taza en el platillo y los miró.

—He decidido marcharme.

Tal y como había esperado, los Hendren se quedaron de piedra. Ninguno de ellos se movió durante varios segundos.

—¿Marcharte? —susurró Sarah.

—Voy a empezar una nueva vida por mi cuenta. He pasado muchos años aquí, esperando a que Hal y yo nos casáramos. Quizá si lo hubiéramos hecho a tiempo y hubiéramos tenido hijos... —dejó que el pensamiento se esfumara en el aire—. Pero como no ha podido ser así, ya no hay razón para quedarme. Tengo que construir mi propio futuro.

—Pero tu futuro está aquí, con nosotros —dijo Bob.

—Soy una mujer adulta. Necesito...

—¡Nosotros te necesitamos, Jenny! —gritó Sarah poniéndole una fría mano en el brazo—. Nos recuerdas a Hal. Eres como nuestra hija. No puedes hacernos esto. Por favor. Ahora no. Danos tiempo para superar la muerte de Hal. No puedes irte.

No puedes… –empezó a llorar de nuevo y se cubrió la cara con un pañuelo.

Jenny sintió una punzada de culpa. Tenía una responsabilidad con ellos. La habían acogido y le habían ofrecido un hogar y una familia cuando ella no tenía nada. ¿Cuánto tiempo más les debía? ¿Semanas? ¿Meses?

–De acuerdo –aceptó con desánimo–. Pero no toleraré la censura de la señora Hicks ni la de nadie. Estaba comprometida con Hal y lo amaba. Pero, ahora que ha muerto, yo tengo que dirigir mi propia vida.

–Siempre has sido libre para entrar y salir cuando te plazca –dijo Bob, satisfecho de que ya no pensara en marcharse–. Por eso te compramos el coche.

No era esa la libertad a la que se refería, pero no se molestó en darles más explicaciones. No las entenderían.

–Mi otra condición es que los dos os disculpéis ante Cage por lo que le dijisteis anoche.

Les clavó la mirada y ellos bajaron la vista al suelo.

–Muy bien, Jenny –concedió finalmente Bob–. Lo haremos por ti.

–No, por mí no. Hacedlo por vosotros y por él –se levantó y se dirigió hacia la puerta–. Cage sabrá perdonaros porque os quiere. Espero que Dios también os perdone.

Los dos carros de la compra se chocaron y las bolsas se volcaron unas sobre otras. Un paquete de detergente cayó sobre un cartón de huevos y un rollo de papel de cocina se extendió sobre las latas de conserva.

–Hola.

–Eres un idiota, Cage Hendren. Lo has hecho a propósito.

Él esbozó una vaga sonrisa, desprovista del menor arrepentimiento.

–Es estupendo encontrarse a una mujer bonita en una tarde aburrida. Chocar el carrito contra el suyo. Ella se enfurece, pero casi siempre se obtiene el resultado esperado. A veces intento bloquear las ruedas del carro –miró hacia abajo y frunció el ceño–. Has sido demasiado rápida para mí.

–¿Y qué pasa después?

–Le pido que se acueste conmigo.

–Oh –recibió la información como un puñetazo en la barbilla. Maniobró el carrito para pasar junto al suyo, que estaba vacío, y siguió examinando los estantes de comida para animales. Algo absurdo, ya que los Hendren no tenían ninguna mascota.

–Bueno, tú dijiste que te había resultado fascinante –dijo él poniéndose a su lado.

–Y así era, pero pensaba que tus métodos de seducción eran un poco más ingeniosos.

–¿Por qué?

–¿Por qué? –repitió ella mirándolo–. ¿Es tan simple como me has contado? ¿Nada más que eso? –preguntó haciendo chasquear los dedos.

–No siempre –respondió él fingiendo concentración–. A veces requiere más tiempo y esfuerzo. Tú, por ejemplo... Apuesto a que serías un caso difícil.

–¿Por qué dices eso?

–¿Quieres acostarte conmigo?

–¡No!

–¿Lo ves? Siempre tengo razón –se tocó la frente con el dedo–. Cuando llevas en esto tanto tiempo como yo, aprendes unas cuantas cosas. Es como desarrollar un sexto sentido. Contigo sabría de inmediato qué método utilizar. Lo he intuido por el modo en que has fruncido el ceño cuando el paquete de cereales ha triturado la bolsa de merengue. Un claro indicio de que no ibas a ser tan fácil.

Ella lo miró en silencio unos segundos antes de echarse a reír.

–Cage, eres la persona más amoral que conozco, te lo juro.

–Desvergonzado –le guiñó un ojo–. Pero sincero –ella intentó avanzar con el carrito, pero él le bloqueó el paso–. No tienes buen aspecto.

—¿Es eso una muestra de tu método de seducción? —le preguntó secamente—. Si es así, necesitas un poco de práctica.

—Sabes a lo que me refiero. Pareces cansada. Y estás muy delgada. ¿Qué te están haciendo en esa casa?

—Nada —respondió ella sin mirarlo. Sabía que no podía engañarlo, ni tampoco a sí misma. Los Hendren no habían comprendido bien su declaración de independencia. O quizá sí y simplemente la ignoraban. Cada día, antes del desayuno, le tenían preparado un programa de actividades.

Lo primero había sido escribir todas las notas de agradecimiento tras el funeral de Hal. A Jenny casi la complació esa tarea, porque así pudo llamar a Cage para pedirle que las enviara por correo, y de paso darles a sus padres la oportunidad de disculparse.

Fue una situación muy incómoda. Cage se quedó en la puerta, como temeroso de que no lo invitasen a entrar. Jenny contuvo la respiración, incapaz de distinguir las palabras que intercambiaban en el pasillo. Luego, Cage entró en la salita, donde su madre estaba acurrucada en el sofá.

—Hola, Cage. Gracias por venir.

—Hola, mamá. ¿Cómo te sientes?

—Bien, bien —dijo en tono ausente. Miró a Jenny, quien asintió con la cabeza—. Sobre la otra noche... —se humedeció el labio—. La noche del funeral... Lo que dije...

—No importa —se apresuró a decir Cage. Se arrodilló frente a su madre y le apretó la mano—. Sé que estabas preocupada.

Aquella escena había hecho que a Jenny le diera un vuelco el corazón. No sabía si las disculpas de Sarah eran sinceras ni si Cage las aceptaba de corazón, pero al menos se habían expresado sus sentimientos el uno al otro.

Las tareas de Jenny en la casa parroquial parecían no acabarse nunca. Los Hendren llegaron a sugerir incluso que continuara la cruzada de Hal en Centroamérica. Se negó en rotundo a hablar de misiones y huidas, pero aceptó a difundir un boletín informativo con los detalles que había presenciado y a buscar donaciones para la causa.

Sabía que tenía sombras de fatiga bajo los ojos, que había perdido peso debido a su falta de apetito y que su aspecto era débil y pálido por estar siempre encerrada en casa.

—Me preocupas —le dijo Cage.

—Estoy cansada, como todos. El funeral de Hal ha supuesto mucho trabajo.

—Ya han pasado dos semanas. Y pasas casi todo el tiempo metida en casa. Eso no es sano.

—Pero es necesario.

—La iglesia no es tu profesión; es la de ellos. Si se lo permites, van a convertirte en una anciana decrépita, Jenny.

—Lo sé —reconoció ella—. Por favor, Cage, no te pongas pesado con eso. Les dije que necesitaba irme, pero...

—¿Cuándo?

—El día después del funeral.

—¿Por qué no lo hiciste?

—Porque me preocupé por ellos. Hubiera sido muy cruel abandonarlos después de haber perdido a Hal.

—¿Y ahora?

Ella sonrió y negó con la cabeza.

—Ni siquiera tengo un trabajo. Al menos un trabajo remunerado. Sé que tengo que ocuparme de mi vida, pero les he dejado el control durante tanto tiempo que ahora no sé cómo recuperarlo.

—Tengo una idea —dijo él de repente, y la agarró del brazo—. Vamos.

—No puedo dejar aquí la compra.

—Esta vez no tienes la excusa del helado. Te he pillado antes de que llegases a los congeladores.

—No puedo dejar un carro lleno en mitad de la tienda.

—Oh, por amor de Dios —exclamó él irritado. Agarró el carro de Jenny y lo empujó hasta la entrada del supermercado—. ¡Eh, Zack! —llamó al encargado, que estaba contando el dinero de una caja.

—Hola, Cage.

—La señorita Fletcher va a dejar su compra aquí —aparcó

el carrito junto a una pila de ollas y sartenes de promoción–. Volveremos a recogerla más tarde.

–Muy bien, Cage. Hasta luego.

Al pasar frente al mostrador de golosinas, Cage agarró una barrita de chocolate blanco y saludó al encargado con la mano. Luego pasó el brazo alrededor de Jenny y ambos salieron de la tienda.

–¿La has robado?

–Claro –abrió el envoltorio y le dio un gran mordisco–. Para ti la mitad.

–Pero… –no pudo acabar la protesta porque él le llenó la boca con el resto de la chocolatina.

–¿Nunca has robado un dulce? –ella negó con la boca llena–. Bueno, pues ya iba siendo hora. Te has convertido en mi socia –abrió la puerta del Corvette y la empujó con suavidad al asiento.

Condujo a través del centro con un poco más de disciplina que por la carretera. Aparcó frente a un complejo de oficinas y agarró una bolsa del asiento trasero. Era el tipo de bolsa con la que la gente cubría los contadores de los aparcamientos en vacaciones. Cage hizo lo propio y le hizo un guiño a Jenny.

–¿Puedes hacer eso? –preguntó ella con preocupación.

–Ya lo he hecho –la tomó del codo y la llevó hasta la puerta.

Al cruzar el umbral, Jenny se paró en seco y miró perpleja a su alrededor. La habitación estaba en penumbra, pero cuando Cage subió las persianas ofreció un aspecto terrible.

Jenny jamás había visto tanto desorden. Un viejo sofá estaba arrinconado contra una pared. La tapicería estaba tan cubierta de polvo, que apenas dejaba ver su color rosado. En otra pared colgaban horribles estantes metálicos, llenos de papeles, libros y mapas amarillentos.

Todos los ceniceros que no estaban rotos se encontraban cargados de ceniza.

El escritorio debería haberse tirado a la basura mucho tiempo atrás. En una de las esquinas, una baraja de cartas hacía la función de un pivote que se había soltado. La superficie, llena de arañazos y marcas, estaba ocupada por revistas viejas y tazas de café. Alguien había grabado sus iniciales en la madera.

–¿Qué es esto? –le preguntó a Cage.

–Mi oficina –respondió él un poco avergonzado.

–¿En serio llevas un negocio desde este montón de basura?

–Yo no lo llamaría así.

–Cage, si Dante viviera, describiría el Infierno como esta habitación.

–¿Tan mal aspecto tiene?

–Peor –Jenny se acercó a la mesa y pasó un dedo por la superficie deslucida. Se llevó en la punta un centímetro de polvo–. ¿Alguna vez has hecho limpieza?

–Creo que sí. Una vez llamé a una agencia de limpieza. El tipo que enviaron era un auténtico juerguista. Nos pusimos a beber y…

–No importa. Ya me lo imagino –rodeó una papelera llena hasta el borde y se dirigió hacia una puerta que parecía ser un armario.

–Eh, Jenny… –Cage intentó detenerla, pero fue demasiado tarde.

Cuando abrió la puerta, un objeto se precipitó sobre ella y la golpeó en el hombro. Jenny dio un salto hacia atrás, pero enseguida vio que se trataba de un enorme calendario de pared, colgado de una alcayata y con una brillante fotografía de adorno.

Una provocativa pelirroja sostenía en un lugar estratégico una estrella azul con la inscripción: Introdúcete en el corazón de Texas. Unos enormes pechos, con los pezones tan grandes y rojos como un par de fresas, ocupaban buena parte de la foto.

Cage carraspeó incómodo.

–Algún cretino me lo regaló la pasada Navidad.

Jenny cerró el armario y se volvió para mirarlo.

–¿Por qué me has traído aquí?

–Siéntate –le dijo, apartando los cojines del sofá.

–No quiero sentarme. Quiero salir de aquí y respirar aire puro, pero antes dime por qué me has traído.

–Bueno, has dicho que te hacía falta un trabajo y estaba pensando en…

–No puedes hablar en serio –lo interrumpió ella.

–Escúchame, Jenny. Necesito a alguien que…

–Lo que necesitas es una brigada de demolición con una apisonadora, y luego levantarlo todo de nuevo –empezó a caminar hacia la puerta.

Él le bloqueó la salida y la sujetó por los hombros.

–No estoy diciendo que seas tú la que limpie. Ya me encargaré de ponerlo todo en orden. He pensado que podrías contestar al teléfono, ocuparte del papeleo… Ya sabes.

–Has conseguido sobrevivir tú solo durante todos estos años. ¿Quién responde a las llamadas?

–Un contestador automático.

–¿Y por qué quieres cambiarlo?

–Es un agobio tener que mirarlo a cada hora.

–Llévate un busca.

–Ya lo he probado.

–¿Y?

–Lo llevaba colgado al cinturón, pero... eh… lo perdí.

–Mmm… me imagino el inconveniente que te supondría llevarlo en el cinturón –intentó moverse, pero él la retuvo con fuerza.

–Jenny, por favor, escucha. Tú necesitas y quieres un trabajo, y yo te estoy ofreciendo uno.

–Hasta un chimpancé podría contestar al teléfono. Además, ya tienes un contestador.

–Pero, ¿cómo sé si todo el que llama deja un mensaje? Y aún hay más cosas.

–¿Como cuáles?

–Escribir la correspondencia. No te imaginas cuánta tengo que enviar.

–¿Quién se encarga de eso ahora? ¿Tú?

–No, una amiga –ella le lanzó una mirada sospechosa y él

dejó escapar un suspiro de exasperación–. Tiene ochenta y siete años, es miope y usa una máquina de escribir que no imprime la mitad de las letras.

–Tú ni siquiera tienes máquina de escribir.

–Compraré una. La que más te guste.

La oferta era tentadora, pero no podía aceptarla. Encorvó los hombros y negó con la cabeza.

–No puedo, Cage.

–¿Por qué no?

–Tus padres me necesitan.

–Ese es el problema. Si siguen dependiendo de ti, acabarán por ser incapaces de valerse por ellos mismos. Se convertirán en unos ancianos decrépitos e inútiles antes de tiempo. Nunca he tenido un hijo y no sé lo que es perder a uno. Pero puedo imaginarme lo fuerte que sería la tentación de encerrarme en mí mismo y darle la espalda a la vida. Y eso es lo que harán si continúas sirviéndoles en todo.

Tenía razón. Los Hendren parecían marchitarse más cada día. Y seguirían utilizándola hasta que sus vidas se secaran por completo.

–¿Cuánto me pagarías?

Cage esbozó una amplia sonrisa.

–Astuta, ¿eh?

–¿Cuánto? –volvió a preguntar.

–Veamos... –se rascó la mandíbula–. ¿Doscientos cincuenta a la semana?

Jenny no sabía si esa cantidad era justa o no, pero no quería dejarla escapar.

–¿Cuántas vacaciones pagadas?

–Lo tomas o lo dejas, señorita Fletcher –dijo él severamente.

–Lo tomo. De nueve a cinco, con una hora y media para comer –eso le daría tiempo para ir a casa y prepararles la comida a los Hendren–. Dos semanas de vacaciones pagadas, más todos los días festivos del año. Y los viernes solo trabajaré hasta el mediodía.

—No resultas ninguna ganga —murmuró él con el ceño fruncido. Pero en el fondo estaba encantado. Habría estado dispuesto a doblarle el salario con tal de sacarla de la casa parroquial.
—Y no pienso poner un pie en este lugar hasta que lo limpies a fondo. A fondo, ¿está claro?
—Sí, señora.
—Y deshazte de ese calendario.
Él miró hacia la puerta del armario y puso una mueca de decepción.
—Vaya… Empezaba a gustarme —se encogió de hombros—. Está bien. ¿Algo más?
Jenny estaba pensando en lo adorable que era Cage, pero recordó el problema que tenía entre manos.
—Sí. ¿Cómo voy a decírselo a tus padres?
—No les des elección —le tendió la mano—. ¿Trato hecho?
—Trato hecho —se dispuso a estrecharle la mano, pero él se la tomó y se la posó sobre el pecho.
—Un apretón de manos no es modo de sellar un trato con una mujer hermosa.
Antes de que Jenny pudiera reaccionar, Cage se inclinó y la besó en los labios; pero, a pesar de que abrió la boca, no usó la lengua. Se mantuvo pegado a ella durante un largo rato, con la amenaza latente de invadirla en cualquier momento. Pero no lo hizo y, cuando se retiró, se limitó a sonreírle.
Más tarde, cuando la llevó de vuelta al supermercado para que recogiera sus compras, Jenny se preguntó por qué no había hecho nada para detenerlo. ¿Por qué no le había dado una bofetada o una patada, o por qué ni siquiera se había reído? ¿Por qué, cuando retiró sus labios, se había quedado embobada mirándolo?
La única respuesta que se le ocurría era que su cuerpo se negaba a rechazarlo. No podría haber levantado un dedo contra el beso de Cage ni aunque hubiera querido. Y no había querido.
Los Hendren no recibieron de buen grado la noticia so-

bre un nuevo trabajo. Sarah dejó caer el tenedor sobre el plato cuando Jenny soltó el anuncio.

–Empiezo el lunes.

–¿Vas a trabajar…?

–¿Para Cage? –terminó de preguntar Bob.

–Sí. Así que, si tenéis algún otro plan para mí, decídmelo ahora.

Salió de la cocina sin darles tiempo a recuperarse del asombro. Como Cage le había dicho, no podía darles elección.

Al lunes siguiente, un minuto antes de las nueve en punto de la mañana, Jenny entró en la oficina. Por un momento pensó que se había equivocado de puerta. La oficina no solo estaba limpia, sino que había sufrido una profunda transformación.

Las paredes grises estaban pintadas de un alegre color crema. El horrible sofá había sido reemplazado por dos sillones de tapicería marrón, con una mesita de nogal entre ellos.

El suelo de baldosas había sido cubierto con parqué y con una alfombra de origen étnico. Las baldas de metal habían desaparecido y en su lugar había armarios y estanterías de madera. Todas las piezas del mobiliario estaban elegantemente dispuestas, de manera que el conjunto pareciera amplio y espacioso.

La superficie del escritorio estaba tan pulida como una pista de hielo. Tras ella había un sillón de cuero tan grande como un trono. Sobre la mesa había un ramo de flores frescas.

–Son para ti.

Jenny se giró y vio a Cage de pie en el armario.

–¿Cómo lo has hecho?

–Con mi talonario de cheques. ¿Te gusta?

–Sí, pero… Te has gastado una fortuna en todo esto.

–Bueno, tendría que haberlo hecho hace años. A mis clientes los citaba en cualquier bar, por vergüenza de traerlos a este «montón de basura», como alguien lo llamó –sonrió al ver cómo ella se sonrojaba–. A propósito, tengo unos cuantos calendarios para que elijas el que más te guste –le sostuvo el primero–. «Bollos del Mes» –dijo con voz solemne intentando no sonreír. El musculoso modelo de la foto llevaba tan solo un casco de fútbol y un taparrabos–. Este es Míster Octubre. ¿Quieres ver los otros meses?

–Me resulta suficiente. ¿Qué más tienes?

Cage dejó el calendario y le mostró el siguiente.

–«Un macizo por día. Nada de mente, solo cuerpos» –un pecho untado de aceite y unos bíceps a punto de estallar. Jenny puso una mueca de aprensión y negó con la cabeza–. O… –extendió la tercera opción–. «Ansel Adams».

–Cuelga este –Cage pareció complacido y se dispuso a colgarlo–. Pero deja los otros en el armario –añadió con picardía. Cage la miró alicaído y los dos se echaron a reír–. Cage, la oficina está preciosa, de verdad. Me encanta.

–Estupendo, quiero que estés cómoda.

–Gracias por las flores –rodeó la mesa y se sentó en el cómodo sillón.

–Esto es una ocasión especial.

Se miraron el uno al otro durante un momento, antes de que él empezara a explicarle cómo manejar la máquina de escribir.

–Puedes empezar a redactar estas cartas –le pasó una abultada carpeta–. Las he escrito a mano. Espero que entiendas mi letra. Gertie sí podía.

–¿La amiga miope? –preguntó ella con inocencia.

–La misma –le aparto un mechón de la cara y le explicó que iba al rancho de los Parson.

–¿Qué posibilidades hay en esos terrenos?

–Bastante buenas. Si no encontramos petróleo, yo soy un arcángel –se puso las gafas de sol y giró el pomo de la puerta–. Hasta luego –se paró antes de salir y la miró durante un largo rato–. Tienes muy buen aspecto sentada ahí –añadió antes de salir.

***

Regresó poco antes del mediodía con una bolsa.

—¡Hora de comer! —exclamó irrumpiendo en el despacho.

Jenny le hizo un gesto con la mano para que se callara. Estaba hablando por teléfono al tiempo que tomaba notas.

—Entendido. Se lo comunicaré al señor Hendren en cuanto llegue. Gracias —colgó y le pasó con orgullo el papel a Cage.

—Magnífico —dijo él al leerlo—. Llevaba mucho tiempo esperando el permiso para inspeccionar esa propiedad. Me has traído suerte —sonrió y dejó la bolsa sobre la mesa—. Y yo te he traído el almuerzo.

—¿Puedo esperar el mismo trato todos los días? —se puso en pie para examinar el contenido.

—De ningún modo. Pero, como ya te dije antes, hoy es una ocasión especial.

—Debería ir a casa a preparar la comida para Sarah y Bob.

—Estarán bien. Llámalos más tarde si quieres.

Su buen humor era tan contagioso, que Jenny lo acompañó en su entusiasmo con la comida que sacaba de la bolsa.

—Y para rematarlo... —se metió en el armario y volvió a salir con una botella de champán—. ¡Tachán!

—¿De dónde la has sacado?

—La tenía en la nevera.

—¿Tienes una nevera en el armario?

—Una pequeñita. ¿No la has visto?

—No. He estado muy ocupada —señaló la pila de cartas que esperaban la firma de Cage.

—En ese caso, te mereces una copa de champán —descorchó la botella, que despidió un chorro de espuma.

—No debería, Cage.

—¿Cómo que no?

—Quizá no lo creas, pero en casa no tomamos champán con la comida —dijo en tono sarcástico—. No estoy acostumbrada a beber.

—Estupendo. Tal vez te emborraches y bailes desnuda encima de la mesa.

Le recorrió el cuerpo con la mirada, imaginando lo que había propuesto.

—¿Haces esto muy a menudo? —le preguntó ella, avergonzada.

—¿Beber champán al mediodía? No.

—Entonces, ¿cómo sabes que no serás tú quien acabe bailando desnudo encima de la mesa?

Él le tendió una copa y brindó con la suya.

—Porque si los dos estuviéramos desnudos sobre la mesa, lo último que haríamos sería bailar.

A Jenny le dio un vuelco el corazón. Consiguió apartar la mirada de su poder hipnotizante y notó que le temblaban las manos.

—Bebe un poco —la apremió él. Ella obedeció—. ¿Te gusta?

—Sí —respondió tomando otro sorbo. El champán estaba frío y le picaba en la lengua.

Cage se acercó hasta que casi estuvieron pegados.

—¿Qué te parece…?

—¿El qué?

—¿Perritos calientes?

La comida resultó deliciosa. Mientras almorzaban, él le hablaba de sus negocios y pareció complacido de las preguntas inteligentes que ella le formulaba, pero no consiguió que bebiera más de media copa de champán. Al terminar, recogió los cartones y los metió en la bolsa.

—No me atrevería a ensuciar tu oficina —le dijo sonriente.

Mucho rato después de que Cage se hubiera marchado, Jenny seguía pensando en la imagen de los dos desnudos sobre la mesa. ¿Qué habría querido decir con que no estarían bailando?

Sabía muy bien cuál era la respuesta.

Y tampoco podía dejar de pensar en ella.

***

Los días siguieron su curso rutinario, aunque la vida junto a Cage era siempre espontánea e imprevista. Era como navegar por un río entre la jungla. Nunca se sabía lo que podía estar esperando tras la siguiente curva.

Le solía dejar pequeños regalos en la oficina. Para cualquier otra persona hubieran resultado insignificantes, pero para ella, a quien nunca habían cortejado, significaban muchísimo.

El día que se cumplió su primera semana en la empresa se encontró un pastel con una vela sobre el escritorio. En otra ocasión había una rosa roja junto a la cafetera. Una mañana casi dio un grito al abrir la puerta y encontrarse a un enorme oso de peluche sentado en su sillón.

Sabía que todo el pueblo cotilleaba sobre ellos. Las cajeras del banco se quedaron pasmadas cuando la vieron ingresar los cheques de Cage, y se ponían a cuchichear cada vez que salía.

El administrador de correos, que siempre la había tratado amistosamente, la miraba de un modo que ponía los pelos de punta.

Y, además, Cage había empezado a acudir a la iglesia con regularidad, lo que llevó los rumores al grado sumo.

Por su parte, a Jenny le encantaba su trabajo y en su segunda semana ya se desenvolvía como una profesional.

—¿Hendren Enterprises? —contestó al teléfono.

—Jenny, cariño. ¡Hoy también estamos de celebración!

—¿El pozo tiene petróleo? —gritó. Al otro lado de la línea podía oírse el ruido de las perforadoras.

—¡El pozo tiene petróleo! —exclamó él—. Voy a llevarte el pollo asado más grande que pueda encontrar. Llegaré dentro de una hora.

—Tengo que salir a hacer un recado. ¿Por qué no nos encontramos en alguna parte?

—Como quieras. ¿Te parece bien en The Wagon Wheel a las doce y media?

Ella estuvo de acuerdo con el sitio y la hora.

Pero a las doce y media Jenny vagaba sin rumbo fijo por

la calle principal del pueblo. Se paró como hechizada en la acera y se quedó mirando distraídamente el escaparate de una tienda de variedades.

Cage pasó a su lado en la camioneta que usaba para ir a las perforaciones. Al verla la llamó y tocó el claxon, pero ella no pareció oírlo y no se volvió. Entonces Cage giró bruscamente en medio de la calzada y aparcó subiéndose al bordillo. Se acercó corriendo a ella, con las botas y los pantalones llenos de barro.

—Jenny —le dijo casi sin aliento—. Vas en dirección contraria. ¿No habíamos quedado en The Wagon Wheel?

La sonrisa que lucía se esfumó de su rostro en cuanto vio su mirada perdida.

—¡Jenny! —la agitó suavemente—. ¿Qué te pasa?

—¿Cage? —susurró ella. Parpadeó un par de veces y miró a su alrededor—. .Oh, Cage.

—Dios, no me pegues estos sustos —dijo él con el ceño fruncido—. ¿Qué ha pasado? ¿Te sientes mal?

Ella negó con la cabeza y bajó la mirada.

—No, pero no me apetece ir a comer. Lo siento. Me alegro por lo del pozo, pero no me apetece…

—Al infierno con la comida. Dime qué te ha ocurrido —ella se tambaleó como si fuera a desmayarse. Él la agarró a tiempo, sintiéndose un completo inepto—. Vamos, cariño. Entremos ahí. Te vendrá bien tomarte un refresco.

La llevó casi a rastras hasta el local y la sentó en un banco.

—Hazel, dos refrescos, por favor —le pidió a la camarera.

No apartó los ojos de Jenny, pero ella no lo miraba. Mantenía la vista fija en las manos, cruzadas sobre el mostrador.

—¿Cómo va todo, Cage? —le preguntó Hazel cuando les llevó dos vasos con hielo.

—Muy bien —murmuró él.

Hazel se encogió de hombros y se fue hasta la caja registradora. La gente decía que Cage Hendren no era el mismo desde la muerte de su hermano. Decían que rondaba a la niña Fletcher como una mosca alrededor de un tarro de miel. Normalmente, Hazel solía bromear con él cada vez que entraba en su local. Pero aquel día no tenía ojos más que para Jenny.

–Jenny, bébete el refresco –le dijo acercándole el vaso–. Estás más pálida que un fantasma –ella dio un sorbo, obediente–. Ahora dime cuál es el problema.

Mantuvo la cabeza agachada durante un largo rato. Cuando Cage estaba a punto de perder la paciencia, ella levantó por fin la mirada.

Tenía los ojos llenos de lágrimas.

–Cage –susurró con voz ronca–. Estoy embarazada.

Capítulo 7

Cage se sentía como si le hubieran dado un puñetazo en la garganta. Tragó saliva con dificultad, pero no hizo el menor movimiento.

–¿Embarazada?

–Acabo de salir de la consulta del médico –dijo ella asintiendo–. Voy a tener un bebé.

–¿No lo sabías?

–No.

–¿Y qué pasa con el período? ¿Se te cortó?

–Sí, pero pensé que sería por la muerte de Hal y todo el jaleo posterior. Nunca se me ocurrió que… Oh, no sé –apoyó la frente en la mano–. Cage, ¿qué voy a hacer?

¿Hacer? Se casaría con él y tendrían un bebé, pensó Cage. ¡Un bebé!

La alegría le invadió el cuerpo. Quiso ponerse a dar saltos y salir a la calle a parar el tráfico y a gritarle a todo el mundo que iba a ser padre.

Pero entonces vio la expresión abatida de Jenny, oyó sus débiles gemidos, y supo que no podía reaccionar como quería. Ella pensaba que el bebé era de Hal y, si le contaba la verdad en esos momentos en los que se estaba ganando su confianza, solo conseguiría que lo despreciara.

¿Era ese el justo castigo por todos sus pecados? Siempre había mantenido las precauciones necesarias con todas las mujeres con las que había estado. Y cuando al fin quería reclamar su paternidad, no podía hacerlo. Había concebido un hijo con la mujer que siempre había amado y no tenía ningún derecho sobre él.

Dios estaba jugando sucio.

«Díselo, díselo ahora», le susurraba una voz interior.

Quería hacerlo. Quería estrecharla en sus brazos y decirle que no había razón para llorar de pena. Quería declararle su amor y confesarle que su bebé era el hijo de ambos. Y quería prometerle que cuidaría siempre de ella y de su hijo.

Pero no podía. El descubrimiento de su embarazo había sido traumático para ella. No podía hacerla sufrir más diciéndole que se equivocaba de padre.

De momento, tendría que conformarse con ser su amigo.

–Llorar no te ayudará, Jenny –le dijo tendiéndole un pañuelo. Estaban solos en la cafetería. Hazel estaba absorta leyendo una revista.

–Todo el mundo pensará que soy una escoria. Y Hal… –puso una mueca al pensar en lo que pensarían del joven pastor.

–Nadie pensará que Jenny Fletcher es una escoria –dijo Cage–. No sabía que Hal y tú hubierais mantenido esa clase de relación.

–No lo hicimos –hablaba en voz tan débil, que él tuvo que inclinarse para oírla–. No hasta la noche antes de su marcha –alzó la cabeza y lo encontró mirándola con atención. Eso la hizo sentirse aún más incómoda–. ¿Recuerdas que me dijiste que intentase convencerlo para que no se fuera? Pues lo intenté –soltó una pequeña carcajada temblorosa–, pero no lo conseguí.

–¿Qué ocurrió? –a Cage le resultaba muy difícil hablar de aquello como si no lo supiera, pero quería saber cómo se había sentido Jenny aquella noche.

–Subió conmigo a mi habitación. Yo… –bajó otra vez la voz–, le rogué que no se fuera, pero no se dejó convencer. Entonces intenté seducirlo con el sexo, pero tampoco dio resultado. Salió y me dejó sola en el cuarto.

—Entonces no entiendo cómo...
—Más tarde volvió e hicimos el amor.

Durante los segundos siguientes nadie habló, cada uno sumido en sus propios pensamientos. Jenny recordaba la explosión de felicidad que sintió al ver la silueta de Hal recortada contra la puerta. Cage recordaba a Jenny sentada en la cama, con la cara cubierta de lágrimas.

—Fue la primera vez que...
—La primera y única vez. Nunca creí que una mujer pudiera quedarse embarazada haciéndolo solo una vez —apretó el pañuelo empapado—. Estaba equivocada.

—¿Cómo fue, Jenny? —ella le clavó la mirada—. Quiero decir —se apresuró a improvisar la pregunta—, si eras virgen... ¿te dolió?

—Un poco al principio —esbozó una sonrisa enigmática, propia de la Mona Lisa—. Fue maravilloso, Cage. Fue lo mejor que me ha pasado en la vida. Jamás me había sentido tan cercana a alguien. Y no me importa lo que ocurra en el futuro. Nunca me arrepentiré de lo que hice esa noche.

Le tocó el turno a Cage para bajar la mirada. Tenía un nudo de emoción en la garganta y estaba a punto de echarse a llorar. Se moría por abrazarla y decirle que la comprendía, ya que él había sentido lo mismo.

—Debes de estar de...
—Cuatro meses —dijo ella.
—¿Y no has tenido ningún síntoma?
—Ahora que lo sé, recuerdo haberlos tenido. Me sentía cansada y apática. A la vuelta de Monterico perdí algo de peso, pero lo volví a recuperar. Y mis pechos... —dejó la frase a medias.

—Sigue, Jenny —la apremió él—. Tus pechos, ¿qué?
—Bueno... me duelen un poco y siento hormigueos, ¿sabes?
—No, no lo sé —respondió él con una sonrisa.

—¿Cómo ibas a saberlo? —preguntó riendo. Le sentaba bien reírse, pero se cubrió la boca—. No puedo creer que me esté riendo de algo tan serio.

–¿Qué otra cosa puedes hacer? Además, pienso que es un motivo para celebrar, no para llorar. No todos los días un hombre encuentra petróleo y descubre que va a ser... eh... tío.

Ella le apretó fuertemente las manos.

–Gracias por verlo así, Cage. Cuando salí de la consulta, me sentía completamente perdida. Perdida y sola.

–No tienes por qué sentirte sola, Jenny. Siempre puedes contar conmigo. Para todo.

–Aprecio mucho tu ayuda.

–¿Qué piensas hacer?

–No lo sé.

–Cásate conmigo, Jenny.

Jenny se quedó muda y boquiabierta. Lo miró con la mente en blanco mientras el corazón amenazaba con salírsele del pecho. Sabía que la oferta estaba motivada por la compasión, o quizá por la lealtad familiar, pero aun así se vio tentada a darle una respuesta afirmativa.

–No puedo.

–¿Por qué?

–Hay un millón de razones en contra.

–Y una muy buena a favor.

–Cage, no puedo permitir que eches a perder tu vida por mí ni por mi hijo. No, gracias.

–Deja que sea yo quien decida cómo quiero echar a perder mi vida, por favor –le dio un apretón en la mano–. ¿Deberíamos fugarnos esta noche o esperar hasta mañana? Iremos de luna de miel adonde tú quieras, menos a Monterico –añadió con una sonrisa.

–Eres maravilloso –le dijo con los ojos llenos de lágrimas–. ¿Lo sabías?

–Eso es lo que dicen de mí.

–Pero no puedo casarme contigo, Cage.

–¿Es por Hal? –su rostro perdió todo rastro de humor.

–No, no solo por eso. Tiene que ver contigo y conmigo. Jenny Fletcher y Cage Hendren. Menudo chiste.

—¿Ya no te gusto? —le preguntó con la sonrisa más encantadora que pudo.

—Sabes que sí —ella le devolvió la sonrisa—. Me gustas mucho.

—Te sorprendería saber cuántos matrimonios conozco que no se soportan. Nosotros tendríamos más posibilidades que la mayoría.

—Una mujer y un niño no encajan en tu modo de vida.

—Lo cambiaría por completo.

—No puedo dejar que cometas ese sacrificio.

Él quiso zarandearla y decirle que no era ningún sacrificio. Pero sabía que Jenny necesitaba tiempo para hacerse a la idea de que iba a ser madre. Solo sería un aplazamiento temporal. Nada en el mundo le impediría casarse con ella y compartir un hogar lleno de amor en vez de censura.

—Y además de romperme el corazón y rechazarme, ¿qué vas a hacer?

—¿Puedo seguir trabajando para ti?

—¿Tienes que preguntarlo?

—Gracias, Cage —murmuró ella.

Se permitió a sí misma relajarse y se llevó inconscientemente las manos al abdomen. Qué pequeña era, pensó Cage. ¿Cómo iba a albergar a un niño en su interior?

Se fijó en sus pechos. No eran muy grandes, pero sí firmes y redondeados; Cage no quería otra cosa que cubrirlos de caricias y besos.

—Tus padres tendrán que saberlo.

—¿Quieres que se lo diga yo? —preguntó él apartando la vista de sus pechos.

—No. Es mi responsabilidad. Ojalá supiera cómo van a tomárselo.

—Estarán encantados —dijo con dificultad—. Así tendrán un vivo legado de Hal.

—Tal vez, pero no creo que sea así de simple. Son personas muy moralistas, Cage. Tú lo sabes muy bien. Para ellos no hay punto medio. O algo está bien o está mal.

—Pero mi padre ha promulgado la caridad cristiana durante toda su vida. El perdón y el amor de Dios han sido los principales tópicos de sus sermones —le cubrió la mano con la suya—. No te condenarán por esto, Jenny. Te lo aseguro.

Ella deseó tener la misma confianza que él, pero al menos se esforzó en sonreír.

Antes de salir él le hizo tomar una taza de chocolate, alegando que debía ganar peso enseguida. Brindaron por la salud del bebé y por el pozo de petróleo.

—Tendré que compartir mi oso de peluche con el bebé —dijo ella al salir.

—Bueno, de momento te pertenece solo a ti —le abrió la puerta del coche para que se subiera—. Vete a casa y duerme un poco.

—Pero si solo llevo en pie la mitad del día —protestó ella.

—Y ha sido agotador. Te vendrá bien descansar el resto de la tarde. Te llamaré esta noche.

—Alguna vez tendré que darle la noticia a Sarah y a Bob.

—Estarán tan entusiasmados como yo.

Lo dijo aun sabiendo que era imposible. Nadie podría estar tan entusiasmado por el bebé como él. Dios... se sentía henchido de alegría y amor.

No tenía más remedio que guardar el secreto, pero fue incapaz de resistirse a abrazarla. Ella se refugió en sus brazos, y los dos se unieron sin importarles las miradas ajenas.

Jenny oyó los poderosos latidos de su corazón contra la oreja y se apretó con más fuerza. Cage se había convertido en alguien muy importante para ella. Era un amigo en quien podía encontrar seguridad y apoyo... y de quien le gustaba aspirar su fragancia masculina.

Cage la meció suavemente, extasiado por sentir sus pechos contra el suyo. Le dio un largo beso en el pelo, como pobre muestra de lo que realmente quería demostrarle. A pesar de su alegría, era muy doloroso no poder darle las gracias por haberlo bendecido con un hijo.

—Prométeme que te acostarás en cuanto llegues a casa.

–Lo prometo.

Él la acomodó frente al volante y le abrochó el cinturón de seguridad.

–Esto es para protegerte a ti y al bebé de conductores como yo –le dijo con una sonrisa burlona.

–Gracias por todo, Cage.

Mientras la veía alejarse en el coche, se preguntó si le seguiría estando agradecida en caso de saber la verdad.

Cage llegó a la casa parroquial poco después de las siete. Después de enviar a Jenny a casa, había pasado el resto de la tarde en las perforaciones. Pero, por muy ocupado que estuvo, no consiguió apartar los pensamientos que lo agobiaban: la salud de Jenny, su estado de ánimo, el miedo a contárselo a sus padres…

Desde fuera, la casa tenía el mismo aspecto que siempre. El coche de Jenny estaba aparcado junto al de sus padres. Se veían luces en las ventanas de la cocina y de la salita. Sin embargo, Cage tuvo el presentimiento de que algo iba mal.

Llamó a la puerta principal y luego la empujó.

–Hola –llamó en voz alta. Al no recibir respuesta, entró y se encontró a Bob y a Sarah sentados en la salita.

–Hola, Cage –lo saludó su padre apáticamente. Su madre no dijo nada, concentrada en el pañuelo que tenía entre los dedos.

–¿Dónde está Jenny?

Bob tragó saliva varias veces. Era obvio que le resultaba difícil hablar y, cuando finalmente lo hizo, soltó unas pocas palabras:

–Se ha ido.

–¿Que se ha ido? –el miedo y la furia invadieron a Cage–. ¿Qué quieres decir? Su coche está aparcado fuera.

Bob se pasó la mano por la cara.

–Ha decidido marcharse sin llevarse nada, salvo su ropa.

Cage se dio la vuelta y subió la escalera a grandes zancadas, como siempre había hecho de joven. Eso era ir contra las reglas de la casa, pero nunca se había preocupado por acatarlas.

—¿Jenny? —no estaba en su dormitorio. Abrió el armario y lo encontró casi vacío, igual que los cajones—. ¡Maldita sea! —rugió como un león frustrado y volvió a bajar las escaleras—. ¿Qué ha pasado? ¿Qué le habéis hecho? ¿Qué le habéis dicho? —le preguntó a sus padres—. ¿Os ha contado lo del bebé?

—Sí —respondió Bob—. Nos quedamos horrorizados.

—¿Horrorizados? ¡Horrorizados! ¿Jenny os dice que va a tener vuestro primer nieto y vuestra única reacción es horrorizaros?

—Dice que es el hijo de Hal.

Si en vez de su padre hubiera sido cualquier otro hombre el que difamara de aquel modo la integridad de Jenny, Cage lo habría agarrado por el cuello y le habría hecho tragarse sus palabras.

En vez de eso, se limitó a gruñir y a dar un paso adelante. Que fuera o no hijo de Hal no importaba en esos momentos. Jenny pensaba que sí lo era, y les había contado lo que ella creía que era la verdad.

—¿Lo habéis dudado?

—Pues claro que sí —intervino Sarah por primera vez—. Hal nunca hubiera hecho algo tan... tan pecaminoso. Y mucho menos la noche antes de irse a Centroamérica, según contó ella.

—Puede que esto te sorprenda, madre, pero Hal era un hombre antes que un misionero.

—¿Y eso significa que...?

—Significa que estaba dotado como cualquier otro hombre desde Adán. Que tenía las mismas necesidades y los mismos deseos. En el fondo, me resulta extraño que pudiera esperar tanto tiempo para acostarse con Jenny —Hal nunca había hecho tal cosa, pero en esos momentos Cage no pensaba con mucho sentido común.

—Cállate, Cage, por el amor de Dios —le ordenó su padre

poniéndose en pie–. ¿Cómo te atreves a hablarle así a tu madre?

–Está bien –aceptó él–. Me da igual lo que penséis de mí; pero, ¿cómo habéis podido echar a Jenny?

–Nosotros no la hemos echado. Fue ella quien tomó la decisión.

–Tuvisteis que decirle algo que la incitara a hacerlo. ¿Qué fue?

–Esperaba que creyéramos que fue Hal quien… quien hizo eso –dijo Bob–. Tu madre y yo aceptamos esa posibilidad. Como bien has dicho, tu hermano era un hombre. Pero si lo hizo, fue porque ella lo tentó más allá de su entereza moral.

Cage no podía imaginarse cómo Hal había podido resistirse aquella noche. Él jamás hubiera podido.

–Pasara lo que pasara, fue por amor –eso sí era verdad.

–Lo creo. Pero aun así, Hal no se habría distraído en su misión si la tentación no hubiese sido demasiado fuerte. Y puede que el sentimiento de culpa lo torturara desde entonces….Quizá por eso no tuvo el suficiente cuidado en Monterico y dejó que lo capturaran y ejecutasen.

–Dios mío –Cage se apoyó en la pared. Se preguntaba cómo dos personas de mentes tan estrechas podían haberlo engendrado–. ¿Le dijiste eso a Jenny? ¿La culpaste por la muerte de Hal?

–Ella es culpable –dijo Sarah–. Las convicciones de Hal eran inquebrantables. Pero la seducción de Jenny fue más fuerte. ¿Puedes imaginarte lo traicionados que nos sentimos? La criamos como si fuera nuestra hija. Y ahora va a tener un… un hijo ilegítimo… Oh, Señor, cuando pienso en cómo afectará esto a la memoria de Hal. Todo el mundo lo quería y admiraba, y esto destruirá su recuerdo noble –apretó los labios y sacudió la cabeza.

Cage estaba rasgado por la confusión. Sus padres culpaban a Jenny por la muerte de Hal, pero Hal era el único culpable de su muerte porque no había compartido ninguna noche de pasión con Jenny. Cage podría absolverla si les contaba la verdad. Pero entonces no dudarían en lapidarla por haberse acostado con él.

Se sentía asqueado por la actitud de sus padres. Le había asegurado a Jenny que estarían encantados al recibir la noticia y, en vez de eso, la habían tratado con un desprecio que no tenía nada de cristiano. Quería acusarlos de ser unos hipócritas, pero no tenía tiempo para eso. Eran una causa perdida. Y su único propósito era encontrar a Jenny.

–¿Adónde se fue?

–No lo sabemos –respondió Bob. Su tono indicaba que no le importaba–. Llamó a un taxi.

–Me dais pena –fue lo último que dijo Cage antes de marcharse.

–¿Cuánto tiempo hace?

–Bueno... –el dependiente de la estación de autobuses pasó un dedo por la lista de salidas–. Hará una media hora. Tuvo que salir a las seis cincuenta. Que yo recuerde, no se produjo ningún retraso.

–¿Hace alguna parada en el recorrido?

El hombre volvió a revisar la agenda con una meticulosidad que desesperó a Cage. ¿Acaso aquel cretino no sabía nada sin consultar el maldito programa?

Después de hablar con el propietario del único servicio de taxis del pueblo y descubrir que habían llevado a Jenny a la estación de autobuses, Cage condujo hasta allí a toda velocidad. Un rápido vistazo a la sala de espera le demostró que no estaba allí, y en la taquilla le dijeron que habían vendido un billete para Dallas a una mujer que correspondía con su descripción.

–No, no hace paradas... hasta Abilene. Eso es.

–¿Por qué carretera va?

Antes de que el dependiente acabara de decírselo, Cage ya estaba corriendo hacia la puerta. Al arrancar el Corvette comprobó con enfado que no tenía suficiente gasolina para recorrer ochenta kilómetros, de modo que tuvo que detenerse en la primera gasolinera que encontró.

–Pero, ¿solo tienes un billete de cincuenta dólares? –se quejó el encargado–. Por Dios, Cage, me vas a dejar sin cambio.

–Lo siento. Es todo lo que tengo y además voy con una prisa terrible –demonios, se moría por un cigarrillo. ¿Por qué le había tenido que prometer a Jenny que dejaría de fumar?

–¿Una cita? –le preguntó el encargado con un guiño–. ¿Es rubia o morena esta vez?

–Te he dicho que...

–Sí, que tienes mucha prisa –le dijo con otro guiño–. ¿Quién está más caliente, ella o tú? –examinó la caja registradora en busca de cambio–. Vamos a ver que tenemos aquí... Uno de veinte. No, es de diez. Y aquí hay uno de cinco.

¿Todo el pueblo se había vuelto imbécil o se habían confabulado para ponérselo difícil?

–Mira, Andy, quédate con el cambio y volveré para recogerlo más tarde.

–Esa chica merece la pena, ¿eh? –le gritó cuando Cage ya se alejaba–. Tiene que ser muy especial.

–Lo es –respondió él desde el coche. Segundos más tarde la oscuridad se tragaba sus luces traseras.

Jenny había optado por no luchar contra el balanceo constante del autobús. En vez de eso, intentó amoldar su cuerpo a él. Al menos así evitaba pensar en el futuro.

¿Qué futuro?

No tenía ninguno.

Los Hendren le habían dejado claro su postura. Era como Jezabel, que había tentado a su hijo santo y lo había cautivado con engaños.

Las lágrimas le afluían a los ojos, pero no iba a rendirse a ellas. Apoyó la cabeza en el respaldo y deseó poder dormir. Pero era imposible. Su mente era un torbellino de pensamientos, y los pasajeros que la rodeaban hablaban casi a gritos.

–Fíjate en ese.
–Qué loco.
–¿Lo ha visto el conductor?

Intrigada por saber lo que había despertado tantos comentarios, Jenny miró por la ventanilla. No vio nada, tan solo su propio reflejo en el cristal y una densa oscuridad al otro lado. Entonces se fijó en el coche deportivo que circulaba pegado al autobús, tan peligrosamente cerca que casi rozaba las ruedas.

–Debe de tratarse de un loco –oyó que alguien decía.
–Oh, no –susurró ella con los ojos muy abiertos al reconocerlo.

De repente el autobús dio un bandazo. El conductor frenó en seco y giró hasta la cuneta.

–Damas y caballeros –dijo por el micrófono–. Lamento este retraso pero me he visto obligado a hacer una parada imprevista. Seguramente habrán notado que un conductor borracho nos viene siguiendo con la intención de echarnos de la carretera. Voy a intentar hablar con él antes de que nos mate a todos. Permanezcan sentados en sus asientos. Enseguida reanudaremos la marcha.

Todos los pasajeros se inclinaron en sus asientos para ver mejor, mientras que Sarah se hundía en el suyo con el corazón latiéndole a ritmo frenético. El conductor accionó el mando para abrir la puerta; pero, antes de que pudiera salir, el loco borracho entró como una exhalación.

–Por favor, señor –le rogó el chófer, claramente preocupado por la seguridad de los pasajeros–. Somos todos gente inocente y...

–Tranquilícese. No soy un criminal y no voy a hacerle daño a nadie. Tan solo vengo a aliviar a uno de sus pasajeros –sus ojos recorrieron las dos filas de asientos y empezó a caminar por el pasillo. Jenny seguía callada e inmóvil–. Siento las molestias –les dijo en tono amistoso a quienes lo miraban con recelo–. Será cuestión de un minuto –entonces vio a su presa y suspiró aliviado–. Recoge tus cosas, Jenny. Te vienes conmigo.

–No, Cage. Te lo he explicado todo en una carta que te envié justo antes de salir. No deberías haberme seguido.

–Bueno, pues lo he hecho, y no pienso hacer el viaje en balde. Vamos.

–No.

Todo el mundo los miraba con atención.

Cage apoyó las manos en las caderas, como si fuera un padre que acabase de encontrar a su hija perdida.

–De acuerdo. Si quieres que todas estas simpáticas personas se enteren de lo sucedido, por mí estupendo, pero piénsatelo mejor antes de que saquemos los detalles picantes.

Jenny miró a su alrededor. Era el blanco de todas las miradas.

–¿Qué ha hecho, mamá? –preguntó una niña pequeña–. ¿Algo malo?

–No tiene que ir a ninguna parte con él, señorita –le dijo el conductor con valentía.

Jenny miró a Cage. Tenía la mandíbula en tensión, y los ojos le brillaban con llamas amarillas. No parecía dispuesto a desistir, y ella no quería ser la causa de ninguna trifulca en un autobús decente.

–Oh, está bien, ya voy –se puso en pie y agarró su pequeña maleta–. Tengo otra bolsa en el maletero –le dijo con amabilidad al conductor.

Los tres bajaron del autobús y el conductor abrió el compartimento de equipajes.

–¿Está segura de que quiere irse con él? –le preguntó mientras sacaba la bolsa que ella le indicó–. No le hará ningún daño, ¿verdad?

–No, no –respondió ella con una sonrisa–. No es lo que parece. No va a hacerme nada.

Después de echar a Cage una mirada fulminante y de mascullar algo contra los locos de la carretera, el chófer volvió a subir y arrancó de nuevo el autobús. El vehículo se puso en marcha, mientras que todos los pasajeros giraban la cabeza para ver a la pareja que dejaban detrás.

Jenny se volvió hacia Cage poniendo sus maletas en el suelo.

—Bueno, eso sí que ha sido una jugada arriesgada, señor Hendren. ¿Qué esperas conseguir con ello?

—Lo que acabo de hacer. Sacarte del autobús e impedir que huyeras como un conejo asustado.

—Tal vez sea eso lo que quiero —protestó ella. Las lágrimas que había reprimido desde la escena en la casa parroquial empezaban a afluir a sus ojos.

—¿Qué pensabas hacer, Jenny? ¿Ir hasta Dallas para abortar?

Ella apretó los puños.

—Esa idea es demasiado despreciable incluso para sugerirla.

—Entonces, ¿qué? ¿Cuál era tu intención? ¿Tener al bebé y deshacerte de él?

—¡No!

—¿Esconderlo? —dio un paso hacia ella. Su próxima respuesta era de vital importancia para él—. ¿No quieres al bebé, Jenny? ¿Te avergüenzas de tenerlo?

—No —ella gimió y se cubrió el estómago con las manos—. Claro que quiero tenerlo. Ya siento amor por él.

Cage relajó los hombros, pero su voz seguía siendo severa.

—¿Por eso estabas huyendo?

—No sabía qué más hacer. Tus padres me dejaron claro que no me querían allí más tiempo.

—¿Y?

—¿Y? —extendió el brazo en la dirección que el autobús había tomado—. No todo el mundo es lo bastante valiente, o lo bastante loco, para perseguir un autocar de viajeros. O para conducir a ciento sesenta kilómetros en una motocicleta. No puedo ser como tú, Cage. No te importa lo que los demás piensen de ti. Te vales tú mismo para complacerte... Pero yo no soy así. A mí sí se importa la opinión de la gente, y por eso tengo miedo.

–¿Miedo de qué? ¿De un pueblo lleno de gente mezquina e hipócrita? ¿Cómo pueden hacerte daño? ¿Qué es lo peor que pueden hacerte? ¿Cotillear sobre ti? ¿Y qué? Esas personas no te hacen falta para nada –hizo una breve pausa–. ¿Tienes miedo de enturbiar el nombre de Hal? A mí tampoco me gustaría que esos idiotas pensaran mal de él, pero Hal ha muerto y nunca se enterará. Y además, el trabajo que empezó debe continuar. Por amor de Dios, Jenny, no seas tan dura contigo misma. Eres tu peor enemiga.

–¿Qué me estás aconsejando? ¿Volver a trabajar en tu oficina?

–Sí.

–¿Haciendo gala de mi condición?

–Con orgullo.

–¿Y mi hijo tendrá que saber que su apellido estará mancillado toda su vida?

Cage le apuntó con un dedo en el estómago.

–Cualquiera que se atreva a no etiquetar a este niño de maravilloso se estará jugando la vida.

Ella casi soltó una carcajada ante su fiera amenaza.

–Pero tú no estarás siempre a su lado para protegerlo. No será fácil para él criarse en un pueblecito donde todo el mundo conocerá su origen.

–Tampoco le será fácil en una gran ciudad donde su madre no conozca a nadie más. ¿A quién recurrirías para pedir ayuda, Jenny? Al menos, todas las caras hostiles que encuentres en La Bota te resultarán familiares.

Jenny tuvo que reconocer que la idea de mudarse a una ciudad desconocida, sin dinero, trabajo ni amigos, la aterrorizaba.

–¿No es hora de que empieces a mostrar tus agallas, Jenny?

–¿Qué quieres decir?

–Llevas desde los catorce años dejando que sean los demás quienes opinen por ti.

–Ya hablamos de esto hace unos meses. He intentado dirigir mi destino, y mira lo que he conseguido.

Él pareció ofenderse.

–Pensé que hacer el amor fue para ti algo increíble. Y como resultado vas a tener un bebé. ¿Tan malo es?

–No, es fantástico. Estoy sobrecogida ante la idea. Sobrecogida y humillada por el milagro.

–Entonces quédate con esa idea. Vuelve conmigo a La Bota, ten a tu precioso hijo y dale la espalda a quien no le guste.

–¿Incluso a tus padres?

–Su reacción fue motivada por el miedo. Cuando piensen en ello acabarán aceptándolo.

–Supongo que tienes razón. No puedo encontrar un futuro para el bebé y para mí. Tengo que construir uno, ¿no es así?

–Exacto –respondió él con una sonrisa.

–Oh, Cage –soltó un suspiró y dejó caer los brazos a los costados. De repente se sentía desfallecida–. Gracias una vez más.

Él se acercó a ella y le sujetó la cara entre las manos. Con los pulgares le acarició las mejillas.

–Sería todo más fácil si te casaras conmigo. El niño tendría un padre y todo sería legal y perfecto.

–No puedo, Cage.

–¿Seguro?

–Seguro.

–No será la última vez que te lo pida.

Ella sintió el calor y la suavidad de sus labios incluso antes de que él la besara. El beso fue dulce y prolongado, pero esa vez sus lenguas se rozaron lo suficiente como para que a Jenny se le hiciera un nudo en la garganta y los pechos se le encendieran.

Él deslizó la lengua sobre la suya, y entonces se retiró, dejándola insatisfecha y anhelante. Cuando la tomó de la mano y la llevó hasta el coche, ella sintió frío por la ausencia de su cuerpo.

–Lo primero que hay que hacer es encontrarte un lugar para vivir –dijo él mientras colocaba sus bolsas en el maletero.
–¿Se te ocurre alguno?
–Podrías venirte a vivir conmigo.
La miró con picardía y ella a él con recelo.
–Siguiente sugerencia.
Él soltó una risita.
–Creo que podría arreglar algo con Roxy.

Capítulo 8

–¿Roxy Clemmons?
–Sí. ¿La conoces?
Solo por su reputación como una de las amantes de Cage, pensó Jenny con sarcasmo.
–He oído hablar de ella –se giró para mirar por la ventanilla. Su boca se torció en un gesto de decepción.
La había besado con tanta dulzura y calor, que a Jenny le gustaba cada vez más que la tocara. Pero Cage no hacía con ella lo mismo que con las otras. Sus besos podían hacerla estallar de pasión, pero solo podía haber perfeccionado su técnica con muchas horas de práctica.
¿Estaría también ella destinada a ser una de las «mujeres» de Cage Hendren? ¿Estaría planeando acomodarla en algún sitio donde pudiera ir a visitarla de vez en cuando?
–No parece que te entusiasme mucho la idea –comentó él.
–No tengo mucha elección, ¿verdad?
–Te he ofrecido otra alternativa, pero la has rechazado.
Ella se quedó en silencio. Estaba furiosa y no sabía el motivo. ¿Por qué tenía que sentirse ofendida? No tenía nada en común con esa Roxy Clemmons. Había una diferencia crucial entre ambas.
Jenny Fletcher no era una de las mujeres de Cage... todavía.
¿Acaso había albergado en su subconsciente la esperanza de que se convirtieran en amantes? ¿Solo porque la había

besado unas pocas veces? ¿Por la noche de Monterico? ¿O porque siempre había sentido una inexplicable atracción hacia él?

Bueno, pues si pensaba que ella iba a unirse a las otras por lo que había hecho con Hal, no podía estar más equivocado.

No hablaron hasta que llegaron a La Bota. Las calles del pueblo estaban desiertas y Cage aparcó frente a un bloque de apartamentos.

–¿Qué es esto? –preguntó Jenny.

–Tu nueva dirección, espero. Vamos –la llevó hasta un apartamento con un discreto letrero en el que se leía *Encargado*.

Pulsó el timbre y a través de las paredes pudieron oír la voz de Johnny Carson. Cuando la puerta se abrió, Jenny se encontró cara a cara con Roxy Clemmons. La mujer la miró con curiosidad y luego se fijó en Cage.

–Hola, Cage –lo saludó con una sonrisa–. ¿Qué pasa?

–¿Podemos pasar?

–Claro –Roxy se hizo a un lado y mantuvo la puerta abierta. Después de cerrarla, se acercó a la televisión y bajó el volumen.

–Siento molestarte tan tarde, Roxy… –empezó Cage.

–Eh, ya sabes que siempre eres bienvenido.

A Jenny le dio un vuelco el estómago y volvió la vista hacia la puerta.

–Roxy, esta es Jenny Fletcher.

–Sí, la conozco. Hola, Jenny, me alegro de verte.

–Yo también me alegro, señora Clemmons –la sincera amabilidad de la mujer la había sorprendido.

–Llámame Roxy –dijo ella riendo–. ¿Queréis beber algo? Tengo una cerveza fría, Cage.

–Estupendo.

–¿Jenny?

–Eh… no me apetece nada, gracias.

–¿Un refresco?

–Sí, está bien –no quería parecer descortés–. Un refresco de cola.

—Sentaos. Estáis en vuestra casa.

Roxy se dirigió hacia la cocina. Sus caderas se marcaban bajo unos vaqueros ceñidos, igual que las voluptuosas curvas de sus pechos bajo el jersey. Iba descalza y tenía el pelo suelto. Parecía que acabara de levantarse o que estuviera dispuesta a acostarse. Era el tipo de mujer con la que un hombre podía relajarse. Amistosa, servicial, hospitalaria... Jenny sintió náuseas en la garganta al reconocerlo.

Cage se había acomodado en el sofá y estaba hojeando un ejemplar del Cosmopolitan que Roxy había dejado en la mesa.

—Siéntate, Jenny —le dijo al ver que seguía de pie en medio de la salita.

Ella se sentó con mucho cuidado en una silla, como si temiera mancharse la falda. Cage la miró divertido, lo que la irritó bastante.

Roxy volvió con las bebidas y Cage tomó un largo trago de su cerveza.

—¿Tienes apartamentos libres? Necesitamos alojamiento.

Roxy miró sorprendida a Jenny y luego a Cage.

—Vaya, enhorabuena. Pero, ¿qué ocurre con tu casa?

—Nada, que yo sepa —respondió él riendo—. Me parece que has entendido mal. Jenny necesita un apartamento para ella sola.

Jenny se había puesto roja de vergüenza y de furia, pero se relajó tras la aclaración. Seguramente a Roxy la alegraría no tener que alojar a otra de las amantes de Cage, pero todo lo que pudo ver en su rostro fue la turbación propia del malentendido.

—Oh —miró a Jenny y sonrió—. Tienes suerte. Me queda un apartamento de una habitación.

Jenny quiso decir algo, pero Cage se adelantó.

—¿Es grande el dormitorio? Jenny va a tener un bebé. ¿Hay sitio suficiente para una cuna?

La reacción de Roxy fue de auténtico asombro. Se quedó boquiabierta mirando a Cage. Cuando se volvió hacia Jenny, bajó la vista hasta su vientre.

—No tendrás ninguna cláusula contra las inquilinas embarazadas, ¿verdad? —le preguntó Cage.

—No, por supuesto que no —Roxy intentó recuperar la compostura y se puso las sandalias—. Vamos al apartamento y podrás ver si te convence.

Pocos minutos más tarde, los tres caminaban por un paseo peatonal entre los edificios.

—Está muy bien situado —explicó Roxy por encima del hombro—. Apartado y tranquilo, pero no tan aislado como para que te dé miedo vivir sola, Jenny.

Le siguió explicando las comodidades del complejo residencial, incidiendo en el servicio de lavandería y en la piscina. Pero Jenny no escuchaba. Le lanzaba miradas asesinas a Cage por haber revelado su secreto a aquella… mujer. Al día siguiente todo el pueblo sabría que estaba embarazada.

—Ya hemos llegado —anunció Roxy. Abrió la puerta y, tras encender la luz, los hizo pasar—. ¡Vaya! Ha estado cerrado mucho tiempo, desde que lo pintaron por última vez.

El apartamento olía a desinfectante y a pintura, pero a Jenny no le importó. Al menos estaba limpio.

—Esta es la salita. Y ahí tienes la cocina —la condujo a través de una puerta con cortinas. Los muebles estaban limpios y relucientes.

Aparte había un cuarto de baño y un dormitorio.

—¿Cuánto es el alquiler?

—Cuatrocientos dólares al mes más la comunidad.

—¿Cuatrocientos? —exclamó Jenny—. Me temo que…

—¿Y sin muebles? —preguntó Cage.

—Oh, Dios… —Roxy se dio una palmada en la frente—. Lo he dicho mal. Una habitación sin amueblar son doscientos cincuenta.

—Eso ya está mejor —repuso Cage.

Jenny calculó los gastos. Podría afrontarlos si mantenía un estilo de vida frugal. Además, aquél era el complejo residencial más agradable del pueblo, y sus opciones eran limitadas. Tenía suerte de que hubiera un apartamento disponible, aunque eso significara ser vecina de una de las amantes de Cage.

—¿Tengo que firmar un contrato?

—¿Entonces te lo quedas? —le preguntó Roxy.

—Sí, supongo que sí —le hubiera gustado saber por qué su casera parecía tan complacida.

—Estupendo. Me gustará tenerte por vecina. Vamos, volvamos a la oficina.

Quince minutos después, Jenny tenía una copia del contrato y un manojo de llaves.

—Puedes mudarte mañana, después de que lo haya ventilado un poco.

—Gracias —le estrechó la mano a Roxy y Cage la acompañó hasta el coche. La acomodó en el asiento y volvió junto a Roxy, quien esperaba de pie en la puerta.

—Gracias por seguirme el juego con el alquiler.

—Pude pillar la indirecta —respondió ella, sonriente—. ¿Vas a darme los detalles de este «acuerdo» o voy a tener que usar mi imaginación?

—¿Tan fisgona eres?

—Más aún.

—Ya te lo explicaré —dijo él riendo—. Gracias por todo.

—De nada. ¿Para qué están los amigos?

Cage le dio un beso fugaz en los labios y volvió al coche. Jenny estaba sentada tan rígida como una estatua con la vista fija al frente. Una punzada de celos le atravesaba el pecho.

No había oído la conversación de los dos antiguos amantes en la puerta, pero había visto el modo en que se sonreían el uno al otro y cómo Cage la besaba.

—Lo primero que haremos mañana será visitar el almacén de muebles —le dijo Cage.

—Ya has hecho bastante. No puedo pedirte que...

—No me has pedido nada, ¿de acuerdo? Me he ofrecido voluntario, así que esta noche haz una lista con todo lo que necesites.

—No puedo permitirme muchas cosas. Solo lo imprescindible. A propósito, ¿adónde vamos ahora? —hasta ese momento no había recordado que no tenía dónde quedarse esa noche.

—No creo que quieras volver a la casa parroquial.

–No.
–Puedes venir a mi casa.
–No tienes espacio.
–¿Has visto lo grande que es mi casa?
–Solo tienes una cama.
–¿Y? Ya hemos compartido cama antes –ella no hizo ningún comentario al respecto. Cage soltó un suspiro–. De acuerdo, te llevaré a un hotel.

Poco después aparcó en la entrada de un pequeño motel.
–Espera aquí.

Jenny observó cómo entraba en el vestíbulo bien iluminado. A través de las puertas de cristal vio cómo el recepcionista soltaba la novela que estaba leyendo y se dirigía a Cage con una sonrisa y un fuerte apretón de manos. Era obvio que se conocían.

Sin ni siquiera hacerle firmar el registro, agarró una llave del panel y se la tendió sobre el mostrador. Luego se inclinó sobre él y le susurró algo aparentemente confidencial. Cage rechazó la supuesta oferta con un gesto de manos.

El hombre miró a través de la puerta hacia el coche y vio que Jenny tenía una expresión de sorpresa. Sonrió y le hizo otro comentario a Cage que le hizo fruncir el ceño.

–¿Qué te ha dicho? –le preguntó Jenny cuando volvió al coche.
–Nada.
–He visto que te decía algo.

Cage no respondió y condujo hasta la habitación sin molestarse en mirar los números de las puertas. Aparcó bruscamente y apagó el motor.

–Ya has estado aquí antes –era una afirmación más que una pregunta.
–Jenny...
–¿Has estado?
–Déjalo ya.
–¿Has estado?
–Tal vez.

—¿A menudo?
—¡Sí!
—¿Con mujeres?
—¡Sí!

Jenny sintió que el corazón se le resquebrajaba.

—Has traído a tus conquistas a este hotel, y por eso el recepcionista piensa que soy una más. ¿Qué te ha dicho de mí?

—No importa...

—A mí sí me importa —replicó ella—. Dímelo.

—No.

Salió del coche y sacó las bolsas del maletero. Sin volverse a ver si lo seguía, caminó a grandes zancadas hacia la puerta y la abrió. Dejó el equipaje en el armario y encendió la lámpara.

—¿Qué te ha dicho? —insistió Jenny.

Cage la miró y vio su aspecto cansado y vulnerable. Tenía el pelo despeinado, las mejillas pálidas, los ojos ensombrecidos y la boca trémula. Parecía una niña perdida o un soldado vencido.

Nunca la había deseado más. Y el no poder tenerla avivaba aún más su fuego. Era suya, demonios, y no podía reclamarla. La necesitaba tanto como ella a él, pero las circunstancias los mantenían separados. Era como si aquella noche que pasó en el Cielo le estuviera costando vivir en el infierno terrenal.

—De acuerdo, señorita Fletcher. ¿Quieres saber lo que ha dicho? Ha dicho que esta vez la cosa se iba a quedar en familia.

Ella se mordió los labios para no gritar de indignación.

—¿Ves lo que has hecho? Le soltaste a Roxy Clemmons, quien todo el mundo sabe que es una de tus fulanas, que estoy embarazada. Ahora me traes a un hotel al que sueles venir con las otras. Mañana todo el pueblo sabrá que he estado aquí contigo. No quiero que nadie me tome por una amante tuya, Cage.

—¿Por qué? ¿Tan despreciable soy? ¿No quieres que te relacionen con el «chico malo» que nadie puede controlar, el hijo rebelde del predicador que siempre anda metido en problemas y con mujeres?

Avanzó hacia ella como un depredador a punto de saltar sobre su presa. Jenny intentó retroceder, pero chocó contra el armario.

–No he querido decir eso.

–Claro que sí –le espetó él–. Bien, tienes razón al ser precavida. Soy malo. Condenadamente malo –alargó un brazo y la sujetó por detrás de la cabeza–. Es cierto… He traído a muchísimas mujeres a esta misma habitación… pero nunca he deseado a ninguna tanto como a ti.

Le agarró la muñeca con la otra mano y le hizo bajar el brazo.

–¡No! –gritó ella cuando se dio cuenta de su intención. Intentó desasirse, pero él la retuvo con fuerza y la apretó contra la firme excitación que abultaba sus vaqueros.

–Así es como te deseo. Te llevo deseando desde hace mucho tiempo, y estoy harto de ocultarlo. ¿Te asusta? ¿Te da asco o vergüenza? ¿Quieres gritar o volver corriendo a la casa parroquial? –se apretó contra la palma de su mano–. Es muy duro, Jenny… muy duro.

La besó con una pasión salvajemente descontrolada, desatando sus emociones con las sugerentes indagaciones de su lengua…

Y entonces, con la misma furia con la que la había poseído, la soltó y salió por la puerta cerrando con fuerza a su paso.

Jenny se arrojó en la cama. Intentó ignorar la decepción que sentía por no haber terminado lo que habían empezado. Pero no podía obviar el deseo que le palpitaba por las venas. Hizo acopio de las escasas fuerzas que le quedaban y consiguió llegar hasta el cuarto de baño, desnudarse y meterse en la ducha. Ni siquiera se atrevió a mirarse en el espejo. No quería ver el color de sus mejillas ni la sonrosada disposición de sus pezones.

El agua salía ardiendo, y dejó que le abrasara el cuerpo como el justo castigo que merecía. El chorro le hería la piel como una lluvia torrencial de agujas incandescentes. Después de secarse y ponerse un camisón, volvió a la cama y cerró los ojos con la esperanza de poder dormirse enseguida.

Pero el recuerdo del beso aún latía en sus labios, aún sentía el tacto de su excitación endurecida contra la palma. El tacto de su lengua aún le ardía en la boca...

El teléfono sonó a su lado, haciéndole dar un salto.

–¿Diga?
–Lo siento.

Ninguno dijo nada durante un incómodo momento. A Jenny le temblaron los senos bajo el camisón.

–No pasa nada –respondió sujetando el auricular entre la oreja y el hombro.

–Perdí el control.
–Fui yo quien te provocó.
–Hoy hemos pasado por un calvario.
–Los dos estábamos susceptibles.
–¿Te he hecho daño?
–No, de ningún modo.
–He sido muy duro –bajó un poco la voz–. Y violento.

Ella tragó saliva y se miró la mano, como si esperase ver una huella en la palma.

–Sobreviví.
–¿Jenny?
–¿Qué?

Se produjo un largo silencio.

–No siento haberte besado. Lo que siento es el modo en que te he besado –hizo una pequeña pausa–. Y si tenías alguna duda de lo que siento por ti, ya no es ningún secreto.

El tono amable y a la vez imperativo de su voz hizo que a Jenny le entrasen ganas de llorar.

–No estoy preparada para pensar en ello, Cage. Han ocurrido demasiadas cosas.

–Lo sé, lo sé. Intenta descansar ahora. Todo lo que necesites. Mañana la oficina estará cerrada. Iré a recogerte y te llevaré a desayunar y de compras. A las diez en punto.

–De acuerdo.

—Buenas noches, Jenny.
—Buenas noches, Cage.

—Buenos días, Jenny.
—¿Mmm…?
—He dicho buenos días.

Jenny bostezó, se estiró cuanto pudo bajo las sábanas y abrió los ojos. Entonces se incorporó de inmediato. Cage estado sentado al borde de la cama, sonriéndole.

—Bienvenida al mundo de los vivos.
—¿Qué hora es?
—Las diez y diez. A las diez en punto llamé a la puerta y, al no recibir respuesta, fui a recepción a por una llave.
—Lo siento —se apartó el pelo de los ojos y se cubrió los pechos con la manta, avergonzada de la imagen que estaba ofreciendo recién despierta.
—¿Tienes hambre?
—Mucha.
—Iré a encargar el desayuno en la cafetería mientras te vistes —le dio un beso ligero en la punta de la nariz antes de levantarse.
—Nos vemos allí —le dijo ella cuando Cage salía por la puerta.

Veinte minutos más tarde se reunió con él en la cafetería. Se había puesto una sencilla falda y una blusa, y se había atado a la cintura un chal de cachemira. Los zapatos eran de tacón bajo y con estrechas correas alrededor del tobillo. Su aspecto era fresco y despejado, y Cage la miró con atención mientras se dirigía hacia él.

Sabía que había usado su primera paga para renovar su vestuario, y el resultado saltaba a la vista. Vestía con mucho más estilo del que lucía con Hal.

—¿Llego tarde?
—Acaban de servir tu desayuno. Por cierto, me gustan tus zapatos.

–Son nuevos –dijo en tono ausente, examinando los platos–. ¿Todo esto es para mí?

–Sí.

–No esperarás que me coma todo eso, ¿verdad?

–Espero que comas bien. Adelante.

–¿No vas a comer?

–Ya lo he hecho –se inclinó sobre una lista en la que estaba anotando las cosas que ella podría necesitar para la casa.

Jenny se quedó ensimismada por el aspecto tan atractivo de Cage. Su pelo castaño claro estaba tan alborotado como siempre. Se había afeitado recientemente y la fragancia de su colonia la embriagaba por encima incluso del aroma del café. Tenía el ceño fruncido en un gesto de concentración.

Iba vestido con vaqueros y camisa, y había dejado una chaqueta de seda en el respaldo de la silla. Era una combinación extraña, propia de un hombre al que le gustaba romper todas las reglas posibles.

Su belleza era sexy y peligrosa al mismo tiempo. Muy peligrosa... Podía conseguir que una mujer perdiera el rumbo por completo. Jenny tuvo que respirar hondo antes de poder comer.

Cuando comió lo bastante para complacerlo, Cage ya había diseñado el itinerario del día.

–Recuerda mi presupuesto –le dijo ella cuando él empezó a enumerar las tiendas que tenía previsto visitar.

–Puede que tu jefe te ofrezca un aumento.

Ella se paró de camino al coche y se volvió para mirarlo con gesto obstinado.

–Quiero que esto quede bien claro, Cage. No voy a aceptar tu caridad.

–¿Te casarás conmigo?

–No.

–Entonces cierra la boca y sube al coche –le abrió la puerta para que entrara y ella supo que no valía la pena seguir discutiendo. Tendría que mantenerse firme cuando llegara el momento de comprar.

Cage tenía buen gusto, y todo lo que elegía era lo mismo que Jenny hubiera elegido en caso de tener dinero.

—No puedo costearme este sofá. Ese otro cuesta solo la mitad de precio.

—Es feísimo.

—Pero muy práctico.

—Es duro y... muy estrecho. Este otro tiene buenos cojines y es mucho más cómodo.

—Por eso es tan caro. La comodidad y los cojines no son tan importantes.

—Eso depende de lo que vayas a hacer en el sofá —le dijo con una diabólica sonrisa de insinuación.

El dependiente que los atendía se rio por lo bajo, pero se puso serio cuando Jenny se volvió para mirarlo.

—Me llevaré este otro.

Tuvieron una discusión similar con la cama, los sillones, la mesa, las sábanas, la vajilla, las cacerolas, incluso con un abrelatas. En cada objeto Cage insistía en comprar la mejor calidad, pero ella se mantenía inflexible en su tacañería.

—¿Cansada? —le preguntó cuando estuvieron en el coche.

—Sí —respondió con un suspiro—. No creo que vuelva a mudarme nunca más. No podría pasar por esto otra vez.

Él se echó a reír.

—Lo he arreglado todo para que lleven los muebles esta tarde. Por la noche el apartamento se habrá convertido en un hogar, dulce hogar.

—¿Cómo has conseguido que lo entreguen todo hoy?

—Mediante sobornos, amenazas, chantajes... Cualquier medio es válido —le sonrió con picardía, pero ella lo creyó.

—¡Ese parece mi coche! —exclamó ella cuando aparcaron frente a su apartamento.

—Lo es —le dijo con indiferencia mientras la ayudaba a salir.

—¿Cómo ha llegado hasta aquí?

—Hice que lo remolcaran —abrió la puerta del pequeño utilitario y sacó las llaves de debajo de la alfombrilla—. Sinceramente, creo que es un montón de chatarra, pero sé que le tienes mucho cariño.

–Cage –parecía muy apenada–, no quería aceptar nada de tus padres.

–Por amor de Dios, Jenny, te regalaron este coche hace años. ¿Para qué iban a necesitar tres coches, el suyo, el de Hal y este, cuando mi madre apenas conduce?

Ella lo apartó y se sentó al volante.

–Voy a devolvérselo.

Él se inclinó y asomó la cabeza por la ventanilla.

–Si lo haces, yo seré tu único medio de transporte –le recordó con voz alegre.

Rendida, apoyó la cabeza en el volante.

–Eso es chantaje.

–Claro que lo es.

A su pesar, soltó una carcajada y dejó que la llevase al apartamento. Roxy había cumplido su promesa. Había abierto todas las ventanas y el aire fresco había ventilado las habitaciones.

Al cabo de media hora empezaron a llegar los pedidos.

–¡Oh, os habéis equivocado con esto! –exclamó ella al recibir la primera entrega.

–No, señorita. Disculpe –el mozo se pasó el cigarro de un lado a otro de la boca y entró con un silla–. Traed el sofá –les gritó a sus ayudantes.

–Pero... espere. Este no es el sofá que he comprado.

–Es el que aparece en la factura –dejó la silla en el suelo y le entregó una hoja verde.

Ella la revisó rápidamente y volvió a leerla con más detenimiento.

–¡Oh, no! Cage, ha habido un...

Se calló al ver su sonrisa. Estaba sentado en el confortable sofá que había elegido, con los brazos extendidos sobre el respaldo y una sonrisa que recordaba a la de Santa Claus en Navidad.

–¿Qué has hecho? –le preguntó nerviosa.

−Sabotaje es la palabra que mejor lo definiría.

Y así era. Jenny observó impotente cómo iban llegando los muebles que Cage había elegido... y que ella había insistido en no poder pagar.

−¿Cómo se supone que voy a pagar todo esto?

−A plazos. Lo he arreglado para que pagues una cantidad razonable al mes. ¿Dónde está el problema?

−No puedo dejar que hagas esto, Cage. Me estás haciendo ir contra mis propios principios. Pero esto se va a acabar. No me quedaré en este apartamento con todos estos muebles.

−De acuerdo −su concesión tendría que haber ido acompañada de algún suspiro o síntoma de abatimiento; pero, en vez de eso, una amplia sonrisa le iluminaba el rostro. Se acercó a la puerta y dio un silbido−. ¡Eh, chicos! Volved a cargarlo todo en el camión y llevadlo a mi casa. Ha decidido casarse conmigo en vez de vivir aquí sola.

−Oh, Señor −Jenny gimió y se cubrió la cara con las manos. Cage se echó a reír y se acercó a ella después de cerrar la puerta−. ¿No tienes nada mejor que hacer que cuidar de mí?

−No se me ocurre nada.

−Desde que Hal se fue has sido encantador. ¿Por qué haces todo esto por mí, Cage?

Él le recorrió el rostro con sus penetrantes ojos dorados y le apartó un mechón de la frente.

−Porque me gusta el color de tu pelo. Sobre todo cuando el sol de la tarde refleja su luz en tus cabellos, como ahora −se aproximó más a ella−. Y porque me gustan tus ojos −le desató lentamente el chal, con tanto esmero como si le estuviera quitando una pieza de lencería íntima, y lo tiró al suelo−. Me encanta el modo en que sonríes. Y lo que tu risa me hace sentir en mi interior −le puso las manos en la cintura y las deslizó por los costados−. Me gusta tu cuerpo... −inclinó la cabeza sobre su oreja−. Y la forma de tu boca.

Un segundo después tenía los labios pegados a los suyos. Ella esperó muy poco para separarlos, suplicando ser poseída.

Él obedeció a su silencioso deseo y deslizó la lengua en su interior. El beso no fue tan violento como el de la noche anterior, pero la dulzura con la que iba acompañado era tan irresistible como la pasión que la había estremecido la otra vez. Incapaz de contenerse se apretó contra él, amoldando su cuerpo al suyo.

–Por Dios, Jenny... –susurró él. El calor de su aliento le ardió en las mejillas. Le atrapó un lóbulo entre los labios y la excitó con pequeños mordiscos.

Ella sintió que perdía el control de su cuerpo y de su mente, y que rendía todos sus sentidos a la imprudencia de su dueño.

–Cage, no deberíamos...

–Sss...

Aquel susurró despertó un recuerdo dormido en su mente, pero no consiguió definirlo. Y antes de que pudiera pensar en ello, Cage le levantó los brazos y la hizo abrazarlo por los hombros. Luego le acarició la piel hasta los codos y más abajo, continuando sobre la curva de sus pechos.

–¿Te gusta?

Ella murmuró una afirmación e intensificó la pasión del beso.

Ladeó la cabeza para apoyar una mejilla contra su pecho, mientras él seguía acariciándola hasta la cintura. Al llegar a sus nalgas, apretó con fuerza y la movió para que pudiera sentir la dureza de su propio deseo.

Ella gimió y se frotó contra él. La fuente de su feminidad aumentaba de temperatura a cada tacto, pero el sufrimiento de la insatisfacción era delicioso. Su cuerpo vibraba con dolor, pero también con placer.

–Jenny, te deseo.

Puso las manos entre ellos y le acarició los pechos. Llevó sus dedos hasta las crestas de la sensibilidad y las endureció con ligeros roces excitantes.

–Dios, qué dulzura... –murmuró–. Quiero verlos y saborearlos. Quiero saborearte entera –agachó la cabeza y le besó un pecho a través de la blusa–. Quiero hacer el amor contigo –subió la boca hasta su cuello y besó su piel ardiente–. ¿Lo entiendes? Quiero estar dentro de ti. Llegar lo más profundo posible... –le buscó de nuevo los labios con una exigencia mucho más salvaje.

–Eh, vosotros dos, abrid de una vez –se oyó una voz al otro lado de la puerta.

Cage se separó de Jenny y masculló una obscenidad. Soltó una profunda exhalación y esbozó una torpe sonrisa.

–No podemos herir sus sentimientos.

Se dirigió hacia la puerta e hizo pasar a Roxy.

Capítulo 9

Roxy entró con una botella de vino en una mano y una bolsa de comida en la otra.

–¿Qué es esto? –le preguntó Cage. Le quitó la bolsa y examinó el contenido–. Patatas fritas, palomitas de maíz, queso...

–Una pequeña fiesta –respondió Roxy alegremente–. Hola, Jenny, ¿está bien el apartamento?

–Está muy bien, gracias.

–Vaya, tiene un aspecto magnífico –Roxy silbó de admiración al contemplar el mobiliario. Todo encajaba en el sitio apropiado–. ¿Tenéis vasos? Hay que brindar por tu nueva casa –entró en la cocina seguida por Cage. Jenny no tuvo más remedio que seguirlos, aunque la cocina era demasiado pequeña para los tres.

Cage abrió una bolsa de patatas y vertió salsa en un plato de plástico. Mojó en ella una patata y se la ofreció a Roxy. Ella le dio un mordisco al tiempo que intentaba abrir la botella de vino, y el resto se lo comió Cage.

Jenny permaneció apartada mientras los dos reían. No estaba de humor para celebraciones.

–No creas que hago esto con todos mis inquilinos –le dijo Roxy mientras arrancaba el precio de las tazas nuevas. Por lo visto, no tenía el menor escrúpulo en sentirse como en casa–. Pero ya que eres amiga de Cage y él es amigo mío... ¡Uy! –soltó un resoplido cuando él la abrazó por detrás, justo por debajo de sus grandes pechos.

—Eso mismo. Amigos hasta el final.
—Aparta, tonto, y corta unas lonchas de queso.

Jenny se sentía fuera de lugar, sin saber cómo participar en sus bromas. Por el contrario, Roxy sabía exactamente lo que decir para que Cage estallara en risas.

¿Por qué tenía que incomodarla tanto su camaradería? Después de todo, habían sido amantes. Pero una cosa era saberlo y otra muy distinta presenciarlo. Le dolía en lo más profundo del corazón que Cage la hubiera besado con tanta dulzura justo antes de que apareciera Roxy.

¿Acaso Cage podía encender y apagar su deseo a voluntad? ¿Se había olvidado de lo mucho que decía desearla? ¿Podía traspasar su afecto de una mujer a otra con tanta rapidez? Todo parecía indicar que así era. Tenía la evidencia ante sus propias narices.

Brindaron por la casa y Jenny tomó un pequeño sorbo del vino barato. Dejó el vaso y murmuró una disculpa que no debió de oírse a causa de las risas. Salió de la cocina y se encerró en el baño. Apenas tuvo tiempo de vomitar en el inodoro antes de que llamaran a la puerta.

—¿Jenny? —la llamó Cage—. ¿Estás bien?
—Enseguida salgo —respondió ella. Se lavó la cara a toda prisa, se enjuagó la boca y se peinó un poco.

—¿Estás molesta con nosotros? —le preguntó él en cuanto salió—. Sé que no te gusta la bebida, y esta es tu casa. No queríamos ofenderte.

Fue entonces cuando ella supo que lo amaba.

Posiblemente siempre lo hubiera amado, pero no fue hasta ese preciso instante en el que vio su mirada de profundo arrepentimiento cuando se dio cuenta de ello.

Se había estado engañando a sí misma todos esos años, intentando convencerse de que, si se mantenía apartada de él, su atracción se desvanecería. Pero sus sentimientos habían permanecido ocultos en su interior, hasta que los roces, las miradas y las palabras de Cage los revelaron en todo su esplendor.

Quería arrojarse en sus brazos, pero no debía ni podía hacerlo. Llevaba en su seno al hijo de otro hombre. El hermano de Cage. Y, además, eran dos almas incompatibles. Cualquier relación romántica entre ellos estaba condenada al fracaso.

Pero cuánto lo amaba...

–No, no es eso, Cage –le dijo con una tímida sonrisa–. No me siento muy bien.

–¿Es por el bebé? ¿Tienes molestias en el vientre? ¿Estás sangrando? ¿Qué te pasa? ¿Llamo al médico?

–No, no –le puso una mano en el brazo, pero enseguida la retiró–. Solo estoy cansada. Llevo de pie todo el día y estoy agotada.

–Tendría que haberte metido en la cama esta mañana al llegar a casa.

–Esta mañana aún no tenía cama.

Él frunció el ceño ante su muestra de humor.

–Bueno, tan pronto como la entregaron –la tomó de la mano y la llevó hasta la salita–. Da las buenas noches, Roxy. Vamos a permitir que la señorita pueda descansar.

Roxy se levantó del sofá y miró a Jenny con interés.

–Estás muy pálida, cariño –le puso una mano en la mejilla–. ¿Puedo hacer algo por ti?

«Sí, marcharte enseguida», quiso decirle Jenny. «Y mantener tus manos lejos de Cage». Estaba enferma de celos, nada más.

–No, estaré bien en cuanto me acueste –dijo con toda la discreción que pudo.

Roxy y Cage le prepararon la cama, a pesar de sus protestas.

–Si mañana quieres llevar las sábanas a la lavandería, llámame –le ofreció Roxy.

–Gracias –estaba segura de que jamás le pediría ningún favor a Roxy Clemmons.

Después de recoger los restos de la comida y el vino, Cage le apretó las manos entre las suyas.

–Cierra con llave cuando hayamos salido.

–De acuerdo.

—Si me necesitas para lo que sea, a cualquier hora, ve a casa de Roxy y llámame.

—No te preocupes por mí.

—Me preocuparé lo que considere necesario —replicó él—. Mañana tendrás instalado el teléfono.

—Pero si no he encargado...

—Lo he hecho yo —la interrumpió él—. Ahora, buenas noches y a dormir —le dio un beso suave en los labios. Cuando bajó los escalones, agarró a Roxy por el brazo—. Vamos, cariño. Te acompañaré a casa.

Jenny cerró la puerta. Cage se iba a casa de Roxy, seguramente a continuar la fiesta donde la habían dejado. Se los imaginó riendo, abrazados, retozando y besándose. Se tumbó en la cama, atormentada por los pensamientos. Cage con Roxy. Cage con cualquiera...

Era ya muy tarde cuando oyó al Corvette ponerse en marcha y alejarse.

Al día siguiente era sábado, por lo que no había prisa en levantarse. Retiró las sábanas de la cama. Ya había decidido llevarlas a lavar antes de que Roxy lo sugiriera.

Se puso la bata y fue a servirse una taza de café de su nueva cafetera. Cuando se la estaba llevando a los labios, oyó que llamaban a la puerta. Antes de abrir escudriñó por la ventana y se apoyó desanimada contra la pared. No se sentía capaz de enfrentarse a Roxy tan pronto.

—Hola —le dijo Roxy cuando Jenny abrió—. No te habré despertado, ¿verdad?

—No.

—Bien, porque de ser así, Cage me hubiera matado. Mira, he hecho esta tarta. Está para chuparse los dedos, pero no puedo comérmela yo sola y, si no la comparto, será lo que acabe haciendo —se dio una palmada en la cadera—. Y luego me arrepentiré.

Hubiera sido muy descortés no invitarla a pasar, por lo que abrió del todo y se echó a un lado.

—Entra. Acabo de preparar café.

—Fantástico —Roxy dejó el envoltorio en la mesa de la cocina y se sentó en una de las sillas de madera—. Tienes muy buen gusto para los muebles —comentó mientras miraba a su alrededor—. Me encanta cómo ha quedado.

—Gracias, pero Cage me ayudó a elegirlo casi todo.

—Él también tiene muy bien gusto —le guiñó un ojo, pero Jenny no estuvo segura de comprenderla—. ¿Leche y azúcar? —le preguntó mientras le servía el café.

—Sin leche y con dos cucharadas. ¿Tienes un cuchillo y dos platos?

—Qué buena pinta —comentó Jenny cuando la tarta estuvo dispuesta en los platos.

—¿Verdad que sí? Saqué la receta de una revista —Roxy empezó a comer con voracidad. Jenny fue más recatada, pero tuvo que reconocer que estaba delicioso—. ¿Necesitas que te ayude con algo, como llevar las sábanas a la lavandería? —le preguntó entre bocado y bocado.

—No, gracias.

—¿Seguro? Hoy tengo el día libre.

—Puedo arreglármelas sola.

—¿Quieres otro pedazo? —le ofreció Roxy.

—No, gracias, pero aprecio que me hayas invitado a probarlo.

Roxy dejó el cuchillo en la mesa y se apoyó sobre los codos.

—No te caigo bien, ¿verdad? —le preguntó en tono franco y directo.

A Jenny la pregunta la pilló por sorpresa. Toda su vida había evitado los enfrentamientos y no podía creer que tuviera que pasar por aquello. Abrió la boca para negar la acusación, pero Roxy fue más rápida.

—No te molestes en negarlo. Sé también la razón. Es por haberme acostado con Cage.

El rubor en sus mejillas y el modo de evitar su mirada fueron tan reveladores como una confesión.

—Bueno, pues más vale que te ahorres tu hostilidad y tu fría cordialidad, porque la verdad es la siguiente: nunca me he acostado con Cage. ¿Sorprendida? —le preguntó al ver su expresión de incredulidad—. Casi todo el mundo lo estaría —dijo riendo—. Bueno, no fue por falta de deseo, ni siquiera por falta de oportunidad. Cage es un hombre tan sexy, que una mujer tendría que estar muerta para no preguntarse cómo sería hacer el amor con un hombre así —Jenny tragó saliva—. ¿Te ha contado Cage cómo nos conocimos? —Jenny negó con la cabeza—. ¿Quieres saberlo? —tomó el silencio como una respuesta afirmativa—. Fue en un baile después de un rodeo. Mi marido... ¿Sabías que he estado casada? —Jenny volvió a negar en silencio con la cabeza—. Pues sí, lo estuve. Bueno, aquella noche mi marido estaba de muy mal humor porque había perdido una apuesta. Lo pagó conmigo, como siempre hacía, y casi me mata de la paliza.

—¿Te pegó? —Jenny estaba horrorizada.

—Sí, muchas veces —Roxy soltó una risita ante la inocencia de Jenny—. Pero aquella noche estaba borracho y se pasó de la raya. Cage me oyó gritar en el aparcamiento, donde Todd me estaba arrastrando por el suelo. Cage arremetió con toda su fuerza contra él y amenazó con matarlo si volvía a tocarme —pasó el dedo por el borde del plato, donde quedaba algo de crema—. Llevaba años haciendo lo mismo. Cada vez que se emborrachaba o se volvía loco de celos, me molía a golpes. Pero yo lo amaba, ¿sabes? No tenía a nadie más, ningún sitio adonde ir ni nada de dinero.

—¿Y tus padres?

—Mi madre murió cuando yo tenía diez años y mi padre trabajaba en las explotaciones petrolíferas. Siempre estábamos de un sitio para otro. Cuando me casé, a los dieciséis años, consideró que ya había cumplido con su deber de padre y se marchó a Alaska. No volví a saber de él, y me quedé sola con Todd.

—Una noche se puso furioso y yo pensé que iba a matarme. Me había amenazado otras veces, pero en aquella ocasión parecía ir en serio. Cage me había dado su número de teléfono. Vino a recogerme y me llevó al hospital. Él mismo pagó la factura y luego me quedé en su casa durante un mes. Fue entonces cuando la gente empezó a cotillear sobre nosotros —se rio amargamente—. La verdad es que mi estado era tan lamentable, que no estaba para diversiones de esa clase.

»Todd se puso loco de celos. Nos acusó de estar engañándolo, lo cual no era cierto. Se fue a México y consiguió el divorcio. Era lo mejor para mí, pero me quedé sin nada, y no podía seguir viviendo con Cage.

»Entonces Cage habló con algunos de sus amigos y les propuso comprar este complejo residencial. Me ofreció el puesto de encargada, de modo que conseguí una casa y un sueldo.

Jenny se había quedado boquiabierta al oír la historia. Sabía por los periódicos y la televisión que aquellas cosas pasaban, pero nunca había conocido a nadie que las hubiera vivido en persona.

—Cage es el mejor amigo que siempre he tenido —siguió diciendo Roxy—. Fue la primera persona que se preocupó por mí. Se lo debo todo, incluso mi vida —se inclinó hacia delante—. Si me hubiera pedido que me acostase con él a cambio, lo habría hecho sin dudarlo —bajó un poco la voz—. Pero nunca me lo pidió, Jenny. Sabía que, si nos convertíamos en amantes, perderíamos nuestra amistad, y los dos la valoramos por encima de cualquier cosa —alargó la mano y tocó la de Jenny—. No tienes por qué estar celosa de mí.

Jenny se quedó mirándola unos segundos hasta que bajó la mirada.

—No lo entiendes. Cage y yo no... no somos... no...

—Puede que todavía no —dijo Roxy.

Jenny no tendría ninguna duda sobre un futuro en común con Cage si lo hubiera visto la noche antes en casa de Roxy. Fue algo realmente cómico, pensó Roxy. Había visto a muchos hombres desesperados por una mujer, pero ninguno superaba a Cage.

Había estado sentado en el suelo, con la expresión más triste que jamás le hubiera visto, hablándole de Jenny sin parar. Finalmente, Roxy lo había obligado a irse a casa.

–He sido muy seca contigo –se disculpó Jenny.

–Olvídalo –dijo Roxy–. Estoy acostumbrada a que me vean así.

–Me gustas –le dijo sinceramente. En Roxy no había hipocresía ni malas intenciones.

–Estupendo –respondió ella como si hubieran llegado a un acuerdo tras días de arduo debate–. Ahora, cómete el resto de la tarta antes de que lo haga yo. Tu lindo trasero puede soportarlo, pero el mío ya está demasiado gordo.

Jenny se echó a reír y se sirvió otro pedazo.

–Le prometí a Cage que ganaría unos cuantos kilos.

–Está muy preocupado por el bebé –dijo Roxy.

–¿En serio? –intentó aparentar indiferencia, pero no lo consiguió.

–Cree que eres muy pequeña y delicada para llevar un bebé en tu interior. Le aseguré que saldrías airosa del embarazo.

–No me preocupo por mí. Lo que temo es que la gente acuse al niño por algo que hice.

–Olvídate de la gente.

–Eso es lo que dice Cage.

–Y tiene razón. ¿Estás contenta por el bebé?

–Sí, mucho –respondió Jenny con ojos brillantes.

–Con su madre y su tío Cage cuidando de él, no tendrá ningún problema –le aseguró.

–¿Nunca tuviste hijos?

–No –la sonrisa de Roxy se desvaneció–. Siempre quise tener niños, pero Todd... eh... una vez me causó una lesión irreparable.

–¡Oh, Dios mío! Lo siento...

Roxy se encogió de hombros.

–Bueno, de todos modos ya soy muy mayor para tener un hijo, y Gary dice que no le importa si no lo tenemos.

–¿Gary?

–Es el hombre con el que estoy saliendo –Roxy recuperó el tono alegre–. Cage nos presentó. Trabaja para la compañía telefónica. De hecho, tendría que venir hoy a instalarte el teléfono.

Por la descripción que le hizo Roxy, Jenny esperaba encontrarse con un cruce entre un modelo del Playgirl y el Príncipe Valiente. Pero Gary resultó ser un tipo normal, con las orejas y la nariz muy grandes, y una sonrisa dientuda. Sin embargo, su rostro irradiaba jovialidad y buen humor. Jenny pudo comprobar a los pocos segundos de su llegada que él y Roxy estaban profundamente enamorados.

–Anoche quise venir a darte la bienvenida –le dijo mientras le estrechaba la mano–, pero me llamaron para una emergencia. ¿Dónde quieres los teléfonos?

–¿Teléfonos? ¿En plural?

–Son tres.

–¿Tres?

–Eso es lo que Cage encargó. Te sugiero uno en el dormitorio, otro en la salita y otro en la cocina.

–Pero...

–Será mejor que te resignes, Jenny –le dijo Roxy–. Es el deseo de Cage.

–Oh, está bien.

Mientras Gary instalaba los aparatos, Roxy ayudó a Jenny a limpiar la cocina. Luego lavaron la ropa de cama y las toallas sin dejar de charlar. Al mediodía, Jenny veía a Roxy como si la conociera de toda la vida. A pesar de sus experiencias tan distintas, las dos se llevaban muy bien.

–¿Alguna de vosotras tiene hambre? –preguntó Cage asomando la cabeza por la puerta. Gary la había dejado abierta en uno de sus viajes a la camioneta.

Jenny estaba tan aliviada al saber que Cage y Roxy no habían sido amantes, que el sonido de su voz le provocó un estremecimiento y una sonrisa resplandeciente. Corrió hacia él, pero se paró justo antes de echarse en sus brazos.

–Bueno, no irás a pararte ahí... –le dijo él.

Ella cubrió la escasa distancia que los separaba y se abrazó a él.

—Hola —le susurró tímidamente al apartarse.

—Hola —respondió él mirándola con atención—. Dime lo que he hecho para merecer esta bienvenida y te prometo que haré el doble.

—Estoy furiosa contigo.

—Vaya, eso me gusta. Abrázame de nuevo.

—Una vez es suficiente.

—Pues yo tengo las manos ocupadas, así que vas a tener que abrazarme otra vez —ella obedeció y echó la cabeza hacia atrás para mirarlo—. Y ahora dime, ¿por qué estás furiosa?

—¿Qué voy a hacer con tres teléfonos?

—Ahorrarte unas cuantas carreras —le dio un rápido beso—. Pero también veo que te alegra verme, ¿por qué?

—Has traído el almuerzo —bromeó ella señalando las bolsas que llevaba.

—¿Te gustan las hamburguesas con queso?

—¿Con cebolla?

—Sí.

—Me encantan.

Los cuatro comieron hablando y riendo.

—Creo que habéis sido vosotros los que habéis planeado esto —dijo Roxy.

—Yo no he sido —juró Cage con la mano en el corazón—. ¿Has sido tú, Gary?

—Yo no he planeado nada —respondió él lamiéndose la sal de los dedos—. Pásame un sobre de ketchup, por favor.

—Roxy y yo podríamos haber tenido otros planes para almorzar —dijo Jenny.

Cage le sonrió, complacido de que se uniera a la conversación.

—Hemos supuesto que no teníais ningún plan.

—Conque habéis supuesto, ¿eh? No esperes que os estemos agradecidas, ¿verdad, Jenny?

—Verdad.

Se dispuso a darle un mordisco a su hamburguesa, pero Cage se inclinó sobre ella y le dio un sonoro beso en la boca.

No recordaba haber estado nunca más feliz ni más libre. A pesar de su embarazo, se sentía como si hubiera perdido treinta kilos. Había dejado atrás su vida en la casa parroquial como si hubiese cambiado de piel. Todo su ser respiraba la libertad de un nuevo comienzo.

Pero, aun así, no eludió sus responsabilidades con la iglesia. Acudía con regularidad, acompañada de Cage. Se sentaban en la última fila y rara vez veían a Bob, salvo en el púlpito. Por su parte, él no mostró el menor signo de verlos a ellos. Tampoco vieron a Sarah, sentada en su sitio habitual de la segunda fila.

Tanto Cage como ella podían sentir las miradas furtivas que les lanzaban los demás asistentes y oír los murmullos que despertaban a su paso. Pero los dos se dirigían a todos con el mismo respeto. Con Cage a su lado, Jenny podía mantener la cabeza bien alta y caminar con orgullo.

Se involucró más en la oficina, y pasó de responder al teléfono y escribir la correspondencia a realizar labores de investigación que Cage nunca había pensado en encomendarle.

—Vas a acabar contigo un día de estos –le dijo un día al encontrársela en el despacho.

—¿Qué hora es?

—Más de las cinco.

—Es que esto es tan interesante, que he perdido la noción del tiempo.

—No esperes que te pague las horas extras, ¿eh?

—Soy yo quien te debe horas. Hoy fui a ver al médico en la hora del almuerzo.

—«La hora y media» del almuerzo –enfatizó él.

—Lo que sea. Había mucha gente y tuve que esperar un rato, así que deja de incordiarme.

—Te estás volviendo muy peleona, señorita Fletcher. Si no te andas con cuidado, tendré que abandonar la idea de casarme contigo y empezar a buscar a una chica dócil que pueda tratarme con el respeto que merezco.

—Si recibieras el respeto que mereces, solo conseguirías que te dieran una paliza.

—Mmm... eso suena interesante —se acercó a ella por detrás, la rodeó por la cintura y arrimó la boca a su cuello.

—No me digas que eres aficionado al sadomasoquismo.

—¿Sadomasoquismo? —se echó a reír y apartó la boca, pero la mantuvo sujeta—. ¿Qué sabrás tú de eso?

—Mucho. Roxy tiene un libro que da las instrucciones paso a paso.

—Roxy te está corrompiendo. Debería habérmelo figurado antes de presentártela. No leas ni uno más de sus libros.

—Tranquilo. No voy a usar látigos ni cadenas. Además, no creo que esas horribles máscaras de cuero negro vayan muy bien con mi aspecto.

—Creo que tu nuevo aspecto iría bien con todo. Es encantador.

Le masajeó suavemente el abdomen antes de bajar las manos hasta los muslos. Jenny se estremeció e intentó darse la vuelta. Él se lo permitió, pero solo para tenerla de frente.

—Tengo que irme, Cage.

—Más tarde —le apartó el pelo con la nariz y le suspiró al oído.

—Se está haciendo tarde —ahogó un gemido cuando sintió la humedad de su lengua—. Debería irme ya a casa.

—Más tarde.

Le susurró esas palabras contra sus labios, y toda la resistencia de Jenny se derritió al instante. La sujetó contra el armario, provocándole descargas eléctricas por todo el cuerpo.

—Mmm... Cage, no —protestó ella cuando consiguió liberar su boca.

—¿Por qué no?

—Porque no es saludable.

–Discrepo en eso –se movió contra ella, demostrando lo saludable de su excitación contra el delta de sus muslos.

–No deberíamos... –él empujó de nuevo, haciéndola gemir de placer a pesar de sus esfuerzos por mantenerse inmune–. No deberíamos hacerlo aquí, en tu lugar de trabajo.

–¿Y en mi casa?

–No.

–¿En la tuya?

–No.

–Entonces, ¿dónde?

–En ningún sitio. No deberíamos hacer esto en ningún sitio.

Últimamente, cada vez que la besaba, Jenny recordaba la noche con Hal. Los besos y caricias de Cage le evocaban sensaciones demasiado vívidas. Los dos hermanos besaban con la misma pasión y sus caricias eran igualmente excitantes. Pero, por alguna razón, sentía que estaba traicionando a Hal.

–Por favor, Jenny.

–No.

–No puedo resistir más. No he estado con una mujer desde... –se calló bruscamente antes de decir: «desde que hice el amor contigo». En vez de eso dijo–: Desde hace mucho tiempo.

–¿Y de quién es la culpa?

–Tuya. Solo te deseo a ti.

–Búscate a una de tus amantes. Seguro que encontrarás a más de una dispuesta a complacerte –lo dijo, aun sabiendo que se moriría si le hacía caso–. O prueba suerte en el supermercado.

–Invítame esta noche.

–No.

–Llevas tres semanas en tu nueva casa y solo me has invitado dos veces.

–Y han sido demasiadas. Te quedaste mucho tiempo y no te comportaste como es debido –ojalá dejara de besarla en el cuello de aquella manera... Era delicioso–. La gente nos ve juntos y no paran de murmurar.

–¿De qué otra cosa pueden hablar? Aún no ha empezado la liga de fútbol.

–¿Es que no lo ves? Cuando se sepa que estoy embarazada, todo el mundo pensará que...

–¿Qué?

–Que el bebé es tuyo –respondió sin mirarlo a los ojos.

–¿Y eso sería tan terrible?

–No quiero que te culpen por algo que no has hecho.

–Yo no consideraría que me estuvieran culpando. De hecho, no me importaría nada que me tomasen por el padre de tu hijo.

–Pero eso no sería justo, Cage.

–Ya me han culpado por cosas que no he hecho. La gente piensa lo que quiere, y poco se puede hacer para cambiar su opinión.

–No lo creo.

–¿Acaso no pensabas tú que Roxy era mi amante?

–¡No!

–No sabes mentir, Jenny. Incluso te referiste a ella como una de mis «fulanas». Dabas por hecho que teníamos una relación, y por eso estabas de tan mal humor la noche en la que te saqué del autobús y te llevé a su casa.

–Si estaba de mal humor era porque no estoy acostumbrada a que un maníaco me persiga hasta el punto de sacar un autobús de la carretera.

A Cage le pareció encantadora su expresión iracunda.

–Dios, eres preciosa... –la besó en la nariz–. Pero no me cambies de tema. Pensabas que Roxy era mi amante, ¿no es cierto?

–¿Y qué? ¿Vas a culparme por eso? –espetó a la defensiva–. No puedes mantener las manos lejos de ella.

Él le apretó bajo las costillas.

–Tampoco puedo mantener las manos lejos de ti, así que no puedes tomarlo como prueba de que dos personas se acuesten juntas.

–Eso nos trae al punto de partida. No deberías estar tocándome siempre –incluso a ella le pareció que su voz carecía de la menor convicción.

–¿No te gusta que te toque?

¿A quién no podría gustarle?, pensó ella.

–Porque a mí me encanta tocarte –le susurró él mientras le acariciaba la espalda. Entonces le dio otro beso ante el cual fue inútil toda resistencia–. Invítame a cenar, Jenny. ¿Qué hay de malo en cenar en tu casa?

–Que cuando Cage Hendren cena en casa de una mujer, la cena acaba irremediablemente en algo más.

Sus bocas seguían rozándose a suaves intervalos.

–Eso son cotilleos.

–Basados en la verdad.

–De acuerdo, lo confieso. Quiero pasar una noche a solas contigo. Una noche de pasión desenfrenada. ¿Qué tiene eso de malo?

–Todo.

–Está bien –dejó escapar un suspiro–. Te lo he pedido con amabilidad, pero me obligas a jugar duro. No te permitiré salir de aquí hasta que me invites a cenar en tu casa. Y pienso quedarme aquí hasta el Día del Juicio Final sin dejar de besarte. El único problema es que mi excitación crecerá por momentos –metió una pierna entre las suyas y le separó los muslos–. Dentro de poco, besarte no será suficiente y empezaré a desabrocharte la blusa. Solo son cuatro botones, por lo que no me llevará más de tres segundos y medio a lo sumo. Entonces sabré si tu sujetador es azul o morado. Y luego…

Ella lo apartó de un fuerte empujón. La sonrisa de Cage era diabólica, pero habló como si fuera un chico bueno y obediente.

–Estoy libre el viernes por la noche.

–No juegues tan duro, Cage –le dijo ella con sarcasmo.

–Jenny, soy tan fácil como lo era Ruda Beth Graham en décimo curso.

–¡Oh, eres terrible! –pasó a su lado y recogió el bolso–. Me estás haciendo chantaje. A las siete y media, ¿de acuerdo?

–A las seis.

Ella le lanzó una mirada de suficiencia y se dirigió hacia la puerta.

–¿Jenny? –le preguntó cuando se disponía a salir–. ¿De qué color es tu sujetador?

–Eso solo me corresponde saberlo a mí –dijo ella en tono descarado antes de salir.

–Y a mí descubrirlo –murmuró él con una sonrisa.

Capítulo 10

Jenny se frotó el estómago con la mano, con la esperanza de aplacar las mariposas que le revoloteaban en su interior. Se humedeció los labios y se echó hacia atrás el pelo. Respiró profundamente y abrió la puerta.

Cage estaba esperando en el umbral. Llevaba unos pantalones marrones, una camisa de color crema y una chaqueta deportiva. El conjunto no podía combinar mejor con el color dorado de sus cabellos.

Tenía el pelo limpio y brillante, pero tan despeinado como si acabara de levantarse. Y era eso lo que su expresión insinuaba. Sus ojos parecían hechos de topacio ahumado mientras recorrían a Jenny de la cabeza a los pies. Una media sonrisa curvaba sus sensuales labios.

–Hola –saludo ella tímidamente.

–¿Eres tú el postre? –le preguntó él–. Porque si es así, voto por saltarnos la cena.

Las mariposas volvieron a revolotear en su estómago.

Era ridículo que se sintiera así. Había pasado la mañana con él en su oficina, trabajando como dos colegas despreocupados. ¿De dónde había salido esa repentina tensión? Parecía que el aire se hubiese cargado de una corriente sexual, y Jenny supo que Cage lo percibía tan bien como ella.

Mientras trabajaban, los dos podían controlar las emociones. En cuanto superaban el obstáculo profesional, el deseo latente empezaba a agitarse y burbujear como el agua hirviendo.

Jenny había salido de la oficina al mediodía, como cada viernes. Pero aquella tarde no había descansado, sino que se había afanado en los preparativos para la inminente velada con Cage. Quería que todo estuviese perfecto. La comida, la casa y ella misma.

Su expectación fue aumentando a cada hora y, en esos momentos, cuando al fin estaba frente a él, sentía que estaba a punto de desmayarse.

–¿Son para mí? –le preguntó al ver el ramo de rosas rojas. Los largos tallos estaban sujetos con papel verde y llenaban el aire con su dulce fragancia.

–¿Tienes una hermana gemela?

–No.

–Entonces sí son para ti –le tendió el ramo y ella se echó a un lado para permitirle pasar–. ¿Qué…?

Miró a su alrededor, sobrecogido. La salita había sufrido una espectacular transformación desde que la vio por última vez. Jenny había empleado sus ratos libres en darle un toque personal, aunque fuera con baratijas.

Con la ayuda de Roxy había conseguido que el apartamento pareciera un hogar, y se sentía muy orgullosa del resultado. Tenía veintiséis años, y era la primera vez en su vida que podía elegir la decoración de su casa. Tenía un gusto sencillo y cálido, a la vez que elegante.

–¿Te gusta? –le preguntó, ansiosa por saber su opinión.

–¿Que si me gusta? Esta noche me mudo aquí.

Ella se echó a reír por el cumplido.

–Me gasté una fortuna en que decorasen mi casa. Ahora veo que podría habértelo encargado a ti. No sabía que tuvieras un talento escondido para este tipo de cosas –la miró con ojos entrecerrados–. ¿Qué otros talentos escondes?

Jenny sintió una punzada de emoción y se apresuró a aligerar el ambiente.

–Tendrías que haber visto a Roxy regateando por las plantas. El hombre nos pedía cincuenta dólares, y Roxy consiguió bajar el precio hasta diez. Luego llamó a Gary para que fuera a transportarlas en su camioneta antes de que el vendedor cambiase de opinión. Yo fui en la parte trasera para asegurarme de que ninguna se estropeara, ¿sabes? No soportaría que le pasara nada a mi ficus benjamina –se aclaró la garganta–. También compré esta mecedora por cinco dólares. Solo necesita una mano de pintura.

–Me gusta lo que has puesto en esa pared.

–Encontré la tela en K-mart. Roxy me ayudó a fijarla en la pared para que pudiera verse el diseño recto –con lo que le sobró había forrado los cojines del sofá.

Los nuevos colores que había elegido para el mobiliario ofrecían un aspecto tranquilo y estimulante a la vez: azul marino, pizarra, morado y beis.

–Las velas huelen muy bien –comentó Cage señalando el candelabro de la mesa.

–Lo encontré en una tienda de antigüedades, uno de esos tugurios oscuros y tétricos de la carretera. Tuve que apartar las telarañas para verlo. Me costó tres noches y dos latas de cera para pulirlo.

–Todo está muy bonito.

–Gracias –respondió ella casi en un susurro.

–Especialmente tú –sin previo aviso se inclinó para besarla, pero no fue un beso ligero y amistoso, sino una exigente intromisión de su lengua entre sus labios. Tras varios segundos de perplejidad, Jenny consiguió apartarlo. Se había quedado sin aliento.

–Será mejor que ponga las rosas en agua –se dirigió con rapidez hacia la cocina a buscar un recipiente adecuado para las flores. No encontró nada apropiado, y las acabó metiendo en un recipiente de zumo de naranja. Ya había dispuesto un ramo de brezo en la mesa grande, de modo que llevó las rosas a la salita y, con una sonrisa de disculpa, colocó las rosas sobre la mesita baja.

–¿Ese conjunto es nuevo?

–Sí –respondió ella, nerviosa–. Roxy lo eligió y me obligó a comprarlo.

—Me alegro de que lo hiciera.

La falda larga y la blusa ancha eran de seda natural, y no se parecían a nada de lo que Jenny hubiera vestido con anterioridad. Llevaba un cinturón trenzado a la cintura y las sandalias con tiras que Cage ya había visto. Se había recogido el pelo, pero de una forma tan calculada, que algunos mechones le caían por el cuello y las mejillas.

—Parezco una especie de gitana —dijo ella—. Le hice caso a Roxy solo porque la blusa tiene unos faldones tan largos que me ayudarán a cubrir el vientre cuando empiece a crecer.

—Date la vuelta —ella giró trescientos sesenta grados y volvió a mirarlo—. Me encanta, pero esa ropa camufla mucho, ¿no?

—Sí —se palpó el vientre—. Ya he ganado medio kilo.

—Estupendo. ¿Te ha dicho el médico si todo va bien? —frunció el ceño con preocupación—. Ya vas por la mitad del embarazo y apenas se te nota.

—¿Apenas? Deberías verme desnuda.

—Me encantaría.

—Me refiero a que así podrías ver que mi barriga ha aumentado de tamaño —se apresuró a añadir—. El médico dice que el bebé tiene el tamaño apropiado para cumplir casi cinco meses.

—¿Es niño?

—Eso cree el médico. Dice que a los niños el corazón les late más despacio que a las niñas.

—Entonces yo debo ser un caso atípico —susurró él—. Mi corazón va a cien por hora.

—¿Por qué?

—Porque sigo pensando en verte sin esa ropa.

El impulso de arrojarse hacia él fue casi irresistible, pero Jenny consiguió reunir la disciplina suficiente.

—Tengo que vigilar la cena —se dio la vuelta para entrar en la cocina.

—¿Qué vamos a tomar? Huele que alimenta.

Se asomó por la puerta a tiempo de verla agachada sobre el horno. La visión despertó en Cage un apetito mucho más voraz que el que rugía en su estómago.

—Chuletas de cerdo, espárragos con mayonesa... ¿Te gustan los espárragos? –él asintió y ella pareció aliviada–. Patatas con mantequilla y perejil, panecillos calientes y helado de Milky Way.

—¿Bromeas? ¿Helado de Milky Way?

—No, no bromeo, y fui yo quien pagó las barras de Milky Way.

Él ignoró la burla y, tan pronto como ella metió una bandeja de panecillos en el horno, la agarró del brazo y la hizo mirarlo.

—¿Intentas impresionarme?

—¿Por qué lo preguntas?

—Te has ocupado de muchas cosas por mí –le atrapó un mechón suelto y se lo enrolló en el dedo índice–. ¿Por qué, Jenny?

—Me gusta cocinar –observó fascinada cómo se llevaba el mechón a los labios y lo besaba–. Y... y... eh... a tus padres no les gustaba experimentar en la cocina. A mí me gusta probar nuevas recetas, pero ellos siempre querían comer lo mismo.

—¿Tengo que elegir postre? –le preguntó en un suave murmullo.

—No.

—Te elijo a ti –dijo sin tener en cuenta su respuesta–. Eres lo más dulce que he probado jamás.

La arrinconó contra la encimera y la aprisionó con su cuerpo de una forma que demostraba quién era el macho y quién la hembra. Segundos más tarde ella lo rodeó con los brazos, incapaz de resistir los impulsos de su fuero interno. El fiero abrazo duró hasta que el olor de los panecillos impregnó la cocina.

—Cage –murmuró ella–, los panecillos se están quemando.

—¿A quién le importa? –gruñó él.

—A mí –dijo al tiempo que lo apartaba–. Me ha costado mucho trabajo prepararlos.

Él suspiró y dejó que los sacara del horno.

—¿Te importa si me quito la chaqueta?

—¿Tienes calor?

—Estoy ardiendo, cariño, ardiendo —se quedó en mangas de camisa y los dos se sentaron a la mesa—. Tiene un aspecto delicioso —ella le sirvió su plato y esperó ansiosa su veredicto—. Mucho mejor de como lo hacía mi madre.

Ella sonrió complacida y empezó a comer.

—¿Los has visto, Cage?

—¿A quién? ¿A mis padres? No. ¿Y tú?

—Tampoco. Me siento culpable por haberos separado.

—Jenny, mis padres y yo hemos estado separados desde que empecé a andar.

—Pero el haberme ido de su casa y mi embarazo han empeorado las cosas. Y no me gusta nada. Tenía la esperanza de que os reconciliarais. Ellos te necesitan.

—¿Sabes? Creo que se pondrían muy celosos si vieran lo que has hecho aquí.

—¿Celosos?

—Sí. Para ellos era muy importante que los necesitaras tanto como ellos a ti. Temían que pudieras valerte por ti misma, por lo que te mantuvieron atada con tus obligaciones.

—Eso no es justo, Cage. Tus padres no me han manipulado.

—No me malinterpretes. No quiero decir que lo hicieran conscientemente. Se quedarían horrorizados de reconocer en ellos tal muestra de egoísmo. Pero piensa un poco, Jenny. Yo no fui el hijo que ellos esperaban tener, de modo que se volcaron por completo en Hal. Por suerte, él sí respondió a sus expectativas. Luego llegaste tú. Eras una niña dulce y obediente a quien vieron como la perfecta nuera.

—Estoy segura de que no piensan lo mismo ahora.

—Yo también, pero es mejor para todos así. Eres libre, lo que no significa que los quieras menos —sacudió la cabeza—. Eso es lo que nunca entenderán. Yo los quería y necesitaba que me quisieran. Si me hubieran mostrado algo más de afecto, no me habría convertido en un rebelde —la miró a los ojos—. Ahora has sido tú quien se ha rebelado. Tal vez en esta ocasión lo vean claro.

–Eso espero. No soporto pensar en ellos viviendo solos en esa casa tan grande, después de haber perdido a Hal. Ojalá se recuperen pronto, con o sin nuestra ayuda.

–¿Y tú, Jenny? ¿Lo has superado?

Jenny dejó de comer y puso los cubiertos sobre el plato.

–Lo echo de menos. Hal y yo estábamos muy unidos. Solíamos hablar durante horas... –no notó la vena que se marcaba en la sien de Cage–. Era una persona tan dulce. Jamás le hubiera hecho daño a nadie.

–¿Lo sigues queriendo?

Jenny estuvo a punto de decir «no creo que lo haya amado de verdad», pero no lo hizo. Durante años había creído estar enamorada de él. ¿Tan solo lo había creído?

Naturalmente, había sentido por él un profundo afecto, pero sus besos nunca la habían sobrecogido como los de Cage. El corazón no le había dado jamás un vuelco cuando Hal entraba en una habitación. No, nunca había experimentado esa necesidad doliente que sentía por Cage. Ese deseo tan fuerte y constante como los latidos de su corazón...

Pero no podía hablar de todo eso con Cage.

–Siempre lo querré de un modo especial.

–Si siguiera vivo, ¿querrías casarte con él?

Ella apartó la mirada.

–Habría que cuidar del bebé...

–¿Y si el bebé no fuera un motivo?

Jenny dudó, porque tenía que considerar la noche que había compartido con Hal. ¿Había sido tan solo un instante mágico que debería bastar para el resto de su vida? ¿Los lazos emocionales que los ataban habían sido lo bastante fuertes como para que se abandonaran a la pasión más absoluta?

Empezaba a creer que, por muy maravillosa que hubiera sido esa noche, su pasión no se limitaba a un solo hombre. Los besos de Cage la habían excitado tanto como su encuentro sexual con Hal.

–No, no lo creo. Ahora que vivo sola, me doy cuenta de que Hal y yo no estábamos hechos para ser marido y mujer.

Solo éramos buenos amigos. Casi hermanos. No creo que yo fuera la esposa que él necesitaba.

Cage mantuvo una expresión inescrutable para no mostrar su alivio.

–Deja que te ayude con los platos –dijo mientras se levantaba.

–Todavía no has tomado el postre.

–Prefiero esperar con ganas.

Siguieron hablando animadamente mientras lavaban los platos. La prospección en el terreno de los Parson había resultado ser un éxito y ya estaban cavando otro pozo. Cage tenía la vista puesta en otra parcela de tierra.

A Jenny le encantaba el entusiasmo con el que Cage hablaba de su trabajo. Tenía éxito, pero el dinero no era su principal aliciente. Lo que lo motivaba era el desafío, el riesgo de triunfar o fracasar. Casi todo el mundo lo consideraba un temerario, pero ella lo conocía mejor. Conducía muy deprisa, pero transmitía seguridad al volante. Y esa misma habilidad la usaba en sus negocios.

Sirvieron el helado en una bandeja y lo llevaron junto al café a la salita.

–Ni se te ocurra derramar una gota en el sofá –le advirtió ella cuando Cage se llevó la primera cucharada a la boca.

–Está riquísimo... para pecar de goce.

–¿Entonces es verdad lo que dicen?

–¿El qué?

–Que a un hombre se le gana por su estómago.

Él se pasó la cucharilla por los labios y miró a Jenny.

–Es un modo, pero se me ocurren otros mucho más divertidos. ¿Quieres que te demuestre cuáles?

–¿Leche y azúcar? –le preguntó ella con una débil vocecita.

Él se echó a reír al ver cómo le temblaba la mano al sostener la taza.

–Jenny, llevas años sirviéndome el café. Ya sabes que lo tomo solo.

—Lo olvidé.

—¿Estás temblando por lo que te he dicho?

—Ha sido algo muy grosero —le ardían las mejillas y no podía mirarlo a los ojos.

—Qué paradójica eres —comentó él recostándose sobre los cojines.

—¿Paradójica?

—Sí. Llevas un bebé en tu interior y evitas cualquier tema referido al sexo.

—¿Crees que soy una mojigata, una reliquia de la era victoriana intentando sobrevivir en estos tiempos de sexo libre?

—Claro que no. Tu inocencia también atrae.

—No soy inocente —murmuró ella bajando la cabeza. Cerró los ojos y recordó los sonidos que emitió cuando alcanzó el orgasmo. Los ecos eróticos resonaban en su cabeza cada vez que rememoraba el estallido de placer.

—Dijiste que eras virgen...

—Sí, lo era.

—¿Nunca lo habías hecho antes?

—No.

—¿Ni habías estado a punto de hacerlo?

—No.

Cage dejó la taza en la bandeja y se acercó a ella, apoyando el codo en el respaldo.

—Aquella noche debiste de estar muy convencida para perder algo que habías mantenido durante tanto tiempo.

—Nunca había sentido nada parecido.

A Cage le dio un vuelco el corazón. Lo que iba a hacer era imperdonable, pero no le importaba.

—Cuéntame lo que sentiste.

Inconscientemente, Jenny levantó la mano y le tocó el pecho.

—Fue como si saliera de mí misma y viera lo que le sucedía a otra persona. Dejé atrás todas mis inhibiciones. Solo existía para ese momento. Me convertí en un ser puramente carnal, y al mismo tiempo sentía que mi alma se elevaba más que nunca

–levantó la mirada como si fuera una niña confundida–. ¿Entiendes lo que quiero decir?

–Perfectamente –respondió él con sinceridad.

–Nada de lo que hicimos me pareció malo ni obsceno. Fue todo maravilloso. Quería amar y ser amada. No bastaba con expresarlo mediante palabras; quería demostrarlo.

–¿Y Hal también lo deseaba?

–Al principio no.

–Pero tú lo convenciste –le dijo acariciándole la mejilla.

–Ese es un modo elegante de decir que lo seduje.

–De acuerdo, lo sedujiste. ¿Qué pasó entonces?

Ella sonrió y ladeó la cabeza tímidamente.

–Entonces… pareció que él lo deseaba más que yo. Nunca se había comportado así conmigo.

–¿Cómo?

Jenny cerró los ojos y eligió con cuidado las palabras.

–Fuerte, vigoroso, sensual, ligeramente salvaje… –soltó una risa ligera–. No sé cómo describirlo.

–¿Fue violento?

–No.

–¿Tierno?

–Sí. Muy tierno… pero también apasionado.

–¿Te asustaste cuando te quitó el camisón? –ella le lanzó una mirada inquisidora y Cage se maldijo en silencio por ser tan imbécil–. Supongo que llevarías un camisón, ¿no?

Durante los últimos minutos, Jenny parecía haber estado como hipnotizada. Pero la última pregunta la había sacado de su trance.

–No debería estar hablando contigo de esto, Cage.

–¿Por qué no?

–Es muy íntimo. Además, no es justo… para Hal. ¿Por qué quieres saber los detalles de aquella noche?

–Porque siento curiosidad.

–¡Eso es ser muy retorcido!

–No, Jenny, es algo muy normal –la arrinconó en un extremo del sofá–. Quiero saber lo que pensaste en todo momento.

–¿Por qué?

Cage inclinó la cabeza hasta casi rozar sus labios.

–Porque quiero hacer el amor contigo. Te has resistido a todos mis intentos, y quiero saber lo que te hizo dar el paso decisivo aquella noche. ¿Qué te hizo vivir solo para ese momento? ¿Qué tuvo que hacer tu amante para liberarte de tus cadenas? ¿Qué te volvió puramente carnal? En resumen, Jenny, ¿qué fue lo que tanto te excitó?

Jenny descubrió espantada que su tono exigente y la dureza de su cuerpo contra el suyo la estaba excitando. Tenía la respiración acelerada y no podía apartar la mirada de la suya.

–¿Preparó una escena tan romántica que te fue imposible resistirte?

Ella negó con la cabeza.

–Ocurrió todo en mi habitación.

–No es muy sexy, que digamos.

–Estaba a oscuras.

Cage alargó el brazo sobre ella y apagó la lámpara de la mesita. Jenny se dio cuenta entonces de que las luces de la cocina y del comedor también estaban apagadas. Toda la casa estaba a oscuras, salvo por el incandescente brillo de las velas, que proyectaban caprichosas sombras en las paredes y en sus rostros.

–¿Así?

–No. Estaba totalmente a oscuras. No podía ver nada.

–¿Nada? –le hundió los dedos entre los cabellos.

–No.

–¿No le pudiste ver la cara?

–No.

–¿No querías verlo?

–Sí, sí, sí –gimió e intentó apartar la cabeza, pero él no se lo permitió.

–Entonces es mejor ahora. Mira el rostro de tu amante esta vez, Jenny. Por amor de Dios, mírame.

Su boca bajó hasta sus labios y ella estuvo preparada para recibir la furiosa embestida de su lengua. Con un brazo le rodeó la espalda mientras que con el otro le palpaba a través de la camisa los músculos del pecho.

–¿Qué te dijo, Jenny? –le preguntó entre besos frenéticos por todo el rostro–. ¿Te dijo lo que necesitabas oír?

–Dijo… –intentó acordarse de algo mientras sus labios se enfrentaban a los suyos–. No dijo nada.

–¿Nada?

–No. Creo que susurró mi nombre… una vez.

–¿No te dijo lo hermosa y excitante que eres?

–No lo soy.

–Lo eres, mi amor, lo eres. Eres preciosa –le susurró al oído–. Puedes sentir lo excitado que estoy, Jenny. ¿Cómo puedes pensar que no eres deseable? Te deseo. Te deseo más de lo que he deseado a ninguna otra mujer.

–Cage… –gimoteó cuando él dejó de besarla y le desató el cinturón.

–¿Te dijo que tu piel es tan suave como la seda? –le preguntó mientras le acariciaba el cuello y el pecho. ¿Y que tu fragancia es celestial? –le rozó la piel con la nariz.

Jenny no fue consciente de que le estaba desabrochando los botones de la blusa hasta que sintió que se la abría por la mitad. Cerró los ojos y se abandonó a las sensaciones que le provocaban sus manos y sus gemidos de anhelo.

–Tendría que haberte dicho que tus pechos son formidables –la besó en el sujetador–. Que tus pezones son dulces, delicados y perfectos. Tendría que habértelo dicho. Porque es cierto. Le desabrochó el cierre y tiró de la falda–. Ah, Jenny, déjame amarte.

Y lo hizo. Jenny no sabía que los besos pudieran dar tanto placer, ni que unos labios tan ardientes pudieran absorber sin causar dolor, ni que una lengua pudiera moverse con tanta rapidez y al mismo tiempo con tanto control.

Sus caricias continuaron hasta que ella se sintió flotando a la deriva en un océano efervescente. Las sensaciones le sacudían los nervios y explotaban en la superficie como géiseres de pasión fundida. Sabía que no estaba bien revivir la noche de amor con el hermano de Hal, pero había traspasado los límites de la cordura y ya no había vuelta atrás. Había caído víctima del legendario encanto de Cage. Jenny Fletcher sería la próxima en engrosar su lista de amantes. Y, sin embargo, sentía que esa vez iba a ser diferente para Cage.

–¿Sentiste su cuerpo contra el tuyo, Jenny?
–Sí.
–¿El tacto de su piel?
–No se desnudó –recordó ella mientras él seguía besándola entre los pechos.
–¿Y tú?
–Sí, estaba...
–¿Desnuda?
–Sí.
–¿Y cómo te sentiste?
–No sentí vergüenza. Solo deseaba que...
–¿Qué?
–No importa.
–¿Qué? –repitió.
–Sentirlo contra mí.

Cage se incorporó a medias y le clavó la mirada.

–Desabróchame la camisa.

Ella dudó solo un momento antes de obedecer. Uno a uno, como siguiendo los dictados de una voz interior, le desabrochó todos los botones.

Soltó un gemido cuando vio su pecho desnudo. El vello se extendía sobre los músculos esculpidos del pecho como un abanico dorado. Sus pezones oscuros resaltaban a la tenue luz de las velas.

Los ojos de Jenny se llenaron de lágrimas. Cage era la perfección masculina. Le agarró el cuello de la camisa y tiró de ella hacia abajo. Con los dedos le palpó los hombros y le trazó las venas que se le marcaban en los poderosos bíceps.

Poco a poco, él se inclinó sobre ella hasta que estuvieron pecho contra pecho. Piel dura y vellosa contra la suavidad femenina.

—Jenny, Jenny, Jenny...

Sus bocas se unieron a la par que sus cuerpos. Él se apartó ligeramente hacia un lado, para no cargarla con todo su peso. Podía sentir los latidos de su corazón y las puntas erguidas de sus pechos.

La amaba. Dios, cuánto la amaba... Y no podía creer que al fin fuera a ser suya.

—¿No te alegra que tengamos este sofá?

—¿Pensabas en esto cuando intentabas convencerme para comprarlo?

—En eso y en mucho más —sus palabras irradiaban tanto erotismo como sus besos—. Jenny, vámonos a la cama.

—Cage...

—No te haré daño. Lo juro.

—No es eso.

—¿Entonces?

—Oh, por favor, no me toques ahí...

—¿No te gusta?

—Dios, me vuelve loca... Cage, por favor...

—Tócame —le suplicó él.

—¿Dónde?

—Donde sea.

Ella le agarró la mano y se la puso contra el pecho. El pezón sobresalió entre sus dedos.

—Oh, Dios, voy a estallar... Vámonos a la cama enseguida, Jenny.

—No puedo.

—¿No me deseas?

Ella le respondió arqueándose contra su dureza erguida. Él tomó su movimiento como un «sí» y le ofreció la mano para levantarse. Ella la aceptó y dejó que la levantara del sofá.

Justo cuando estaban de camino al dormitorio, se oyó un golpe en la puerta de la calle.

—¡Demonios! —masculló Cage.

Jenny volvió al sofá y se puso la blusa a toda prisa. Recogió el sujetador y lo escondió bajo un cojín.

Cage no parecía tan preocupado por su aspecto. Se dirigió hacia la puerta con la camisa suelta y abrió con furia.

Roxy y Gary estaban de pie en el umbral.

–¿Está ardiendo el edificio? –les preguntó de mala manera.

–No.

–Entonces buenas noches.

Intentó darles con la puerta en las narices, pero Roxy se lo impidió a tiempo.

–Sigue siendo un asunto de vida o muerte. Si Gary y yo no nos casamos esta noche, lo mataré yo misma.

Capítulo 11

—¿Casaros? —exclamó Jenny acercándose a ellos. El asombro le había hecho olvidar la molestia, y se olvidó del aspecto que presentaba hasta que notó la mirada de Roxy.

—¿Hemos interrumpido algo? —preguntó ella en tono inocente.

—Lo siento —murmuró Cage al ver el ceño fruncido de Jenny.

—Entonces hablad rápido y marchaos.

—Cage, ¿no has oído a Roxy? Van a casarse.

—Eso es —Roxy pasó un brazo alrededor de Gary y lo estrechó contra su generoso pecho—. Si nos lleváis hasta El Paso y os traéis de vuelta el coche de Gary.

—¿Estáis hablando en serio? —preguntó Cage mirándolos a los dos—. ¿De verdad pensáis casaros?

—¡Sí! —respondió Roxy con una amplia sonrisa.

—Bueno... Vaya, ¡es genial! —le estrechó la mano a Gary y le dio a Roxy un fuerte abrazo.

—Felicidades, Gary —dijo Jenny dándole un abrazo, que le hizo sonrojarse, y otro a Roxy—. Me alegro tanto por ti.

—Yo también. Gary es lo mejor que me ha pasado en mi vida. No me lo merezco.

—Claro que sí —le sonrió y la abrazó de nuevo.

—Bueno, ¿qué es eso de llevaros hasta El Paso? —preguntó Cage.

—Tenemos dos reservas para el vuelo que sale mañana hacia Acapulco. Pero Gary es tan convencional —se burló Roxy—, que cree que debemos casarnos antes de la luna de miel. De modo que tenemos que ir esta noche a El Paso a que nos case un juez. Para eso debéis llevarnos en el coche de Gary... y recogernos la semana que viene.

Gary asintió y esbozó una tonta sonrisa de acuerdo.

—¿Qué dices tú, Jenny? —le preguntó Cage.

Eran más de las diez de la noche, y Jenny no podía imaginarse lo que sería atravesar un desierto de arena, matorrales y liebres.

Pero la idea de hacer un viaje imprevisto era más emocionante de lo que hubiera hecho jamás. Además, les tenía mucho cariño a Roxy y a Gary y quería ser testigo de su boda.

—¡Me parece estupendo!

Todos se pusieron a organizar los últimos preparativos y acabaron veinte minutos más tarde en la puerta de Roxy.

—Creo que ya está todo —dijo Roxy mostrando una botella de champán—. La señora Burton se encargará de todo mientras estoy fuera, Cage —le explicó después de cerrar la puerta y subir al lado de Gary.

—No hay ningún problema. Jenny y yo estaremos por aquí, de modo que solo tienes que preocuparte de pasar una luna de miel inolvidable.

—Eso espero —dijo ella acercándose más a Gary. Le susurró algo al oído, haciéndole dar un salto y perder el control de la furgoneta.

—Así no podemos ir —dijo Cage—. Gary no puede conducir con Roxy al lado. Para en mi casa y nos llevaremos mejor mi Lincoln. De ese modo podréis ir en el asiento trasero.

—¡Me encanta! —exclamó Roxy—. Cariño, ¿estás de acuerdo? —Gary asintió.

—Además —intervino Jenny—, si es Cage quien conduce, llegaremos en la mitad de tiempo.

—¿Sabes, Jenny? Si no dejas tus indirectas, tendré que tomar medidas drásticas para hacerte callar —le dijo Cage, antes de darle un caluroso beso que duró hasta que la furgoneta se detuvo frente a su garaje.

—¡Tiempo! —los interrumpió Roxy como si fuera un árbitro de lucha libre.

Cage soltó una maldición y Jenny desenredó sus piernas de las suyas.

—Tenía que tomar aire de todos modos, Cage —susurró ella mientras intentaba componerse la ropa.

Pasaron el equipaje al Lincoln, que era tan clásico como el Corvette. Era de un color gris tan plateado como las balas del Llanero Solitario.

—Como si estuvierais en vuestra casa, ¿eh? —les dijo Cage por encima del hombro.

—Lo intentaremos —respondió Roxy. Se acurrucó en una esquina y arrastró hacia ella a Gary. Cage se echó a reír y llevó el coche hasta la carretera.

—Eso será lo último que oigamos hasta que lleguemos a El Paso —en ese momento se oyó un gemido desde el asiento trasero—. Bueno, puede que no —corrigió con una risita.

El Lincoln enfiló la carretera y pareció beberse los kilómetros del camino. Se cruzaron con muy pocos vehículos y no había ningún accidente natural que pudiera bloquear la vista.

—¿Vas cómoda? —le preguntó Cage después de sintonizar una emisora de música.

—Mmm…sí —suspiró ella.

—¿Tienes sueño?

—No mucho.

—Estás muy callada.

—Solo estoy pensando.

—Ya ves, aunque este coche es algo monstruoso según los diseños modernos, no tenemos por qué usar todo el asiento delantero.

—¿Qué quieres decir?

—Dicho claramente, asentar tus posaderas en él.

Ella sonrió y se deslizó en el asiento hasta rozar su cadera.

—Eso está mejor —le pasó el brazo derecho sobre el hombro y le acarició el pecho.

—¡Cage! —protestó ella apartándole la mano.

—Desarrollé y perfeccioné este movimiento en el instituto. No me digas que después de tantos años no funciona.

—Conmigo no.

—Nunca funcionó con las chicas decentes —murmuró él—. Pero no puedes culpar a un hombre por intentarlo —inclinó el codo y le acarició el cuello con los dedos—. ¿En qué estabas pensando?

Ella apoyó la cabeza en su hombro y posó la mano en su muslo.

—En que esto es realmente divertido. Nunca había hecho una locura semejante.

—¿Esto es una locura? Solo estamos conduciendo por una autopista con una pareja de enamorados que no hace más que tocarse y que están a punto de contraer matrimonio.

—No he dicho que vaya a casarme contigo.

—Me refería a Roxy y a Gary.

Jenny apartó la mano e intentó separarse de él, pero Cage la retuvo donde estaba.

—Vuelve aquí —le susurró ferozmente—. Y es inútil que te resistas, porque no voy a dejar que te apartes —ella desistió de luchar.— Me encanta que hayas pensado que yo hablaba de nosotros. Ha sido como si reconocieras que estamos enamorados. ¿Lo estamos, Jenny?

—No lo sé.

—Yo solo puedo hablar por mí mismo —la miró por un instante—. Te amo, Jenny —ella levantó la cabeza y se quedó cautivada por la elocuente expresión de sus ojos—. Sé lo que piensas. Piensas que le he dicho lo mismo a docenas de mujeres. Bien, es cierto. Lo he dicho siempre que fuera necesario para llevármelas a la cama. He hecho el amor estando borracho, excitado, furioso, triste o feliz... Incluso he llegado a hacerlo sin querer, tan solo por la compasión hacia una mujer que necesitaba un hombre. He estado con mujeres guapas y no tan guapas. He sido discreto y refinado —hizo una pausa y la miró de nuevo—. Pero te juro, Jenny, que nunca había estado enamorado hasta ahora. Eres la única mujer a la que he amado… desde hace mucho tiempo. Pero no veía ningún sentido en declararlo. Todo el mundo hubiera pensado que yo no era bueno para ti. Te hubieras alejado horrorizada si hubieras intuido mis intenciones. Mis padres hubieran montado en cólera, y además estaba Hal, a quien no quería hacer daño.

–¿Por qué me cuentas todo esto ahora? –le preguntó ella. Las lágrimas le resbalaban por las mejillas y se apretó contra su hombro.

–¿No crees que ya es hora de que lo sepas? –la estrechó con un brazo y la besó en la sien–. ¿Me amas, Jenny?

–Sí, creo que sí. Pero me siento confusa…

–¿Confusa?

–Mi vida estaba controlada y planeada hasta el último detalle. Pero, desde que Hal se marchó a Centroamérica, nada volvió a ser igual. Aquella noche me cambió. Ahora soy una persona distinta… No puedo explicarlo.

Cage entrecerró los ojos. Quería contárselo. Quería decirle: «has cambiado porque hicimos el amor y nuestros cuerpos se encontraron tras largos años de oculto deseo. Estabas comprometida con el hermano equivocado».

Pero no podía confesarlo. Ni en ese momento ni nunca. Era un secreto que tendría que guardar el resto de su vida, aunque eso le supusiera perder a su hijo.

–Soy como un animal criado en cautividad que de pronto hayan soltado en la selva. Siento que estoy en el camino de la vida, pero es un proceso muy lento –volvió la cabeza y se fijó en su perfil–. No me pidas un compromiso, Cage. Ahora todo es muy complicado para mí. Apenas he tenido tiempo para poner en orden mis sentimientos hacia Hal antes de saber lo que realmente siento por ti –volvió a ponerle la mano en el muslo y le apretó la carne–. Solo que no podría soportar que te fueras de mi vida.

–Sabes lo que hubiera pasado de no haber sido interrumpidos por estos dos, ¿verdad?

–Que hubiéramos hecho el amor.

—Aún lo estaríamos haciendo.

—Y no hubiera sido lo correcto.

—¿Cómo puedes decir eso cuando acabamos de reconocer que nos amamos?

—Hay alguien más implicado.

—¿Hal?

—El hijo de Hal —respondió ella con suavidad.

Cage guardó silencio durante un rato.

—El hijo es tuyo, Jenny. Es una parte viva de ti. Yo te quiero y quiero al bebé. Es tan simple como eso.

—Quería hacer el amor contigo esta noche —confesó ella—. Pero hasta eso me confundía.

—¿Por qué?

—No lo sé. ¿Es porque te deseo a ti, o solo porque quería rememorar la noche que pasé con Hal? Sé que parece una tontería, pero en lo que se refiere al acto amoroso no puedo separaros a los dos en mi cabeza.

El corazón de Cage latió con fuerza.

—Si lo hiciéramos sería increíble. Eso te lo prometo. Sería exactamente como quieres que sea. Pero, una vez que te tuviera, ya no te dejaría marchar. Por eso tienes que estar segura antes de querer hacer el amor conmigo.

Ella le sonrió de un modo tan sensual, que a Cage se le aceleró el corazón. Pero, en vez de apretar el acelerador, pisó el freno y detuvo el coche en el arcén.

—¿Por qué paramos? —preguntó Gary medio atontado.

—Tengo hambre —dijo Cage.

—¿Cómo puedes pensar en comida en un momento así? —se quejó Roxy.

—No estoy pensando en comida —estrechó a Jenny entre sus brazos y tomó posesión de su boca.

Pasó un rato antes de que el Lincoln reanudara la marcha.

—Creo que ha sido muy romántico —dijo Jenny con un enorme bostezo.

—Yo creo que parecíamos el grupo más desaliñado desde la banda de los Barrow –replicó Cage–. Si yo hubiese sido ese juez, hubiera atrancado la puerta.

Habían sacado de la cama al funcionario público, quien había consentido a regañadientes dirigir la improvisada ceremonia. A continuación, los recién casados pasaron varias horas en un hotel antes de salir para el aeropuerto. Después de tomar unas cuantas tazas de café y de llenar el depósito del Lincoln, Cage y Jenny regresaron a casa.

—Podríamos haber alquilado una habitación y dormir un poco –le había sugerido a Jenny.

—No me siento muy valiente. Prefiero que nos lancemos a la carretera y que nos estrellemos.

Cage la miró y se rio. Tenía el pelo despeinado y enredado, y la falda y la blusa completamente arrugadas.

—¿Tengo un aspecto tan horrible?

—Estás encantadora. Túmbate e intenta dormir –se palmeó el muslo para indicarle dónde podía apoyar la cabeza.

—Temo que tú también te quedes dormido si no te hago compañía.

—No, tranquila. El café me mantiene despierto. Además, estoy acostumbrado a este tipo de locuras –dijo riendo–. Vamos, duérmete.

—¿Estas seguro?

—Completamente.

Ella se estiró todo lo que pudo en el asiento y apoyó la cabeza en su muslo. Cerró los ojos y respiró profundamente.

—Se está bien –susurró. Él deslizó una mano bajo su blusa y le masajeó la espalda–. Vas a hacer que me derrita.

—Sería un placer –su piel parecía de satén. Subió la mano por la espalda, pasó sobre las costillas, y bajó el brazo hasta encontrar la protuberancia de su pecho.

—Cage…

—De acuerdo –aceptó él–. ¿Dónde está tu sujetador?

—Lo escondí bajo un cojín del sofá cuando llamaron a la puerta. No tuve tiempo de ponérmelo antes de salir.

—Me alegro.

—Yo también.

Él siguió acariciándola, pero su intención no era excitarla, sino relajarla. Su corazón se llenó de amor al ver cómo confiaba en él y cómo le permitía ese grado de intimidad. En pocos minutos supo que se había quedado dormida.

La tentación fue demasiado fuerte y le pasó los dedos por un pezón. El tacto fue ligero, pero lo suficiente para producir una respuesta instantánea. Ella se removió en sueños y frotó la cabeza contra su regazo antes de quedarse quieta.

—Jenny... —susurró él en un agónico suspiro de placer—. Hay una cosa por la que no tienes que preocuparte. Mientras tu cabeza esté en mi regazo, no podré quedarme dormido.

El coche siguió su marcha por la carretera desierta.

—¿Dónde estamos? —Jenny se sentó y parpadeó al recibir la luz del sol.

—En casa. Bueno, casi. ¿Tienes hambre? Yo mucha.

A través del parabrisas, Jenny vio que estaban frente a la cafetería del mismo motel donde Cage la llevó por primera vez.

—¡No puedo entrar con este aspecto! —gritó.

—Tonterías. Estás estupenda.

Salió del coche y, tras estirar la espalda, le abrió la puerta a Jenny. Ella estaba haciendo inútiles esfuerzos por alisar las arrugas de su ropa y arreglarse el pelo.

—Estoy horrible —se quejó mientras él le tendía la mano para salir—. Oh, se me han dormido los pies. Vas a tener que llevarme.

—Encantado —le susurró contra la oreja—. Deberías saber que me he tomado ciertas libertades mientras dormías... ¡Eh! ¿Qué es esto? —se agachó bajo el asiento y sacó una botella de champán sin abrir—. Nos olvidamos de brindar con champán.

—Lo dejaremos para después del desayuno —dijo ella quitándole la botella.

—Vaya, vaya. He creado un monstruo. Vas a ser una mujer

muy cara de mantener. Tendría que haberte iniciado con la cerveza.

Cansados y desaliñados, subieron los escalones hacia la puerta de la cafetería. Justo cuando Cage empujó para abrirla, otra pareja hizo lo mismo para salir.

Bob y Sarah Hendren.

Para ellos era una tradición salir a desayunar los sábados, y cada fin de semana elegían un restaurante distinto.

El matrimonio se quedó de piedra al ver la ropa de Jenny y la barba incipiente de Cage. El intento de Jenny por arreglarse el pelo solo sirvió para mostrar sus enredos. Sus labios estaban enrojecidos por los apasionados besos de la noche anterior, y el rímel se le había corrido. Si la pareja los hubiera examinado más de cerca, habrían visto una mancha en la pernera de Cage.

Pero su atención estaba fija en Jenny, quien abrazaba una botella de champán contra sus pechos.

—Mamá, papá... Hola —Cage fue el primero en romper el silencio. Hubiera querido apartar el brazo de la cintura de Jenny, pero no estaba seguro de que se pudiera sostener por sí misma.

—Buenos días —respondió Bob con una evidente falta de cortesía.

Sarah no dijo nada, pero no apartó la vista de Jenny. No habían vuelto a encontrarse desde la desagradable escena en la casa parroquial, cuando la acusaron de haber seducido a Hal. La expresión de su rostro revelaba lo convencida que seguía estando de esa acusación.

—Sarah, Bob —dijo Jenny—, esto no es lo que parece. Nosotros... Cage y yo hemos ido...

—Hemos llevado a dos amigos a El Paso para que se casaran —intervino Cage en su ayuda—. Hicimos un rápido viaje de ida y vuelta —intentaba dejar claro que no habían pasado la noche juntos. Ojalá lo hubieran hecho, y así hubieran evitado encontrarse con ellos.

Jenny soltó una risa nerviosa, como si alguien la estuviera arrestando de broma.

—El champán era para la boda, pero lo olvidamos en el coche. ¿Veis? Ni siquiera está abierta y...

—No tienes que darles ninguna explicación —dijo Cage, irritado.

No estaba enfadado con ella. Sabía que para Jenny aquella situación era muy embarazosa. Con quien estaba furioso era con sus padres. No podía culparlos por pensar lo peor de él; pero, ¿no podían al menos otorgarle a Jenny el beneficio de la duda?

—Eras como una hija para mí —dijo Sarah con voz temblorosa y lágrimas en los ojos.

—Y lo sigo siendo —dijo Jenny con sinceridad—. Quiero serlo. Os quiero a los dos y os echo de menos.

—¿Nos echas de menos? Sarah recrudeció su tono—. Nos hemos enterado de lo de tu nueva casa. Ni siquiera te has molestado en darnos tu dirección, y mucho menos en venir a vernos.

—No creía que quisierais verme.

—Te has olvidado de nosotros tan rápido como te olvidaste de Hal —la acusó Sarah.

—Jamás me olvidaré de Hal. Yo lo amaba. Y llevo dentro un hijo suyo.

Aquello hizo que Sarah rompiera a llorar contra el brazo de su marido.

—Ha estado muy preocupada —dijo Bob—. Te echa terriblemente de menos, Jenny. Sé que no nos tomamos bien la noticia del bebé, pero hemos tenido tiempo para reconsiderarlo. Queremos formar parte de su vida. Incluso esta mañana hemos estado discutiendo la posibilidad de llamarte y arreglarlo todo. Nuestro deber cristiano es mantener a la familia unida, y no puedo servir de ejemplo si esto nos separa —miró a Jenny, a la botella de champán y a la vergonzosa imagen que los dos ofrecían—. Pero, viéndote así, no estoy seguro —negó con la cabeza y se alejó, con Sarah llorando bajo su brazo.

—Oh, por favor —Jenny dio un paso hacia ellos y alargó un brazo.

—Jenny, no —dijo Cage—. Dales tiempo.

La llevó de vuelta al coche. Era mejor que nadie más los viera en ese estado. Tan pronto como estuvo dentro, Jenny empezó a llorar. Sentía que por cada paso que daba adelante, retrocedía dos. No quería volver a la vida que tenía antes de la marcha de Hal; pero, ¿a qué precio obtenía su libertad? La liberación de Jenny Fletcher le había costado el amor y el respeto de aquellos a quienes más quería.

Siguió llorando desconsoladamente, sin prestar atención hacia dónde conducía Cage, hasta que oyó que apagaba el motor.

—Esta es tu casa —murmuró al levantar la mirada.
—Exacto.
—¿Qué hacemos aquí?
—Voy a prepararte un buen desayuno, y no admito discusión al respecto.

Ella estaba demasiado débil para protestar, de modo que no dijo nada. Cage abrió la puerta delantera y la llevó al dormitorio.

—Tienes diez minutos para usar el baño —rebuscó en un cajón y sacó una camiseta de la Universidad de Texas—. Date una ducha caliente y ponte esto cuando salgas. Si no bajas en el tiempo estimado, seré yo quien entre a por ti —le dio un beso y la dejó sola.

La ducha le sentó de maravilla y, cuando acabó de secarse y vestirse, se sentía mucho mejor y con bastante apetito.

Se quedó parada en la puerta de la cocina. Tenía el pelo mojado y solo llevaba la camiseta, que le llegaba hasta la mitad de los muslos, y unas braguitas; pero Cage no pareció notar su escaso vestuario.

—No te quedes ahí —le dijo en cuanto la vio—. Cuatro manos son mejor que dos.
—¿Qué puedo hacer?
—Unta las tostadas.

Ella obedeció y en pocos minutos estuvieron comiendo huevos con beicon, tostadas y zumo de naranja.

—Eres buen cocinero —le dijo Jenny limpiándose con una

servilleta. Estaba tan cansada, que apenas pudo levantar la taza de té.

—Vamos antes de que lo derrames —le dijo él.

—¿Adónde?

—A la cama —se levantó y la tomó en sus brazos.

—¿A tu cama?

—Sí.

—Debería vestirme e irme a casa. Suéltame, Cage.

—No hasta que lleguemos a la cama.

Ella no tenía fuerzas para resistirse. La cabezada en el coche no había sido suficiente para reponer energías. Se apoyó contra su pecho y cerró los ojos. Cage era tan fuerte y digno de confianza. Y ella lo amaba...

Las mangas de su camisa le rozaba los muslos desnudos. Recordó la noche con Hal y el modo tan sensual en que su ropa se rozó contra su piel.

Cage la acostó sobre las sábanas limpias y la arropó con cuidado.

—Que duermas bien —le susurró apartándole un mechón de la mejilla.

—¿Qué vas a hacer tú?

—Lavar los platos.

—No es justo. Has conducido toda la noche y has preparado el desayuno... —apenas podía hablar por el cansancio.

—Ya me compensarás en otro momento. Ahora el bebé y tú necesitáis descansar —le dio un dulce beso en los labios, pero ella no lo sintió. Ya se había dormido.

Capítulo 12

Al despertar le costó un momento orientarse. Permaneció tumbada sin moverse, mirando a su alrededor con ojos soñolientos, hasta que reconoció el dormitorio de Cage.

Los recuerdos la invadieron de golpe. Demasiadas cosas habían ocurrido desde la noche anterior, cuando Cage fue a visitarla con un ramo de rosas.

A través de las persianas se filtraba la luz violeta del crepúsculo. La luna empezaba a aparecer en el cielo, y a su lado lucía una brillante estrella como un lunar plateado junto a una sonrisa.

Bostezó y se estiró antes de enderezarse a medias y sacudirse el pelo. Tenía la camiseta enrollada en la cintura, y las piernas desnudas y suaves al tacto después de habérselas depilado en la ducha con la cuchilla de Cage. Apartó la manta y se dispuso a levantarse.

Entonces emitió un grito ahogado.

Cage estaba tumbado de espaldas junto a ella, completamente inmóvil y con las manos bajo la cabeza, contemplándola. A Jenny le pareció inapropiado decir cualquier cosa, por lo que también guardó silencio.

Se había duchado y afeitado mientras ella dormía, y su pelo tenía el mismo aspecto caótico que de costumbre. Aquellos cabellos de color castaño claro y despeinados eran un rasgo tan típicamente suyo, que Jenny deseó alargar el brazo para tocarlos. Pero eso tampoco parecía apropiado.

Se limitó a mirarlo con la misma intensidad con la que él la miraba. El deseo vibraba entre ellos como las cuerdas de un arpa y, aunque todos sus sentidos clamaban por unirse, los dos respetaron el tácito acuerdo de limitarse a la vista.

Los ojos de Cage no se movieron, pero Jenny sabía que la estaba contemplando de arriba abajo. Su pelo, el rostro, la boca, los pechos... ¿Cómo podría no fijarse en sus pechos? Los pezones se marcaban contra la fina tela de la camiseta.

Tampoco podía obviar el triángulo de lencería que se mostraba entre sus muslos desnudos. Bajo su ardiente mirada, las partes más erógenas de su cuerpo empezaron a temblar con doloroso placer. Pero Jenny siguió sin apartar los ojos de los suyos.

Se fijó en que la superficie inferior de los brazos de Cage no estaba tan bronceada como el resto de su piel. Quiso hincarle los dientes en sus bíceps endurecidos, pero las mujeres no podían tomar la iniciativa, ¿no era eso lo que decían? Además, un atrevimiento semejante estaba más allá de su escasa experiencia.

Desde la noche en Monterico se había quedado fascinada por su torso desnudo, pero en esos momentos observó cada detalle de sus anchos pectorales y sus marcados abdominales. Estaba tumbado con las piernas cruzadas por los tobillos. Solo llevaba puestos unos vaqueros.

Y estaban desabrochados.

Era el tipo de pantalón de los trabajadores, con las costuras deshilachadas y la tela descolorida. Se ceñían a sus muslos y a su parte del cuerpo más excitable, y una cinta de vello púbico subía entre la abertura.

Jenny se dio cuenta de que llevaba un rato conteniendo la respiración. Cerró los ojos y dejó escapar un largo suspiro. Era fácil imaginarse lo que había pasado. Cage se había duchado y acostado sin molestarse en abrocharse los botones.

Volvió a abrir los ojos y se fijó en su vientre, liso y duro. Con cada respiración, sus músculos se movían de un modo irresistiblemente erótico.

Sentía que la estaba hipnotizando. ¿Cómo resistirse? Entonces lo tocó.

Con la punta de los dedos le rozó la franja de vello que le dividía el torso y bajó hasta el ombligo. Notó que su piel estaba cálida y llena de vitalidad. La energía emanaba de sus poros y le transmitía corrientes eléctricas a las yemas de los dedos. Jenny se sintió débil e indefensa ante su fuerza masculina.

Sin poder detenerse, bajó más la mano. El pelo que encontró entre los botones del pantalón era más oscuro, denso y mullido.

Dudó un segundo y giró la cabeza para mirarlo. Al ver su rostro, dejó escapar un gemido.

Los ojos de Cage estaban llenos de lágrimas. No se había movido ni un centímetro ni había dicho nada, pero estaba embriagado por la emoción.

Aquello alcanzó a Jenny en lo más profundo de su ser. A Cage jamás le habían demostrado amor.

A Jenny se le esfumaron todas las dudas y, sin pensarlo, introdujo la mano en sus vaqueros.

Un poderoso latido explotó en el pecho de Cage. Estiró la mano para agarrar la sábana y apretó los dientes en una mueca de éxtasis. Las lágrimas cayeron de sus ojos cuando los cerró por la fuerza de la pasión que lo inundaba.

Se llevó las manos a la cintura y se quitó los vaqueros de un tirón. Jenny bajó la vista hasta su mano. El miembro de Cage se la llenaba. Admiró su tamaño y excitación, y se deleitó con el tacto de su calor y dureza.

Movida por el más puro instinto, se dio la vuelta y apoyó la mejilla en su muslo. Sus cabellos se extendieron sobre él como un manto de seda. Lo amaba con desesperación y quería demostrarle lo maravilloso que le parecía en cuerpo y alma. Separó la cabeza del muslo, la volvió a inclinar y lo besó.

Lo que ocurrió después estuvo más allá de su comprensión y de sus fantasías. Cage soltó un gemido y le quitó las braguitas sin que ella se diera cuenta cómo. Sintió sus manos en los muslos y la manera en que la tocaba con una sensualidad increíble.

El mundo se hizo un torbellino de sensaciones a su alrededor; ella se sumergió en esa aterciopelada atmósfera de delicia, donde no había lugar para la crudeza ni la ambigüedad. Todo era belleza, luz y plenitud.

—Abre los ojos, Jenny. Mira al hombre que te ama.

Ella lo hizo. Su mirada estaba nublada por la pasión, pero Cage supo que lo reconocía. Con un rápido empujón, se introdujo en su fuente de calor. Mientras avanzaba por su interior, contempló extasiado el rostro de Jenny y cómo su expresión respondía al ritmo de sus sacudidas. Y vio cómo se hacía la luz en sus ojos cuando aceleró el ritmo para culminar en el nivel más alto de la excitación.

—Eres preciosa y te amo, Jenny. Siempre te he amado —le susurró al oído. Sus cabellos castaños se mezclaban con los suyos sobre la almohada—. Te quiero.

—Yo también te quiero, Cage —ella le acarició la cara, las cejas y los labios, para convencerse de que era real y de que no lo había soñado.

—¿Recuerdas lo que te prometí?

—Sí. Y has cumplido con tu promesa. Ha sido maravilloso, como dijiste que sería.

—Tú eres maravillosa —enfatizó él, y se intentó mover.

—No. Quédate dentro de mí.

—Lo intento —le susurró contra sus labios—. Pero aún no te he besado —lo remedió con un profundo beso que se alargó hasta que ambos se quedaron sin aire.

Cage le quitó la camiseta y le contempló los pechos.

—Lo que te he dicho es verdad, Jenny. Te he amado durante mucho tiempo, pero no podía hacer nada. Pertenecías a Hal, y yo no tuve más remedio que aceptarlo, igual que todo el mundo. Incluida tú.

—Sentía que había algo entre nosotros, pero no sabía qué era.

–Deseo.

Ella sonrió y le pasó la mano entre los cabellos.

–Fuera lo que fuera, tenía miedo.

–Pensaba que tenías miedo de mí.

–No, solo de lo que me hacías sentir.

–¿Por eso me evitabas?

–¿Tan evidente era?

–Mm... –asintió él–. En cuanto yo aparecía, tú salías corriendo.

–No quería estar a solas contigo en la misma habitación. Parecías consumir todo el aire, y apenas podía respirar –gimió cuando él le humedeció el pezón con la lengua–. Contigo me sigue faltando el aire.

–No puedo mantener en secreto lo que me provocas tú a mí –dijo él empujando dentro de ella.

Ella le apretó las nalgas y lo hizo profundizar en su avance.

–Úsame, Cage. Úsame.

–No, Jenny. He usado a muchas mujeres. Esto es diferente.

Jenny quería encontrar un modo de complacerlo, pero no tuvo más remedio que abandonarse al placer que él le brindaba. Su excitación la llenó de nuevo, y las paredes internas de su cuerpo se cerraron sobre su miembro como un puño. Se estremeció a cada embestida y se arqueó hacia él.

De repente, otra sensación se movió en espiral dentro de su vientre. Al principio pensó que lo había imaginado, pero las sacudidas fueron incrementándose y entonces se dio cuenta de lo que las provocaba.

Le entró el pánico y se puso rígida bajo el peso de Cage.

–No, no... ¡Para! –le agarró la cabeza y se la apartó de los pechos. Le hizo apartarse y presionó con fuerza los muslos–. Para, para.

–¿Jenny? –Cage respiraba a trompicones, y le costó varios segundos enfocar la vista–. ¿Qué pasa, Jenny? ¿Te he hecho daño?

El corazón se le contrajo de dolor cuando ella le dio la espalda, juntó las rodillas al pecho y formó un ovillo con su cuerpo.

–Dios mío, ¿qué ha pasado? Dímelo.

Cage no se había sentido nunca tan asustado e inútil. Habían estado haciendo el amor y, de pronto, Jenny estaba llorando.

–¿Qué ocurre? –le puso una mano en el hombro, haciendo que se estremeciera por el contacto–. ¿Quieres que llame al médico? –su única respuesta fue un sollozo–. Por amor de Dios, Jenny, dime al menos si te duele algo.

–No –gimió ella–. No es eso.

–Entonces, ¿de qué se trata? ¿Por qué me has detenido? ¿Te estaba haciendo daño?

–He sentido que el bebé se movía.

Lo dijo con el rostro pegado contra la almohada, por lo que a Cage le costó descifrar las palabras. Pero cuando las comprendió, pudo respirar con alivio.

–¿Es la primera vez?

–Sí. El médico me dijo que pronto empezaría a sentirlo.

Cage sonrió. Su hijo le había hablado, pero a Jenny le preocupaba. La volvió a tocar en el hombro, y esa vez no le apartó la mano.

–Está bien, Jenny. Al bebé no le pasará nada si tenemos cuidado.

Ella se sentó bruscamente y lo miró furiosa.

–Pero tú no lo has tenido, ¿verdad?

Cage miró incrédulo cómo se levantaba, se envolvía con una sábana y se acercaba a la ventana.

Estaba dolido y enfadado. Se levantó también y se puso los pantalones de un violento tirón.

–Supongo que no, Jenny. ¿Por qué no me lo dijiste? –ella no lo oyó acercarse, por lo que se sobresaltó cuando se dio la vuelta y lo encontró tan cerca–. Ojalá lo hubieras compartido conmigo.

–¡Es el hijo de otro hombre, Cage! ¿No ves en la clase de mujer que me convierte eso?

Su furia dejó paso a la angustia. Las lágrimas empezaron a afluir a sus ojos. Se aferró a la sábana que la envolvía como si fuera Eva sujetándose la hoja de parra para cubrir su vergüenza.

−¿Qué clase de mujer te hace?

Ella negó con la cabeza, incapaz de formular con palabras sus pensamientos.

−Lo que hemos hecho... −balbuceó−. El modo en que me he comportado mientras hacíamos el amor...

−Sigue −la apremió él.

−No sé quién soy. Te amo, pero llevo el bebé de tu hermano.

−Hal está muerto. Nosotros seguimos vivos.

−He intentado negármelo, pero tus padres tenían razón al decir que distraje a Hal de su misión.

−¿Qué quieres decir?

−La noche que entró en mi dormitorio no tenía intención de hacerme el amor. Yo lo besé y le supliqué que se quedara conmigo, que no hiciera ese viaje y que nos casáramos.

−Ya me has contado esto. Dijiste que se fue, pero que luego volvió.

−Eso es.

−Entonces no puedes acusarte a ti misma por haberlo seducido. Hal tomó su propia decisión.

Ella apoyó la cabeza en el marco de la ventana y perdió la mirada entre las persianas.

−¿No lo entiendes? Solo volvió para darme un beso de buenas noches. Yo estaba desesperada y él debió de notarlo.

Cage sentía un nudo en el estómago. ¿Hasta cuándo podría mantener esa mentira?

−Fue decisión suya −insistió con firmeza.

−Pero si esa noche no hubiera pasado nada, él seguiría con vida. En aquel momento no se me ocurrió que podría quedarme embarazada, pero tal vez Hal sí lo pensó. Quizá fuera ese pensamiento lo que lo distrajo hasta el punto de dejarse atrapar. Yo no tenía la menor intención de apartarlo de su misión, porque era a ti a quien amaba de verdad. Ahora he hecho el amor contigo y llevo en mí al hijo de Hal. Mi bebé nunca podrá conocer a su padre por mi culpa.

Cage se quedó un momento de pie antes de volver a la cama y sentarse en el borde, con los codos apoyados en las rodillas y la vista fija en la alfombra.

–No tienes razón para sentirte culpable, Jenny.

–No intentes que me sienta mejor. Me doy asco de mí misma.

–Escúchame –le dijo con voz cortante–. Escúchame bien. No tienes la culpa de nada; ni de seducirlo para que te hiciera el amor, ni de distraerlo de su misión, ni de llevarlo hasta la muerte. Ni tampoco tienes que sentirte culpable de acostarte conmigo aunque lleves al hijo de Hal.

Jenny se volvió para mirarlo, perpleja. La luna iluminaba un lado de su cara, manteniendo el otro en sombras. Mejor así, pensó Cage. De ese modo no vería su expresión cuando se lo confesara.

–Hal no es el padre de tu hijo, Jenny. Soy yo. Fui yo quien entró en tu dormitorio aquella noche, no Hal. Fue conmigo con quien hiciste el amor.

Ella lo miró con los ojos muy abiertos. Lentamente, se apartó de la ventana y se dejó caer al suelo. La manta la cubrió casi por completo, dejando ver tan solo su cara pálida y sus manos.

–Eso es imposible –dijo con un hilo de voz.

–Es la verdad.

Negó furiosamente con la cabeza.

–Hal entró en mi cuarto. Yo lo vi.

–Me viste a mí. La habitación estaba a oscuras. Cuando abrí la puerta, solo pudiste ver una silueta recortada contra la luz.

–¡Era Hal!

–Pasé por delante de tu puerta y te oí llorar. Quise llamar a Hal, pero estaba enfrascado en una conversación con mis padres, así que entré yo en su lugar.

–No –dijo sin apenas voz.

—Antes de que pudiera decir nada, te sentaste en la cama y me confundiste con Hal.

—No te creo.

—Entonces, ¿cómo se supone que lo sé? Me tendiste los brazos, antes de cerrar la puerta pude ver las lágrimas en tus ojos. Reconozco que tendría que haber aclarado la confusión, pero no quise hacerlo. Y ahora me alegro por ello.

—No quiero oír más —se tapó los oídos con las manos.

—Sabía que estabas sufriendo, Jenny —siguió él—. Estabas dolida y necesitabas consuelo. Sinceramente, no creo que Hal te hubiera dado lo que te hacía falta.

—Pero tú sí.

—Yo sí —se levantó de la cama y se acercó a ella—. Me pediste que te abrazara, Jenny.

—¡Se lo pedí a Hal!

—Pero Hal no estaba allí, ¿verdad? —gritó él—. Estaba hablando con mis padres de sus estúpidos planes cuando tendría que haber estado con su novia.

—¡Hice el amor con Hal! —chilló en un último intento por negar lo que estaba oyendo.

—Estabas preocupada y habías estado llorando. Hal y yo éramos muy parecidos físicamente y los dos vestíamos igual. Y tampoco pudiste reconocerme por la voz, ya que no dije nada.

—Pero hubiera sabido la diferencia.

—¿Con quién me hubieras comparado? Nunca tuviste otro amante. No me buscabas a mí. Buscabas a Hal, pero no se te ocurrió que pudiera ser otra persona. Y te aferraste a mí como una mosca a un tarro de miel…

—Calla. No…

—Tienes que reconocer, Jenny, que Hal nunca te había besado así, ¿verdad?

—Yo…

—¡Admítelo!

—¡No pienso hacerlo!

—Bien, puedes negarlo si quieres, pero sabes que tengo razón. En el momento en que te toqué, te derretiste en mis brazos.

–No sabía que eras tú.
–No hubiera supuesto ninguna diferencia.
–¡Claro que sí!
–No, y lo sabes muy bien.
–¿Cómo pudiste caer tan bajo? ¿Cómo pudiste engañarme así? ¿Cómo...? –se le rasgó la voz.

Cage se arrodilló frente a ella. Ya no sentía furia, era el momento de la sinceridad.

–Porque te amaba –ella lo miró sin decir nada–. Porque llevaba años deseándote, Jenny. Sentía por ti un deseo que iba mucho más allá de la lujuria. Cuando te vi en la cama, desnuda, dulce y excitada... Al principio solo pensé abrazarte y darte un beso antes de decirte quién era. Pero en cuanto sentí tus labios y tu lengua contra la mía, y tus pechos... –se encogió de hombros–. No pude detener la avalancha.

Hizo una pausa y añadió:

–Me sorprendió que fueras virgen. Pero ni siquiera eso me detuvo. Solo pensaba en aliviar tu dolor con todo mi amor. Por primera vez en mi vida sentía que estaba haciendo algo bueno. Tú misma me lo has dicho.

–Pensé que me refería a Hal.

–Pero no fue él. Yo fui tu amante. Recuerda esa noche y compárala con esta. Sabes que no te miento –se puso de pie y caminó sobre la alfombra–. Una vez que hice el amor contigo, ya no podía abandonarte. Pensé de qué modo podría seducirte poco a poco, para que cuando Hal volviera ya no quisieras seguir con él –se paró y le sonrió–. Cuando me dijiste que estabas embarazada, apenas pude reprimir mi alegría. Y esta noche, cuando me has dicho que el bebé se ha movido, me he sentido igualmente feliz.

Jenny miró hacia la cama, recordando lo que había pasado minutos antes. Era horrible, pero lo creía. Estaba todo demasiado claro.

–¿Por qué no me lo dijiste, Cage? ¡Hice el amor con un hombre creyendo que era otro!

–Al principio no te lo dije porque pensé que seguías enamorada de Hal. Te hubiera destrozado saber que le habías sido infiel.

–Estaba enamorada de él.

–¡No lo estabas, maldita sea! Era yo quien lo estaba de ti.

–¿Y después? ¿Por qué me lo seguiste ocultando?

–No quería hacerte daño.

–¿Y no crees que ahora me lo has hecho?

–No debería ser así. Eres libre, Jenny. La culpa es solo mía. Tú eres inocente, pero tienes una tendencia masoquista a asumir la responsabilidad por los fallos ajenos –soltó un profundo suspiro–. Además, quería hacer lo correcto y sentía que debía guardar el secreto por lealtad a Hal. Mientras yo me dedicaba a buscar mujeres y armar broncas, él entregaba su vida a hacer el bien. Tomé algo que le pertenecía... aunque en el fondo era yo quien más te amaba –avanzó otro paso hacia ella–. Quería que fueras parte de mi vida, pero sabía que el precio sería demasiado alto.

–¿De qué estás hablando, Cage? Me parece que hasta hoy has conseguido todo sin pagar nada a cambio.

–Primero fue oírte gritar el nombre de mi hermano mientras yo te llevaba al orgasmo –ella agachó la cabeza–. Después fue soportar que durante todo este tiempo creyeras que había sido él quien te abrió las puertas del placer. También está aquella noche en Monterico, cuando te dormiste abrazada entre mis brazos sin que pudiera declararte mi amor. Y el precio más alto, sin duda, ha sido tu convicción de que tu hijo era de otro y no mío.

Al oír todo aquello, Jenny estuvo a punto de perdonarlo. Casi sucumbió al estremecimiento de sus palabras y a la fuerza de sus ojos, casi se arrojó en sus brazos.

Pero no podía. Lo que Cage le había hecho era imperdonable.

–¿Por qué me lo has contado ahora?

–Porque te estabas culpando por la muerte de Hal. Su muerte no tiene nada que ver contigo. No podías haberlo evitado de ningún modo. No puedo soportar eso, Jenny, y no estoy dispuesto a que te pases la vida lamentándote por haber hecho de tu hijo un huérfano –le tomó la mano. Estaba fría e inerte al tacto–. Te quiero, Jenny.

–El amor no se basa en la mentira, Cage –respondió ella apartando la mano–. Me has estado engañando durante meses. ¿Qué quieres que haga?

–Que me ames tú también.

–¡Me has puesto en ridículo!

–¡Te he puesto en el lugar que te corresponde como mujer! –tuvo que hacer un esfuerzo para reprimir la ira–. Si dejaras de mortificarte con el remordimiento, verías las cosas claras. Aquella noche fue lo mejor que nos pudo pasar a ambos. Nos liberó a los dos.

–¿Liberar? Tendré que vivir con la carga de esa noche el resto de mi vida.

–¿Quieres decir que mi hijo es una carga?

–No, no me refiero al bebé. Me refiero a la culpa. A haber hecho el amor con el hermano de mi novio.

–Oh... –soltó una palabrota–. ¿Otra vez volvemos a eso?

–Sí. Y estoy cansada del tema. Llévame a casa.

–Ni hablar. No hasta que aclaremos todo esto.

–Llévame a casa –repitió en tono inflexible–. Si no lo haces tú, me iré yo misma en uno de tus coches.

–O te quedas aquí o...

–No te molestes en amenazarme. Ya no me das miedo. ¿Qué peor daño me podrías causar del que ya has hecho?

Cage apretó la mandíbula y la miró con ojos encendidos de rabia. Su expresión se volvió fría como el hielo y se apartó de ella. Sacó una camisa del armario y se puso las botas.

–Vístete –le ordenó sin apenas mover los labios–. Volveré a por ti en cinco minutos.

Ella estaba lista cuando volvió a buscarla. Bajó delante de él por las escaleras y se dirigieron hacia el garaje, donde estaba aparcado el Lincoln.

Ninguno de los dos pronunció palabra de camino al pueblo. Cage pisó a fondo el acelerador y se agarró con fuerza al volante. Cuando llegó al apartamento de Jenny, frenó con tanta brusquedad que ella se vio empujada hacia delante. Cage alargó un brazo y le abrió la puerta para que saliera.

–Jenny –le dijo desde el asiento cuando ella estuvo fuera–. He hecho cosas terribles, casi todas por pura mezquindad. Pero en esta ocasión he intentado hacer lo mejor. Quería cuidar de ti y de mi hijo –soltó una risa amarga–. Pero no hay manera. Incluso cuando intento hacer las cosas bien, lo estropeo todo. Tal vez sea cierto lo que la gente dice de Cage Hendren: que no hay nada bueno en él –volvió a alargar el brazo y cerró la puerta.

El coche salió disparado del aparcamiento, soltando una lluvia de grava a su paso.

Jenny entró en su apartamento, apática y agotada. Vio los restos de la cena de la noche anterior, cuando Roxy y Gary los interrumpieron. ¿Tan solo había pasado un día desde entonces? Parecía que habían transcurrido años.

No encendió ninguna lámpara de camino al dormitorio. La casa estaba oscura, fría, vacía… No como el cuarto de Cage.

No, no iba a pensar en eso.

Era inútil. Los recuerdos la asaltaban, y recordaba vivamente cada tacto, cada beso y cada palabra. Recordó la expresión de sus ojos justo antes de que se marchara. ¿De verdad había intentado hacer lo correcto manteniendo su secreto?

Ciertamente, no se había mostrado grosero con ella la mañana en la que Hal se fue. Al contrario, había sido más atento que de costumbre. Si todo hubiera sido un cruel engaño por su parte, se habría regodeado con el resultado.

¿La amaría de verdad? Había estado dispuesto a renunciar a su hijo. ¿No era eso un sacrificio por amor?

Y si la amaba, ¿dónde estaba el problema? Cage había sido su único amante. El encanto de la noche mágica fue tan solo de ellos dos. ¡Tendría que haberlo presentido!

Cuando él la penetraba, ¿no sentía que su cuerpo era como una extensión del suyo? ¿Acaso no sentía que con el acto amoroso era ella misma?

Durante años había estado atada a Hal, a los Hendren y al pueblo. Había estado dispuesta a casarse aun sabiendo que no amaba a Hal lo suficiente. No del modo en que amaba a Cage. Con Hal hubiera vivido en una constante represión de sus anhelos más íntimos, mientras que con Cage se atrevía a dar todo lo que era.

Cage le había enseñado a ser dueña de su propio destino. ¿No era esa razón suficiente para perdonarlo y amarlo como se merecía?

Pensaría en ello al día siguiente. Tal vez lo llamara y le pidiera disculpas por su intolerancia. Juntos encontrarían algún modo de salir adelante.

Se desnudó con desgana y, tras ponerse el camisón, se acostó. No podía dormir. Había dormido la mayor parte del día y las sirenas que se oían por las calles del pueblo tampoco le daban la paz que necesitaba.

Al cabo de un rato, cuando había conseguido dejar de pensar en Cage lo suficiente para poder dormir, sonó el teléfono.

Capítulo 13

Pensando que podría ser Cage, consideró la posibilidad de contestar. ¿Estaba preparada para hablar con él? Cuando el teléfono dio el sexto tono, descolgó el auricular.

–¿Diga?
–¿Señorita Fletcher?
No era Cage y ella sintió una punzada de decepción.
–Sí.
–¿Es usted Jenny Fletcher, que vivía en casa del reverendo Hendren?
–Sí. ¿Quién es, por favor?
–El ayudante del sheriff Rawlins. Por casualidad no sabrá dónde podemos encontrar a los Hendren, ¿verdad?
–¿Han probado en la iglesia y en la casa parroquial?
–Sí.
–Lo siento. No sé dónde pueden estar. ¿Puedo ayudar en algo?
–Necesitamos encontrarlos enseguida –respondió el policía–. Su hijo ha sufrido un accidente.
A Jenny se le heló la sangre. Cerró los ojos y vio explosiones de colores.
–¿Su hijo? –preguntó con voz aguda y chillona.
–Sí, Cage.
–Pero si estaba… Acabo de estar con él.
–Ha ocurrido hace unos minutos.
–¿Está… está muy grave?

–Todavía no lo sé, señorita Fletcher. Va en una ambulancia de camino al hospital. Un tren colisionó con su vehículo –Jenny se llevó la mano a la boca–. Tenemos que encontrar a su pariente más cercano.

Señor, qué expresión: «su pariente más cercano». Una frase reservada para comunicarle a alguien que un familiar ha muerto.

–¿Señorita Fletcher?

Jenny se dio cuenta de que se había quedado callada unos segundos.

–No sé dónde están Bob ni Sarah. Pero iré yo misma al hospital. Llegaré enseguida. Adiós.

Colgó antes de que el agente pudiera decir algo más. Le temblaban las rodillas al levantarse de la cama. Se acercó al armario con dificultad y sacó lo primero que encontró.

Tenía que llegar hasta Cage. Sin pérdida de tiempo. Tenía que decirle que lo amaba antes de que...

No. No. Él no iba a morir. No podía pensar en eso.

«Dios mío, Cage. ¿Por qué lo has hecho?».

El agente le había dicho que había sido un accidente, pero Jenny se cuestionaba esa posibilidad. ¿Habría sido una respuesta deliberada al ser rechazado por ella?

–¡No! –gritó en voz alta. El eco resonó en las silenciosas paredes de su apartamento.

Cuando se montó en el coche, le temblaban tanto las manos que le costó meter la llave en el contacto y arrancar.

Vio la escena del siniestro desde varias manzanas de distancia. Una grúa había retirado el coche de Cage de la vía, y la policía había acordonado la zona para mantener alejados a los curiosos.

El Lincoln plateado parecía una bola de papel de aluminio que un gigante hubiera triturado con la mano. A Jenny se le encogió el corazón. Nadie podía salir vivo de aquel amasijo de metal. Estaba demasiado débil para conducir, pero se forzó por mantener la dirección. Tenía que llegar a tiempo al hospital.

«No te mueras, no te mueras, no te mueras», se repetía mientras corría por los pasillos de Urgencias. Aquellos sobresaltos emocionales y aquellas frenéticas carreras no eran buenos para el bebé, pero Cage era lo primero en que pensaba.

–¿Cage Hendren? –preguntó sin aliento a la enfermera del mostrador.

–Acaban de meterlo en el quirófano.

–¿En el quirófano?

–Sí, el doctor Mabry se encarga de la operación.

«Gracias a Dios. Sigue vivo».

–¿En qué planta?

–Tercera.

–Gracias –corrió hacia el ascensor.

–¿Señorita? –Jenny se volvió–. Puede estar dentro mucho tiempo –era un modo diplomático de decirle que no tuviera muchas esperanzas.

–No importa, esperaré el tiempo que sea.

En la tercera planta, la enfermera jefe le confirmó que estaban operando a Cage.

–¿Es usted pariente?

–Yo... crecimos juntos. Sus padres me adoptaron al quedarme huérfana.

–Entiendo. No hemos podido localizar a sus padres, pero lo seguimos intentando.

–Seguramente hayan salido y volverán pronto –Jenny no podía creer que estuviera hablando con normalidad, cuando lo que quería era ponerse a gritar como una histérica.

–Hay un policía esperando en su casa para traerlos aquí.

–Será un trauma para ellos –dijo mordiéndose el labio–. Perdieron a su hijo menor hace unos meses.

–¿Por qué no se sienta ahí mientras tanto? –le indicó la sala de espera–. Seguro que pronto tendremos noticias de su estado.

Jenny obedeció y se sentó en el sofá. Pensó que debería ser ella quien fuera a casa de los Hendren y les diera la terrible noticia, pero no podía abandonar a Cage. Tenía que permanecer allí mandándole energía y amor a través de las paredes que los separaban.

Tenía que vivir. Su vida era lo más importante para ella...

Oh, Dios, le había hecho pensar lo peor de sí mismo. Igual que sus padres lo rechazaron la noche del funeral, ella había hecho lo mismo cuando él le declaró su amor sincero. Tal vez los Hendren fueran demasiado ignorantes para comprender a su hijo, pero ella lo conocía mucho mejor.

¿Cuántas veces se había jugado Cage la vida con el único propósito de llamar la atención que sus padres le habían negado?

«Oh, Cage. Perdóname. Te amo. Te amo. Para mí eres lo más importante del mundo».

–¿Señorita Fletcher?

Ella se sobresaltó al oír su nombre. Abrió los ojos esperando encontrarse con un médico dispuesto a comunicarle lo impensable; pero a quien vio fue a un policía de uniforme.

–¿Sí?

–Pensé que era usted. Soy el agente Rawlins. Hablé con usted por teléfono.

–Sí, lo recuerdo –dijo ella frotándose las lágrimas.

–Y este es el señor Hanks. Fue a su familia a quien salvó Cage.

Jenny se fijó entonces en el hombre que estaba detrás del policía. Sus pantalones de peto contrastaban con los estériles pasillos del hospital. Era calvo y tenía los ojos enrojecidos.

–¿Salvar? –murmuró ella–. No comprendo.

–Su mujer y sus hijos estaban en el coche que se caló sobre la vía. Cage iba detrás de ellos y pudo empujar el vehículo con el suyo antes de que el tren los arrollara. Mientras, el maquinista vio el coche y aminoró la velocidad todo lo que pudo, pero no bastó para frenar a tiempo –se aclaró la garganta, incómodo–. Fue una suerte que la locomotora chocara contra el lado del pasajero. De otro modo habría aplastado a Cage.

¡Cage no había intentado suicidarse!, pensó Jenny con los

ojos llenos de lágrimas. Había intentado salvar otras vidas. Si hubiera muerto, se habría convertido en un héroe...

–¿Su familia está bien? –le preguntó al señor Hanks.

–Están todavía asustados, pero gracias al señor Hendren todos han salido ilesos. Me gustaría expresarle mi más profundo y sincero agradecimiento, y rezo a Dios para que salga de esta.

–Yo también.

–¿Sabe? –Hanks bajó un poco la voz–. Siempre he pensando cosas malas de Cage Hendren por culpa de las historias que circulan por ahí. Su afición por la bebida, las peleas, las mujeres... –soltó un suspiro–. Ahora reconozco que no puedo acusar a un hombre al que no conozco. No tenía obligación de jugarse la vida para salvar a mi familia, pero lo hizo –empezó a llorar y se cubrió los ojos con la mano.

–¿Por qué no se va a casa, señor Hanks? –le sugirió el agente Rawlins.

–Gracias, señor Hanks –le dijo Jenny.

–¿Por qué me da las gracias? Si no hubiera sido por mi coche...

–Gracias de todas formas –insistió ella con suavidad. Hanks asintió solemnemente y dejó que Rawlins lo acompañara al ascensor.

La predicción de la enfermera jefe no resultó ser falsa, y Jenny esperó un largo tiempo sin que nadie la informara sobre Cage.

Al cabo de dos horas, Bob y Sarah salieron del ascensor. Sus expresiones eran de auténtico dolor y angustia. Se identificaron ante la enfermera, y luego se dirigieron hacia la sala de espera. Al ver a Jenny, se detuvieron de golpe.

Al principio, Jenny los acusó con la mirada. «No queríais a vuestro hijo, y ahora venís a llorar en su lecho de muerte».

Pero no podía recriminarlos sin recriminarse a ella misma también. Si no hubiera tenido tanto miedo de romper las ataduras, habría liberado sus sentimientos hacia Cage mucho tiempo atrás. ¿Cómo podía culpar a los Hendren, cuando esa misma noche había rechazado el amor que Cage le ofrecía tras confesarle los motivos de su secreto?

Se levantó y le tendió los brazos a Sarah. La anciana mujer dejó escapar un gemido y avanzó hacia ella. Jenny la abrazó con fuerza.

–Sss... Sarah. Se pondrá bien. Lo sé.

Entre hipos y sollozos, Sarah le explicó dónde habían estado.

–Fuimos a visitar a una amiga enferma que vive en otro pueblo. Cuando volvimos, el coche del sheriff estaba aparcado frente a nuestra casa. Entonces supimos que había sucedido algo terrible –se sentaron en el sofá–. Primero Hal, ahora Cage... No puedo soportarlo.

–¿Tanto os importaría que Cage muriera? –se atrevió a preguntarles Jenny. Sabía que estaba siendo cruel, pero tenía que serlo si quería luchar por él– .Os lo pregunto porque no creo que Cage piense que os preocupáis por él.

–Pero es nuestro hijo... –gimió Sarah–. Y lo queremos.

–¿Alguna vez se lo habéis dicho? ¿Alguna vez le habéis hecho ver cuánto lo valoráis? –Bob bajó la mirada y Sarah tragó saliva–. No tenéis por qué responder. En todo el tiempo que he vivido con vosotros, no he visto que lo hayáis hecho ni una sola vez.

–Hemos... hemos tenido muchas dificultades con Cage –dijo Bob.

–Solo porque él no se amoldaba a vuestro modo de vida. Nunca se sintió aceptado porque no lo apreciabais por lo que era. Sabía que no podría estar a la altura de vuestras expectativas, y por eso dejó de intentarlo. Se comporta como un tipo duro, cínico e impasible, pero es su único medio de defensa. Necesita desesperadamente que lo quieran. Necesita que vosotros, sus padres, lo queráis.

–He intentado quererlo –dijo Sarah–. Pero nunca se quedaba el tiempo suficiente. No era fácil de tratar, a diferencia de Hal. Incluso llegaba a darme miedo.

–Te entiendo –Jenny sonrió y le palmeó la mano–. Pero

yo he aprendido a ver más allá de lo que muestra. He visto su interior... Y lo amo.

–¿En serio, Jenny? –le preguntó Bob.

–Sí, lo amo con toda la fuerza de mi corazón.

–¿Cómo es posible... tan pronto después de la muerte de Hal?

–Yo quería a Hal, pero para mí era como un hermano. También a mí me daba miedo Cage, pero cuando empecé a pasar más tiempo a su lado, me di cuenta de que lo amaba desde hacía mucho tiempo.

–Nos costará algún tiempo hacernos a la idea de veros juntos –dijo Bob.

–A mí también me ha costado tiempo.

–Sé que no hemos sido justos contigo –dijo Sarah–. Queríamos que llenases el hueco que Hal había dejado en nuestras vidas.

–Tengo mi propia vida.

–Nos damos cuenta ahora. El único modo que tenemos de mantenerte es permitirte que te vayas.

–No me iría lejos –les aseguró con una sonrisa–. Os quiero a los dos, y se me rompería el corazón si tuviera que separarme para siempre de vosotros.

–Lo del bebé fue un shock para nosotros, Jenny –dijo Bob fijándose en su vientre–. Seguro que puedes entenderlo. Pero, bueno, también es hijo de Hal. Por eso podremos aceptarlo y quererlo.

Jenny abrió la boca para responder, pero otra voz la interrumpió.

–¿Reverendo Hendren? –los tres se volvieron y reconocieron al doctor Mabry. Tenía ojeras y manchas de sudor en la bata verde. Jenny se llevó la mano al vientre, como si quisiera evitar que su hijo escuchara las malas noticias sobre su padre.

–Está vivo –dijo el doctor, lo que supuso un ligero alivio–. Pero su estado es grave. Estaba en coma cuando lo trajeron, y había perdido mucha sangre. Además tenía varios huesos fracturados y numerosas heridas por todo el cuerpo.

—¿Vivirá, doctor Mabry? —le preguntó Sarah como si su propia vida dependiera de la respuesta.

—Es fuerte como un toro y ha sobrevivido al choque y a la operación. Si consigue recuperarse del traumatismo craneoencefálico, estoy seguro de que saldrá adelante. Ahora, si me disculpan, será mejor que vuelva al quirófano.

—¿Podemos verlo? —preguntó Jenny tirándole de la manga.

El doctor dudó un momento, pero la ansiedad de sus rostros acabó por convencerlo.

—En cuanto lo trasladen a la UCI, uno de ustedes podrá verlo durante quince minutos —se dio la vuelta y se alejó a paso rápido.

—Tengo que verlo —dijo Sarah—. Necesito decirle lo mucho que nos importa.

—Por supuesto, querida —corroboró Bob—. Serás tú quien lo vea.

—No —replicó Jenny con firmeza—. Seré yo quien lo vea. Vosotros habéis tenido toda la vida para expresarle vuestro amor y no lo habéis hecho. Espero que estéis a tiempo de enmendar vuestro error de aquí en adelante. Pero esta noche me toca a mí. Él me necesita. Ah, y en cuanto al bebé... —sintió que el último lazo de opresión se rompía—. No es hijo de Hal. Es hijo de Cage. Llevo en mi interior al hijo de Cage.

Bob y Sarah se quedaron boquiabiertos, pero a Jenny ya no le importaba lo que pudieran pensar o decir. Nada ni nadie volvería a intimidarla.

—Espero que nos queráis a los tres: a Cage, a mí y al bebé —les puso a cada uno una mano en el hombro y les habló directamente desde el corazón—. Los dos os queremos y nos gustaría ser una familia —soltó una profunda exhalación y dejó caer las manos—. Pero si no podéis aceptar lo que somos, si no podéis aceptar el amor que nos profesamos el uno al otro, tampoco pasará nada. Seréis vosotros los que más perdáis —el valor y la esperanza le hicieron sonreír a pesar de las lágrimas—. Amo a Cage y él a mí también. No voy a sentirme culpable por eso.

Vamos a casarnos y a tener un hijo que sabrá durante toda su vida que sus padres lo quieren por lo que es, no por lo que esperan que sea.

Y media hora más tarde, cuando el doctor volvió para comunicarles que habían trasladado a Cage a la UCI, fue Jenny quien salió de la sala de espera.

Epílogo

—¿Qué está pasando aquí?
—Estamos tomando un baño.
—Lo que estáis haciendo es dejarlo todo perdido.
—Es culpa de Trent. Le encanta chapotear en el agua.
—¿Y quién le ha enseñado a eso?

Desde la puerta del baño, Jenny contempló sonriente a su marido y a Trent, su hijo de siete meses. Estaban los dos en la bañera y Cage tenía al pequeño sentado sobre su regazo.

—¿Está limpio, al menos?
—¿Quién, Trent? Claro que sí.

Jenny se arrodilló junto a la bañera. Trent sonrió y soltó un gorgorito al ver a su madre.

—Pienso lo mismo que tú, hijo —dijo Cage—. Es una mujer para caerse de espaldas, ¿verdad?

—Yo sí que te voy a tirar de espaldas como no salgas de la bañera y recojas toda esta agua —Jenny intentó mostrarse severa, pero no pudo evitar reírse al tomar a su hijo en brazos. Entonces vio la cicatriz en el abdomen de Cage y su rostro se ensombreció, como cada vez que la veía. De nuevo le dio gracias al cielo.

—Míralo, es tan resbaladizo como una anguila —dijo Cage saliendo de la bañera. El agua le chorreaba por todo el cuerpo. Jenny había aprendido que la indecencia era otro de los rasgos característicos de su marido.

—Ya lo veo —dijo ella mientras intentaba envolverlo con

una toalla. Luego lo llevó a su cuarto, que estaba junto al dormitorio principal. Habían remodelado una de las habitaciones de la vieja casa para el bebé, y el resultado era muy acogedor.

Se había vuelto tan diestra en secar y vestir a su hijo, que cuando Cage se unió a ellos, ya le había puesto el pañal y el pijama.

–Dile buenas noches a papá –se lo tendió a Cage, quien le dio un sonoro beso en la mejilla.

–Buenas noches, hijo. Te quiero –le dio un fuerte abrazo y lo acostó en la cuna, mientras Jenny lo contemplaba henchida de orgullo y amor. El pequeño dio un bostezo en cuanto su padre lo arropó.

–Está rendido de cansancio –dijo Jenny–. Y yo también. Entre los dos vais a acabar conmigo –entró en su dormitorio y se estiró sobre la cama.

–¿Ah, sí? –Cage la recorrió con la mirada desde la cabeza a los pies. Tenía la bata entreabierta, revelando un muslo suave y bronceado. Sin el menor reparo, le desató el cinturón y lo arrojó al suelo. Se tumbó sobre ella y apartó sus rodillas con las suyas.

–Tienes que superar tu timidez, Cage –se burló ella.

–¿Por qué tengo que andarme con preliminares? –replicó él con una risita–. Creo que debo ir detrás de lo que deseo.

–¿Y me deseas a mí?

–Más que a nada –respondió mientras le daba besos inocentes en el cuello–. Los tres meses más largos de mi vida fueron los que siguieron al nacimiento de Trent.

–No te olvides de las semanas previas.

–No las he olvidado. Y sigo diciendo que el médico nos restringió el sexo antes de lo necesario. Seguro que se estaba vengando de mí por algo.

–¿Qué?

–Nada.

–¿Qué? –lo agarró del pelo y tiró de su cabeza–. Dímelo.

–Vale, vale. No es gran cosa. Hace algunos años salí con

una de sus enfermeras. Cuando rompí con ella, se quedó desconsolada y se marchó del pueblo. El médico nunca me lo perdonó.

—¿Con cuántas mujeres has tenido un… romance?

—¿Importa eso, Jenny? —preguntó él muy serio.

—¿Echas de menos tus juergas?

—¿Tú qué crees? —le abrió la bata y ella sintió su virilidad contra el vientre.

—Supongo que no.

—Supones bien.

La besó con tanta pasión, que a Jenny se le disiparon todas las dudas.

—Te quiero, Cage.

—Y yo a ti.

—¿Sabes qué día es hoy?

—¿El accidente?

—Hoy hace un año.

—¿Cómo puedes acordarte?

—Porque aquel día pensé que te había perdido. Me pasé horas sentada en la sala de espera, rezando para que vivieras lo suficiente para poder decirte lo mucho que te quiero. Luego, cuando sobreviviste a la operación, recé también para que vivieras muchos años.

—Espero que Dios escuchara tu segunda oración —dijo él con una media sonrisa.

—Yo también lo espero. De momento, le doy gracias por cada día que pasamos juntos.

Se besaron de nuevo, en una ardiente confirmación de su amor.

—Cuando me desperté en la UCI, lo primero que vi fue tu cara. No estaba dispuesto a morirme y abandonarte así.

—¿Cuántos días de aquellos recuerdas?

A Jenny le parecía extraño que no hubieran hablado apenas del tema. Durante los meses de convalecencia había intentado engatusarlo para que le contara su experiencia. Pero Cage no estaba acostumbrado a permanecer confinado mucho tiempo en un mismo sitio, por lo que su recuperación psicológica había sido tan dura como la física.

Sin embargo, la paciencia de Jenny no tenía límites y, para sorpresa de los médicos, Cage recuperó su buen estado de salud. Incluso mejor, porque dejó de fumar y beber.

Luego llegó Trent y tuvieron que adaptarse a la rutina de la vida familiar. Los negocios de Cage siguieron su ritmo ascendente, gracias a que pudo mantener los contactos por teléfono. Había contratado a dos personas más: una secretaria que sustituyó a Jenny cuando Trent nació y un geólogo que realizaba las investigaciones generales. Pero seguía siendo Cage quien llevaba el peso de la empresa y quien encontraba el petróleo.

El año anterior había sido tan agotador que Jenny había apartado de su cabeza los recuerdos del accidente, por lo que nunca le había preguntado a Cage cuáles fueron sus impresiones en el hospital.

—No recuerdo mucho, salvo que tú estabas siempre a mi lado. También recuerdo la primera vez que vi a mis padres. Recuerdo que intenté sonreír para demostrarles lo feliz que me hacían con su presencia. Mi madre me tomó la mano y me besó en la mejilla, y lo mismo hizo mi padre. Puede parecer una tontería, pero para mí significó muchísimo.

—Habrías estado orgulloso de mí al verme frente a ellos, diciéndoles que el bebé era tuyo.

—Están locos con Trent —dijo él—. Piensan que es el mejor niño del mundo.

—Entre ellos, Roxy y Gary lo van a mimar tanto, que tendremos que poner un límite a su indulgencia —dijo ella riendo—. ¿Sabes cuándo supe que tus padres empezaban a aceptarnos?

—¿Cuando mi padre nos casó en el hospital?

—No —dijo sonriendo al recordar la boda—. Fue antes de eso, cuando Gary llamó desde El Paso para preguntar por qué no habíamos ido a recogerlos al aeropuerto. Me había olvidado por completo de su luna de miel mientras estabas en observación. Entonces Bob se ofreció a ir a por ellos. Yo supe que si podían aceptar a Roxy, nos podrían aceptar a nosotros.

–Además, ganaste muchos puntos con ellos cuando inauguraste la Fundación Hal Hendren para ayudar a los refugiados políticos.

–Y tú ganaste aún más cuando donaste aquella fortuna.

–Solo porque insististe en que te dijera lo que me había costado el anillo de boda.

–Lo hubieras hecho de todas formas.

–No lo sé –contestó mirando el anillo de diamantes y esmeraldas–. Fue condenadamente caro.

Ella le dio un pellizco en el dedo y ambos se echaron a reír.

–Te adoro, Jenny. No había luz en mi vida hasta que recibí tu amor.

–Entonces esa luz brillará por siempre, porque mi amor por ti será eterno.

–¿Lo prometes de corazón?

–Lo prometo de corazón –lo besó de nuevo y el deseo volvió a encenderse–. Pero sigues siendo un alborotador.

–¿Yo?

–Ajá. Mira qué estragos me causas –le agarró la mano y se la llevó hasta su pecho. Él palpó la piel cálida y el pezón erguido.

–¿Yo hago eso?

–Sí. Era una niña buena y tú me has llevado por el mal camino.

–Soy un chico malo, ¿eh? –inclinó la cabeza y le pasó la lengua por la punta rosada–. Sigues sabiendo a leche –sorbió como su hijo había hecho hasta el mes anterior.

Cage parecía alimentarse de ella, perdiéndose en su sabor y textura. Cuando deslizó la mano hasta el muslo, palpó la humedad de la anticipación.

–Dios mío, Jenny. Te quiero tanto…

El tiempo quedó suspendido hasta que un universo de luz y calor se abrió sobre ellos. Les costó un buen rato recuperar la respiración. Al calmarse, Cage sonrió al contemplar su rostro resplandeciente de alegría.

–Eres un diablo sobre ruedas, Cage Hendren –le dijo ella con una sonrisa tentadora.

Y era algo fantástico reírse por ello.

LOS RIESGOS DE AMAR

SANDRA BROWN

Capítulo 1

Estaba borracho, es decir, justo lo que necesitaba.

Lo observaba a través de la polvorienta nube de humo de la cantina, donde estaba sentado sobre un taburete, absorto en su bebida. La copa estaba desportillada, turbio el oscuro líquido amarillento que contenía. No parecía advertirlo, pues se la llevaba a los labios con frecuencia. Estaba sentado con las rodillas totalmente extendidas, la cabeza hundida entre los hombros, encorvado, apoyando los codos sobre la mugrienta superficie de la barra.

La fonda estaba repleta de soldados y mujeres que los entretenían en las habitaciones de arriba. Un par de ventiladores chirriantes giraban despacio en el techo sin apenas disolver la gruesa capa de humo de tabaco. La penetrante esencia de perfumes baratos se mezclaba con el hedor de los cuerpos masculinos sin higiene después de varios días en la selva.

Todo eran risas, pero el ambiente no era particularmente jovial. Los ojos de los soldados no sonreían. Había cierta desesperación en aquel afán por aparentar alegría. Se tomaban su diversión como todo lo demás, con agresividad.

La mayoría eran jóvenes, hombres fuertes y curtidos que vivían en el borde mismo entre la vida y la muerte día tras día. Casi todos iban con uniformes militares. Pero ya fueran soldados nativos o mercenarios, todos compartían la misma expresión afilada en los ojos. Sospechaban de todo y un estado de constante alerta ensombrecía cada una de sus sonrisas.

El hombre al que Kerry Bishop había echado el ojo no era la excepción. No era latino; a juzgar por su aspecto, debía de ser estadounidense. Sus potentes bíceps se marcaban bajo las mangas, las cuales se había recogido con tanta fuerza que le rodeaban los brazos como una cuerda. El cabello, largo y negro, le caía sobre el cuello de la camisa.

La parte del mentón que Kerry podía ver estaba cubierta por una barba de varios días. Lo cual podría ser una ventaja o un inconveniente para su plan. Una ventaja, porque aquella barba a medio formar ayudaría a ocultar su rostro, y un inconveniente porque pocos miembros del ejército podían permanecer tanto tiempo sin afeitarse. El presidente era muy riguroso con el aseo y la pulcritud de sus oficiales.

En cualquier caso, tendría que arriesgarse. De todos los presentes, aquel hombre seguía siendo su mejor candidato. No solo parecía el más embriagado, sino el menos íntegro: desnutrido, hambriento y sin el menor escrúpulo. Una vez que estuviera sobrio, no le costaría comprarlo.

Pero estaba yendo demasiado rápido. Primero tenía que sacarlo de allí. ¿Cuándo regresaría el descuidado conductor del camión del ejército que se había dejado las llaves en el contacto? En cualquier momento se daría cuenta de que habían desaparecido y podría entrar en la cantina a buscarlas.

Las llaves sonaron en el bolsillo de la falda de Kerry cuando por fin cruzó el local en dirección al hombre que estaba bebiendo solo en la barra. Esquivó parejas que bailaban al compás de una música atronadora, desoyó un par de piropos groseros y desvió la vista de las parejas que estaban demasiado arrebatadas por la pasión como para buscar un rincón íntimo.

Después de casi un año en Monterico, no debería sorprenderla nada. La nación se consumía en una sangrienta guerra civil, y las guerras solían convertir en animales a los seres humanos. Pero lo que vio hacer en público a algunas de las parejas hizo que las mejillas le ardieran ruborizadas.

Apretó los dientes, se concentró en el propósito de su visita a la cantina y siguió acercándose al hombre de la barra.

Cuanto más se acercaba, más se convencía de que era justo lo que necesitaba.

De cerca era incluso más temible que de lejos. En realidad no podía decirse que estuviera bebiendo, sino, más bien, arrojándose el alcohol violentamente contra la garganta. No lo estaba saboreando. No bebía por placer. No había ido allí a pasar un buen rato, sino a desahogar su ira con algo. ¿Acaso para borrar de la memoria algún contratiempo irritante?, ¿habrían dejado de pagarle alguna apuesta? ¿Lo habrían traicionado?, ¿estafado?

Ojalá, pensó Kerry. Si andaba apurado de dinero, sería mucho más receptivo al trato que tenía que ofrecerle.

Llevaba una pistola en la pretina de los pantalones y un machete largo y afilado sujeto contra un muslo. A sus pies, rodeando el taburete, había tres talegos de lona. Estaban tan llenos que las costuras estaban tensas, a punto de romperse. Kerry se estremeció al pensar en el mal y la destrucción que podían causar todas aquellas armas. Lo más probable era que esa fuera una de las razones por las que estaba bebiendo solo, sin que nadie lo molestara. En un lugar como aquél, las reyertas eran frecuentes entre los clientes, hombres de sangre caliente y gatillo rápido. Pero nadie buscaba problemas ni conversación con ese que estaba sentado en el último taburete de la barra.

Por desgracia para Kerry, también era el asiento más alejado de la única salida del local. No podría escabullirse por ninguna puerta trasera. Tendría que trasladarlo de la esquina del fondo hasta la puerta. Si quería lograr que se fuera con ella, tendría que mostrarse lo más convincente posible.

Con tal propósito en mente, respiró profundo, cubrió la distancia que aún los separaba y se sentó en el taburete pegado al suyo, que, por suerte, estaba libre. De perfil, sus facciones eran ásperas y escarpadas como riscos. No se veía ni una línea suave o compasiva. Trató de no pensar al respecto y se dirigió a él.

–¿Una copa, señor? –preguntó. El corazón le latía con fuerza. Tenía la garganta reseca. Pero acertó a esbozar una sonrisa seductora y probó a posar la mano derecha sobre la izquierda de él.

Empezaba a pensar que no la había oído. Porque seguía quieto, sentado, con la vista perdida en su copa vacía. Pero, justo cuando iba a repetirle la sugerencia, giró la cabeza ligeramente y miró hacia abajo, donde se juntaban sus manos.

La de él, advirtió Kerry, era mucho más grande que la suya. Era un centímetro y pico más grande por cada lado y los dedos de ella solo llegaban hasta los nudillos del hombre. Llevaba un reloj. Negro, redondo, con muchos dispositivos e indicadores. No llevaba anillo.

Siguió mirando las manos de ambos durante una eternidad, o al menos eso le pareció a Kerry, antes de que sus ojos fueran deslizándose hacia arriba, hacia los brazos, los hombros y, por fin, de frente a la cara. Un cigarro colgaba de sus labios. La observó a través de la envolvente nube de humo.

Kerry había practicado su sonrisa delante del espejo, para asegurarse de imitar bien a las mujeres que ofrecían sus servicios en la cantina. Párpados a medio batir. Labios húmedos, un poco separados. Sabía que tenía que conseguir esa sonrisa seductora, pues todo dependía de que resultase convincente.

Pero al final no logró ejecutar aquella sonrisa sensual. Al igual que casi todo su cerebro, se evaporó al verlo cara a cara por primera vez. Sus labios, pintados de rojo, llegaron a separarse, sí; pero por propia voluntad y sin obedecerla. Se quedó sin respiración un segundo. El temblor de sus párpados fue involuntario, no forzado.

Estaba sorprendida. Había esperado un rostro feo. Y, sin embargo, era un hombre bien parecido. Había esperado una cara demacrada de señales y heridas de guerra. Pero no tenía más que una cicatriz, muy pequeña, sobre la ceja izquierda. Y era más atractiva que desagradable. No era un rostro que denotara brutalidad, sino mera tristeza. Y los labios, en vez de finos y severos, eran carnosos y sensuales.

A diferencia de los de la mayoría de los hombres que mataban a cambio de dinero, sus ojos no eran inexpresivos. A pesar del alcohol que la empañaba, su mirada ardía con fuegos interiores que a Kerry la intranquilizaban más que el frío brillo de la indiferencia. Ni olía a sudor. Su piel, bronceada, relucía bruñida de una fina pátina de sudor, pero despedía fragancia a jabón. Se había bañado hacía poco.

Disimuló su sorpresa y los nervios que le producía el hecho de que fuera tan distinto a lo que había esperado. Por alguna razón, su aspecto la intimidaba. Pero, aun así, le sostuvo la mirada. Se obligó a representar esa sonrisa seductora que había pasado tantas horas perfeccionando y le apretó la mano al tiempo que le pedía de nuevo una copa.

—Lárgate.

La rudeza de la respuesta la sorprendió tanto que dio un respingo, y a punto estuvo de caerse del taburete. Él giró la cabeza de nuevo, dio un tirón para apartar la mano de la de ella, se sacó el cigarro de la boca y lo apagó en el cenicero, a rebosar.

Se quedó atónita. ¿Tan poco atractiva era? ¿No se suponía que los mercenarios tenían un apetito animal?, ¿y no era esa voracidad superior aún en lo concerniente al sexo? Los padres escondían a sus hijas de aquellas bestias por miedo a barbaridades inconcebibles. Los hombres protegían a sus mujeres a cualquier precio.

Y, de pronto, cuando ella se ofrecía a uno de ellos, este le contestaba de mala manera que se largara y la desairaba mirando hacia otra parte. Debía de tener peor aspecto del que creía. Por lo visto, el año que llevaba en aquella jungla le había pasado factura más de lo que era consciente.

Cierto que su cabello había olvidado las atenciones de una peluquería de lujo. Las máscaras y cremas hidratantes solo existían ya en una vida anterior. Pero, ¿acaso hacía falta ser muy atractiva para tentar a un hombre con el instinto sexual de un depredador?

Sopesó sus opciones. Era un plan cuanto menos temerario. Las probabilidades de llevarlo a cabo con éxito eran escasas. Era arriesgado en el mejor de los casos. Solo funcionaría si el hombre al que reclutaba cooperaba. De lo contrario, sería casi imposible hacer lo que había planeado hacer esa noche.

Miró a su alrededor y se preguntó si debería abandonar a aquel tipo en favor de algún otro. Pero no. Tenía poco tiempo y no paraba de correr. Quien quiera que hubiese aparcado el camión afuera podía volver en cualquier momento. Podría exigir que cachearan a todos los presentes en la cantina hasta que las llaves aparecieran. Y también podía tener un segundo juego de llaves. Sea como fuere, quería haberse marchado mucho antes de que él regresara. El camión era tan importante como el hombre. Tenía que robarlo y esa era su oportunidad.

Además, se dijo, aquél era el mejor candidato posible. Se ajustaba totalmente al perfil que buscaba. Estaba borracho, desinhibido por tanto, y era evidente que no atravesaba un buen momento.

–Por favor, señor, una copa –repitió Kerry al tiempo que se atrevía a colocar la mano sobre su muslo, cerca de aquel machete letal. El hombre farfulló algo–. ¿Qué? –preguntó con voz susurrante, acercándose un poco a él.

–No tengo tiempo.

–Por favor.

Volvió a mirarla. Kerry movió la cabeza, de modo que el pañuelo que llevaba sobre los hombros resbaló unos centímetros. Había decidido de antemano que se quitaría el pañuelo como último recurso. Al pedirle a Joe que le encontrara un vestido como los que usaban las mujeres de ese tipo de lugares, no había contado con que estuviera tan al corriente de aquellas cosas.

Joe había robado el vestido de una cuerda con ropa tendida. Estaba descolorida. La tela estaba gastada por los años de uso y aguantar muchos lavados. Aun así, las flores estampadas conservaban un rojo chillón. La anterior propietaria de aquel vestido había sido una talla más grande que Kerry. Los tirantes de los hombros no se estaban un segundo quietos y el escote se abría hueco, cuando debía ceñírsele al cuerpo.

Quiso pegarse el vestido al pecho y cubrirse, pero se obligó a permanecer quieta. Rígida de vergüenza, dejó que el hombre la recorriera con la mirada, desde los hombros expuestos hasta las sandalias de los pies. Se tomó su tiempo. Mientras Kerry ardía de humillación, el hombre se paró en sus pechos, semiexpuestos, bajó luego hasta su regazo, donde se demoró de manera indecente, hasta descender por sus piernas, torneadas y descubiertas, hasta los dedos de los pies.

–Una copa –dijo él con voz ronca.

Kerry contuvo el impulso de suspirar aliviada. Esbozó una sonrisa coqueta mientras el hombre llamaba al ajetreado barman, para que les sirviera dos copas. Se miraron el uno al otro mientras el barman les llevaba la bebida, un fuerte licor típico del lugar. Cuando terminó, el mercenario de Kerry, sin dejar de mirarla a la cara, buceó en los bolsillos del pantalón y plantó dos billetes sobre la barra. Tras cobrarse, el barman desapareció y los dejó solos.

El mercenario alzó su copa, la inclinó un poco hacia Kerry, en una especie de brindis burlón, y la vació de un trago.

Ella agarró su copa. No había tenido la suerte de que la lavaran después de que la usara el anterior cliente. Trató de no pensar al respecto, se la llevó a los labios y dio un sorbo. El licor sabía a desinfectante industrial. Le costó un esfuerzo tremendo no escupirlo contra la bella cara de su mercenario. Se tragó la porquería aquella. La garganta protestó al instante. Si se hubiera tragado una caja de chinchetas, no le habría dolido menos. Se le saltaron las lágrimas.

El hombre la miró receloso, cerrando casi los ojos.

–Tú no bebes. ¿Qué haces aquí?

Kerry fingió no entender su inglés. Sonriente, volvió a agarrarle una mano y ladeó la cabeza, de manera que su cabello negro se extendió sobre el hombro que el tirante del vestido había dejado medio desnudo.

–Te quiero.

El hombre emitió un gruñido, indiferente. Cerró los ojos. Presa del pánico, Kerry creyó que se desmayaría.

–¿Nos vamos? –se apresuró a proponerle.

–¿Ir?, ¿contigo? Ni hablar. Ya te he dicho que no tengo tiempo, aunque quisiera.

Se humedeció los labios, muy nerviosa. ¿Qué iba a hacer?

–Por favor.

La miró a la cara; en concreto, se centró en su boca cuando Kerry sacó la lengua para pasársela sobre los labios. Luego bajó la vista y la clavó sobre sus pechos. Como estaba tensa y tenía miedo de fracasar en su misión, los pechos subían y bajaban rápidamente bajo el feo vestido.

Kerry no supo si alegrarse o asustarse al notar que los ojos del hombre se encendían de pasión. Él se frotó un muslo de arriba abajo y ella supo que estaba pensando en tocarla. Todos sus movimientos inconscientes indicaban su creciente excitación. Era justo lo que quería, pero no por ello dejaba de aterrarla. Estaba jugando con fuego. Si no tenía cuidado, podía perder el control y quemarse.

Sin apenas tiempo para terminar aquel pensamiento, el hombre estiró una mano y la agarró por la nuca. No había esperado aquel movimiento tan repentino, de modo que no pudo reaccionar y, de pronto, se vio obligada a bajar del taburete y pegarse contra él.

El mercenario tenía las piernas abiertas. Kerry aterrizó contra su cuerpo con fuerza. Sus pechos solo llegaban a la mitad de su torso, que era tan sólido como le había parecido. Algo duro se apretó a su estómago. Kerry deseó que fuera la culata de la pistola, enganchada en la pretina.

Antes de recobrar la compostura, cuando aún no se había recuperado de aquel inesperado movimiento, el hombre se apoderó de su boca. La cubrió con ardor y voracidad. Su bigote raspó la delicada piel alrededor de los labios, pero no fue una sensación del todo desagradable.

El instinto le pidió que le ofreciera resistencia. Pero el sentido común acudió en su rescate. Se suponía que era una prostituta en busca de clientes. No sería lógico rechazar el interés de una futura fuente de ingresos.

Así que se dejó besar.

La impresión de sentir su lengua abrasándole los labios estuvo a punto de hacerle perder la razón. La introdujo con fuerza en la boca, como si buscara algo. Fue un asalto de un erotismo salvaje. Kerry reaccionó agarrándole la camisa. El hombre le rodeó la cintura con los brazos. Siguió besándola, apretándola todavía más, hasta hacerla arquear la espalda en un ángulo doloroso, sin apenas poder respirar.

Por fin, separó la boca de sus labios y la apretó, abierta, contra su cuello. Kerry echó la cabeza hacia atrás y miró al techo. El lento girar del ventilador la mareó más de lo que ya estaba. Sentía como si estuviese cayendo por una espiral, trazando lentos círculos concéntricos, y temía que al llegar a aquel vértice enloquecedor acabaría explotando. Pero no tenía fuerzas para salvarse.

El mercenario deslizó las manos por debajo de su cintura. Con una le agarró el trasero descaradamente. Con la otra le rozó el lateral de un pecho. Kerry soportó las caricias, pero cada vez respiraba más rápido. El hombre murmuró algo tan perturbador, tan preciso y tan sexual que Kerry habría preferido no haberlo oído o entendido.

Mientras le lamía el cuello, en el punto erógeno tras la oreja, murmuró:

–De acuerdo, señorita, tienes un cliente. ¿Adónde vamos?, ¿arriba? Venga.

Se trastabilló al levantarse. Kerry, pegada a él, también estuvo a punto de perder el equilibrio, pero, juntos el uno contra el otro, consiguieron mantenerse en pie.

–A mi casa.

–¿A tu casa? –gruñó él.

–Sí, sí –repitió Kerry, moviendo la cabeza con entusiasmo. Sin darle oportunidad de discutir, se agachó a recoger uno de los talegos de lona del suelo. Pesaba tanto que casi le desencajó el brazo. Apenas podía levantarlo, pero se las arregló para tirar de la correa brazo arriba y colgársela del hombro.

–Déjala aquí. Luego...

–¡No! –Kerry se agachó a recoger un segundo saco y, en español, a toda velocidad, le advirtió de los ladrones y del peligro de que las armas cayeran en manos enemigas.

–No sigas. No entiendo nada... Mierda, he cambiado de idea. No tengo tiempo.

–No. Tardaremos poco.

Mientras se agachaba para ayudarlo a recoger el último de los pesados talegos, notó que le estaba mirando el desbocado escote del vestido. Aunque se puso roja como un tomate, dibujó una sonrisa seductora, se enganchó a él con el brazo libre y pegó los senos contra su antebrazo, tal como había visto que las prostitutas hacían con sus clientes. El hombre la siguió en silencio.

Se abrieron paso por la taberna, que estaba aún más abarrotada si cabía que cuando había entrado. El mercenario se tambaleaba borracho junto a Kerry. Ella estuvo a punto de caerse, vencida por el peso de él y del pesado talego que cargaba sobre el hombro. El hombre llevaba los otros dos en sendos hombros, pero no daba la impresión de notarlos siquiera.

Estaban ya casi en la puerta cuando un soldado que parecía haber tomado biberones de nitroglicerina chocó contra ella y le agarró un brazo. Le hizo una obscena proposición en español. Kerry negó con la cabeza y plantó una mano sobre el pecho del mercenario. El soldado parecía dispuesto a pelear, pero debió de advertir el brillo feroz y posesivo de su mirada, porque se retiró sin causarles más molestias.

Kerry se felicitó por haber realizado tan acertada elección. Su mercenario infundía temor hasta a los hombres más aguerridos. Nadie más se interpuso en su camino a la salida de la cantina.

Sus pulmones anhelaban respirar aire puro. Inspiró profundamente. Había mucha humedad en el aire, pero estaba mucho menos cargado que el de la cantina.

Le venía bien. Le despejó la cabeza. Deseó poder descansar, poder decir que, gracias a Dios, todo había terminado ya.

Pero aún le quedaba un obstáculo por superar. Cazar al mercenario era un juego de niños en comparación con lo que la esperaba.

Casi arrastrándolo, Kerry llevó a su escolta hasta el camión del ejército, el cual, por suerte, seguía aparcado bajo las impenetrables sombras de un almendro. Mientras abría la puerta, apoyó al hombre contra un lado de aquel camión hecho en Japón. Había pertenecido a un vendedor de fruta en el pasado, pero luego había ido a parar a manos del gobierno.

Introdujo al embriagado mercenario en el asiento del copiloto y cerró la puerta antes de que pudiera caerse afuera. Luego, mirando de reojo sobre el hombro, metió los talegos con las armas y la munición en la parte trasera del camión. Tenía la sensación de que en cualquier momento oiría el tatatatá de una metralleta y notaría un cartucho de balas desgarrándole el cuerpo. En Monterico, primero disparaban y luego preguntaban.

Extendió una manta sobre los talegos y se encaramó frente al volante. Una de dos: o el mercenario no se había dado cuenta de que el camión pertenecía al ejército o le daba igual. Nada más cerrar la puerta del conductor, se abalanzó sobre ella.

La besó de nuevo. Su deseo no se había apagado. Al contrario, se había multiplicado. El frescor del aire que había despejado la cabeza de Kerry parecía haber tenido el mismo efecto en él. Aquél ya no era el beso desmañado de un borracho. Sino el beso de un hombre que sabía exactamente qué estaba haciendo, y sabía cómo hacerlo bien.

Su lengua empujó los labios de Kerry con insistencia hasta que ella los abrió. Luego se fundió con la de ella. También sus manos estaban ocupadas. Sus caricias le cortaban la respiración, aturdida y escandalizada.

–Por favor –susurró Kerry apurada, quitándose sus manos de encima y apartándose de su boca.

–¿Qué pasa?

–Mi casa. Vamos.

Echó mano al bolsillo de la falda y sacó una llave. La introdujo en el contacto y arrancó el camión, tratando de no prestar atención a los mordisquitos del mercenario en el cuello y el lóbulo de la oreja. Notó sus dientes sobre la piel. A pesar del sofocante calor, se le puso la carne de gallina.

Metió la marcha atrás y se alejó un par de metros de la taberna. El destartalado edificio parecía retemblar entre carcajadas estridentes y aquella música atronadora. Temió los gritos que denunciaran su robo, temió los disparos; pero el camión llegó a la calle sin que nadie lo advirtiese.

Pensó en dejar los faros apagados, pero decidió lo contrario. Ver un camión del ejército por la ciudad sin las luces dadas resultaría sospechoso. Además, era peligroso conducir por aquellas carreteras cochambrosas, llenas de restos de guerra lo más probable. De modo que encendió los faros. Iluminaron las fachadas de los edificios, desmejoradas también por los enfrentamientos bélicos. Incluso por la noche, con lo favorecedora que era, la capital resultaba deprimente.

Kerry había pasado horas y horas pensando cómo salir de la ciudad. Era un problema, porque nadie entraba ni salía sin pasar por un control militar. Después de varias misiones de reconocimiento, Kerry había seleccionado un control concreto. Era uno de los más ocupados. De escoger una carretera menos transitada, los guardias podrían ser más concienzudos. Probablemente le darían el alto y registrarían un camión militar conducido por una mujer. Mientras que en el control que había elegido, se contentarían con una inspección más superficial. Al menos, eso esperaba ella.

Una vez más, repasó mentalmente su plan, lo que diría cuando la parasen.

Pero era muy difícil concentrarse en nada. No había seleccionado a un borracho agresivo ni a un borracho gracioso. Había seleccionado a un borracho amoroso. Entre lamentación y lamentación por la falta de tiempo, no paraba de plantarle besos fogosos en el cuello y el pecho.

Cuando deslizó la mano bajo su falda, entre sus rodillas, Kerry dio un volantazo y estuvo a punto de salirse de la calzada. No podía seguir manejando el embrague y el acelerador con las rodillas apretadas. De modo que no le quedó más remedio que permitir que sus fuertes dedos se internaran muslo arriba y juguetearan por debajo de la rodilla.

Casi se había acostumbrado cuando la mano empezó a ascender. Notó un nudo en la boca del estómago y, mientras él le daba un pellizquito por la cara interna del muslo, cerró los ojos una fracción de segundo. Se le subió la falda otro par de centímetros. Ya estaba recogida sobre el regazo prácticamente.

–Señor, por favor –Kerry intentó desviar la pierna de aquella mano indagadora.

El hombre murmuró algo así como que necesitaba una mujer, aunque Kerry no estaba segura. Sabedora de que no quedaban más que unas cuantas manzanas hasta el crucial control, echó el camión a un lado de la carretera y lo dejó en punto muerto.

–Por favor, señor, ponte esto –dijo mientras se giraba hacia el asiento trasero, donde había dejado la chaqueta y la gorra militares que había encontrado en la parte delantera del camión.

El hombre no pareció advertir que Kerry se había dirigido a él en un inglés mucho más fluido, sin el menor acento. Simplemente, la miró parpadeando, sin comprender.

–¿Eh?

Kerry le colocó la chaqueta sobre los hombros. No era de la talla del mercenario, que tenía más envergadura, pero lo único que importaba era que el guardia viese el rango del oficial. Lo llevaba grabado en la manga y Kerry le acomodó la chaqueta de modo que estuviese bien a la vista. Luego le puso la gorra sobre la cabeza y se la ajustó, mientras el mercenario peleaba por bajarle los tirantes del vestido.

–Por Dios –murmuró disgustada mientras se los subía a los hombros–. Eres un animal.

Luego recordó que, en teoría, era una prostituta habituada a que la manosearan. Puso una mano sobre la mejilla del mercenario y sonrió de un modo que esperó resultase seductor y lascivo. En un español de lo más melodioso le dijo que era un cerdo comilón, pero hizo sonar el insulto como un apelativo afectuoso.

Luego puso el camión en marcha de nuevo y condujo la distancia que faltaba hasta el control.

Había dos coches delante de ella. El conductor del primero estaba discutiendo con el guardia. Bien. Este se alegraría de ver un camión militar, que no había de presentarle problema alguno.

–¿Qué pasa?

El mercenario alzó la cabeza y pestañeó, tratando de ver a través del sucio parabrisas, en el que un millar de insectos habían perdido la vida. Después apoyó la cabeza sobre el hombro de Kerry de nuevo, la cual le dijo que la dejara hablar a ella y que ya casi habían llegado. El mercenario permaneció con la cabeza en su hombro mientras Kerry avanzaba hasta la barrera.

El guardia, un muchacho de no más de dieciséis años, se acercó a la ventanilla del conductor y le enfocó con la linterna a la cara. Kerry se obligó a sonreír.

–Buenas noches –susurró en un tono sensual y rugoso.

–Buenas noches –contestó el guardia, receloso–. ¿Qué le pasa al capitán?

–Ha bebido demasiado –dijo ella tras chasquear con la lengua contra el cielo del paladar–. Pobre hombre: es un soldado valeroso, pero una botella ha podido más que él.

–¿Adónde lo llevas?

–Soy tan buena persona que me lo voy a llevar a mi casa –respondió Kerry, guiñándole un ojo–. Me pidió que lo cuidara por la noche.

El guardia le sonrió. Miró un segundo al otro ocupante del vehículo. Después de asegurarse de que estaba inconsciente, replicó:

–¿Para qué molestarte con él? ¿No preferirías estar con un hombre de verdad? –el muchacho hizo una cruda referencia a las dimensiones de su miembro, que a Kerry le parecieron, aparte de imposibles, nauseabundas.

No obstante, esbozó una sonrisa boba y bajó las pestañas.

–Lo siento, pero el capitán ya me ha pagado la noche. Quizá en otra ocasión.

–Quizá –contestó el guardia con altivez–. Si puedo pagarte.

Kerry le dio una palmadita coqueta en la mano. Luego puso cara de fastidio por la oportunidad perdida, se despidió del muchacho con la mano y metió primera. El guardia le ordenó a su compañero del control que levantara la barrera y Kerry pasó y la dejó atrás.

Durante varios kilómetros, apretó con fuerza el volante y mantuvo los ojos atentos al retrovisor tanto como a la carretera que tenía por delante. Cuando se convenció de que no la seguía nadie, empezó a temblar lo que no había podido temblar antes, mientras disimulaba los nervios.

¡Lo había conseguido!

Por suerte, el mercenario había permanecido quieto durante todo el diálogo con el guardia. Habían logrado superar el control y ni siquiera los seguía nadie. Kerry dio una vuelta grande por la ciudad y tomó la desviación, la cual dirigía directa a la jungla. En seguida, las copas de los árboles se entrelazaron sobre la carretera, formando un túnel frondoso.

La carretera se estrechaba y se picaba de baches y más baches a cada kilómetro que pasaba. La cabeza del mercenario empezó a pesarle, allí tendida contra sus pechos. Estaba recostado encima de todo el costado derecho de Kerry, la cual intentó desembarazarse de él en varias ocasiones, pero sin conseguir apartarlo. Por fin desistió y decidió que era mejor tenerlo dormido encima de ella que combatir su asfixiante juego amoroso.

Contempló largamente la idea de parar antes de llegar al sitio que había divisado antes, pero terminó resolviéndose en contra. Cuanto más alejara al mercenario de la ciudad durante esa noche, más fuerza para negociar con él tendría al día siguiente. Así que siguió conduciendo por la ondulada carretera, soportando los botes de la cabeza del hombre cada vez que pasaban un hoyo.

Le entró sueño. La monotonía de no ver más faros que los del camión que conducía resultaba hipnótica. Se adormiló tanto que estuvo a pique de saltarse la desviación. Pero nada más reconocer el ligero hueco entre la sólida pared de árboles de la selva, reaccionó, giró el volante a la izquierda y detuvo luego el camión, antes de apagar el motor.

Los pájaros de la selva, instalados en lo alto de los árboles, protestaron estridentemente por la intempestiva intrusión. Luego se calmaron y la oscuridad envolvió de silencio el pequeño camión, como negro puño de terciopelo.

Suspiró de cansancio y se quitó al hombre de encima. Kerry arqueó la espalda para estirar los músculos, cargados. Giró el cuello, describiendo varios círculos con la cabeza. Se sentía muy aliviada por haber llevado a cabo su misión. No había nada que hacer salvo esperar a que amaneciera.

Pero el mercenario tenía otros planes.

Sin tiempo a prepararse para su ataque, la agarró en un abrazo oprimente. La siesta parecía haber renovado sus fuerzas. Sus besos eran más fogosos que nunca. Mientras su lengua jugaba a merodear sobre los labios de ella, sus manos le bajaron unos centímetros el hueco corpiño. Metió una mano y le agarró un pecho.

–¡No! –Kerry se revolvió, le puso las manos sobre los hombros y lo empujó con todas sus fuerzas. El mercenario perdió el equilibrio y cayó hacia atrás, golpeándose la cabeza contra el salpicadero. Rodó de lado y se echó hacia adelante descontrolado. Lo único que impidió que se diera de bruces contra el suelo fue su tamaño. La envergadura de sus hombros lo mantuvo atrapado entre el salpicadero y el asiento.

Se quedó quieto. En silencio.

Horrorizada, Kerry se cubrió la boca con una mano y contuvo la respiración varios segundos. Seguía inmóvil.

–¡Dios, no!, ¡lo he matado! –susurró espantada.

Abrió la puerta del camión. La luz del techo se encendió.

Una vez que sus ojos se hubieron ajustado a la repentina claridad, miró al mercenario. Le dio un toquecito con precaución. Y gruñó.

La expresión aterrada de Kerry dibujó una mueca despectiva. No estaba muerto, solo tenía una borrachera de muerte y estaba inconsciente.

Intentó levantarlo por el cuello de la camisa, en vano. Se arrodilló frente a él para estar a su altura y tiró de sus hombros hasta echarlo hacia atrás, recostándolo entre la puerta y el asiento.

Echó la cabeza hacia adelante y apoyó una mejilla sobre el hombro. Al día siguiente tendría tortícolis. Mejor. Que le doliera el cuello, deseó Kerry. Cualquiera que se emborrachara hasta ese punto se merecía soportar todas las consecuencias.

Pero aquella postura lo hacía parecer mucho menos amenazante. Tenía pestañas largas y rizadas, observó Kerry, lo cual contrastaba con su semblante masculino. Así, débilmente iluminado, advirtió que su cabello era marrón oscuro, pero con brillos rojizos, y que, debajo de su bronceada piel, tenía los pómulos salpicados de pecas.

Respiraba profundamente por la boca. Tenía los labios algo separados. Con aquel labio inferior tan carnoso no era extraño que besara tan... Kerry se obligó a no hacer la menor consideración sobre el modo en que besaba.

Antes de empezar a sentir el menor cariño por él, pensó en cómo reaccionaría cuando despertase. Tal vez no se tomara bien haber sido reclutado para su causa. Tal vez se pusiera violento al verse en medio de ninguna parte, antes de que ella tuviera oportunidad de explicarse. Los mercenarios eran hombres de tremendo genio.

Miró el machete. Sin darse tiempo a acobardarse, lo sacó de la vaina. Parecía que pesaba cincuenta kilos. Lo sujetó con torpeza y a punto estuvo de rebanarse los muslos en dos. Luego lo tiró al suelo a través de la puerta abierta.

Quedaba la pistola.

La miró durante varios segundos. Se le hizo un extraño nudo en el estómago. Debía desarmarlo. Eso era lo inteligente. Aunque, teniendo en cuenta dónde estaba la pistola...

¡Pero no era momento para ponerse aprensiva! Después de todo lo que había hecho esa noche, cohibirse por aquello era ridículo.

Estiró un brazo. Se acobardó. Retiró las manos. Cerró las manos en puños, flexionó los dedos y lo intentó de nuevo.

Esa vez, sí, agarró la culata de la pistola y dio un tirón. Otro. Con más fuerza. Pero se negaba a salir de la pretina.

Apartó la mano y sopesó sus opciones. No tenía ninguna. Tenía que quitarle la pistola, y hacerlo sin que se despertara.

Miró su cinturón. Cerró los ojos un segundo mientras se humedecía los labios, hizo acopio de valor, aplacó los nervios y tocó la hebilla. Con la punta del dedo índice, levantó el botón para liberar el tirador de la cremallera. La bajó solo un poco, lo justo para que la presión cediese.

El mercenario exhaló un suspiro. Y Kerry se quedó helada. Volvió a llevar las manos al cinturón. Logró desabrochárselo.

Tocó entonces el botón de los pantalones. El mercenario emitió un ligero gruñido y se giró, situando una rodilla sobre el asiento. Lo que cambió todo. Todo. Aparte de que, así colocado, la pistola estaba más agarrada entre el estómago y la cintura.

Le sudaban las manos.

Prefirió no pensar qué haría el mercenario si se despertaba. Si pensaba que estaba intentando arrebatarle la pistola, la mataría de un disparo. Y si pensaba... Lo otro era demasiado horrible para considerarlo siquiera.

Echó mano al botón de nuevo y esa vez no se amilanó por el débil ronquido del mercenario. A pesar de los nervios, logró desabrochárselo. Agarró la culata de la pistola y volvió a tirar, pero seguía sin salir.

Maldijo en silencio.

Se mordió el labio inferior y tomó el tirador de la cremallera. Que se había enganchado. Tuvo que dar tres tirones para que se moviera. Y aunque su intención había sido bajarla uno o dos centímetros nada más, al final se abrió del todo. De repente. Impactantemente. Soltó el tirador como si le hubiera mordido y sacó por fin la pistola.

El mercenario roncó, volvió a cambiar de postura, pero no se despertó. Kerry se llevó la pistola al pecho como si fuese el Santo Grial y se hubiera dedicado toda la vida a buscarlo. El cuerpo entero le transpiraba.

Cuando terminó de convencerse de que seguía dormido a pesar de sus maniobras, y de que no tendría que usar la pistola para protegerse, la lanzó al suelo junto al machete. Luego cerró la puerta del camión a todo correr, como para ocultar la prueba del crimen.

Y, entonces, silencio.

Se quedó a oscuras, pensando.

Quizá no había acertado escogiendo al mercenario si se había dejado desarmar sin oponer resistencia.

Aunque estaba borracho, y a donde iban no tendría acceso a ninguna bebida alcohólica. Había ahuyentado a aquel otro soldado con una sola mirada. Y era un hombre fuerte, capacitado para el trabajo que pretendía asignarle. Había estado suficientemente cerca de él para estar segura de eso. Y también sabía que era un hombre decidido. Si no se hubiera golpeado contra el salpicadero, lo más probable fuera que aún siguiera intentando desnudarla.

Mejor no dudarlo. Había acertado en la elección y punto.

Resuelto lo cual, Kerry se acomodó en su esquina del camión, apoyó la cabeza en el borde de la ventana, abierta, y se quedó dormida al compás de los leves ronquidos del hombre.

Le parecía que no había sino cerrado los ojos cuando la despertó una letanía de exabruptos intranscribibles.

La bestia se había despertado.

Capítulo 2

La selva también se despertaba. El frufrú de las hojas anunciaba los avances de reptiles y roedores. Los pájaros trinaban en los árboles, los monos chillaban mientras saltaban de rama en rama, en busca del desayuno.

Pero todo aquel estruendo quedaba en segundo plano ante los bufidos del interior del camión.

Kerry estaba arrinconada contra la puerta del conductor, mirando cómo se despertaba el mercenario, con tan buen humor como los ogros de los cuentos de hadas. De hecho, le recordaba a una ilustración de un libro de su infancia, con el cabello revuelto y aquel ceño feroz. Se incorporó entre gruñidos, apoyó los codos sobre las rodillas y se sostuvo la cabeza con las manos.

Al cabo de unos cuantos segundos, movió la cabeza, lo que pareció producirle un dolor agónico, y miró a Kerry con ojos asesinos. Sin decir palabra, tanteó la puerta en busca de la manija, la abrió y salió rodando del camión.

Cuando sus pies tocaron el suelo, alfombrado de vegetación, soltó una ristra de tacos, fruto de una fértil imaginación. Lo cual disparó a la fauna de la selva de nuevo. Se agarró la cabeza y Kerry no supo si estaba intentando sujetársela o arrancársela.

Abrió la puerta del conductor. Después de comprobar que no había ninguna serpiente, plantó las sandalias en la maleza y salió del camión. Pensó recoger una de las armas, la pistola o el machete, pero decidió que el mercenario no estaba en condiciones de hacerle el menor daño ni al más indefenso animalillo.

Arriesgando su integridad, rodeó la capota del camión y se acercó con cautela al mercenario, apoyado sobre el vehículo. Tenía los pies fijos en el suelo, como si no se atreviera a moverlos por miedo a caerse, y seguía sujetándose la cabeza con las manos.

Cuando la oyó pisar sobre la suave maleza, lo que a sus hipersensibles oídos debió de sonar como un desfile militar, se giró hacia Kerry, la cual frenó en seco.

–¿Dónde estoy? –preguntó con una voz castigada por el exceso de tabaco y alcohol.

–En Monterico –contestó temerosa.

–¿Qué día es?

–Martes.

–¿Y mi avión?

Parecía que le costaba mantenerla enfocada. El sol ya había escalado las copas de los árboles, era más brillante. El mercenario cerró los ojos casi por completo.

–¿Qué avión?

–El avión. Mi avión.

Como Kerry se limitaba a mirarlo con recelo, empezó a buscar por los bolsillos de la camisa, sin mucha coordinación, hasta que, por fin, sacó un billete de avión y un permiso oficial de salida. El caprichoso gobierno de Monterico no concedía apenas visados de salida y podía decirse que valían su precio en oro.

–Se supone que anoche tenía que tomar un avión a las diez –dijo él, tendiéndole ambos documentos.

Kerry tragó saliva. Iba a enfadarse mucho. Tendría que enfrentarse a un arrebato de cólera.

–Lo siento. Lo has perdido –contestó con valentía.

El mercenario se giró despacio, recostándose contra el camión sobre un hombro. La miró con suma animadversión y le preguntó en un susurro amenazante:

–¿Me has hecho perder el avión?

–Viniste conmigo voluntariamente –respondió ella después de retroceder un paso.

–No te queda mucho tiempo de vida –el mercenario dio un paso al frente–. Pero antes de que te mate, solo por curiosidad, me gustaría saber por qué me emborrachaste.

–¡Ya estabas borracho! –replicó Kerry en tono acusador–. ¿Cómo querías que supiese que ibas a tomar un avión?

–¿No te lo dije?

–No.

–Seguro que lo hice –insistió él.

–Te digo que no.

–No solo eres una puta –la insultó–. Eres una puta mentirosa.

–Ni lo uno ni lo otro –se defendió Kerry, ruborizada.

El mercenario la miró de la cabeza a los pies, desde el cabello enmarañado a las puntas de los dedos. Pero, en vez de deslizarse con ojos apreciativos, como en la cantina, fue una mirada de desprecio, como si le estuviera reprochando el mero hecho de estar viva.

–¿Tan mal está el negocio que has tenido que venir aquí a arrastrarte de cliente en cliente?

Si no hubiera estado tan asustada por la hostilidad del mercenario, Kerry se habría acercado y le habría dado una bofetada. Dadas las circunstancias, se quedó quieta y se contentó con cerrar los puños.

–No soy una puta –espetó–. Solo me he disfrazado como si lo fuera para poder entrar en el bar y llevarte conmigo.

–Típico de una puta.

–¡Deja de decir eso! –gritó enojada–. Necesito tus servicios.

–Creo que ya has disfrutado de ellos –respondió el mercenario después de mirarse los pantalones, aún desabrochados.

Se puso roja. Fue como si hasta la última gota de sangre de su cuerpo se le subiera a la cara. No podía seguir soportando el brillo maligno de los ojos del mercenario, de modo que desvió la mirada.

–El caso es que yo no recuerdo nada –prosiguió él–. ¿Qué tal estuviste tú?

–Eres despreciable –bufó Kerry.

–Parece que fui un poco rudo, ¿eh? –el mercenario se rascó la barbilla–. Ojalá me acordara.

–Es que no hicimos nada, imbécil.

–¿No?

–Por supuesto que no.

–¿Solo querías mirar, pero no tocar?

–¡No!

–¿Entonces qué hago con la cremallera bajada?

–Tuve que desabrocharte los pantalones para quitarte la pistola –replicó encendida–. No quería que me matases.

–Eso tiene sentido –contestó él–. Aunque podría matarte con mis propias manos. Aun así, insisto en que me gustaría saber por qué me has impedido que tome ese avión. ¿Trabajas para el gobierno de Monterico?

–¿Tú estás loco? –Kerry lo miró perpleja.

–Seguro que es eso –el mercenario soltó una risotada sardónica–. El presidente es tan cobarde que no me extrañaría nada que hubiera contratado a una mujerzuela para seguirme los pasos.

–Estoy de acuerdo en que es un cobarde. Pero no trabajo para él.

–Para los rebeldes, entonces. ¿A qué te dedicas?, ¿a robar visados para ellos?

–No. Nunca he trabajado para nadie de Monterico.

–¿Para quién entonces? La CIA debe de estar en las últimas si tú eres su mejor baza.

–Trabajo por mi cuenta. Y, tranquilo, puedo pagar tu precio.

–¿A qué te refieres con eso de mi precio?

–Quiero contratarte. ¿Cuánto quieres?

–IBM no tiene dinero suficiente para pagarme, señorita.

–Pagaré lo que sea.

–No me estás escuchando. No pienso trabajar más en Monterico. Estoy harto de este infierno –el mercenario se acercó a ella con aire letal–. La has fastidiado del todo, señorita. El gobierno ha cerrado las fronteras. El de anoche era el último avión que podía salir de aquí. ¿Sabes lo que he tenido que hacer para conseguir ese visado?

Kerry estaba segura de que no quería saberlo.

–Te compensaré por el retraso. Te lo juro. Y si accedes a ayudarme, te garantizo que podrás escapar.

–¿Cómo?, ¿cuándo?

–Este viernes. Solo necesito tres días de tu tiempo. Volverás a casa con los bolsillos llenos de dinero.

Había logrado captar su atención.

–¿Por qué yo? Aparte de porque estaba borracho y era fácilmente manejable.

–Necesito a alguien de tu experiencia.

–Hay muchos más alrededor. Incluso en el apestoso bar de anoche.

–Pero tú parecías más... adecuado para el trabajo.

–¿De qué trabajo hablas?

Kerry pasó por alto la pregunta. Antes tenía que convencerlo de que permaneciera en el país unos pocos días más.

–Es un trabajo difícil. Necesito a alguien que pueda disponer de sus propias armas –contestó ella–. Y, por supuesto, alguien con la experiencia y el valor suficientes para usarlas cuando sea necesario –añadió, apelando a su vanidad.

–¿Armas? –repitió él, confundido–. Un momento. ¿Me has tomado por un mercenario?

No hizo falta que respondiera. Su expresión indicó a las claras que el hombre había supuesto bien.

Él esbozó el asomo de una sonrisa. Empezó a reír, primero ronca, profunda, entrecortadamente, a pleno pulmón luego. Después maldijo, aunque con menos agresividad que al despertar.

–¿Qué pasa? –preguntó ella, aunque se temía que ya sabía la respuesta.

–Te has equivocado de hombre, señorita. Yo no soy mercenario.

—¡Tienes que serlo! –exclamó Kerry–. ¿Y tú dices que el presidente es un cobarde? Te estoy ofreciendo un trabajo de lo más suculento y tú solo intentas escaparte.

—Claro que intento escaparme –contestó él–. No pretendo ser ningún héroe. Pero te digo que no soy un mercenario y no es mentira.

—Y la pistola, el machete...

—Para defenderme. ¿Qué clase de idiota se va a adentrar en una selva sin nada con que protegerse de los animales? De los de cuatro patas y de los de dos también –el hombre dio otro paso hacia ella–. Estamos en zona de guerra, señorita, por si no te has dado cuenta. No sé a qué estarás jugando, pero yo me vuelvo ahora mismo a la ciudad y me lanzo a los pies del presidente. Puede que aún me deje irme... Le gustan las historias picantes. Le diré que una de las encantadoras damas de su país me sedujo hasta hacerme perder el sentido. Eso le gustará –añadió después de mirar de nuevo el vestido de puta y el cabello enmarañado de Kerry.

Luego la sorteó y se encaminó hacia el volante.

Kerry lo agarró por una manga, desesperada.

—Esto no es ningún juego. No puedes irte.

—¿Quieres que apostemos? –el hombro se soltó dando un tirón.

—¿Y qué me dices de todas esas armas? –Kerry apuntó hacia los talegos de lona.

El hombre se agachó junto a la puerta del conductor, recogió el machete y volvió a envainarlo.

—¿Quieres ver mis armas? De acuerdo –dijo. Se acercó a la parte trasera del camión y levantó uno de los pesados sacos–. Atrás. No quisiera que te estallara en la cara –añadió con sarcasmo.

Luego bajó la cremallera de un tirón. Kerry, que esperaba un arsenal de explosivos, se quedó estupefacta mirando el contenido del talego.

—Eso es una cámara de fotos.

—Bingo –contestó él en tono burlón mientras subía la cremallera de nuevo y volvía a poner el talego en el camión–. En concreto, una Nikon F3.

–¿Quieres decir que solo tienes cámaras en esos sacos?

–Y objetivos y carretes. Soy reportero gráfico. Te ofrecería mi tarjeta, pero un grupo de guerrilleros y yo las usamos para encender una hoguera hace una semana o así y no me quedan.

Kerry pasó por alto sus burlas y siguió con la vista clavada en los sacos. Se había equivocado. Había cometido un error monumental y no le quedaba más remedio que replantearse la situación.

–¿Adónde vas? –le preguntó al hombre, al ver que se internaba en la selva.

–A aliviarme.

–Ah. Bueno, reconozco que me he equivocado. Aun así, me gustaría ofrecerte un trato.

–Olvídalo. Ya haré yo un trato por mi cuenta con el presidente –el hombre se golpeó los muslos–. ¡Maldita sea! ¿Cómo he podido perder ese avión? ¿Me narcotizaste para sacarme de la cantina?

–Ya estabas borracho cuando te encontré –contestó Kerry con firmeza–. ¿Por qué estabas tan bebido si estabas tan decidido a irte en ese avión?

–Estaba celebrándolo –contestó él, enseñándole los dientes. Por lo visto, estaba tan enfadado con Kerry como consigo mismo–. Estaba deseando salir de este maldito país. Me he arrastrado para conseguir ese billete de avión. ¿Te digo lo que he tenido que hacer a cambio del visado?

–No.

–Tuve que fotografiar al presidente con su amante.

–¿Haciendo qué?

–Era un retrato –contestó él, ofendido–. Un retrato que le venderé a la revista Time, si es que logro volver a Estados Unidos. Lo que parece dudoso, ¡gracias a ti!

–Si me haces caso un momento, podría explicarte por qué necesitaba un mercenario tan desesperadamente.

–Pero yo no soy un mercenario –repitió él.

–Ya lo sé –contestó impaciente Kerry–. Pero lo pareces.
–Esa suerte que tengo. Y ahora, si me disculpas...
–Usas una cámara en vez de una pistola, pero estás hecho de la misma pasta que esos soldados –insistió Kerry. Todavía podía utilizarlo. Si ella lo había tomado por un mercenario, puede que los demás también lo hicieran–. Vendes tus servicios al mejor postor. No te arrepentirás...

De pronto, se quedó sin palabras y reconoció la identidad del hombre al que había secuestrado. Se trataba del mismísimo Lincoln O'Neal, uno de los reporteros gráficos más famosos y prolíficos del mundo. Dos Premios Pulitzer lo acreditaban. Sus fotografías eran impresionantemente buenas, demasiado realistas y duras a menudo para sensibilidades delicadas.

–Me llamo Kerry Bishop –se presentó entonces.
–Me importa un pito cómo te llames. Y ahora, si de verdad no quieres ver lo que hay detrás de mi cremallera, te sugiero que no vuelvas a detenerme.

Su grosería, lejos de disuadirla, espoleó su determinación. El hombre le dio la espalda y se internó entre los árboles. A pesar de ir en sandalias, Kerry se abrió camino tras él y volvió a agarrarlo de la manga.

–Hay nueve huérfanos esperándome a que los saque del país –le comunicó sin rodeos–. Me apoya un grupo de beneficencia de Estados Unidos. Tengo tres días para llevarlos hasta la frontera. El viernes aterrizará un avión privado allí y nos recogerá. Si no estamos a tiempo en el punto de encuentro, el avión se marchará sin nosotros. Necesito ayuda para recorrer los setenta y tantos kilómetros de selva.

–Buena suerte.
–¿Es que no me has oído? –exclamó incrédula.
–Palabra por palabra.
–¿Y no te importa?
–No es asunto mío.
–¡Claro que lo es!, ¡eres un ser humano! Por poco, de acuerdo, pero aun así sigues siéndolo. Estamos hablando de unos niños inocentes e indefensos.

Sus facciones se endurecieron. No era de extrañar que lo hubiera confundido con un mercenario. Parecía intocable. E insensible.

–He visto cientos de niños reventar en trocitos. Estómagos inflados como globos por la hambruna. Llenos de moscas y pulgas. Gritando aterrados mientras decapitaban a sus padres delante de ellos. Muy trágico, sí. Espantoso, seguro. Los he visto de todos los colores, así que no esperes que me deshaga ahora por nueve.

Kerry lo soltó, como si su inhumanidad fuese una enfermedad contagiosa.

–Eres un hombre horrible.

–Cierto. Por fin estamos de acuerdo en algo. No estoy espiritualmente equipado para cuidar de nueve niños, ni en la mejor de las circunstancias.

Kerry se puso firme. Por odioso que fuese, era su única esperanza. No tenía tiempo para volver a la ciudad y buscar un sustituto.

–Tómatelo como otro trabajo. Te pagaré lo mismo que le pagaría a cualquier soldado profesional.

–Me basta con lo que sacaré con las fotos que ya he hecho.

–Tus fotos valdrán lo mismo el viernes –replicó ella.

–Pero no pienso jugarme el pellejo hasta entonces. Aprecio mis fotos casi tanto como mi vida y ya las he arriesgado mucho en esta selva apestosa. Tengo un sexto sentido que me dice cuándo debo marcharme –el hombre la miró a los ojos–. No sé quién eres ni qué haces en un sitio como este, pero no pienses que vas a implicarme en nada. ¿Entendido? Espero que saques a esos niños, pero no será gracias a mí.

Luego se dio la vuelta y, al cabo de unos pocos pasos, se lo tragó la selva. Kerry dejó caer los hombros flojos, abatida.

Regresó despacio hacia el camión. Se estremeció al ver la pistola, todavía tirada en el suelo. Quizá no fuese un mercenario, pero era igual de frío e impasible. Era inhumano y no tenía ni una pizca de compasión. ¡Negarles la ayuda a unos pobres niños! ¿Cómo era capaz?

Miró el arma y se preguntó si podría forzarlo a punta de pistola. Pero era una idea tan absurda que la desechó tan rápido como se le había ocurrido. Se imaginó meciendo a la pequeña Lisa con un brazo y sujetando la Magnum 357 con la otra.

Seguro que los asesinaría a todos mientras dormían, camino de la frontera, o los abandonaría a la menor ocasión.

Maldijo enrabietada y, por casualidad, sus ojos cayeron sobre los sacos de la parte trasera del camión. Cámaras fotográficas, pensó de mal humor. ¿Cómo podía haber creído que eran armas y munición? Por otra parte, ¿cómo era posible que nadie antepusiera un carrete de fotos a la vida de unos niños sin padres? Había que ser un desalmado. Un egoísta que prefería revelar fotos de otras personas antes que tocarlas. Un hombre para el que un carrete...

Un carrete. Un carrete...

Se le paró el corazón. De pronto, penetró con la mirada los talegos de lona. Sin darse tiempo a valorar las graves consecuencias de lo que estaba a punto de hacer, echó mano al primero de los sacos y bajó la cremallera.

Se sentía fatal.

Cada vez que algún ave ejercía sus facultades cantoras, el ruido le taladraba la cabeza. Tenía el estómago revuelto, se vaciaría sin el menor esfuerzo. También tenía tortícolis. Dios, le dolía hasta el pelo.

Como no le parecía lógico, se exploró la cabeza con cuidado y descubrió que no era el pelo lo que estaba martirizándolo, sino un chichón con el que no contaba.

Pero el mayor incordio estaba detrás... y se llamaba Bishop. No sé qué Bishop. ¿Carol? ¿Carolyn? No se acordaba. Lo único que sabía era que quería grabar su nombre en una lápida, después de haberla estrangulado con sus propias manos.

¡La muy desgraciada le había hecho perder el avión!

Cada vez que lo recordaba, se ponía hecho una furia. Y como no soportaba su parte de culpa, de momento, dirigía toda su rabia contra la mujer.

Maldita fuera. Además, ¿se podía saber a qué había ido a Monterico? No era más que una entrometida. Nueve huérfanos. ¿Cómo demonios pensaba que iba a trasladar a nueve niños diez kilómetros, mucho menos setenta y tantos, y luego tomar un avión que en teoría iría a recogerlos...

Sonaba a guion de una película mala. Lleno de obstáculos. Inverosímil. Imposible.

Y había apostado por él. Pretendía que se jugara el cuello, por no hablar de la fortuna que esperaba amasar con las fotografías que había hecho, para ayudarla. ¡Era de risa! No se había mantenido con vida para ser don Favores y Amabilidad.

Cualquiera a quien preguntara le diría que Linc O'Neal era un hombre agradable, respetado. Caía bien y no se escabullía cuando le tocaba invitar a una ronda. Pero que nadie contara con él en una situación de emergencia, porque en tales situaciones lo que lo preocupaba era salvar su propio pellejo, no el del vecino. Prestaba toda su atención a su seguridad y a la de nadie más.

Regresó a donde había dejado a la mujer. Lo alivió ver que se había calmado. Estaba apoyada sobre el camión, haciéndose una coleta. Su larga cabellera, con pelo suficiente para seis personas, descansaba sobre uno de los hombros mientras ella la manipulaba con destreza para formar la coleta.

Su cabello. Era una de las razones por las que se había sentido atraído y se había marchado con ella la noche anterior. Era lo último que había necesitado. La había deseado, sin duda. Llevaba seis semanas en Monterico. Pero se había negado a satisfacer su fogosidad con las prostitutas de la cantina, que se encamaban con soldados de los dos bandos. A tanto no había llegado su calentura.

Y la noche anterior, más que ninguna otra, había evitado cualquier compañía. Solo había pensado en una cosa: subir a aquel avión. Había querido anestesiarse con el alcohol y salir volando para poner toda la distancia posible entre él y Monterico.

Pero el alcohol no había podido borrar los recuerdos de las atrocidades que había presenciado en aquel mes y medio. Así que había seguido pidiendo más copas de aquel espantoso licor. Y aunque no había desvanecido aquellas imágenes, sí había enturbiado su juicio.

Cuando la mujer de cabello negro, distinguida aun a través de la nube de humo del bar, se le había acercado, el sentido común había sucumbido a la presión de las ingles. El beso había sido el factor decisivo. Su boca, tan dulce como había imaginado, había terminado doblegándolo.

De alguna manera, lo aliviaba ver que no había perdido la cabeza por completo la noche anterior. Era una mujer guapa. Pulcra. Tenía buen cuerpo, algo delgada quizá, demasiado para aquel vestido. Su instinto para las mujeres seguía intacto.

Lo que no comprendía era cómo podía haberla tomado por una prostituta. Él era más parecido a un mercenario que ella a una prostituta. Era morena, razón por la que podía haberla confundido con una de las mujeres de la cantina. Pero, a la luz del sol, allí en la selva, advirtió que sus ojos no eran marrones, como había pensado en un principio, sino azul oscuro. Y tenía una piel demasiado blanca para una mujer de ascendencia latina. Casi era demasiado blanca para una mujer morena.

Pero, sobre todo, no tenía aquella mirada dura, cansina y amargada de las mujeres que se habían tirado a la calle para poder comprar algo que comer. Las montenegrinas que se habían visto obligadas a venderse al precio de una barra de pan envejecían muy rápido.

Mientras que esa mujer seguía pareciendo fresca, íntegra y, a la luz del día, era evidente que era estadounidense. Seguro que viviría en una buena casa en algún barrio residencial. Y, sin embargo, estaba en medio de la selva, después de haberse jugado la vida la noche anterior. Muy a su pesar, sentía curiosidad por ella.

—¿Cómo conseguiste el camión?

Kerry no pareció sorprendida por la repentina pregunta y contestó sin vacilar:

—Lo robé. Estaba aparcado delante de la cantina. Las llaves estaban en el contacto. Te disfracé de oficial con la chaqueta y la gorra que había en el asiento.

—Ingenioso.

—Gracias.

—Así que condujiste hasta el control y fingiste que ibas a pasar la noche conmigo.

—Exacto.

Linc asintió, como reconociendo su astucia.

—Tengo un chichón en la cabeza.

—Sí... lo siento. Estabas... Yo solo quería...

Pero dejó la frase en el aire. Linc tuvo la sensación de que intentaba ocultarle algo.

—Adelante.

—Te diste un golpe contra el salpicadero.

—Ya —Linc la miró unos segundos y decidió olvidarse del tema. No tenía sentido insistir cuando su aventura iba a terminar. Estaba seguro de que no la había poseído. Por muy bebido que hubiese estado, no habría olvidado estar entre aquellos muslos de formas tan provocativas.

Antes de distraerse en más pensamientos placenteros, se centró en lo que haría una vez llegara a la ciudad. Ojalá que el presidente estuviese de buen humor.

—En fin, me alegro de que tengamos el camión. Así será más fácil volver a la ciudad. ¿Vienes conmigo o nos despedimos aquí?

—No hace falta —contestó sonriente Kerry.

—¿Qué no hace falta?

—Volver a la ciudad.

—Mira, ya te he dicho que no voy a ayudarte —afirmó impaciente Linc—. Ya está bien de juegos, ¿de acuerdo? Ahora dame las llaves del camión, tengo que irme.

—Creo que no te vas a ninguna parte, Lincoln O'Neal.

En un principio lo extrañó que supiera su nombre, pero luego comprendió que no era tan raro. Al fin y al cabo, era un fotógrafo muy conocido.

–Claro que sí. Me voy a la ciudad. Ahora –contestó por fin, al tiempo que extendía una mano–. Las llaves.

–El carrete.

–¿Cómo?

Kerry apuntó con la cabeza y Linc siguió la dirección de la barbilla hasta que vio la valiosa película de su carrete, expuesta al sol tropical.

Empezó como un sonido estrangulado, pero acabó convirtiéndose en un bramido iracundo. Corrió hacia ella, la agarró, la tumbó boca arriba sobre la capota del camión y le puso el antebrazo sobre el cuello.

–Debería matarte.

–Adelante –gritó con bravura–. Total, ¿qué más da un asesinato más? Ya estabas dispuesto a sacrificar las vidas de nueve niños para preservar tus egoístas intereses.

–¡Mis egoístas intereses! Yo me gano la vida haciendo fotos. Ese carrete valía miles de dólares.

–Te pagaré lo que quieras.

–Olvídalo.

–Di un precio.

–¡No quiero tu maldito trabajo!

–¿Porque tendrías que pensar en alguien distinto a ti, para variar?

–¡Exacto!

–Muy bien, entonces míralo de este otro modo. Pero suéltame. Me estás haciendo daño.

Trató de revolverse, pero se paró de inmediato. Sus caderas rozaron las suyas, lo cual tuvo un efecto instantáneo sobre él. Kerry notó su erección contra la parte más suave y vulnerable de su anatomía.

Mientras tomaba consciencia de su condición, Linc la miró con un brillo insultante en los ojos y, en vez de separarse, apretó, situándose en el ángulo entre sus muslos.

—Fuiste tú la que me invitó, ¿recuerdas? —le dijo con voz sedosa—. Quizá acepte tu invitación.

—No te atreverás.

—Quién sabe —contestó él, esbozando una sonrisa nada tranquilizadora.

—Ya sabes por qué te saqué de la cantina.

—Lo único que sé seguro es que te besé y que esta mañana tenía la cremallera bajada.

—No ha pasado nada —le juró ansiosa Kerry.

—Todavía —contestó él. Pero, al cabo de unos segundos, la soltó y la ayudó a incorporarse—. Pero lo primero es lo primero: ¿de qué otro modo querías que mirara esto?

Kerry se frotó la garganta y le sostuvo su venenosa mirada.

—La historia. Participarías en el rescate de nueve huérfanos.

—Me vería involucrado en un caso de transporte ilegal de inmigrantes.

—Inmigración nos apoya. Los niños están apuntados a un plan de adopción —Kerry percibió un ligero cambio en su escéptica expresión y aprovechó el momento—. Estarías allí, registrándolo todo con la cámara. Esta historia tendría mucha más repercusión que el material que tienes.

—Que tenía.

—Que tenías —admitió Kerry.

Se miraron en silencio varios segundos.

—¿Dónde están esos niños? —preguntó Linc finalmente.

—A unos cinco kilómetros de aquí. Los dejé escondidos ayer por la tarde.

—¿Qué hacías con ellos?

—Enseñarles. Llevo diez meses aquí. Todos sus padres están muertos; sus casas, incendiadas. Hemos sobrevivido en refugios temporales mientras nos arreglaban los trámites para salir de Monterico y entrar en Estados Unidos.

—¿Qué trámites?, ¿con quién?

—La Fundación Hendren, así llamada en honor a Hal Hendren, un misionero al que mataron aquí hace casi dos años. Sus familiares inauguraron la fundación poco después de su muerte.

–¿Y crees que estarán en el punto de encuentro tal como dicen?

–Estoy segura.

–¿Cómo has recibido la información?

–Por un mensajero.

Linc rio con cinismo.

–Un mensajero que vendería a su hermana por un paquete de cigarrillos. Que, por cierto, me vendría de maravilla –murmuró mientras se palpaba los bolsillos del pantalón. Sacó un paquete, pero estaba vacío–. ¿Tienes alguno?

–No.

–Me lo imaginaba –gruñó Linc–. ¿Confías en ese mensajero?

–Dos de los nueve huérfanos son hermanas suyas. Quiere que las saquen de aquí. A su padre lo mataron por ser espía de los rebeldes. A su madre... bueno, también la mataron.

Linc se apoyó en el camión y se mordió el labio inferior. Miró el carrete fotográfico. Tardaría mucho en perdonarla por lo que había hecho, pero ya no podía hacer nada por salvar las fotos.

Solo le quedaban dos opciones. Podía volver a la ciudad y suplicarle compasión al sedicente presidente. En el mejor de los casos, regresaría a casa con las manos vacías. La otra opción era igual de desagradable. Todavía no estaba dispuesto a convertirse en aliado de aquella descerebrada.

–¿Por qué tenías que secuestrarme?

–¿Habrías venido si te lo hubiera pedido por favor? –contestó ella–. Sospechaba que no. Sospechaba que ningún mercenario querría ocuparse de un grupo de niños.

–Sospechabas bien. Lo más probable es que un mercenario hubiera aceptado el dinero que le hubieses ofrecido por adelantado, te hubiera acompañado a tu escondite, habría degollado a los niños, te habría violado antes de matarte y se habría marchado pensando que había sido un buen día.

—No había pensado en eso —dijo Kerry, pálida de la impresión.

—No habías pensado en muchas cosas. Como en la comida. O el agua.

—Contaba con que tú... con que quien quiera a quien escogiese se ocupara de esos detalles.

—No son detalles —objetó Linc—. Son cosas de primera necesidad.

A Kerry le desagradó que le hablara como si fuese tonta.

—Soy una mujer aguerrida —afirmó con aplomo—. Sufriré lo que haga falta con tal de sacar del país a esos niños.

—Es posible que estén todos muertos antes de cruzar esos setenta kilómetros. ¿Estás preparada para eso?

—Se morirán de todos modos si se quedan.

La estudió unos segundos y decidió que no estaba fanfarroneando. Debía reconocer que había sido muy valiente la noche anterior.

—¿Cuál es el punto de encuentro?

La cara se le iluminó de alegría, pero no sonrió. Kerry se dio la vuelta y corrió a un tronco hueco, caído al final del descampado en que se hallaban. Después de introducir un palo para expulsar las serpientes que pudiera haber dentro, resguardándose del calor, metió la mano y sacó una mochila. La abrió mientras regresaba al camión y, una vez allí, sacó un mapa y lo extendió sobre la capota.

—Aquí —dijo señalando un punto—. Y estamos aquí.

Linc había viajado con varias guerrillas durante las semanas anteriores. Conocía los puntos más conflictivos. Miró la expectante cara de la mujer y respondió con dureza:

—Eso está lleno de militares.

—Lo sé.

—Entonces, ¿por qué ahí?

—Precisamente por eso. Como está tan vigilado, utilizan el sistema de radar menos moderno que tienen. El avión tendrá más posibilidades de pasar sin que lo detecten.

—Es una misión suicida.

—Eso también lo sé.

Linc le dio la espalda, furioso. ¡Maldita fuera! Acababa de mirarlo con esos ojos con los que lo había seducido la noche anterior. Esos ojos que le habían hecho mandar a paseo el sentido común y acompañarla fuera del bar. Quizá no fuese una prostituta, pero sabía cómo conseguir lo que quería. Sabía cómo hacer que un hombre se pusiera duro como el acero y, al mismo tiempo, maleable como la arcilla.

La noche anterior había bebido mucho, pero no tanto como para no recordar que la había besado y tocado, y que le había gustado mucho. Era una mujer con agallas, reconoció a regañadientes. Claro que no eran sus agallas lo que quería sentir debajo de él. Sino su cuerpo. Estaba deseando cubrir aquellos muslos torneados, acariciar su sedoso cabello.

Supo, incluso al tomar la decisión, que pagaría muy caro lo que estaba a punto de hacer.

—Cincuenta mil dólares.

Después de encajar el golpe, Kerry respondió:

—¿Es tu precio?

—Si no puedes pagar, no hay trato.

—Lo hay —respondió ella, alzando la barbilla.

—No tan rápido. Estás son las reglas. Yo soy el jefe, ¿de acuerdo? Nada de discutir mis decisiones. Si te digo que hagas algo, lo haces sin pedirme explicaciones.

—Llevo casi un año viviendo en la selva —repuso altanera Kerry.

—En una escuela con un puñado de niños. No es lo mismo que andar por la selva con ellos. Será un milagro que no nos ataquen. Solo me arriesgaré si lo hacemos todo a mi manera.

—Está bien.

—Vale. Entonces, en marcha. Tres días no es mucho tiempo para llegar a la frontera.

—En cuanto me cambie, vamos por los niños y recogemos algunas vituallas —Kerry sacó de la mochila unos pantalones marrones, una blusa, unas medias y unas botas.

—Veo que has pensado en todo.

—Incluida el agua —dijo, y le pasó una cantimplora—. Sírvete.

—Gracias.

Kerry permaneció quieta, incómoda, con la muda contra el pecho.

—¿Me disculpas mientras me cambio, por favor?

Linc bajó la cantimplora. Le brillaban los labios por el agua. Se secó la boca con el dorso de la mano y la miró a los ojos.

—No.

Capítulo 3

—¿No?
—Sí.
—¿Sí que no me disculpas?
Lincoln O'Neal cruzó los brazos, los tobillos y echó la cabeza hacia un lado con arrogancia.
—Exacto. No pienso moverme de aquí.
Kerry no podía creérselo.
—¿Serás tan maleducado de no dejarme un poco de intimidad? —contestó, perpleja, y obtuvo una sonrisa cualquier cosa menos amable—. Entonces olvídalo. No me cambiaré hasta que lleguemos al sitio donde están escondidos los niños.
—Creía que habías dicho que eras una mujer aguerrida.
Casi le golpeó con la coleta cuando giró la cabeza. El muy patán la estaba poniendo a prueba. No podía echarse atrás en ese momento. Si lo hacía, quizá rompiera el trato. No le quedaba más remedio que seguir sus jueguecitos.
—De acuerdo. Me cambiaré.
Se dio la vuelta y se llevó la mano a la espalda para alcanzar la cremallera del vestido.
—Permíteme.
Linc se acercó a ella. Tenía grandes manos, pero eran suficientemente sensibles para manejar cámaras y objetivos. Al parecer, también se le daba bien desvestir mujeres. Bajó la cremallera con facilidad, sin que se atascara una sola vez.
Aceptar un reto era una cosa, pero llevarlo a cabo era dis-

tinto. Había pensado que quitarse el vestido delante de él no sería peor que estar en biquini en la playa. Pero no había contado con que Linc fuese a ayudarla, ni en tenerlo tan cerca como para sentir su respiración en la espalda. Se le hizo un nudo en el estómago y sintió un insano deseo de recostarse sobre él.

Centímetro a centímetro, notó cómo le descubría la espalda. Kerry notó un calor en la espalda, debido al sol en parte, pero sobre todo al azoramiento y la certeza de que Linc estaba mirando adónde conducía la cremallera.

—Gracias —susurró casi sin aliento cuando por fin la hubo abierto del todo.

Luego se apartó de él. Vaciló unos segundos antes de bajarse los tirantes por los brazos. El corpiño cayó hasta su cintura. Dejó caer el vestido y se lo sacó por los pies.

Lo que la dejó sin más ropa que unas braguitas y las sandalias. Los rayos del sol penetraban su piel desnuda. La humedad se posaba sobre ella como besos mojados. La selva entera se quedó en silencio, como si estuviera observándola, atenta a su actuación.

Corrió a ponerse los pantalones. Le temblaban tanto las manos que apenas logró abrochárselos. Luego introdujo los brazos en las mangas de la blusa. Se abrochó solo dos de los botones y se hizo un nudo en la cintura. Luego se sacó la coleta de debajo del cuello y se agachó a recoger aquel vestido del que, en cualquier otra situación, habría prescindido encantada.

Fue entonces, mientras estaba agachada, cuando Linc le puso las manos a ambos lados de la cintura.

—Déjame —dijo ella en voz baja y amenazante.

—Ni lo sueñes, cari...

Pero se quedó mudo cuando Kerry se incorporó y se dio la vuelta. Estaba sujetando la pistola con las dos manos, apuntándolo al centro del pecho.

—Hemos hecho un trato y es estrictamente comercial. Si vuelves a acosarme te mataré.

—Lo dudo mucho —contestó él sin inmutarse.

—¡No bromeo! —le aseguró, encañonándolo un poco más cerca aún—. Anoche tuve que aguantar tus asquerosos sobeteos, pero no se te ocurra volver a tocarme.

—Está bien, está bien.

Linc levantó las manos en señal de rendición. Al menos, eso fue lo que Kerry pensó que haría. Sin embargo, con una velocidad fulgurante y humillante facilidad, tiró la pistola al suelo de un manotazo. Cayó ruidosamente sobre la capota del camión, para resbalar hasta el suelo acto seguido. Le sujetó un brazo contra un costado y le retorció el otro por detrás de la espalda.

—No vuelvas a apuntarme con una pistola jamás, ¿está claro? —Linc le subió el brazo un poco más, hasta que la mano estuvo entre los omoplatos—. ¿Está claro?

—Me haces daño —se quejó Kerry.

—No tanto como el que me habrías hecho tú si esa Magnum se te hubiera disparado —gritó él.

—Si ni siquiera sé cómo funciona.

—Razón de más para no intentar una tontería así.

—Lo siento, por favor —le suplicó mientras se le saltaban las lágrimas de dolor y humillación. Linc aflojó la presión, pero siguió agarrándola.

—Debería retorcerte el pescuezo por esa estupidez —le dijo—. Pero en vez de eso... —Linc bajó la cabeza hacia la de ella.

—¡No!

—Sí.

Fue un beso tan posesivo como los de la noche anterior. Sus labios la devoraron con avidez, pasión, fuerza y suavidad al mismo tiempo. Su lengua se abrió paso entre sus dientes. Kerry se puso tensa, pero él siguió explorando a fondo su boca. Aunque movía la lengua despacio, era evidente que Linc dirigía el beso. Kerry se limitaba a responder. A su pesar, cuando su lengua rozó la de ella, no pudo evitar hacer un movimiento acompasado.

Linc separó la cabeza. Ella abrió los ojos lentamente, como si la hubieran drogado.

—Así que asquerosos sobeteos, ¿eh? —se burló con malicia—. No sé por qué, pero me parece que mis sobeteos no te parecen asquerosos en absoluto.

Con descaro inconcebible, dirigió una mano hacia uno de sus pechos, lo cubrió y lo acarició a través de la blusa.

—No —Kerry no se atrevió a decir nada más por miedo a que se le escapara un gemido de placer.

—¿Por qué no?

—Porque no quiero que lo hagas.

—Sí que quieres —respondió él con arrogancia—. Puede que esto sea una aventura interesante después de todo. ¿Qué tal si disfrutamos un poco?

—Por favor, no —se resistió Kerry justo antes de emitir un gemido cuando el pezón se le irguió para dar la bienvenida al pulgar de Linc.

—Parece que te gusta —susurró él mientras le daba un mordisquito en el lóbulo de una oreja.

—No, no me gusta.

—Claro que sí. Por muchos remilgos que finjas, respondes como responden las mujeres a los hombres —Linc sonrió al oírla gemir después de resituar sus caderas sobre ella y frotarse sugestivamente—. Te calienta tener cerca a un hombre excitado. De lo contrario, anoche no habrías podido engatusarme para que me fuera contigo.

—Estabas borracho. Te habrías ido detrás de cualquier mujer de la cantina.

—No creas. Estaba borracho, pero advertí la fogosidad que subyace en tu interior bajo esa fachada de frialdad. Pero es imposible mantenerse frío en la selva, pequeña. Te derrites.

—Para —ordenó Kerry con todas sus fuerzas, de modo que la protesta sonase más convincente que la resolución de acabar con aquel juego.

—De momento —dijo él, retirando la mano de su pecho—. Porque sigo enfadadísimo contigo por haberme apuntado con la pistola. Pero ya me suplicarás más adelante.

Su soberbia tuvo un efecto revitalizante en ella.

—Espera sentado —replicó enojada.

Consiguió quitárselo de encima, pero solo porque Linc se dejó. Él soltó una risa mientras se agachaba a recoger la pistola. Se la metió en la pretina. Kerry lo miró hasta que se dio cuenta de en qué se estaba fijando, y en seguida desvió la vista.

—Entra, yo conduciré —le dijo él después, sonriéndole con insolencia—. Puedes ponerte las botas en el camión.

Ya había asumido el control, cosa que, por el momento, le parecía bien. El abrazo la había puesto nerviosa.

Se había entregado tanto a su trabajo con los niños durante los pasados diez meses, que no había echado de menos tener compañía masculina. Nadie la esperaba cuando volviese a Estados Unidos. Y no había tenido ninguna relación amorosa con ningún hombre en Monterico. Y era por esa ausencia de relaciones con el sexo opuesto por lo que la había desconcertado la súbita intrusión de Linc O'Neal en su vida.

Había despertado en ella un hambre que no había padecido hasta conocerlo. Era emocionante, pero también le daba vergüenza. Su virilidad la asustaba y fascinaba al mismo tiempo. Era un espécimen de masculinidad en su estado más primitivo. El olor y el sabor salado de su piel, la aspereza de su barba, su voz profunda, todo la atraía. Su talla, su envergadura, sus músculos delineados ofrecían un contraste abrasador con su feminidad.

Por desgracia, tenía un carácter desquiciante y una personalidad abyecta. De no ser por los huérfanos, Kerry no habría dudado en abandonarlo.

Ya había sufrido a un hombre así. Y había tenido bastante. Su padre había sido un manipulador estafador. Por lo menos, Linc era sincero y reconocía que solo buscaba su propio provecho. Al descubrirse los tejemanejes y corrupciones de su padre, Kerry había aguantado el bochorno en silencio. Pero no estaba dispuesta a callarse con Lincoln O'Neal. A este no le debía más que cincuenta mil dólares. No tenía por qué respetarlo ni mostrarle devoción como a su padre. Si decía algo que no le gustaba, se lo haría saber sin el menor escrúpulo.

Por antipático que le resultara, se alegraba de tener a O'Neal a su lado. Se negaba a confesarse siquiera a sí misma el miedo que le había dado la perspectiva de tener que trasladar a los niños por la selva ella sola. Tenían pocas posibilidades de sobrevivir al viaje y salir del país, pero con O'Neal aún tendrían alguna oportunidad.

—Ahí arriba hay un puente estrecho de madera —le dijo Kerry, rompiendo el silencio en que se habían sumido al poco de arrancar—. Nada más cruzarlo, hay una desviación a la izquierda.

—¿A la selva?

—Sí, los niños están escondidos a unos trescientos metros de la carretera.

Linc siguió sus indicaciones hasta que la frondosidad de la selva imposibilitó que el camión siguiera avanzando.

—Tengo que parar aquí.

—De acuerdo. No tardaremos mucho —dijo Kerry. Bajó del camión, seguida por Linc, y se internó entre los árboles, ansiosa por reunirse con los niños. La coleta se le enredaba, las ramas le golpeaban la cara y le arañaban los brazos—. Podríamos usar tu machete.

—Si cortamos las plantas, dejaremos huellas de por dónde vamos —objetó Linc—. Salvo que sea absolutamente necesario, es mejor que nos abramos paso sin el machete.

—Claro —Kerry lamentó su falta de previsión—. No se me había ocurrido.

Solo se sintió un poco mejor cuando llegaron al escondite, el cual le pasó inadvertido a Linc.

—Joe, soy yo. Podéis salir —lo llamó con suavidad.

Linc advirtió un sonido a su izquierda. La vegetación se movió y, de pronto, varios pares de ojos marrones se quedaron mirándolo con recelo, encabezados por un chiquillo más alto que los demás.

El chaval, al que Linc le calculó unos catorce años, tenía una expresión que le hacía aparentar más edad.

—Es Linc O'Neal —le dijo Kerry al niño—. Es el hombre al

que he elegido para que nos ayude. Linc, te presento a Joe, el mayor del grupo.

—Hola, Joe —lo saludó aquél, tendiéndole una mano.

Joe la rechazó y se dio la vuelta de golpe. Luego avisó en español al resto de los niños, que fueron saliendo de dos en dos tras el follaje. Una de las niñas mayores llevaba a un bebé en los brazos. Se dirigió directa a Kerry y se lo entregó.

La niñita rodeó con los brazos el cuello de Kerry, la cual le dio un beso en una mejilla y le acarició el pelo.

Los demás niños formaron un círculo a su alrededor. Parecía que todos tenían algo vital que comunicarle. Competían por su atención, aunque ella la dividía con la diplomacia de un político en campaña.

Los conocimientos de español de Linc no alcanzaban más que para pedir comida en un restaurante, de modo que no podía seguir la animada conversación entre los niños y Kerry. Solo captó una palabra, que se repetía a menudo.

—¿Hermana? —preguntó él.

—Hermana —contestó Kerry distraída mientras seguía atendiendo a los niños.

—¿Por qué te llaman...?

Pero no terminó de formular la pregunta. Cuando tomó conciencia de lo que significaba, se quedó pálido.

—Perdona, ¿qué decías? —inquirió sonriente Kerry tras oír una de las historias que le estaban contando los niños.

—Te preguntaba por qué te llaman hermana.

—Pues...

Entonces se fijó en la cara de asombro de Linc y comprendió la conclusión a la que había llegado. Pensaba que hermana Kerry tenía alguna implicación religiosa. Estuvo a pique de sacarlo de su error, pero se lo pensó antes de hacerlo. ¿Para qué decir la verdad? Él mismo acababa de proporcionarle un medio de refrenar sus acometidas sexuales sin poner en peligro por ello el objetivo que se habían marcado.

—¿Tú qué crees? —contestó por fin.

Linc invocó a una deidad, pero no en una oración.

—Vigila tu lenguaje, por favor —reaccionó ella con severidad, a pesar de las ganas que le entraron de romper a reír por tan absurdo equívoco—. ¿Quieres que te presente a los demás niños?

—¿Son todos tan amistosos como Joe? —preguntó él.

—Hablo inglés —dijo orgulloso el chico.

—Entonces no tienes modales —replicó Linc.

Kerry intervino al instante.

—Joe, ¿te importa encender una hoguera? Daremos de comer a los niños antes de salir —le dijo. El chico lanzó una mirada resentida a Linc antes de acometer la tarea que Kerry le había asignado—. Niños, este es el señor O'Neal —añadió en español, después de pedirles que guardaran silencio.

—Llamadme Linc —dijo él.

Kerry les repitió el nombre propio. Ocho pares de ojos lo miraron con una mezcla de curiosidad y precaución. Uno a uno, Kerry se los fue presentado.

—Y la más pequeña se llama Lisa.

Linc respondió a cada presentación con gravedad, estrechando las manos de los niños y haciendo reverencias a las niñas. Luego le hizo una carantoña a Lisa, con cuidado de no tocar a Kerry en el proceso.

Les dijo hola en español, lo cual agotó casi su vocabulario.

—Diles que cuidaré de ellos durante el viaje —Linc habló despacio para que Kerry pudiera traducirlo simultáneamente—. Pero que tienen que obedecerme siempre... Si les digo que estén quietos... tienen que estar quietos... en silencio... Que no se muevan... ni se separen del grupo... nunca... Si hacen lo que les diga... llegaremos al avión... y podremos ir a Estados Unidos.

Las caras de los niños se iluminaron al oír las dos últimas palabras.

—Si se portan bien... y hacen todo lo que les pida... cuando lleguemos a Estados Unidos... los llevaré a todos al McDonald.

—Un detalle de tu parte —dijo Kerry—. Pero no saben qué es

un McDonald. Ni siquiera podrían imaginárselo, aunque intentara explicárselo.

—Ah —Linc miró aquellas ocho caras alzadas hacia él y notó un pellizco en el corazón—. Bueno, pues piensa en un premio adecuado.

Después de comer un engrudo de judías y arroz, empezaron a recoger sus escasas pertenencias. Cuando ya no quedaba por cargar más que a los niños, Linc sacó una de las cámaras del camión y empezó a hacer fotos.

—Hermana Kerry, ¿podrías...?

—Kerry está bien. Por favor.

Linc asintió incómodo. No había vuelto a mirarla directamente desde que se había enterado de su vocación.

—¿Te importa juntar a todos para una foto de grupo?

—Ahora mismo.

Poco después, todos estaban posando para él. Los niños sonreían emocionados. Lisa tenía el pulgar en la boca. Joe se negó a mirar al objetivo y giró la cabeza hacia los árboles de alrededor. Kerry esbozó una sonrisa forzada.

—Muy bien, ya está —dijo mientras volvía a guardar los objetivos en sus fundas. Se colgó la cámara por la correa y agarró una bolsa con latas de conservas que Joe había recogido la noche anterior de entre los cubos de basura de un poblado cercano.

—¿Lo tuyo no son las fotografías bélicas? ¿Para qué querías una foto de grupo? —le preguntó Kerry mientras iban al camión.

—Por si alguien se queda en el camino.

Su abrupta respuesta la frenó en seco.

—¿Crees que es posible?

—¿Dónde tienes la cabeza?, ¿en las nubes? —replicó él. Si en ese momento lo hubieran presionado para que especificara por qué estaba tan enfadado con ella, lo habrían puesto en un apuro—. Hay soldados por todas partes. Soldados que matarían a estos niños porque sí, para pasar un rato divertido.

―Quieres abandonar el plan ―lo acusó Kerry, forzándose a contener su espanto.

―Sí que quiero, sí. Y si tuvieras una pizca de sentido, lo que cada vez dudo más, tú también querrías abandonar.

―Yo no puedo.

Linc maldijo prolijamente y esa vez no se disculpó.

―Venga, no hay tiempo que perder.

Cuando llegaron al camión, su rostro era la viva imagen del pesimismo. Los nueve huérfanos estaban amontonados en la parte trasera, junto con su equipo de fotografía, los alimentos y Kerry.

―Siento que no puedas ir delante ―le dijo a Kerry mientras esta sujetaba a Lisa en su regazo―. Pero si nos paran, puedo hacer pasar a Joe por mi ayudante. Sin el vestido de anoche, no te pareces mucho a una... bueno...

―Entiendo. De todos modos, los niños estarán mejor si voy con ellos atrás. Solo avísame si ves una patrulla, para que podamos escondernos.

―De acuerdo. Si nos paran, los niños tienen que estar quietos y callados.

―Ya se lo he explicado varias veces.

―Bien ―Linc asintió suavemente con la cabeza―. ¿Tienes agua?

―Sí. ¿Tienes tú el mapa?

―Sé adónde vamos ―dijo y la miró a los ojos―. Solo espero que podamos llegar.

Intercambiaron una mirada significativa antes de que Linc subiera al camión y arrancara.

Kerry jamás se había sentido tan incómoda en su vida, aunque trató de poner buena cara delante de los niños. Estaban todos hacinados y el sol caía sin piedad. Y cuando los árboles proporcionaban alguna sombra, cambiaban los penetrantes rayos del sol por un aire tan húmedo que podía cortarse con un cuchillo.

Los niños decían que tenían sed, pero Kerry racionó el agua con cautela. Quizá no fuera fácil llenar de nuevo las cantimploras. Además, cuanto más bebieran, más veces tendrían que pedirle a Linc que parase. No quería pedirle ningún favor.

Él siguió conduciendo aun después de que el sol se hubiera ocultado tras los árboles, envolviendo la selva en un crepúsculo prematuro. Ya había oscurecido por completo cuando llegaron a un poblado desierto. Como medida de precaución, Linc les había pedido a Kerry y los niños que se escondieran bajo una manta que había en la parte trasera del camión. Después de asegurarse de que el poblado estaba de verdad vacío, condujo medio kilómetro y aparcó en un descampado.

–Dormiremos aquí.

Kerry tomó la mano de Linc y dejó que la ayudara a bajar. Luego se llevó las manos a la espalda y la arqueó, tratando de estirar los músculos.

Linc separó los ojos de sus pechos, realzados por el ejercicio que estaba realizando. Se pegaban a la blusa, húmeda de sudor. No pudo evitar recordar cómo habían respondido a sus caricias.

–¿Crees que puedo acercarme a examinar el poblado? –le preguntó tras carraspear.

–Sí, sí. ¿Podemos encender una hoguera?

–Sí, pero que sea pequeña. Me llevo a Joe. Toma –Linc se sacó la pistola, la giró y se la ofreció por la culata.

–Ya te he dicho esta mañana que no sé bien cómo usarla –dijo mientras la sujetaba.

Linc le dio una lección rápida.

–Si tienes que disparar, asegúrate de que tu objetivo está tan cerca como lo estaba yo esta mañana. Así no fallarás.

Luego avisó a Joe y ambos se desvanecieron en la oscuridad.

Kerry puso a una de las niñas mayores a cargo de las pequeñas y mandó a los niños a recoger leña. Cuando Linc y Joe regresaron, Kerry ya había encendido una hoguera. Joe llevaba unas sábanas. Dos pollos famélicos ocupaban las manos de Linc.

–Una hoguera perfecta –le dijo a Kerry.

–Gracias.

–Puede que no sea mucho, pero es cuanto he podido encontrar –comentó él, disculpándose, apuntando hacia los pollos con la mirada.

–Abriré un par de latas y así tocaremos a más.

Linc asintió y se alejó de ella y de los niños para preparar los pollos. Cosa que Kerry le agradeció infinito.

Aunque habían dormido durante el viaje, los niños estaban tan cansados que casi no podían ni comer. Kerry los animó, sabedora de que aquella podía ser la última comida caliente en un par de días. Al final, cenaron todos y los acostó en la parte trasera del camión.

Estaba sentada junto a la hoguera, dando sorbos a una taza de café. Linc se acercó y le llenó la taza.

–¿Has visto algo? –susurró.

–No. Todo está tranquilo. Lo que no deja de intranquilizarme. Preferiría saber dónde están.

–¿Quiénes?

–Todos menos nosotros –Linc sonrió; sonrisa que la luz de la hoguera iluminó. Kerry retiró la vista. Era de lo más atractiva.

–Me has sorprendido.

–¿En qué sentido?

–Te has portado muy bien con los niños. Gracias.

–Gracias a ti por la aspirina. Me ha ayudado con mi jaqueca.

–Hablo en serio. Te agradezco que seas amable con ellos.

–He hecho algunas cosas horribles a lo largo de la vida, pero nunca he maltratado a un niño –dijo con voz tensa. Dio un sorbo de café y estiró las piernas.

No había pretendido insinuar tal cosa, así que optó por dejar el tema.

–Háblame de ellos –habló Linc al cabo de un largo silencio–. De Mary.

–No llegó a conocer a su padre –contestó Kerry–. Lo ejecutaron antes de que naciese. A su madre la encarcelaron y se cree que está muerta.

–¿Y Mike?

Kerry había empezado a llamarlos por su equivalente inglés para que fueran familiarizándose con los nombres que oirían en Estados Unidos. Le habló del niño.

–Carmen y Cara son las hermanas del mensajero. Se llama Juan –prosiguió Kerry.

–¿Y Lisa?

–Es una ricura, ¿verdad que sí? –Kerry sonrió–. Un soldado violó a su madre cuando solo tenía trece años. Se quedó embarazada y se quitó la vida después de que Lisa naciera. Al menos ella no conoce el dolor de haber tenido un ser querido y perderlo.

–¿Y él?

Linc miró hacia Joe, que estaba sentado en un extremo del descampado, con la vista perdida en la selva.

–Pobre –dijo Kerry con melancolía–. Siempre está triste.

–¿Cuántos años tiene?

–Quince –Kerry le hizo un resumen de su vida–. Es inteligente, pero es el producto de su trágico pasado. Un joven hostil, irritado, antisocial.

–Que está enamorado de ti.

–¿Qué? –Kerry lo miró como si se hubiera vuelto loco–. No seas absurdo. No es más que un niño.

–Que se ha visto obligado a madurar muy rápido.

–¿Pero enamorado de mí? No es posible.

–¿Por qué no? A los quince años, los niños ya han... –dejó la frase en el aire.

–Supongo –murmuró Kerry para cubrir el incómodo silencio que sobrevino–. ¿Tú...? –arrancó y se interrumpió, dejando la pregunta a medias. No entendía qué la había impulsado a hacérsela. No se atrevió a mirarlo, aunque, por el rabillo del ojo, lo vio girar la cabeza hacia ella.

–Creía que eran los curas los que confesaban.

–Así es. Perdona. Estábamos hablando de Joe.

–¿Sabes lo que ha hecho con el vestido que llevabas anoche? Lo quemó en una hoguera del poblado –contestó Linc y ella lo miró incrédula–. Se quedó mirándolo hasta que se consumió por completo.

–Pero fue él quien robó ese vestido. Sabía por qué tenía que ponérmelo.

–También sabe que lo has usado para traerme. Se odia por haber contribuido a tu humillación.

–Te lo estás imaginando todo.

–No. Se muestra muy protector contigo.

–Nunca lo ha sido. Y no estamos en peligro inminente. ¿De qué me está protegiendo?

–De mí.

La llama de la hoguera se reflejó en sus ojos, dándoles una apariencia más dorada que marrón. Se había quitado la camisa de camuflaje horas antes y solo llevaba una camiseta verde, por cuya parte superior salía un poco de vello, con reflejos rojos, como en el pelo de la cabeza.

No sin dificultad, Kerry desvió la mirada.

–¿Por qué no me lo dijiste? –preguntó Linc entonces con voz ronca.

–No había nada que contar –contestó con sinceridad.

–Lamento discrepar, señorita Bishop –respondió él–. ¿Por qué no impediste que te besara? –insistió.

–Lo intenté, por si no lo recuerdas.

–No mucho.

–Tuve que elegir entre dejar que me besaran o que me matasen –repuso ella.

–Tu vida no ha corrido peligro en ningún momento y lo sabes. Una palabra. Habría bastado con que dijeses una palabra y te habría dejado en paz.

–Esta mañana tal vez, ¿pero anoche?

–Es distinto.

–¿Porque estabas borracho?

–Sí –Linc notó que su embriaguez le parecía una excusa poco convincente–. Bueno, ¿qué querías que pensase? ¿Cómo se supone que debe reaccionar un hombre a una oferta de una prostituta? –añadió a la defensiva.

–Te aseguro que no tengo ni idea –contestó con frialdad.

–Ahora sí que la tienes. Los hombres nos portamos con las prostitutas como yo me porté anoche contigo. Ese vestido, la sonrisa seductora, el cabello, era una oferta que ningún hombre habría rechazado. ¡Así que no me culpes por picar tu cebo!

–Hermana Kerry, ¿estás bien?

Ambos levantaron la cabeza. Joe estaba de pie junto al círculo de la hoguera. Apretaba los puños y miraba a Linc amenazadoramente.

–Estoy bien, Joe –lo tranquilizó ella–. Ve a dormir. Mañana va a ser un día muy duro.

No parecía muy dispuesto a dejar de vigilarla, pero acabó metiéndose en la parte delantera del camión, donde se había decidido que dormirían él y Linc.

Este se quedó mirando las brasas de la hoguera. El silencio era tan peligroso como la selva que los rodeaba.

–¿Por qué te decidiste a hacerlo? –quiso saber Linc.

–Necesitaba que alguien me ayudara.

–No, no me refiero a ganarme para tu causa, sino al hecho en sí de simular que eras... ya sabes.

–Ah –Kerry dobló las piernas contra el pecho y apoyó la barbilla sobre las rodillas–. Cosas. Las circunstancias.

Si al final se enteraba de la verdad, estaba segura de que Linc se pondría muy furioso. El enfado de por la mañana no sería nada en comparación con el escándalo que armaría cuando la descubriera. Pero hasta que estuvieran a salvo en Estados Unidos, tenía que continuar con aquella mentira. Era la mejor manera de protegerse de él.

Y, si era sincera consigo misma, para protegerse de ella también. Porque lo cierto era que lo encontraba muy atractivo. Lincoln O'Neal era la clase de hombre que podía aparecer en cualquier catálogo de fantasías femeninas. Era guapo, tenía un estilo de vida extraordinario, desafiaba al peligro y se jactaba de su desprecio por las formas de comportamiento convencionales.

Seguro que era un amante excepcional. La había tratado con rudeza, sus caricias habían sido toscas, pero no por ello habían dejado de tener su encanto. Era el tipo de reto al que ninguna mujer podría resistirse.

Podía decirse que no una y mil veces, pero lo cierto era que la había excitado. De modo que para evitar cualquier posible estupidez, se consideraría tan inaccesible como él creyese que era. De alguna manera, fue como si acabara de jurar un voto de castidad.

Linc removía un palito en el fuego. Se notaba su frustración en cada uno de sus gestos y en el tono de voz.

–¿Cómo pudiste hacer lo que hiciste anoche siendo lo que eres?

–Estaba desesperada. Como podrás entender ahora.

–Pero resultabas tan convincente...

Kerry se sintió halagada y avergonzada al mismo tiempo.

–Hice lo que era necesario.

Notó su mirada sobre ella y no pudo evitar sostenérsela. Se quedaron así enlazados, recordando los dos las caricias, los sitios prohibidos donde le había tocado, los besos que habían compartido. Sus pensamientos corrían de la mano: lenguas, pechos, preliminares que habían despertado un apetito sin saciar.

Linc fue el primero en retirar la mirada. Estaba tenso. Maldijo para sus adentros.

–Quizá te equivocaste de oficio. Podrías haber sido una gran actriz –comentó con sarcasmo–. Claro que lo hiciste obligada, ¿verdad? Tenías que asegurarte de que te acompañara, así que me engatusaste con unos cuantos roces. Dejaste que te saboreara...

–¡Para!

–Hasta que la lujuria me nubló el entendimiento.

–¡Te mentí, sí! –gritó Kerry. Le daban miedo las imágenes que sus palabras convocaban y decidió ponerles punto final–. Te engañé y soporté tus insoportables abrazos. Y volvería a hacerlo si fuese necesario para salvar a esos niños.

–Acuérdate de mí en tus oraciones esta noche, hermana Kerry –gruñó él–. Te aseguro que lo necesito.

Luego tiró los restos del café al fuego. Las brasas sisearon como una serpiente. Una nube de humo se alzó entre los dos, simbolizando el infierno que tendría que padecer Linc para reprimir el deseo de tocarla.

Capítulo 4

Salieron de la nada. Las matas de ambos lados de la carretera se movieron y bloquearon el paso; de pronto, el camión estaba rodeado de guerrilleros, que parecían haber brotado de la maleza.

Linc pisó a fondo los frenos. Chirriaron mientras el camión derrapaba hasta detenerse sobre la estrecha carretera. Los niños gritaron aterrados. Kerry, cuyos gritos se fundieron con los del resto, sujetó a Lisa con fuerza.

Cuando el polvo se aposentó, todo se quedó estático como una fotografía. Nadie se movía. Hasta los pájaros de la selva parecían intuir el peligro y callaban en sus escondites, arriba.

Los guerrilleros estaban armados. Todos apuntaban con sus metralletas al camión y a sus espantados ocupantes. Eran hombres jóvenes, pero de rostros siniestros. Algunos no habían tenido que afeitarse aún nunca, pero poseían ya la implacable mirada de los hombres que no tenían miedo a morir ni a matar.

A juzgar por su ropa, llevaban tiempo viviendo en la selva. Lo que no se habían cubierto de barro adrede para camuflarse estaba manchado de sudor, polvo y sangre. Tenían cuerpos finos, fibrosos, duros como su amenazante expresión.

Linc, que había estado presente en muchas guerras desde Vietnam, reconoció aquella mirada desnuda de humanidad de quienes llevaban demasiado tiempo matando. Aquellos hombres estaban acostumbrados a la muerte. La vida, ni siquiera sus propias vidas, apenas tenía valor.

Sabía que no debía hacer ninguna estupidez para quedar como un héroe. Mantuvo ambas manos sobre el volante, donde todos pudieran verlas sin dificultad. Lo único que tenían a favor era que resultaba evidente que los guerrilleros no formaban parte del ejército del presidente. De haber sido así, no habrían detenido el camión, sino que lo habrían destruido sin contemplaciones y ellos ya estarían muertos a esas alturas.

–Kerry, quédate donde estás –le dijo él–. Yo me ocupo de esto. Procura que los niños mantengan la calma. Diles a los guerrilleros que voy a abrir la puerta y salir.

Les comunicó las intenciones de Linc en español. Pero no obtuvieron respuesta alguna de aquel círculo de rostros hostiles. Linc lo interpretó como que no se oponían. Bajó despacio la mano izquierda. Varios soldados reaccionaron al instante.

–¡No!, ¡no! –gritó Kerry. Luego se apresuró a suplicarles que no dispararan y les explicó que el señor O'Neal solo quería hablar con ellos.

Linc volvió a bajar la mano valerosamente y abrió la puerta del camión. Bajó con cautela. Con las manos levantadas sobre la cabeza, se apartó del vehículo.

Kerry contuvo la respiración cuando uno de los guerrilleros dio un paso al frente y sacó una pistola. Le ordenaron que tirara el machete al suelo y, aunque no entendía apenas español, Linc entendió la amenaza oculta tras aquel mandato y obedeció sin dudarlo.

–Estamos llevando a los niños a un poblado cerca de la frontera –les dijo en voz alta y clara–, donde tendrán comida y un lugar en el que refugiarse. Son huérfanos. Nosotros no somos vuestros enemigos. Dejadnos...

La explicación de Linc quedó violentamente interrumpida cuando uno de los guerrilleros se le aproximó y le dio un revés en la boca. Giró la cabeza siguiendo el impulso del golpe. Linc, que había aprendido a pelear desde bien pequeño, apretó los puños y los dientes. Sin embargo, antes de que pudiese contraatacar, el soldado le dio un puñetazo en el estómago. Linc cayó al suelo. Le sangraba una comisura de los labios.

Kerry salió de la parte trasera del camión y corrió hacia él. Sin amedrentarse por las metralletas que la apuntaban, se dirigió a los guerrilleros:

–Por favor, señor, deje que hablemos con usted –le pidió apurada.

–Te he dicho que te mantengas al margen –gruñó Linc mientras se incorporaba–. Vuelve al camión.

–¿Y dejar que te den una paliza de muerte? –replicó ella. Luego se giró hacia el hombre que lo había golpeado. La insignia de la gorra indicaba que era el rebelde con mayor rango del grupo–. Lo que ha dicho el señor O'Neal es verdad. Solo queremos llevar a los niños a un lugar seguro –afirmó en español.

–Estás en un camión del presidente –el guerrillero escupió al suelo, junto a los pies de Kerry.

–Cierto. Se lo robé a uno de sus soldados.

Uno de los guerrilleros sacó a Joe de la cabina, la cual pasó a explorar. Regresó junto a su jefe con la gorra y la chaqueta militares. Este se las tiró a Kerry acusatoriamente.

–Su propietario se las dejó en el camión cuando entró en un bar a beber y a disfrutar de la compañía de unas prostitutas.

–¿Qué les has dicho? –preguntó Linc. Estaba de pie, a su lado. Un hilillo de sangre corría por su barbilla. Sin darse cuenta, se rascaba las costillas.

–Querían saber por qué vamos en un camión del ejército. He tenido que explicarles la procedencia del uniforme.

Lisa empezó a llorar. Otros niños sollozaban asustados. El capitán del grupo se estaba impacientando. Miró a ambos lados de la carretera. No solía exponer a sus hombres a posibles francotiradores tanto tiempo.

Después de dar la orden, uno de sus hombres instó a Joe a que se reuniera con el resto de los niños en la parte trasera del camión mientras él entraba en la cabina.

–¿Y ahora qué? –le preguntó Linc a Kerry.

–Nos va a llevar a su campamento.

–¿Cuánto tiempo?

—No lo sé.
—¿Para qué?
—Para decidir qué hacen con nosotros.

Se pusieron en marcha. Aunque la estaban apuntando con una metralleta por la espalda, Kerry se dirigió a los niños, que estaban llorando, y les dijo que pronto estaría con ellos. Se le clavó en el alma ver sus caras asustadas, llenas de lágrimas, cuando el camión la pasó de largo. El capitán le indicó al conductor que tomara la desviación. Al parecer, el campamento no estaba muy lejos.

Los soldados se internaron en la selva sin hacer el menor ruido. Avanzaron sobre la maleza como si no pisasen las hojas. Linc hizo ademán de seguir hablando con Kerry, pero lo obligaron a guardar silencio.

Nada más llegar al descampado que había al otro lado, divisaron el campamento. Kerry pidió permiso para ir junto a los niños y se lo concedieron. Estos se abalanzaron sobre ella en busca de consuelo y seguridad.

Empujaron a Joe y Linc contra un lateral del camión. Descargaron los talegos con las cámaras de Linc, las abrieron y examinaron a conciencia.

—Diles que quiten sus manazas de mis cámaras —le gritó a Kerry.

Ella le lanzó una mirada con la que le rogó que hablara en voz baja y controlara su genio. Se dirigió al capitán:

—El señor O'Neal es fotógrafo profesional. Hace fotos y las vende a revistas de actualidad —le dijo. Pareció impresionado, aunque seguía recelando. De pronto, tuvo una idea y miró a Linc, al que tenían contra el lateral del camión a punta de pistola—. ¿Tienes una Polaroid?

—Sí, a veces la uso para comprobar cómo entra la luz.

—¿Y carrete? —le preguntó y él asintió.

Se giró al guerrillero, cuyos ojos negros recorrían su cuerpo con descaro.

—¿Quiere que el señor O'Neal le haga una foto junto a sus hombres? Una foto de grupo.

Supo al instante que la idea fue bien recibida entre los guerrilleros, los cuales empezaron a bromear y darse golpecitos, usando las metralletas como si fueran juguetes.

El capitán les ordenó que se callaran y todos obedecieron de inmediato.

—¿Te importa ponerme al corriente de qué demonios está pasando? —le exigió Linc, enojado.

Kerry le dijo lo que había sugerido.

—Quizá nos suelten a cambio de un par de fotos.

—Y quizá se queden con las fotos y nos maten después —replicó Linc tras mirar hacia el grupo de hostiles guerrilleros.

—¡Entonces piensa tú algo! —espetó entre susurros—. Aunque salgamos con vida de aquí, estamos perdiendo un tiempo precioso.

Linc la miró con respeto. La mayoría de las mujeres se habrían puesto histéricas en tales circunstancias. Sabía por experiencia que Kerry tenía una mente aguda, capaz de improvisar planes según requiriera la situación.

—Está bien, dile al capitán que los ponga en fila —accedió, mirando con desprecio al hombre que le apuntaba con la metralleta a escasos centímetros del estómago—. Y que me deje preparar la cámara.

Kerry tradujo las palabras de Linc. Al ver que el capitán no parecía tan seducido con la idea como sus hombres, apeló a su vanidad.

—El señor O'Neal es famoso. Ha ganado muchos premios. Las fotos que os haga aparecerán en todas partes. Demostrarán al mundo vuestro valor y vuestro espíritu guerrero.

El capitán permaneció pensativo unos segundos, hasta que, de pronto, esbozó una amplia sonrisa. Sus hombres, que se habían mantenido en silencio y expectantes, rompieron a hablar y bromear de nuevo.

—Ve por la cámara —le dijo Kerry a Linc—. Empieza con una Polaroid, para que puedan ver la instantánea de inmediato.

Linc apartó encantado al soldado que había estado vigilándolo. Empleó el canto de la mano con más fuerza de la necesaria, pero el guerrillero se contuvo. Luego se agachó sobre uno de los talegos y maldijo mientras quitaba el polvo de su caro equipamiento, que habían tirado al suelo sin el menor cuidado.

Mientras ponía los carretes a las cámaras, y tras decidir que aquellas fotografías no solo les salvarían la vida, sino que además serían rentables, Kerry reunió a los soldados. Posaron erguidos y orgullosos, mostrando sus metralletas como un pescador mostraría su pieza más grande.

—Están listos —le dijo a Linc.

—¿Cómo están los niños? —preguntó él mientras miraba por el visor e indicaba a los guerrilleros que se juntaran más.

—Bien. Joe está con ellos —Kerry comprendió a qué se debían las pequeñas arrugas que se le marcaban en las esquinas de los ojos: Linc miraba mucho por visores de cámaras fotográficas.

—Diles que no se muevan —le pidió él y ella obedeció—. Muy bien, disparo a la de tres.

—Uno, dos, tres —contó Kerry.

Linc apretó el disparador y, acto seguido, la cámara expulsó una instantánea. Kerry la agarró y le preguntó si podía hacer otra.

—Sí, de nuevo a la de tres.

Después de haber hecho varias, Kerry le llevó las fotos al capitán. Los hombres se arracimaron y las miraron hasta que se hubieron revelado del todo. Rompieron a reír. Se intercambiaron insultos leves. Daba la impresión de que estaban satisfechos con los resultados.

Mientras se pasaban las fotografías, Linc volvió a disparar, esa vez con la Nikon. Algunos de esos hombres, de haber nacido en cualquier otro sitio, estarían celebrando la fiesta de graduación del instituto. El contraste entre su inocente alegría por las fotos y los cinturones con granadas de mano que llevaban atados a la cintura era un material excelente para un fotógrafo como él.

—Larguémonos ahora que están de buen humor —le dijo a

Kerry–. Encárgate tú de las negociaciones, ya que parece dársete tan bien.

Kerry no supo si tomárselo como un halago o como un insulto, pero tampoco importaba. Tenían que marcharse cuanto antes. El tiempo volaba y cada hora era vital. Solo les quedaban dos días para llegar a la frontera. Viajar con los niños ralentizaba la marcha. Aún no habían cubierto ni la mitad de lo que les quedaba por recorrer, y eso que Linc apenas había parado de conducir.

Kerry se acercó a los guerrilleros con precaución. Con la mayor discreción posible, captó la atención del capitán.

–¿Nos podemos ir ya?

Como si los hubiera apagado un interruptor, los soldados se callaron de golpe. Todos miraron a su jefe, examinando su reacción y anticipando su decisión.

Kerry sabía que el capitán quería que sus hombres tuvieran buena imagen de él, razón por la cual se dispuso a defender su causa.

–Vosotros sois soldados valientes. No hace falta serlo para ir aterrorizando niños. Son los hombres del presidente los cobardes que pelean contra mujeres y niños, no soldados como vosotros –dijo, abarcando a todo el grupo con un gesto de la mano–. ¿Seríais capaces de degollar a un grupo de niños indefensos? No lo creo, porque vosotros lucháis por la libertad. Todos vosotros habéis dejado atrás hijos, hermanos o hermanas. Estos podrían ser vuestros hijos. Ayudadme. Dejadme que los lleve a un sitio más seguro, lejos de la guerra.

El capitán miró hacia los niños. A Kerry le pareció distinguir un brillo de compasión, o una emoción muy próxima, en la impenetrable mirada del hombre. Luego se giró hacia Linc y su expresión retomó la hostilidad anterior.

–¿Eres su mujer? –le preguntó, apuntando con la barbilla hacia Linc.

–Yo...

–¿Qué te ha preguntado? –quiso saber Linc, al que no le gustaba la cara del rebelde.

—Si soy... tu mujer —contestó ella.
—Dile que no.
—¿No? Pero, ¿y si piensa...?
—Lo utilizará para ir por mí. ¡Dile que no, maldita sea!
Kerry se giró hacia el capitán de nuevo.
—No, no soy su mujer.
Él la miró con frialdad. Luego empezó a sonreír y pronto la sonrisa se convirtió en una carcajada, a la cual se sumaron el resto de guerrilleros, en una broma que solo ellos comprenderían.
—Sí, os podéis ir —le dijo en español.
Kerry se miró los pies con humildad.
—Gracias, señor.
—Pero antes quiero que tu hombre me haga otra foto.
—No es mi hombre.
—Mientes —dijo él con suavidad.
—No, él no es... nada para mí. Solo he contratado al señor O'Neal para que me ayude a salvar a los niños.
—Ah —dijo el capitán—, entonces no le importará hacerme una foto contigo —añadió en tono burlón.
—¿Conmigo? —preguntó Kerry, confundida y asustada.
—Sí.
Varios de sus hombres lo felicitaron y le dieron una palmadita en la espalda por su astucia.
—¿Se puede saber qué está pasando? —exigió Linc, brazos en jarras.
—Quiere que le hagas otra foto.
—Pues aparta y se la hago.
—Conmigo. Quiere una foto conmigo —Kerry miró a Linc, cuyo rostro pareció tan amenazante como el de cualquiera de los hombres que la rodeaban.
—Dile a ese capullo que se puede ir a la mierda.
Kerry esbozó una trémula sonrisa de gratitud. Había temido que a Linc le hubiese dado igual fotografiarla junto a aquel animal. Se dio media vuelta y se dirigió orgullosa al capitán, el cual la agarró por una muñeca, apretó con fuerza y tiró de ella.

—¡Suéltame! –Kerry trató de liberarse. Los guerrilleros la apuntaron con sus metralletas, pero ella mantuvo la barbilla elevada, indignada–. No pienso hacerme ninguna foto contigo.

—Entonces mataré a tu hombre –la amenazó el capitán.

—No te creo. No eres un asesino a sangre fría –Kerry sospechaba que sí lo era, pero sabía que no era la imagen que quería difundir a los países libres del mundo.

Joe ordenó a los niños, algunos de los cuales estaban llorando, que permanecieran donde estaban. Se acercó a Linc. El capitán ordenó a dos de sus hombres que los vigilaran. El resto se desperdigaron alrededor del descampado. Todos apuntaron al fotógrafo y al adolescente, cuyo rostro estaba crispado de ira.

El capitán rio con maldad y rodeó el cuello de Kerry con un brazo. Ella se mantuvo firme.

—Quítame las manos de encima –dijo, y él se la acercó un poco más.

—¡Maldita sea!, ¡suéltala! –gritó Linc.

—¿Por qué eres tan testaruda, gringa? –le preguntó el rebelde con voz lujuriosa–. Te estás perdiendo la oportunidad de pasar un rato muy agradable.

De pronto, Joe explotó. Echó a andar, pero en seguida lo zancadillearon y cayó al suelo. Los soldados rieron, ninguno tan alto como el capitán. El guerrillero que lo había derribado apoyó el cañón de su metralleta sobre la cabeza del adolescente y le ordenó que no se moviera.

—¡Dios! –susurró Kerry. ¿Acaso iba a sacrificar la vida de Joe por evitar complacer al capitán? Vaciló.

—Diles que eres monja –le sugirió Linc.

—¿No lees los periódicos?

Tenía razón. Ser monja o cura ya no era garantía de respeto. De hecho, en algunas ocasiones los elegían como víctimas adrede para sus crueles ejecuciones.

El capitán la agarró por la coleta.

—¡Cerdo hijo de...!

Linc se precipitó hacia el capitán, pero en seguida le golpearon con una metralleta en el estómago. Se dobló de dolor, pero se incorporó dispuesto a pelear.

—¡Linc, no! —gritó Kerry.

El capitán sacó una pistola y apuntó hacia Linc.

—¡No, por favor! —Kerry lo agarró del brazo.

—¿Es tu hombre?

Kerry lo miró a los ojos y supo que lo que de veras deseaba era asustarlos y humillarlos.

—Sí —respondió desafiante—. Lo es. No lo mates, por favor.

Una y otra vez le imploró que fuese clemente, hasta que, por fin, el guerrillero se guardó la pistola. Luego dio una serie de órdenes.

Kerry corrió junto a Linc.

—Rápido. Ha dicho que podemos irnos.

Linc miró al capitán con odio. Le habría encantado borrarle aquella cara arrogante de un guantazo, y de no ser por Kerry y los niños, habría arriesgado su vida en el intento. Pero ella estaba tirándole de la manga, pidiéndole que volviese al camión. Consciente de que era lo más inteligente, aunque no lo que más le apeteciera, Linc pasó por alto la mirada desafiante del guerrillero.

Recogió las cámaras y el carrete mientras Kerry llevaba a los niños a la parte trasera del camión. Luego se acercó al soldado que estaba apuntando a Joe y ayudó al chico a incorporarse. Este lo miró con tanto desprecio como Linc al capitán.

—Por favor, Joe, vuelve al camión —le dijo Kerry—. Estoy bien y todos seguimos vivos. Vámonos.

Se subió a la parte trasera del camión y se puso a Lisa en el regazo.

—Necesito la pistola y el machete —le dijo Linc a Kerry, la cual le pidió al capitán si podía devolvérselos.

—Dile a tu hombre que se meta en el camión y que cierre la puerta.

Kerry le comunicó la respuesta a Linc, el cual obedeció a regañadientes. Luego, el capitán se acercó al camión y puso el machete a los pies de ella.

—No soy idiota. No voy a devolveros la pistola.

Kerry le transmitió el mensaje a Linc, que pareció dispuesto a discutir, pero decidió callarse. Arrancó el camión y salieron del descampado. Siguiendo el sendero serpenteante de la selva, no tardaron en llegar a la carretera.

Antes de incorporarse, detuvo el camión y se bajó.

—Sé que hará un calor infernal, pero tapaos con la manta. No quiero correr más riesgos de los necesarios —dijo y la ayudó a extender la manta de la parte trasera del camión—. ¿Te ha hecho daño? —le preguntó después.

—Estoy bien —contestó Kerry con voz ronca, desviando la mirada.

Entonces la cubrió también a ella. Segundos después, lo oyó cerrar la puerta. El camión echó a andar.

—¿Qué te parece? —le preguntó Kerry en voz baja.

—Da la impresión de estar desierta.

Llevaban varios minutos observando desde el borde de la selva la casa de una plantación de azúcar. No habían detectado el menor movimiento.

—Sería estupendo pasar la noche bajo techo.

Linc miró a Kerry. Al parar el camión, después de ver por casualidad el tejado de la deshabitada casa, había retirado la manta y había encontrado a Kerry y a los niños como un ramillete marchito. Algunos se habían quedado dormidos encima de ella, además. Pero no se había quejado. Su resistencia parecía no tener límites. Aunque sus ojos reflejaban que estaba empezando a acusar el esfuerzo.

—Quédate aquí. Iré con Joe de avanzadilla —le dijo. Diez minutos después, estaban de vuelta—. Parece que está vacía hace tiempo. Estaremos a salvo. ¿Quieres ir en camión o andando? —le preguntó mientras se situaba ante el volante.

—Creo que ya hemos tenido camión de sobra por hoy. Los niños y yo preferimos ir andando.

Kerry acompañó a los huérfanos hasta el jardín de lo que

debía de haber sido una preciosa finca. Como el resto del país, había sufrido los estragos de la guerra. Las paredes tenían marcas, agujeros de balas. Unas plantas habían crecido sin la menor atención, asfixiando a otras más pequeñas. La mayoría de las ventanas estaban rotas. No había puerta delantera.

Pero el sol no se filtraba en las habitaciones, de modo que el interior ofrecía una temperatura agradable, fresca, maravillosa después de haber pasado varias horas en silencio sudando bajo la lona del camión.

No había luz ni gas en la cocina. Como Linc prohibió encender una hoguera, la cena consistió en unas judías frías, recién sacadas de las latas de conservas. Por suerte, aunque las tuberías estaban oxidadas, el agua que salía de ellas era fresca. Kerry lavó las caras y las manos de los niños, y después los acostó en una de las habitaciones bien ventiladas.

Linc la observaba mientras vigilaba por una de las ventanas. Kerry escuchó con paciencia las largas oraciones de los pequeños y a todos les habló de las cosas fantásticas que los esperaban en Estados Unidos.

La luna había trepado sobre los árboles e iluminaba su cabello. Se había deshecho la coleta y se lo había peinado con los dedos. Bajo la luz plateada su cabello parecía un pañuelo sedoso sobre sus hombros. Kerry agarró a Lisa con cariño, le dio un besito en la frente y empezó a mecerla mientras le cantaba una suave nana.

Linc deseó tener un cigarro, cualquier cosa que lo distrajera. Aunque no la mirara, notaba cada uno de sus movimientos. Y, maldito fuera, tenía celos por no ser su cabeza la acomodada entre sus pechos.

Acabaría en el infierno. Se lo merecía. Porque aun sabiendo que era monja, seguía ardiendo en deseos de estar dentro de ella. Quería volver a tocarla. Pero no de la misma manera. No quería someterla a sus caricias. Quería darle placer con ellas. No quería que se sintiera humillada, que soportara sus roces a disgusto, quieta y ultrajada. Quería que fuese receptiva, que respondiera con gemidos ardientes.

¿Estaba enfermo o qué? Sus pensamientos no eran más puros que los que sin duda había abrigado el capitán de los guerrilleros. No quería considerarse tan vil, pero daba la impresión de que era igual de canalla. Iría al infierno por lo que estaba pensando, pero no podía remediarlo.

Llevaba demasiado tiempo sin una mujer, eso era todo. Aunque no era la primera vez que estaba sin mujeres más de un mes y había sobrevivido. Nunca se había sentido consumido por el deseo como en esos momentos. Y, en cualquier caso, había anhelado la compañía de alguna mujer en general, no de una en concreto.

Jamás se había visto incapaz de concentrarse en nada que no fuera aquella fiebre sexual que tensaba la parte delantera de sus pantalones violentamente en los momentos más inesperados.

Lo irritaba verla como una mujer deseable, en vez de como lo que era. Buscó un desahogo a su rabia. Pero no había ningún perro al que patear, ningún clavo salido que golpear. Solo estaba la mujer responsable de que estuviera comportándose como un idiota.

—Ya se han dormido —susurró Kerry, acercándose a la ventana.

Linc estaba sentado en el alféizar, con una rodilla alzada, para aliviar la tensión de las inglés. Kerry no pareció advertir su mal humor, embelesada con la belleza de la noche. Respiró hondo, sin reparar en que los pechos le subieron y bajaron bajo la blusa; unos pechos a los que no podía quitar ojo Linc.

—¿Por qué no le dijiste que eras monja desde el primer momento?

Kerry lo miró sorprendida.

—No creí que fuera a servir de nada.

—Quizá sí.

—Y quizá habría dirigido su atención a una de las niñas.

Cosas así de espantosas sucedían con frecuencia en las guerras. Los hombres hacían barbaridades que normalmente les resultarían horrendas. Linc no pudo sino darle la razón. Sabía que la tenía. Aun así, algo en su interior quería hacerle daño, para que sufriera como él estaba sufriendo.

–Es que no te entiendo. Serás una santa, pero parece que te gusta usar esa cara y ese cuerpo que tienes para volver locos a los hombres –Linc se bajó del alféizar–. ¿Forma parte del entrenamiento religioso? ¿Podéis coquetear, pero no os dejáis tocar? ¿Prometéis pero luego os alejáis?

–¡Qué desagradable eres! Yo solo era un peón en la guerra de machitos que tenías con el simio ese. Le hice frente y me gané su respeto. Luego le pedí que no te matara.

–No me hagas más favores, ¿quieres? –contestó él, furioso, a pesar de que reconocía la valentía que había demostrado Kerry–. ¿O te gustaba tanto ser el centro de atención que ni siquiera te parecía estar haciéndome un favor?

–Soporté su sucio coqueteo porque no tenía más remedio. Igual que contigo.

–Y las dos veces te sacrificaste por el bienestar de los niños –se mofó él.

–¡Sí!

–Ya.

–No me extraña que no lo entiendas. Jamás has hecho nada que no redundara en tu propio beneficio. Eres tan egoísta que nunca has querido a nadie más que a Lincoln O'Neal.

Él lanzó las manos, la agarró por los hombros y tiró de Kerry hacia él.

Joe apareció de entre las sombras. Los ojos le brillaban a la luz de la luna. Estaban clavados como puñales sobre Linc.

Este maldijo, soltó a Kerry y se dio la vuelta. Estaba más enfadado consigo mismo que con ellos dos. Era él quien se estaba comportando como si hubiera perdido el juicio.

–Voy a dar una vuelta. Quedaos aquí –dijo, justo antes de salir, apretando el machete con fuerza, como dispuesto a ensartarlo donde fuese.

Kerry miró su larga sombra fundirse a lo lejos con las de la selva. Joe susurró su nombre, preocupado, y ella le puso una mano en el brazo, sonriendo sin ganas.

–Estoy bien, Joe. No te preocupes por el señor O'Neal. Solo está un poco tenso.

El chico no parecía convencido. Ni siquiera Kerry lo estaba. No comprendía por qué estaba Linc tan enfadado. ¿Por qué todas sus conversaciones acababan siempre a gritos? Se intercambiaban insultos como dos críos petulantes. El horrible episodio con los guerrilleros debería haberlos acercado, haber creado un vínculo, pero los había separado aún más. Ese día se habían salvado la vida mutuamente y, sin embargo, cualquiera que los oyese pensaría que eran enemigos. No sabía qué sentía hacia él. Necesitaba tiempo e intimidad para decidirlo.

–Voy a dar un paseo, Joe.

–Nos dijo que nos quedáramos.

–Lo sé, pero necesito airearme. No iré lejos. Vigila a los niños por mí.

Joe no desobedeció. Kerry supo que se estaba aprovechando de él. Recorrió la casa a oscuras y, a fin de evitar a Linc, salió por una puerta que daba a un porche por la parte trasera.

Salió a una terraza destartalada, con hierbas haciéndose hueco entre el suelo. Kerry se preguntó cuántas fiestas se habrían celebrado allí. ¿Qué habría sido de las personas que habían vivido en aquel lugar? Dinero no les había faltado, desde luego.

Kerry Bishop se preguntó si se habría cruzado alguna vez con los dueños de la casa. Antes de que todo cambiara, ¿se los habrían presentado en alguna fiesta de etiqueta?

Se sacudió tal idea de la cabeza y avanzó por un sendero lleno de raíces. Había refrescado. El sonido del agua corriente atrajo su atención. Estuvo a punto de meter el pie en el riachuelo antes de verlo. Era un tesoro escondido. A la luz de la luz, relucía brillante y burbujeante como el champán.

Vaciló un segundo antes de sentarse en un banco de piedras a desatarse las botas. Segundos después, se levantó y dio unos pasos hasta que el agua le llegó a las rodillas. Era una delicia. Volvió un segundo a las rocas, donde se quitó los pantalones. Cuando volvió a meterse en el río, solo llevaba la blusa y las braguitas.

Se sumergió en aquella especie de jacuzzi natural. El agua lavó su bronceada piel, pegajosa de sudor seco. La suave corriente le masajeó los músculos, tensos después de un largo día. Hundió la cabeza y dejó que el agua fluyera por su polvoriento cabello.

Habría sido un baño divino de no ser porque recordó las palabras de Linc. ¿Cómo podía pensar que había disfrutado con las atenciones del guerrillero? Era curioso: mientras que el tacto del capitán le había parecido repulsivo, las caricias de Linc no. Al principio también había tenido miedo de él, lo había tomado por un hombre igual de sanguinario que los que habían encontrado esa tarde. Pero nunca le había repugnado. Perturbado sí. Excitado también. Pero sus besos no le habían desagradado. Y, si alguna vez volvía a besarla...

No llegó a completar el pensamiento.

Un brazo la rodeó entre la cintura y los pechos y la sacó del río. Antes de poder emitir un solo sonido, le taparon la boca con una mano.

Capítulo 5

Kerry luchó como una gata salvaje.

Mordió la parte carnosa de la mano, junto a la muñeca, pero no consiguió más que un gruñido de dolor. Cuando intentó liberar la boca para gritar, la mano le aplastó los labios y ahogó cualquier posible sonido.

Le pateó las espinillas con los talones, se revolvió y lo arañó. Pero él era mucho más fuerte.

—Cállate y estate quieta, por Dios.

Kerry se quedó de piedra. La estaba sujetando Linc.

Aunque le dio rabia que la hubiera asustado así, dio gracias a que fuese él quien estaba alejándola de la casa, en vez de algún guerrillero.

—Mmm... mmm... mmm...

—¡Chiss! —le susurró Linc al oído.

Entonces, Kerry oyó otros sonidos; sonidos que no había oído antes, pero muy claros y reconocibles. Risas de hombres, conversaciones en español aderezadas de groserías, cacerolas de aluminio y armas chocando contra el cuerpo al caminar.

Un grupo de soldados estaba acampando en las inmediaciones.

Poco a poco, Linc retiró la mano de su boca. Tenía los labios blancos y dormidos, de cómo los había apretado, pero se obligó a moverlos y formar palabras sigilosas:

—¿Quiénes son?

—No me he parado a preguntarles.

—¿Dónde estaban?

—En el césped de delante de la casa.

Los ojos se le agrandaron alarmados. Dio la vuelta, decidida a rescatar a los niños, pero Linc la agarró a tiempo.

—¡Suéltame!

—¿Estás loca?

—Los niños.

—Están a salvo —contestó con suavidad mientras la arrastraba a través del follaje—. Entra ahí —añadió, instándola a que se metiera tras un tupido matorral.

—¡Pero los niños!

—Te digo que están a salvo —repitió Linc. Viendo que iba a seguir discutiendo, le puso una mano sobre la coronilla y la empujó hacia abajo. Kerry aterrizó sobre la maleza. Antes de recuperar el equilibrio, Linc le dio un empujón a un hombro. Luego se agachó junto a ella y dejó que el matorral los cubriera.

Pegó su cuerpo al de Kerry, piel contra piel, para aprovechar al máximo el espacio del escondite.

—Ahora túmbate y no hables —le susurró al oído—. No te muevas. No hagas ruido.

Kerry habría protestado si él no hubiese aumentado la presión sobre su estómago. Fue un movimiento reflejo, el cual comprendió al oír lo que Linc había oído segundos antes. Alguien se abría paso por la selva, murmurando vulgaridades en español mientras se acercaba.

Sus botas pisaron tan cerca de ellos que la parte inferior de su machete movió el matorral que los ocultaba. Kerry contuvo la respiración. Igual que Linc. No se atrevieron ni a pestañear.

El soldado los pasó de largo, pero no se relajaron. Aún sentían la vibración de sus pisadas sobre el suelo. Y, tal como habían esperado, desanduvo el camino y volvió a pasar a su lado, deteniéndose junto a su matorral.

Kerry lo oyó meter el machete en su funda, encender una cerilla. El aire se impregnó del penetrante aroma de la marihuana. El soldado había decidido tomarse un respiro en su ardua misión de matar y destruir.

Linc apretó la cara contra la nuca de Kerry y ambos permanecieron mudos e inmóviles. Ella pensó en un millón de circunstancias que podrían delatarlos. Una tos, un estornudo, una serpiente...

Tembló, en parte porque tenía la camisa mojada y en parte de espanto. ¿Y si los descubrían? ¿Qué pasaría con los niños? ¿De veras estaban a salvo o había sido una invención de Linc para que colaborase?

No, él no haría algo así. Aunque quizá sí. ¿No le había dicho que, en situaciones de emergencia, pensaba en su propia seguridad antes que en la de cualquier otro?

Por suerte, el soldado terminó de fumar pronto. Debió de apagar el cigarro, porque el olor se desvaneció. Luego oyeron sus pasos, el golpeteo constante de la cantimplora contra la cadera mientras se alejaba.

Linc esperó cinco minutos antes de aflojar la presión en el brazo de Kerry. Levantó la cabeza y, durante varios segundos, ninguno hizo nada más que respirar hondo, inmensamente aliviados.

—¿Qué estaba diciendo? —susurró Linc cuando consideró que había pasado el peligro.

—Se quejaba de que su jefe lo hubiera enviado a explorar la zona.

—¿Ha dicho algo de nosotros?

—No.

—Perfecto. Parece que no saben que estamos aquí. ¿Estás bien?

—Sí —contestó Kerry, aunque estaba medio muerta de miedo—. ¿Los niños?

—Están bien. Creo.

—¿Cómo que crees!

—Chiss. Relájate. Estaban bien escondidos cuando fui a buscarte —Linc la miró a los ojos—. Te lo juro —añadió, ofendido por su desconfianza.

Kerry se avergonzó por sus sospechas, por más que pasajeras. Linc O'Neal era una sabandija, pero no sacrificaría la vida de nueve huérfanos para salvar su escondite. Ni siquiera él tenía tan pocos escrúpulos.

–¿Qué ha pasado?

–Oí sus camiones aproximarse mientras echaba un último vistazo por fuera –contestó Linc entre susurros–. Supuse que si a nosotros nos había parecido que la casa era un buen sitio donde descansar, los soldados pensarían lo mismo. Volví corriendo y, al ver que no estabas, les dije a los niños que se escondieran en el sótano de la cocina.

–No sabía que hubiese un sótano.

–Espero que los soldados tampoco –repuso él–. Dejé a Joe al cargo y lo amenacé con castrarlo con el machete si salía del sótano antes de que volviera por ellos. Se opuso, por supuesto. Quería buscarte.

–No debería haberme ido.

–Haberlo pensado antes, señorita Bishop –la recriminó Linc.

Pensó en varias réplicas zahirientes, pero se las ahorró. Lo primero eran los niños.

–¿Estaban asustados?

–Sí, pero los calmé e intenté que lo vieran como si estuviesemos jugando al escondite. Tienen agua. Les prometí un premio si no hacían ningún ruido. Les dije que se durmieran y que cuando despertaran, estarías allí.

–¿Crees que te entendieron?

–Dios lo quiera. Cuando no me llevaba la contraria, Joe me traducía –contestó Linc–. Odiaría tener que explicarles a estos sacamantecas qué hacen nueve niños escondidos.

El recuerdo del capitán y el insultante modo en que la quería tocar todavía le revolvía el estómago.

–¿Son los mismos que nos hemos encontrado antes? –le preguntó asustada.

–No lo sé. Pero no creo que sean mejores, estén de la parte que estén. Lo mejor será marcharnos sin que nos vean.

–Estoy de acuerdo. ¿El camión?

—Por suerte, lo escondí en la selva después de bajar.

Kerry permaneció quieta unos instantes, tratando de no pensar en las piernas de Linc, pegadas a las suyas, acopladas con la misma precisión que la camisa húmeda a su pecho.

—Te dije que te quedaras en casa —la regañó de pronto—. Me prometiste que harías todo lo que te dijera.

—Necesitaba airearme —espetó ella.

Le hería el orgullo saber que Linc tenía razón. Había sido una temeridad abandonar la casa, y más de noche. Si al final les pasaba algo a los huérfanos, tendría que cargar con la culpa el resto de su vida.

—Podrías haberte aireado... por los agujeros que te podían haber hecho en el cuerpo a balazos —murmuró él, frustrado—. Has puesto en peligro tu vida y la de todos nosotros. Espero que hayas disfrutado del baño.

—Pues sí. Aunque no duró mucho —contestó. De pronto, se alarmó—. Linc, me dejé la ropa...

—La metí detrás de un platanero. Esperemos que no la hayan descubierto.

—¿Por qué no la has traído contigo?

—Mire, señorita —contestó sarcástico Linc—, solo tengo dos manos. No podía recoger tu ropa y sacarte del agua y taparte la boca al mismo tiempo. Así que dejé la ropa, ¿vale? Si los soldados te hubieran descubierto antes que yo, te habrían desnudado de todos modos y, créeme, por muy salvaje que me consideres, soy más respetuoso de lo que ellos habrían sido.

Kerry habría preferido que Linc no hubiese hecho aquella velada referencia a su desnudez. Superado el momento de máxima tensión, tomó conciencia de lo ligera que iba y de lo pegados que estaban.

¿Cuánto tiempo tendrían que permanecer escondidos, tumbados juntos, sin poder moverse ni hablar más que en susurros? No podían bajar la guardia ni un segundo. De repente, empezó a darse cuenta de lo incómodas que serían las siguientes horas.

Y no solo por estar mojada y tirada en el suelo. La proximidad de Linc estaba perturbándola: no podía evitar inclinarse hacia él, en busca de la seguridad y el calor que su cuerpo prometía.

–No sé qué estarán cocinando, pero huele bien –comentó para distraerse.

–Mejor ni pensarlo –dijo Linc, cuyas tripas le sonaron amotinadas–. Será iguana... o algo peor –añadió para atemperar los retortijones de hambre.

–No digas eso –murmuró ella–. No dejo de imaginarme serpientes, iguanas y bichos encima de mí –añadió, levantando las piernas ligeramente.

–Estate quieta –Linc apretó los dientes. El movimiento había hecho que Kerry frotara sus caderas contra la curva de su regazo.

–Lo intento –dijo ella–, pero se me cargan los músculos.

–¿Tienes frío?

–Un poco –reconoció.

La selva era como una sauna durante el día, caliente, húmeda y sin la menor brisa. Pero estaban tumbados sobre maleza húmeda. La luz del sol no había penetrado entre el follaje y, en consecuencia, hacía más frío de lo normal en el escondite.

–Será mejor que te quites la camisa –le recomendó cuando a Kerry le empezaron a castañetear los dientes.

Pasaron varios segundos. Quietos, en silencio. Kerry quiso tirar por tierra su sugerencia, pero antes de dar voz a las palabras, sintió un escalofrío incontrolable. Dadas las circunstancias, resultaba ridículo no hacer caso de su consejo.

Pero quedarse nada más que en bragas junto a Linc O'Neal...

–Está bien –dijo tensa.

–Me quitaré mi camisa –contestó él, exasperado–. Puedes abrigarte con ella.

No era buen momento para resfriarse, de modo que aceptó su ofrecimiento.

–De acuerdo –aceptó a su pesar–. ¿Có... cómo lo hacemos?

—Déjame a mí primero.

Moviéndose lo menos posible, introdujo la mano entre la espalda de ella y su torso y se desabrochó la camisa.

Con cuidado de no desplazar una sola hoja, se incorporó un poco y se quitó la camisa.

—Toma —dijo después de suspirar—. Ahora tú.

Kerry se alegró de que fuera de noche. Por otra parte, la oscuridad contribuía a crear un ambiente de cierta intimidad. Se mordió el labio inferior y cerró los ojos un instante mientras reunía valor para desabrocharse la camisa. Esa era la parte fácil. Lo complicado fue tratar de despegarse la húmeda tela de la piel.

—Incorpórate lo máximo que puedas —le sugirió él.

Detectó la aspereza de su voz, pero la atribuyó a la necesidad de hablar en voz baja. No se atrevía a pensar que pudiera deberse a otra razón.

Con cuidado, se levantó hasta que pudo apoyarse sobre un codo. Luego, sacudiendo el hombro repetidamente, trató de sacarse la camisa.

—Deja que te ayude.

Notó la cálida presión de la mano de Linc sobre el hombro. Se deslizó brazo abajo, llevándose la camisa consigo, centímetro a moroso centímetro. Tuvo que dar un tirón al llegar al codo. Sus nudillos le rozaron el lateral de un pecho.

Se quedaron helados.

—Perdón —se disculpó Linc.

Kerry no dijo nada. Se le había formado un nudo en la garganta, que le impidió articular palabra alguna. Linc siguió bajándole la manga, hasta que ella sacó la mano. Entre la postura y la tensión de la situación, los músculos le dolían cada vez más. Agotada, se sentó y respiró aliviada. El aire sopló sobre su espalda mientras Linc le retiraba la húmeda prenda.

—¿Puedes sola con lo demás? —le preguntó él.

—Creo que sí.

Se echó hacia atrás, acercándose a él, mientras se quitaba la otra manga. En cuanto se hubo despojado de toda la camisa, se sintió tan desnuda como de hecho estaba. Era de noche y no creía que Linc pudiera verla. Pero los dos sabían que no llevaba encima más que las bragas.

Lo que era sumamente perturbador.

Tanto que cuando él le acercó su propia camisa, Kerry la agarró y se la llevó contra el cuerpo de un tirón. La cubrió y la calentó... pero olía a él. Sus pulmones se inundaron de aquella esencia masculina y embriagadora. Vestir su camisa era como estar envuelta entre sus brazos.

—¿Mejor?

Kerry asintió con la cabeza. Tenía el pelo mojado. Se lo recogió y se hizo un moño sobre la cabeza. Lo que le dejó el cuello y los hombros al descubierto. De pronto, sentía cada aliento de Linc. Sabía que solo llevaba la camisetilla verde militar, sobre cuyo escote asomaba una impresionante mata de vello.

—Sigues temblando —Linc la rodeó con un brazo y la atrajo hacia él.

Cerrar los ojos no la ayudó a conjurar la visión de sus musculosos brazos. Lo había visto sin camisa por la mañana, mientras Linc se lavaba y refrescaba, echándose agua sobre la cabeza y el pecho.

Ojalá no hubiera prestado tanta atención. Los pectorales que había admirado por la mañana estaban rozándole la espalda. Los notó temblar, contraerse y relajarse, como si estuvieran tan inquietos como los nervios de ella.

Esa mañana, el sol había teñido el cabello de Linc con reflejos rojizos, y el vello del pecho brillaba entre rojo y dorado. Y aunque no los veía, estaba segura de que sus hombros estaban salpicados de pecas, al igual que sus pómulos.

—¿Tienes frío en las piernas? —le preguntó él. Como no se fiaba de que fuera a decirle la verdad, deslizó una mano por el lado exterior de sus muslos y notó que tenía la carne de gallina—. Voy a poner mis piernas encima de las tuyas. No te alarmes.

Le entraron ganas de reír. Que no se alarmara. Era una frase estúpida. Como: No te gires, pero el príncipe Carlos y lady Di acaban de entrar. O como cuando el dentista alzaba el torno y decía: Puede que sientas un cosquilleo, pero estate tranquila.

Era imposible no alarmarse. Cuando colocó su pantorrilla sobre el muslo de ella, Kerry notó contra el trasero la solidez de su masculinidad en todo su esplendor.

–¿Tú no tienes frío? –le preguntó ella con un hilillo de voz.
–No. Yo llevo puestos los pantalones y tú solo...

Exacto. Así mejor, O'Neal. Mejor no decirlo. Más valía callarse. Ninguno de los dos necesitaba recordar que ella no llevaba más que unas braguitas, pequeñas y humedecidas, para más datos. Mejor no mencionar su atuendo, o la ausencia de él, y hablar de cualquier otra cosa: literatura, cine, política... lo que fuese.

–Todavía me queda agua en la cantimplora. ¿Te apetece un poco?

–No –respondió Kerry sin aliento. No quería que se moviese. Cada vez que lo hacía, lo notaba. Con claridad. Y entonces se acordaba de cuando estaba intentando sacarle la pistola de la pretina y del aspecto de su cuerpo. Lo que no había podido sino intuir, se le apretaba a la cintura en esos momentos.

¿Cuánto duraría aquel tormento? Horas. ¿Y si los soldados no se marchaban al amanecer, como habían dado por sentado? No creía que el corazón pudiera resistir tanta tensión. Tenía que hacer o decir algo para distender el ambiente.

–Háblame de ti –le pidió.

Pero no, pensó Linc, mejor que no supiera nada. Que no le dijera que la estaba sintiendo con cada fibra del cuerpo. Que la estaba tocando y oliendo. Que las venas le hervían de tanto como la deseaba.

Había vuelto corriendo a la casa después de ver el camión militar. Había irrumpido en el salón, ordenándole directamente que llevara a los niños a la cocina. Se había quedado atónito cuando Joe le había dicho que Kerry había salido.

Luego, al tiempo que blasfemaba, había conducido a los niños al sótano. Estaba a oscuras y resultaba un tanto tétrico, pero constituía un escondite perfecto. Mientras cerraba la puerta y corría unos muebles encima de la trampilla, había vuelto a maldecirla por haberse metido en una selva plagada de soldados, cuando podía haber estado a salvo.

Solo un deseo imperioso de protegerla había contenido su ira mientras regresaba afuera a buscarla. Había recordado el río que había visto al explorar la zona. Había estado tentado de refrescarse y, guiado por una corazonada, había vuelto allá.

Al verla en el agua, había sentido un alivio tan inmenso como las ganas de asesinarla. Había escondido su ropa tras un platanero y la había sacado del río. Un carrete de instantáneas eróticas se había disparado en su cabeza.

Había imaginado sus pechos desnudos, los pezones erguidos y rosas para darle gusto a su lengua. Volvió a pensar en sus pechos, los cuales estarían rozando la camisa de él. Deseó moldearlos entre sus manos. Hacía un rato, cuando ella se había incorporado, le habría bastado inclinar la cabeza para... Dios, había realizado un esfuerzo agónico para contenerse.

No podía seguir torturándose con aquellos pensamientos impúdicos que le estarían costando un pase al infierno. Necesitaban distraerse. Como fuera. Desviar la atención hacia una situación que seguro que también era violenta para ella, aunque por otros motivos.

–¿Qué quieres saber? –murmuró ronco.
–¿Dónde creciste?
–En Saint Louis.
–¿Un barrio difícil? –preguntó ella por instinto.
–No puedes imaginártelo.
–¿Tus padres?
–Los dos están muertos. Me educó mi viejo. Mi madre murió cuando solo era un crío.
–¿No tienes hermanos?

—Ninguno, gracias a Dios.
—¿Por qué dices eso?
—Porque las cosas ya eran muy duras tal como eran. Mi padre no paraba de trabajar. Después del colegio, yo estaba siempre solo hasta muy tarde. Lo reventaba estar atado a mí después de haber muerto mi madre. Era un bocazas, testarudo y borracho. Toda su ambición era ganar lo justo para pagar el alquiler y comprar whisky. Lo último que quería era ocuparse de un niño. Así que me fui de casa en cuanto pude. Solo lo vi dos veces más hasta que murió.
—¿Qué le pasó?
—Estaba jugando a los bolos con algunos amigos y le dio un infarto. Lo enterraron junto a mi madre. Yo estaba en Asia. Me lo comunicaron por carta.

Kerry no supo qué decir. Nunca había conocido a nadie que procediese de un entorno así.

—¿Cuándo empezaste a interesarte por la fotografía?
—En el instituto. Cateé una asignatura... no recuerdo cuál... y me obligaron a asistir a unas clases de periodismo. Me dieron una cámara y me encargaron salir a hacer unas fotos para el periódico como castigo —Linc rio—. Les salió el tiro por la culata. Al final del año, estaba enganchado.
—¿Y a qué universidad fuiste?
—¿Universidad? —soltó una risa sarcástica—. Camboya, Vietnam, África. Me fui formando en Beirut, y en Belfast, en los campos de refugiados de Etiopía.
—Entiendo.
—Eso lo dudo mucho —contestó con amargura.

Kerry no supo si su resentimiento iba dirigido a ella, a su negligente padre, a su falta de formación académica o a una mezcla de todos los factores. Pero tuvo claro que no debía preguntárselo.

—¿Y tú? —le preguntó Linc de pronto—. ¿Cómo fue tu infancia?
—Maravillosa —Kerry sonrió al recordar los buenos tiempos. Antes del escándalo. De la pesadilla. Antes de que la burbuja

explotara–. Como los tuyos, mis padres también están muertos. Pero estuvieron a mi lado mientras crecía.

–Fuiste a un colegio de monjas, claro.

–Sí –respondió con sinceridad.

–Deja que adivine. Llevabas un delantalito azul sobre una camisa blanca. Y te hacías tan fuerte las coletas que se te saltaban las lágrimas de los ojos. Medias blancas y zapatos negros. Nunca tenías sucias las manos ni la cara.

–Menuda precisión –Kerry soltó una risa suave.

–Y te enseñaron normas de urbanidad además del Latín y la Historia.

Asintió con la cabeza y pensó en la cantidad de fiestas formales a las que había asistido con sus padres, escuchando conversaciones aburridas, sin el menor interés para una adolescente fanática de los Rolling Stones. Nunca había tenido problemas para usar el tenedor adecuado y siempre había dado las gracias a los anfitriones por la agradable velada.

–Sí, el trabajo de mi padre nos hacía viajar mucho –respondió por fin–. Es posible que tú y yo hayamos estado en los mismos lugares al mismo tiempo.

–Cariño, no tienes ni idea de los sitios en que yo he estado –dijo él tras soltar otra risotada.

–No soy tan inocente.

–No, ahora me dirás que has llevado una vida alocada.

Aunque no podía ver su cara, podía imaginarse la mueca burlona de sus labios. Pero después de enterarse de lo distintos que habían sido sus entornos familiares, comprendía que ridiculizara su vida de antes, protegida y carente de experiencias.

Se sumió en un silencio. Linc también. Él cambió de postura para estar más cómodo. Milagrosamente, se quedaron dormidos.

Kerry se despertó de repente. Tenía en tensión hasta el último de sus músculos.

–¿Qué pasa?

—Chiss —Linc le puso un dedo sobre los labios—. Solo está lloviendo.

Los goterones caían pesados sobre las plantas.

—¡Vaya! —protestó Kerry, agachando la cabeza hasta casi tocarse con la barbilla en el pecho—. ¡Qué desagradable!

Aunque la vegetación los protegía del torrente en parte, la lluvia resbalaba entre las hojas y caía sobre su piel desnuda. Estaba agarrotada. Estaba deseando estirar las piernas y los brazos para reactivar la circulación.

—No puedo seguir aquí. Tengo que salir.

—No —le prohibió él con firmeza.

—Solo un minuto. A estirarme.

—Te empaparás. Luego, cuando vuelvas a acurrucarte, te sentirás más incómoda todavía. No, Kerry.

—Podríamos volver a la casa —dijo esperanzada.

—No es buena idea.

—Nadie estará vigilando. Podemos entrar por la puerta de atrás, ir a la cocina y reunirnos con los niños en el sótano. Estarán aterrados.

—Estarán dormidos. Además, están con Joe.

—No nos vería nadie.

—Es demasiado arriesgado. Los soldados podrían tener a alguien de guardia.

—¡No quiero seguir aquí!

—¡Y yo no quiero que me peguen un tiro! Ni creo que tu quieras ser víctima de una violación masiva, así que ya basta. No nos iremos hasta que yo lo diga.

El estruendo a su alrededor era ensordecedor. Llovía a mares. Kerry sintió las garras de la claustrofobia atenazándola.

—¿Cuánto tiempo? —preguntó.

—No lo sé.

—¿Cuando amanezca?

—Espero.

—¿Qué hora es?

—Alrededor de las cuatro, creo.

—No puedo soportar tanto, Linc —le disgustó que le temblara la voz, pero no pudo evitarlo—. De verdad, no puedo.

—Tienes que poder.

—Te digo que no. Por favor, déjame levantarme.

—No.

—Por favor.

—He dicho que no, Kerry.

—Solo un minuto. Tengo que...

—Date la vuelta.

—¿Qué?

—Que te des la vuelta. Ponte mirándome a mí. Te aliviará cambiar de postura.

Los músculos le pedían a gritos que se moviera. Lentamente, fue girándose hasta estar cara a cara con Linc.

Él le puso un brazo en la cintura y emparedó sus muslos entre los de él. Kerry posó las manos en el torso de Linc y apoyó la cabeza en el hueco de su hombro. Linc apoyó la barbilla sobre su coronilla y la sujetó contra el pecho. Ella se abandonó a la cálida sensación de seguridad que sus brazos le proporcionaban. Hasta que el aguacero amainó.

No sabía cuánto tiempo permanecieron así. Puede que horas o solo minutos. Pero, poco a poco, se dio cuenta de que había dejado de llover y que el silencio era tan atronador como lo había sido el chaparrón. Se estiró un poco, y habría puesto algo de espacio entre Linc y ella de haberlo habido.

—Lo siento —susurró Kerry.

—No pasa nada.

—Perdí los nervios. Sentía claustrofobia.

—Te despertaste asustada. Tienes frío, hambre, estás incómoda. Yo también. Pero, por el momento, no podemos hacer nada mejor.

Su voz le sonó rara. Pero no le extrañó: tampoco la de ella era muy firme. Sentir su respiración en la cara, el modo en que sus dedos le acariciaban el cabello, el calor de las partes en que sus pieles contactaban era la causa de que a Kerry se le quebrara la voz.

—¿Por qué lo hiciste?
—¿El qué?
—Entregarte a una vocación tan inadecuada para ti.

Ah, eso. Estaba harta de aquella mentira. Al margen de las amargas discusiones que habían mantenido, Linc la había tratado con sumo respeto desde que la había tomado por una monja. Si hubiera seguido mostrándose agresivo, habría jurado que había entregado su vida a una orden religiosa. Pero su nobleza merecía ser correspondida con la verdad. Al menos, con una verdad a medias.

—¿Por qué dices que es inadecuada para mí? —le preguntó en cualquier caso.

A Linc se le ocurrían muchas razones por las que discrepar. No podía conciliar a aquella joven, bella y deseable mujer con la imagen que tenía de las monjas. La dulce presión de sus pechos contra su torso, el modo en que su boca se había acoplado a la suya las pocas veces que la había besado no encajaban con hábitos negros y monasterios de clausura. Había vivido demasiado para saber que podía fiarse de sus primeras impresiones. Y estaba dispuesto a apostar por que Kerry no estaba siendo totalmente sincera.

—Nunca he visto una monja que se pareciera a ti —respondió Linc al cabo de unos segundos.

—Las monjas no están cortadas por un mismo patrón —objetó ella.

—¿Y todas llevan bragas tan pequeñas?

—Llevar ropa interior pequeña no es pecado —contestó Kerry, ruborizada—. Es normal que me gusten las prendas femeninas. Al fin y al cabo, soy una mujer.

No le cabía la menor duda. Era toda una mujer, desde luego. Sentía su feminidad en cada nervio de su masculino cuerpo.

—Pero no tienes aspecto de santa —contestó Linc y ella se puso tensa—. No quiero decir que tengas aspecto de lo contrario, pero... Quiero decir, ¿nunca has pensado en tener hijos? Tienes muy buena mano con esos huérfanos. ¿Nunca has querido tener tus propios hijos

—Sí —reconoció Kerry.

—Y... ¿un hombre?

—También he pensado en eso, sí —contestó con suavidad. Se preguntó si Linc notaría cómo le palpitaba el corazón. Había respondido con sinceridad. Pero nunca había pensado en un hombre tan potente como en el que estaba pensando en esos momentos.

Estaba recordando la destreza con que su lengua se había abierto camino entre sus labios y había explorado su boca, el modo en que sus manos la habían recorrido, exigentes y acariciadoras. Había notado la presión de tener sus caderas contra las de ella. Consumar del todo una relación sexual con ese hombre debía ser una experiencia insuperable para una mujer.

—¿Has pensado en hacer el amor con un hombre? —prosiguió él y Kerry asintió con la cabeza—. ¿Te has preguntado qué se siente?

—Por supuesto —respondió, conteniendo el gemido que pugnaba por salirle de dentro.

—Si sabe qué hacer, un hombre puede proporcionarte más placer del que jamás hayas soñado —murmuró Linc al tiempo que le alisaba el cabello.

Se estaba derritiendo, fundiendo contra él. No entendía cómo podía seguir sujetándola, cuando seguro que estaba disolviéndose entre sus brazos.

—¿No te gustaría saber qué se siente?

—Sí.

—Entonces, ¿no te estarías traicionando si no lo experimentaras nunca? —añadió Linc con voz rugosa.

Kerry contuvo la respiración durante una eternidad antes de soltar:

—Todavía no he tomado los hábitos.

—¿Cómo dices?

—Digo que...

—Ya he oído lo que has dicho; pero, ¿qué se supone que significa?

Estuvo tentada de decirle la verdad allí mismo, en ese instante. Según salieran las palabras de su boca, Linc le haría el amor. De eso estaba segura. Erguido y duro, su miembro le presionaba el estómago. Ella también lo deseaba. Sería una vivencia...

Pero no. Debía centrar toda su atención en los nueve huérfanos. Sus vidas estaban en sus manos. Ni ella ni Linc podían distraerse un solo instante.

Además, hacer el amor complicaría las cosas. Cuando aquella aventura hubiese terminado y estuvieran sanos y salvos en Estados Unidos, la relación supondría un dilema desgarrador para ella y un mero romance pasajero para él.

Kerry no podía entregarse a ningún hombre a la ligera. No le cabía duda de que cuando Linc había comentado que un hombre que supiera cómo podía proporcionar mucho placer a una mujer se había referido a sí mismo. Pero eso sería todo para él. Placer. Mutuo, pero caduco. Si hacía el amor con un hombre como Linc O'Neal, acabaría arrepintiéndose.

–Significa que todavía estoy pensando qué hacer con el resto de mi vida –contestó finalmente, escogiendo las palabras con cuidado. No era mentira. Sino la pura verdad. Más allá de llevar a los nueve niños a Estados Unidos, no se había planteado su futuro.

Linc suspiró. Se puso tenso. En silencio, expresó deseos que la hicieron sentirse aún peor por su engaño.

Siguió entre sus brazos, pero ya no la sujetó igual que antes. Poco después, una luz grisácea empezó a filtrarse entre el follaje. Aguzaron los oídos y oyeron a los soldados, los cuales parecían haber despertado ya. El olor a café y del desayuno les despertó un hambre de lobos. Oyeron a varios hombres moverse por la selva, pero ninguno se acercó a ellos tanto como el soldado de la noche anterior. Por fin, percibieron el ruido, cada vez más distante, del motor de un camión.

Linc esperó otros quince minutos hasta salir del matorral.

–Tú espera aquí.

Kerry obedeció. De hecho, agradeció disponer de unos instantes de intimidad. Se puso su propia camisa, que seguía húmeda, y trató de peinarse con los dedos. Tenía el pelo enmarañadísimo. Seguía desenredándose los nudos cuando Linc regresó.

–Vía libre –le dijo–. Se han marchado.

Capítulo 6

Kerry se sentó a la orilla del río. Estaba derrotada. La pequeña Lisa parecía pesar veinte kilos más de un día para otro. No podía seguir llevándola un segundo más. La colocó en el suelo, a su lado.

–¿Y ahora qué?

Pero no obtuvo respuesta. Hasta los niños guardaron silencio, como si fueran conscientes de que estaban ante un problema que podía no tener solución.

–¿Linc? –insistió al cabo de unos segundos, para que no se sintiera presionado.

–¡Yo qué sé qué vamos a hacer! –replicó malhumorado–. Soy fotógrafo, no ingeniero.

Se arrepintió al instante de haber cargado contra ella. Kerry no tenía la culpa de que el torrente de la noche anterior hubiera desbordado el río, llevándose el puente que había pensado usar para cruzar a la otra orilla.

Y tampoco tenía la culpa de su mal humor. Era la causante, pero no podía echarle nada en cara. Desde que habían salido del escondite en el que habían permanecido toda la noche, andaba con ganas de arrancarle la cabeza a alguien a la menor provocación.

–Será mejor que te vistas –le dijo al tiempo que le lanzaba su ropa, la cual habían ido a recoger a donde la había ocultado la noche anterior.

Kerry se puso los pantalones sin molestarse por el tono cortante de Linc, el cual no lograba apartar los ojos de sus largas y maravillosas piernas. Sintió una presión en las ingles al recordar aquellos muslos desnudos entrelazados con los de él.

¿De veras había sucedido?, ¿o habría sido un sueño? ¿La había abrazado, forzando el contacto, o solo lo había deseado con tal intensidad que parecía real?

Debía de ser eso, porque no habían parado de pelearse en toda la mañana. Ella se había mostrado cautelosa y distante; él, agresivo y peleón.

Al volver a la casa y ver a los niños en la cocina, en vez de en el sótano, se había desahogado con Joe.

–Creía haberte dicho que esperarais abajo hasta que fuera a buscaros –le había gritado.

–Oí marcharse a los soldados –replicó el chico–. Sabía que había pasado el peligro.

–Tú no sabes una mie...

–¡Linc!

–Si te digo que hagas algo, lo ha...

–¡Linc! –lo había interrumpido Kerry de nuevo–. Deja de gritarle. Los niños están bien, pero los estás asustando.

Por suerte, habían encontrado el camión donde lo habían escondido.

–Los niños tienen hambre –le había dicho Kerry entonces, después de que Linc les ordenara subir a la parte trasera.

Él había regresado hecho una furia a la cocina, donde los huérfanos desayunaban trozos de pan y plátanos. Kerry les había lavado las caras y las manos, las cuales se habían ensuciado en el sótano. Ninguno había mirado a Linc directamente, percibiendo su irritación. Solo Joe lo desafiaba, sosteniéndole la mirada con insolencia. La hostilidad entre ambos era palpable; sobre todo, después de la bronca que Linc le había echado.

La pequeña Lisa, tras desembarazarse de Kerry, había gateado por el suelo hasta Linc y le había tirado del pantalón para llamar su atención. Él la había mirado y la niñita le había ofrecido un trocito de pan.

–Muchas gracias –había dicho él al tiempo que agarraba

el pan. Luego le había acariciado la barbilla y Lisa había esbozado una sonrisa de felicidad absoluta antes de regresar tímidamente junto a Kerry.

–Vámonos –había ordenado Linc después–. Vigila a tu perro guardián –había añadido, haciendo un aparte con Kerry, una vez que esta hubo subido a todos los niños a la parte trasera del camión.

–¿De qué estás hablando?

–Joe. Explícale que no te he hecho nada esta noche. Me da miedo darle la espalda, no vaya a clavarme un cuchillo entre las costillas.

–No digas tonterías.

–¡Tú díselo!

–¡De acuerdo!

Esas habían sido las últimas palabras que habían intercambiado hasta ese instante, detenida la marcha a la orilla del río.

Al parecer, ella también estaba nerviosa.

–Te pago para que aportes soluciones –espetó Kerry–. Para que improvises.

–Quizá deberías haber revisado mis referencias mejor antes de ofrecerme este maldito trabajo.

Como no se le ocurrió qué contestar a eso, cerró la boca y volvió a mirar hacia el río.

¿Por qué lo obligaba a comportarse como una bestia delante de los niños? Los pobres lo miraban como si fuese un cruce de Jack el Destripador y Moisés, temerosos de él, pero aceptando su guía.

–Dame un minuto, ¿de acuerdo? –dijo Linc, mesándose el cabello, después de exhalar un suspiro de frustración.

La ubicación del puente estaba claramente señalada en el mapa, pero la crecida del agua había bastado para llevárselo.

El camión no podía avanzar sobre el agua. Los niños se habían apeado y lo miraban desde la orilla, reclamándole respuestas que no tenía. Joe parecía alegrarse del malestar de Linc. Y Kerry descargaba toda la responsabilidad en él. Tal como había apuntado, para eso le pagaba.

Se mordió el labio inferior mientras estudiaba el río. Luego regresó al camión, revolvió entre los objetos de la parte trasera y volvió junto a Kerry.

–Tengo que hablar contigo.

Kerry se levantó, les dijo a los niños que no se acercaran mucho al agua y lo siguió.

–¿Qué hacemos ahora? –le preguntó cuando estuvieron suficientemente lejos para que no los oyeran.

–Tengo una idea y, por favor, óyela antes de perder los estribos –respondió, clavándole la mirada en los ojos–. Montemos a los niños en el camión, demos media vuelta y volvamos por donde hemos venido. Pongámonos a la merced de la primera tropa que veamos.

Supuso que Kerry explotaría. Pero no lo interrumpió, así que siguió hablando.

–Da igual con qué bando nos aliemos. Sean del que sean, apelaremos a su vanidad, les diremos que sería un gesto muy humanitario que nos ayudaran. Les prometeremos hacer propaganda de su causa por todo el mundo si nos echan una mano –Linc le puso las manos sobre los hombros y continuó–: Kerry, los niños tienen hambre y no nos queda comida. Nos estamos quedando sin agua potable y no estoy seguro de que vayamos a poder encontrar más. No sé cómo demonios cruzar el puente sin poner en peligro nuestras vidas. El camión está sin gasolina casi y en la jungla no hay donde repostar... Aunque lográramos llegar al punto de encuentro, ¿estás segura de que habrá un avión esperándonos para recogernos?

Linc notó que los ojos de Kerry se oscurecían y se apresuró a añadir:

–Mira, tu idea era buena. Te admiro mucho. De verdad que te admiro. Pero tienes que reconocer que tu plan dejaba demasiado margen al alzar –Linc le dedicó una sonrisa amistosa–. Bueno, ¿qué me dices?

Kerry respiró profundo. Sin dejar de mirarlo, contestó con serenidad:

–Digo que, a no ser que quieras que te dé un rodillazo entre las piernas, ya puedes ir apartando las manos de mis hombros.

Su sonrisa desapareció. Se quedó blanco. Quitó las manos al instante.

Kerry se dio la vuelta y echó a andar con decisión. Pero Linc no tardó en darle alcance.

—¡Espera un momento, maldita sea! —gritó y la obligó a girarse hacia él—. ¿Es que no has oído nada de lo que te he dicho?

—He oído todas y cada una de tus cobardes palabras —contestó Kerry, tratando en vano de soltarse.

—¿Estás segura de que quieres seguir adelante?

—¡Por supuesto que estoy segura! En cuanto hayamos cruzado el puente, no quedarán más que unos pocos kilómetros más hasta la frontera. Les prometí a esos niños que los llevaría con las familias que están esperándolos en Estados Unidos y eso es justo lo que voy a hacer. Contigo o sin ti —Kerry lo señaló con el índice—. Pero si nos abandonas ahora, olvídate de cobrar un céntimo.

—Le tengo más aprecio a mi vida que al dinero.

—Pues tienes la oportunidad de conservar las dos cosas conduciéndonos hasta ese avión, en vez de entregándote a un grupo de guerrilleros. ¿No eras tú el que decía que podían pegarte un tiro o violarme entre varios? ¿De verdad crees que voy a pedirle a una tropa de esas que me haga un favor?

—La mayoría, estén del lado que estén, provienen de una cultura católica. Esto te protegerá.

—¡De ti no me ha protegido!

La expresión de su cara se endureció. Sin darle tiempo a arrepentirse por sus palabras, Linc la agarró y la apretó con fuerza contra su cuerpo.

—¿Quieres ver cómo sí te ha protegido? —espetó él.

Kerry recordó las numerosas veces en que Linc podía haberse aprovechado de ella y no lo había hecho. Incapaz de sostener su feroz mirada, tan dura como otra parte más intermedia de su cuerpo, bajó los ojos hacia su cuello, tan tenso que se le notaba el pulso a su paso por las carótidas.

—Perdona —susurró ella—. No debería haber dicho eso.

—No, no deberías haberlo hecho —Linc la apartó unos centímetros, pero siguió sujetándola por los hombros con firmeza—. No te engañes: que no te haya tocado no significa que no haya pensado en ello. Mucho. Y ahora sé que aún no has tomado los hábitos. Si juegas con un hombre teniendo un cuerpo tan explosivo, más vale que estés preparada para aceptar las consecuencias. Puede que alguno tenga menos escrúpulos aún que yo.

Kerry levantó la cabeza despacio, hasta mirarlo a los ojos:

—Entonces, ¿por qué has sugerido que nos entreguemos a los soldados?

Linc la soltó.

—Tenía que comprobar lo fuerte que eres.

—¿Qué? —Kerry lo miró aturdida—. ¿Todo esto... en realidad tú no...?

—Exacto. Estaba probando hasta dónde llegaba tu valor. Tenía que saber si tenías agallas.

Kerry retrocedió un paso. Apretó los puños, como dispuesta a golpearlo.

—Te odio —le dijo, fulminándolo con la mirada.

Los labios de Linc se curvaron. De pronto, echó la cabeza hacia atrás y rio. Con fuerza, tan alto que perturbó la paz de los pájaros y los monos, que chillaron y graznaron en protesta.

—Es que soy odioso, hermana Kerry. Y más que lo voy a ser. Si conseguimos salir de esta con vida, no te imaginas cómo me vas a acabar odiando. Ahora, venga, reúne a los niños mientras yo preparo todo.

Antes de que ella pudiera decirle lo abominables que le parecían sus sucios trucos, Linc echó a andar hacia el camión. Kerry no tuvo más remedio que obedecer. Los huérfanos tenían calor, hambre y sed, estaban cansados, de modo que fue paciente con sus quejas. Contestó a sus preguntas lo mejor que pudo, pero su atención seguía centrada en Linc. Estaba atando al tronco de un árbol el extremo de una cuerda que había encontrado en la parte trasera del camión. Luego, después de atarse el otro extremo alrededor de la cintura, entró en el río.

–¿Qué estás haciendo? –preguntó ella, alarmada.

–Vosotros no os mováis. Esperad ahí.

Los niños se callaron. Permanecieron todos en silencio mientras Linc avanzaba con dificultad por el fangoso río. Cuando llegó a la mitad y ya no hacía pie, empezó a nadar. La corriente lo cubrió por completo varias veces. Y, cada vez, Kerry juntaba las manos y contenía la respiración hasta que volvía a ver salir su cabeza.

Por fin, llegó a la otra orilla. Le pesaba la ropa, empapada de agua. Cuando logró pisar tierra firme, se hinco de rodillas, bajó la cabeza y llenó los pulmones de aire.

Después de recuperar el resuello, eligió un tronco grueso y firme y ató la cuerda alrededor. Probó que estaba bien sujeta y se metió de nuevo en el río. Esa vez se ayudó, agarrándose a la cuerda. No era tan agotador como nadar, pero seguía exigiendo un gran desgaste combatir la corriente. Tardó unos cuantos segundos en recuperarse, una vez que hubo regresado junto al resto del grupo.

–¿Has pillado la idea?

Estaba doblado, con las manos apoyadas sobre las rodillas. Tenía el pelo pegado a la cabeza. Algunos mechones le caían por la frente. Kerry estuvo tentada de retirárselos y acariciarle el mentón. Para contenerse, apretó tanto los puños que acabó clavándose las uñas en las palmas.

–Sí, la he pillado. ¿Pero qué pasa con el camión?

–Se queda. Haremos el resto del trayecto a pie.

–Pero... –dejó la objeción sin formular. No hacía ni diez minutos que Linc había puesto a prueba su fortaleza. Le había venido a decir que el viaje sería una pesadilla de ahí en adelante. Y ella había insistido en seguir–. De acuerdo. ¿Qué quieres que haga?

–Tú llevas a Lisa. Échatela a la espalda. Yo me ocupo de Mary –contestó Linc. Luego se dirigió a Joe–. Tú llevarás a

Mike la primera vez. Me temo que tú y yo vamos a tener que hacer varios viajes.

El chico asintió con la cabeza.

—Yo también puedo hacer más de un viaje —dijo Kerry.

—No, es mejor que te quedes en la orilla con los niños. Esto no es un viaje de placer, créeme. Explícales el procedimiento y, por Dios, haz hincapié en que se agarren fuerte.

Kerry tradujo las indicaciones de Linc a los niños, tratando de que sonara como una gran aventura, pero insistiendo en lo traicionero que podía ser el río y lo importante que era agarrarse bien al adulto que los llevara.

—Están listos —le dijo a Linc mientras se ponía a Lisa en la espalda. La niña le rodeó el cuello con los brazos y la cintura con los tobillos.

—Buena chica —Linc acarició el pelo de la pequeña.

La niña le devolvió una sonrisa radiante, a la que él correspondió con otra y dándole una palmadita en la espalda. Kerry lo miró, maravillada por su dulce expresión. Linc advirtió su sorpresa e intercambiaron una breve mirada antes de que él se agachara para que Mary pudiera subirse a su espalda.

—¿Tienes el pasaporte? —le preguntó a Kerry.

Tendrían que ir ligeros de equipaje a partir de entonces, razón por la que se habían deshecho de todo lo que no fuese imprescindible.

—Lo tengo dentro del bolsillo de la camisa, con el botón cerrado.

—Muy bien, adelante —Linc encabezó la expedición.

Kerry trató de no pensar en todas las historias que había leído sobre los animales que había en los ríos de las selvas. No hizo caso de los limos que rozaron sus piernas mientras luchaba por mantener el equilibrio sobre el resbaladizo fondo. Fue diciendo palabras sosegadoras para Lisa, que había roto a llorar, pero también para sí misma.

La cuerda, que tampoco era muy fuerte, estaba resbaladiza. Costaba sujetarse a ella. Si no se hubiera estado jugando la vida, habría desistido mucho antes de alcanzar la mitad del río. Para entonces, ya le sangraban las palmas de las manos.

Cuando dejó de hacer pie, tuvo pánico de no poder cubrir la distancia que faltaba. Luego recuperó el aplomo, se aseguró de que Lisa no estuviera tragando mucha agua. La corriente le golpeaba la nariz, los ojos, la boca. No veía y le costaba respirar. Pero no se rindió.

Después de lo que parecieron horas, en vez de minutos, notó que unas manos la agarraban y tiraban de ella para sacarla del agua. Todavía con Lisa sobre la espalda, se desplomó sobre el suave barro de la orilla y tomó aire. Linc le retiró a la niña. Kerry estaba desfallecida, pero fue incorporándose hasta ponerse sentada.

Linc sujetaba a Lisa, que escondía su carita en el cuello de él y se agarraba a su camisetilla verde, empapada. Linc le acariciaba la espalda, le daba besitos en la sien, la mecía con suavidad y le murmuraba palabras de apoyo y felicitación. Kerry envidió a la niña. Ella también quería que la sujetaran y la mecieran. Que le dieran besitos. Que la tranquilizaran.

–Bien hecho –dijo él.

No era un halago generoso, pero Kerry lo agradeció y, con las pocas fuerzas que tenía, esbozó una débil sonrisa. Linc separó a Lisa, le dio un último beso en la mejilla y se la devolvió a Kerry. Mary sollozaba sin hacer mucho ruido allí al lado. Kerry envolvió en un abrazo a las dos niñas y a Mike. Formaban un triste grupo, pero todos daban gracias por seguir con vida.

–Quédatelo –Linc soltó el machete, la única arma que tenían, a los pies de Kerry–. ¿Estás bien? –le preguntó a Joe.

–Pues claro –contestó el adolescente.

–Entonces vamos.

Regresaron al agua. Kerry no sabía de dónde sacaban las fuerzas. Ella casi no podía levantar la cabeza. Linc y Joe hicieron tres viajes más cada uno, hasta que todos los niños estuvieron sanos y salvos en la otra orilla del río. En el último viaje, Joe ayudó a una de las niñas mayores, mientras Linc cargaba dos mochilas con los escasos alimentos que les quedaban.

Se le saltaron las lágrimas al ver a Linc tirar su equipo fotográfico a las fangosas aguas del río. Tuvo remordimientos de conciencia al verlo llevar a cabo aquella soberbia tarea. Lo había manipulado con malas artes. De no ser por ella, haría tiempo que ya es estaría en Estados Unidos, en su casa, ejerciendo su profesión.

Lo único que aliviaba su conciencia era ver las caras esperanzadas de los niños. Y sabía que volvería a hacer lo que fuera para garantizar un futuro mejor a aquellos huérfanos.

Kerry imaginaba que Linc se desplomaría sobre el suelo para descansar después de cruzar el río por última vez. Pero procedió con rapidez:

–Rápido, Kerry, esconde a los niños detrás de los árboles. Diles que se tumben y que no se muevan.

–¿Qué pasa? –preguntó ella mientras seguía sus instrucciones.

–Creo que estamos a punto de tener compañía. ¡Rápido! Joe, diles a las niñas que se callen. Todos al suelo.

Después de asegurarse de que no habían dejado ningún rastro y de cortar la cuerda del árbol, Linc se tumbó para que la maleza junto a los árboles lo cubriese. Estaba boca abajo, al lado de Kerry, mirando al río mientras respiraba anhelantemente.

–Estás agotado –susurró ella.

–Sí.

Tenía los ojos clavados en el camión, que habían dejado en la otra orilla.

–¿Crees que nos sigue alguien?

–No creo que nos estén siguiendo. Pero alguien venía detrás de nosotros. Los oí.

–¿A quiénes?

–Dará igual cuando vean el camión del presidente y la cuerda.

–Si son hombres del presidente, se preguntarán qué ha sido de sus compañeros y querrán investigar –murmuró Kerry–. Y si forman parte de los rebeldes...

—Exacto —atajó él—. Chiss. Están ahí. Diles a todos que no muevan ni un músculo.

Kerry transmitió la orden entre susurros mientras un jeep aparecía a lo lejos. Seguido de varios otros.

—Rebeldes —maldijo Linc. Habría preferido militares del ejército regular, dado que habían abandonado un camión del gobierno.

Varios guerrilleros sacaron las metralletas, dispuestos a disparar. Se acercaron al camión con precaución, por miedo a que fuese un cebo. Después de asegurarse de que no contenía ninguna bomba, lo examinaron a fondo.

—¿Reconoces a alguno?

—No —Kerry aguzó el oído, intentando averiguar de qué estaban hablando—. Se están preguntando por qué no volcaría el camión cuando el río se llevó el puente. Si los soldados habrán cruzado a la otra orilla con la cuerda.

—Solo un loco intentaría cruzar este río con una cuerda —murmuró Linc y ella lo miró de reojo. Intercambiaron una sonrisa fugaz—. Quietos todos —susurró al ver que uno de los guerrilleros sacaba unos prismáticos.

—Ha visto nuestras huellas sobre el barro —dijo Kerry—. Les está diciendo que somos unos cuantos. Unos doce.

—Muy inteligente.

—Ahora dice que... —de pronto se quedó muda.

—¿Qué ocurre?

—El soldado de la izquierda...

—Sí, ¿qué pasa con él?

—Es Juan. Nuestro mensajero.

Sus dos hermanas, Carmen y Cara, lo vieron e hicieron ademán de levantarse.

—¡Agachaos! —susurró Linc con autoridad—. Diles que se estén quietas. Puede que Juan sea su hermano, pero el resto no.

Kerry les pasó el mensaje, pero con mucha más suavidad que Linc. Carmen susurró algo, con la voz quebrada de emoción.

—¿Qué ha dicho?

—Que su hermano no nos traicionaría —tradujo Kerry.

Linc no estaba convencido. Seguía atento a los guerrilleros de la otra orilla. Uno de ellos tiró de la cuerda para examinarla. Se rompió en dos.

Kerry miró a Linc, que encogió los hombros.

—Ya te he dicho que era una locura.

Algunos de los rebeldes hablaban de dar con los ocupantes del camión. Otros sesteaban apoyados sobre los jeeps. El mensajero miraba furtivamente hacia donde estaban escondidos. Al cabo de media hora, el jefe de la expedición les ordenó que volvieran a los jeeps.

—¿A qué decisión han llegado? —preguntó Linc.

—Van a intentar buscar otro puente y cruzar el río más abajo —contestó Kerry. Pero se había callado algo. Linc se lo notó en la cara y exigió saber la verdad—. Luego subirán para intentar dar con nosotros —añadió apesadumbrada.

—Me lo temía. En fin, tenemos que ponernos en marcha —dijo Linc. Se aseguró de que los jeeps se habían marchado y se internaron en la selva. Él, en cabeza; Joe, cerrando el grupo; y Kerry, en medio, asegurándose de que ningún niño se apartase del camino que Linc iría abriendo con el machete—. Diles que tenemos que ir rápido. Pararemos a descansar, pero solo si es absolutamente necesario. Diles que no hablen... y diles que me siento orgulloso de lo buenos soldados que son —añadió con suavidad.

Kerry sintió que el calor de sus ojos la abrasaba. El halago también había ido dirigido a ella. Después de transmitírselo a los niños, todos lo miraron sonrientes.

Formaron una fila india y avanzaron por la densa, casi impenetrable selva. Kerry mantenía los ojos clavados en la espalda de Linc. Antes de meterse en el río, se había puesto la chaqueta militar en la cintura y había utilizado un pañuelo para sujetarse el pelo. De no ser por el atractivo de ver sus músculos pegando machetazos, no habría tenido fuerzas para seguir andando.

Estaba deseando descansar, beber, comer. Cuando ya no

podía continuar, Linc se detuvo para descansar. Kerry se sentó en el suelo con Lisa en brazos, que se había quedado dormida. El resto de los niños se sentaron también.

–Joe, pasa la cantimplora; pero asegúrate de racionar el agua –le dijo al joven y este obedeció–. ¿Hace cuánto que llevas a Lisa en brazos? –le preguntó a Kerry mientras se ponía en cuclillas y le ofrecía su propia cantimplora. Ella, a su vez, se la ofreció a la niña.

–No sé. Un rato. Estaba demasiado cansada.

–A partir de ahora la llevaré yo.

–No puedes llevarla y abrir camino al mismo tiempo.

–Tampoco puedo arriesgarme a que desfallezcas. No te habrá venido el periodo o algo así, ¿no?

Kerry lo miró tan muda como estupefacta.

–No.

–Perfecto. Ahora bebe un poco.

Después de dar un par de tragos, tapar la cantimplora y devolvérsela, dijo:

–Siento lo de tus cámaras.

–Yo también. Lo hemos pasado bien juntos –contestó Linc con desenfado.

–Hablo en serio. Siento que hayas tenido que deshacerte de ellas.

–Las puedo sustituir.

–¿Y los carretes?

–Espero que sean tan resistentes al agua como anuncian. Si lo dicen, tendré una historia increíble que vender cuando llegue a casa –Linc se puso de pie–. Yo llevo a Lisa, y no quiero más discusiones. No tardará en anochecer.

Le ofreció una mano y Kerry agradeció la ayuda y se apoyó en él para levantarse. Linc se echó a Lisa a la espalda, la colocó de modo que los dos estuvieran cómodos, y reanudó la marcha.

Kerry tuvo ganas de llorar.

Se hizo inmune a los insectos, a los reptiles que evolucionaban por la selva junto a sus pies, al calor sofocante y el estruendo de los monos y los pájaros. Toda su atención se centraba en seguir los pasos de Linc y mantenerse de pie.

El sol cayó y la noche se apoderó de la selva, pero aún siguieron avanzando un buen rato antes de que Linc parara, cerca de un riachuelo. Se bajó a Lisa de la espalda y movió los hombros para desentumecerlos.

Los huérfanos estaban demasiado cansados para protestar. Algunos ya se habían dormido cuando Kerry fue a ofrecerles un poco de agua fresca del río. No había comida que repartir y, de haberla habido, no habrían tenido fuerzas para comérsela.

Kerry estaba deseando quitarse las botas y meter los pies en el agua. Pero no podía permitírselo. Sus pies podían hinchársele mucho y luego no podría volver a calzarse. Además, tenían que estar listos para salir huyendo a toda prisa, pues podían atacarlos en cualquier momento.

–¿Nos han seguido? –le preguntó ella al ver el ceño que arrugaba la frente de Linc.

–No creo que hayan seguido nuestras huellas, pero nos están pisando los talones de todos modos. Huelo el humo de sus hogueras. No parece que nos consideren una amenaza –respondió él mientras mezclaba unas gotas de la cantimplora con tierra–. Vigila a los niños. Escondeos si se acerca alguien.

–¿Adónde vas? –preguntó aterrada Kerry.

–A su campamento.

–¿Qué? ¡Estás loco!

–Sin duda. De lo contrario, no estaría aquí –contestó esbozando una media sonrisa. Luego le indicó a Joe que se acercara–. ¿Vienes conmigo?

–Sí –dijo el chico.

–Extiéndetelo por los brazos y la cara –Linc le ofreció parte del barro que había estado formando y ambos se cubrieron para camuflarse.

–¿Por qué vas al campamento? –preguntó Kerry con aprensión.

–A robar armas.

–¿Para qué? Hasta ahora no las hemos necesitado.

–Kerry, ¿de verdad crees que en medio de esta maldita guerra civil van a dejar que un avión de los Estados Unidos aterrice, nos recoja y se marche de vuelta por las buenas? –contestó Linc con suavidad–. Si el avión del que hablas nos está esperando, tendremos que llegar a él entre una lluvia de balas. No se puede combatir solo con un machete.

La idea de los disparos la estremeció. Pero comprendió que Linc tenía razón. Ni los guerrilleros ni los soldados del presidente los despedirían agitando la mano desde el suelo.

¿Por qué no había pensado hasta entonces en el momento de la escapada en sí? Quizá por el tremendo esfuerzo previo hasta llegar a la frontera. ¿Pero qué sería de ellos una vez allí? Su cabezonería había puesto en peligro la vida de todos.

–¡Dios!, ¿qué es lo que he hecho?

Linc la estrechó entre sus brazos.

–No te me vengas abajo –le dijo mientras la apretaba–. Has estado genial. Y todavía es posible que todo salga bien.

Le habría gustado prolongar aquel abrazo eternamente, pero Linc se apartó y le entregó el machete.

–Utilízalo si tienes que hacerlo. Volveremos lo antes posible –dijo y echó a andar.

–¡Linc! –lo detuvo asustada–. Ten cuidado, por favor.

Estaban a oscuras. Casi no se lo veía con el barro sobre la cara. Quizá ni advirtiera su presencia de no ser por su respiración, cálida contra su cara. Notó que Linc quería abrazarla tanto como ella a él... Pero no la tocó.

–Lo tendré –se limitó a responder.

Pasaron varios segundos hasta que se dio cuenta de que Linc y Joe habían desaparecido entre las tinieblas. Estaba sola con los ocho niños.

Capítulo 7

Cuando regresaron, ya casi había amanecido. Kerry, que se había quedado dormida, se alivió tanto al verlos que tardó en comprender la expresión derrotada de sus rostros.

Sus andares anunciaban el fracaso de la misión. Ambos fueron al río y se lavaron la cara al tiempo que bebían.

—¿Qué ha pasado? —le preguntó Kerry a Linc cuando este se dio la vuelta.

—No hemos podido ni acercarnos. Han hecho guardia toda la noche. Dimos vueltas por el campamento con la esperanza de que alguno de los encargados de vigilar se hubiera dormido, pero no ha habido suerte —Linc apoyó la espalda sobre un tronco y fue dejándose escurrir hasta sentarse en el suelo—. ¿Alguna novedad por aquí? —añadió tras cerrar los ojos.

—No. Los niños han estado dormidos casi todo el tiempo. Alguno se ha despertado diciendo que tenía hambre, pero he conseguido que volvieran a conciliar el sueño.

Joe, imitando con descaro a Linc, se recostó sobre otro árbol, se sentó y cerró los ojos. Puede que le resultase antipático, pero era evidente que también lo admiraba. Kerry le tocó una rodilla y, cuando el chico abrió los ojos, le lanzó una sonrisa con la que le decía lo orgullosa que estaba de él.

Luego lo dejó descansar y se sentó junto a Linc.

—¿Cuánto queda hasta la frontera? —le preguntó.

—Un kilómetro y medio más o menos.

—Llegaremos a tiempo sin problemas.

El plan era alcanzar el avión a mediodía, cuando, con suerte, las tropas estarían echando la siesta después del almuerzo.

—Ojalá supiera qué demonios vamos a hacer una vez allí —Linc suspiró con pesimismo.

—Si no podemos subir al avión sin poner en peligro las vidas de los niños, cruzaremos la frontera simplemente.

—¿Y luego qué? —preguntó impaciente Linc—. Al otro lado solo hay más de lo mismo. Kilómetros y kilómetros de selva. Dios sabe qué distancia habrá hasta el primer poblado. Y el país vecino no quiere cargar con refugiados de Monterico. Serán inhospitalarios, cuando no hostiles.

—Bueno, y entonces qué...

—¡Chiss!

Joe se levantó como un resorte y afinó el oído. Inclinó la cabeza a un lado. Luego les lanzó una mirada de advertencia y avanzó en silencio. Kerry fue a detenerlo, pero Linc le sujetó la muñeca. Cuando hizo ademán de protestar, él sacudió la cabeza con vehemencia.

Joe desapareció entre las sombras verdes de la selva. La espera se hizo interminable. Linc se puso en cuclillas y examinó la zona. Kerry se sentía inútil. Solo esperaba que ninguno de los niños se despertara haciendo ruido.

Al cabo de un minuto, Joe reapareció, seguido por un guerrillero. Al reconocerlo, Kerry se levantó y fue a abrazarlo.

—Hola, Juan —susurró.

—Hermana —respondió, inclinando la cabeza hacia adelante con respeto.

Linc se acercó. Se relajó al ver que se trataba del guerrillero que Kerry le había señalado el día anterior. No debía de tener más de dieciséis años y, aunque sus facciones no se habían transformado aún en una máscara fría e impertérrita, su expresión denotaba el estado de alerta constante de un guerrero experimentado. Al ver que lo miraba receloso, Kerry le explicó quién era.

—Nos ha traído dos metralletas —le dijo a Linc—. Dice que es todo cuanto ha podido sacar del campamento.

—Están en perfectas condiciones —afirmó el rebelde después de entregar sendas metralletas a Joe y Linc. También les dio varios cartuchos con balas.

—Gracias.

—De nada.

—Pregúntale si su grupo sabe quiénes somos y qué queremos —le pidió Linc a Kerry.

—Dice que no —respondió ella tras oír la contestación de Juan—. Suponen que somos desertores y que estamos buscando un grupo de guerrilleros para unirnos a ellos. Pretenden seguirnos hasta encontrarnos.

—Me lo temía —Linc se mordió el labio inferior—. Pregúntale qué pasaría si él mismo le explicara a su superior quiénes somos. ¿Nos dejaría marchar?

El soldado escuchó. Luego negó con la cabeza. Kerry tradujo su respuesta.

—Dice que no cree que nos mataran, pero que intentarían sacar provecho ellos del avión. Que nuestra única esperanza es que lleguemos al avión cuanto antes. Él intentará alejar a sus compañeros del punto de aterrizaje.

—¿Es consciente de que algunos de sus hombres podrían morir si intentan pararnos?

Kerry sonrió al oír la respuesta de Juan.

—Dice que algunos merecen que los maten.

Linc le tendió la mano y el joven se la estrechó con solemnidad.

Luego, Kerry le sugirió a Juan que despertara a sus hermanas y se despidiera de ellas. Este se acercó a donde estaban dormidas. Las miró enternecido, pero le indicó a Kerry que las dejara dormir.

Le susurró algo, conmovido, con lágrimas en los ojos. Luego, después de mirar a las niñas una última vez, se despidió en silencio y se internó en la selva hasta desaparecer.

—¿Qué ha dicho?

Kerry se secó las lágrimas de los ojos.

—No quería que lo último que sus hermanas recordaran de

él fuese una despedida. Sabe que probablemente no volverán a verse. Quiere que empiecen una nueva vida en Estados Unidos. Quiere que les diga que está dispuesto a morir por la libertad de su país. Y que si no vuelven a tener noticias de él, que se consuelen pensando que murió feliz, sabiendo que ellas estaban a salvo y libres en Estados Unidos.

Ambos permanecieron en silencio durante un largo momento. Sobraban las palabras. Por muy poéticas que fuesen, no harían justicia al sacrificio del joven soldado.

Linc se obligó a salir de aquel trance introspectivo y se dirigió a Joe.

—¿Sabes usarla? —le preguntó, apuntando hacia la metralleta.

Mientras le enseñaba a manejarla, Kerry fue a despertar a los niños, al tiempo que les decía que estuvieran lo más quietos posibles. Les dio agua fresca para beber y les prometió que en el avión habría comida para todos. Seguro que Jenny y Cage habrían pensado en eso.

Después de recoger sus escasas pertenencias, emprendieron el último tramo hasta la frontera. Kerry insistió en llevar a Lisa, para que Linc pudiera moverse con más libertad, cargado como iba con el machete y la metralleta.

Eran casi las once cuando alcanzaron el borde de la selva. Una franja desierta marcaba claramente la frontera entre Monterico y el país vecino. Entre las dos paredes de selva, había un descampado del tamaño de un campo de fútbol.

—Ahí es donde se supone que tiene que aterrizar —dijo Kerry, apuntando al espacio abierto—. ¿Ves esa torre de control? Se detendrá allí y luego dará la vuelta.

—De acuerdo, vamos a acercarnos lo máximo posible —dijo Linc tras examinar la zona—. Diles a los niños que no se separen y que vayan siempre por detrás de los árboles.

—¿Has visto algo?

—No, pero tengo el presentimiento de que no somos los únicos que nos estamos ocultando en la selva esta mañana. Adelante.

Se trasladaron lateralmente, guardando siempre varios metros de distancia con el descampado. Cuando estuvieron a la altura de la abandonada torre de control, Linc se detuvo.

–Esperaremos aquí. No deberían tardar mucho –dijo después de consultar la hora–. Tienen que llegar en quince minutos –añadió al cabo de un rato, en un aparte con Kerry.

–Vendrá –contestó ella en alusión a Cage.

–¿Quién es Cage Hendren, a todo esto? –preguntó Linc entonces.

–Ya te lo he dicho. Es un texano cuyo hermano misionero murió a manos de los hombres del presidente hace un par de años.

–Eso ya lo sé. Pero, ¿quién es... qué es... para ti?

–El marido de una buena amiga.

–¿Y qué era para ti antes de que se casara con tu buena amiga?

–¡Nada! Ni siquiera lo conocía. Primero me hice amiga de Jenny, a través de la Fundación Hendren.

Linc desvió la mirada, visiblemente relajado por la información que acababa de recabar.

–Tú y yo escoltaremos a los niños –dijo, cambiando de tema con brusquedad–. ¿Podrás con Lisa?

–Por supuesto.

–¿Corriendo incluso?

–Me las arreglaré.

–De acuerdo. Yo iré detrás de ti, cubriéndote la retaguardia. Joe permanecerá aquí hasta que hayáis subido todos.

–¿Por qué? –preguntó ella, alarmada.

–Para cubrirnos, en caso de que alguien empiece a disparar.

–Ah.

–En cuanto hayáis subido al avión, volveré por Joe –prosiguió Linc. Lo que no dijo fue que él sería quien estaría más tiempo expuesto a recibir una bala–. Toma –añadió al tiempo que le daba varios carretes de fotos.

–¿Para qué me los das?

—Si me pasa algo, al menos saldrán las fotos —contestó él—. He estado en situaciones apuradas, pero ninguna como esta. Solo estoy siendo precavido.

—Pero este carrete está sin abrir —dijo Kerry, confundida.

—No. Las cajas contienen carretes que he usado. Les he puesto celo encima para que parezcan nuevas. Eso te protegerá si... si alguien te atrapa con ellas.

—No quiero que me confíes tus carretes, Linc. Podría...

—Mira, si acabo sirviendo de diana para algún guerrillero, procura al menos que las fotos se publiquen.

—¡No digas esas cosas!

Linc se quitó el pañuelo que había usado para recogerse el pelo y se lo puso a Kerry en el cuello.

—¿No les daban un presente los antiguos caballeros a las damas que admiraban antes de partir a la guerra?

—No... —dijo ella con lágrimas en los ojos—. No lo soporto. No quiero que hables así. No quiero ni pensarlo. Y tú no me admiras.

—Por supuesto que te admiro. Reconozco que podría haberte estrangulado cuando me desperté y me vi implicado en un trabajo del que no quería saber nada —confesó Linc—. Pero te admiro, Kerry. Has sido una compañera valiente y valiosa cuando podías haber sido un estorbo. Si no tengo oportunidad de decírtelo más adelante...

—¡Basta! Podrás decirme todo lo que quieras cuando lleguemos a Texas.

—Kerry, no tengo la menor intención de morir en Monterico. No quiero que me concedan póstumamente mi tercer Pulitzer. Además, me tengo que cobrar tus cincuenta mil dólares —dijo él, esbozando una breve sonrisa.

Kerry lo miró y dudó si darle una bofetada o besarlo. Pero no podía dejar traslucir sus sentimientos en ese instante.

—¿Algún recado más? —le preguntó con sarcasmo.

—Si te salvas y yo no, fúmate un cigarro y tómate dos whiskys a mi salud.

—¿Algo más?

—Sí, no te hagas monja.

Se movió tan rápido que Kerry no pudo reaccionar. Linc le puso una mano en la nuca y acercó su cara a la suya. Mucho.

Y la besó.

Posó la boca con fuerza sobre la de Kerry. Ella separó los labios. Linc introdujo la lengua y ella plantó las manos sobre su torso, echó la cabeza hacia atrás y se dejó explorar.

Kerry sintió un inmenso vacío entre las piernas. Se le hincharon los pechos. Los pezones se irguieron, ansiosos por recibir caricias.

Le rodeó la nuca con ambos brazos y se aplastó contra Linc, el cual, a su vez, la atraía apretándola por la espalda. La temperatura fue escalando hasta que él emitió un gemido estrangulado y separó la cabeza. La miró a los ojos, a sus labios, hinchados y rojos tras el beso.

—Maldita sea, Kerry. Eres tan dulce... —murmuró justo antes de volver a saborear sus labios—. Te juro que si tenemos ocasión... te veré... por completo. Y te tocaré. Esos pechos... Y te besaré... Me meteré dentro de ti... aunque me condene al infierno —añadió, interrumpiéndose cada vez que la besaba, al tiempo que recorría su cuerpo con las manos.

Kerry también lo deseaba. Y... lo quería. ¡Lo quería! Y si al final le pasaba algo, Dios quisiera que no, Linc se moriría pensando que...

—Linc, tengo que decirte...

—¡Chiss!

—Pero tengo...

—Ahora no. Calla —Linc la apartó, se puso de pie y asomó la cabeza para mirar. Le hizo una seña silenciosa a Kerry. Segundos después, oyeron el motor de un avión—. Tenemos muchas cosas de que hablar, pero este no es el momento. Prepara a los niños. Joe, ponte en tu sitio —ordenó con tanta calma como autoridad.

—Ya estoy —dijo el chico tras cubrirse tras un árbol.

El avión no dio ninguna vuelta de reconocimiento. Fue directo a la torre. Los niños estaban inquietos, expectantes. Su sueño estaba a punto de hacerse realidad. Mientras ellos fijaban los ojos en el avión, Linc inspeccionaba los alrededores en busca de alguna tropa.

El avión realizó un aterrizaje impecable y se paró delante de la torre de control, de acuerdo con el plan.

–Adelante –Linc le dio un empujoncito a Kerry, la cual, después de agarrar a Lisa con fuerza contra el pecho, echó a correr y gritó a los demás niños que la siguieran. Oía las botas de Linc por detrás de todos ellos. Habían recorrido la mitad de la distancia cuando empezaron los disparos. Kerry se quedó helada. Los niños gritaron–. ¡Seguid corriendo!, ¡no os paréis! –gritó Linc.

Se giró y descargó una ráfaga de balas hacia el lugar de donde procedían las de sus invisibles atacantes. Los cuales replicaron haciendo uso de sus metralletas nuevamente. Linc disparó de nuevo y fue tras Kerry y los niños, que ya casi habían alcanzado el avión. Milagrosamente, no habían herido a ninguno, aunque algunos gritaban empavorecidos.

La puerta del avión ya estaba abierta. Linc se giró de nuevo. De pronto, era como si la selva entera estuviese llena de soldados. Al parecer, Juan no había logrado entretener a sus compañeros. Ojalá no lo hubiesen descubierto, deseó al menos Linc.

Por el rabillo del ojo, vio a Joe salir de su escondite y hacer uso de la metralleta. Varios hombres corrieron a refugiarse y Joe se refugió tras su árbol otra vez.

–Buen chico –murmuró Linc. Giró la cabeza y vio que ya estaban metiendo a los primeros niños en el avión. Corriendo de espaldas y disparando a la altura de la cintura, fue a ayudarlos a bordo.

Al dar media vuelta, vio varios jeeps repletos de soldados acercarse a la frontera por el otro lado. Un oficial del país vecino sacó un megáfono y le dio una orden. Linc no la entendió, pero captó el mensaje cuando los soldados rompieron a disparar.

–¡Mierda!

De pronto, estaban atacándolos por los dos lados.

Uno de los niños se tropezó y se cayó. Linc corrió a levantarlo y avanzó agachado hasta la puerta del avión.

—¿Le han dado? —preguntó Kerry a gritos.

—Creo que solo se ha caído. ¡Y métete en el avión!

Kerry entregó a Lisa. Linc introdujo en la cabina a Mike, que seguía llorando del susto. Ya estaban todos los niños dentro, salvo Joe, que estaba molestando lo suficiente para que los guerrilleros no salieran a disparar abiertamente. Pero no tardaría en quedarse sin municiones.

—¡Entra en el avión! —le repitió Linc a Kerry.

—Pero Joe y tú...

—¡Por Dios, no discutas ahora!

Por lo visto, Cage Hendren estaba de acuerdo con Linc y, a pesar de las protestas de Kerry, tiró de ella hacia adentro.

—Si me pasa algo, salid volando —le gritó Linc al hombre rubio. Luego se dio media vuelta y echó a correr sin dejar de disparar.

—¿Qué hace? —preguntó Cage Hendren—. ¿Por qué no ha entrado?

—Ha vuelto por uno de los niños. Se quedó atrás para cubrirnos las espaldas.

Cage asintió comprensivo mientras miraba a Linc correr en zigzag.

—Cage, tenemos que irnos —gritó el piloto desde la cabina del avión.

—No —Kerry agarró a Cage por un brazo—. Este avión no sale sin ellos.

—Espera un poco. Faltan dos pasajeros —le dijo Cage al piloto. Kerry gritó cuando vio a Linc caer al suelo—. Está bien. Se ha tirado para que cueste más hacer blanco en él —la tranquilizó él.

Tumbado, Linc le gritó a Joe que corriera hacia el avión mientras él lo cubría. Joe salió a toda velocidad, disparando en todas direcciones. Casi había llegado junto a Linc cuando, de golpe, cayó al suelo.

—¡No! —gritó Kerry.

Justo entonces, el avión recibió varios impactos de bala. No tuvieron consecuencias graves, pero aumentaron la ansiedad de Cage. El éxito de la misión dependía de salvar a los niños. ¿Podrían sacrificar a dos que parecían dispuestos a entregar sus vidas?

Miró a Linc reptar hasta donde yacía el niño boca abajo. Los vio intercambiar unas palabras.

—Está vivo —le dijo Cage a Kerry.

—Por favor, Dios, no dejes que los maten —rogó ella, anegadas las mejillas de lágrimas.

—Cage, están bloqueando la salida con jeeps —chilló el piloto.

Todos los niños gritaban aterrados.

—Tenemos que irnos, Kerry —dijo Cage.

—No. No podemos abandonarlos.

—Si no nos vamos, moriremos todos.

—No, no —Kerry forcejeó para que Cage la soltara—. Vete tú con los niños, pero yo me quedo.

—Sabes que no puedo hacer eso.

Sollozó afligida mientras veía a Linc ayudar a Joe a incorporarse. El chico no podía apoyarse en la pierna izquierda, de modo que se pasó un brazo de Joe por los hombros y avanzó a rastras hacia el avión.

—Kerry...

—¡No!

—Pero...

—¡Rápido, Linc!, ¡deprisa!

Linc disparó hacia los enemigos hasta quedarse sin municiones. Luego tiró la metralleta, agarró a Joe con un brazo y corrió hacia el avión.

—¡Ya vienen! —gritó Kerry.

—Empieza a rodar —le gritó Cage al piloto. Se acercó a la entrada del avión lo máximo que pudo, con las manos extendidas.

Kerry vio la mueca agónica de Linc justo antes de ver teñirse de rojo el pecho de su camisa. Herido, siguió corriendo, haciendo un esfuerzo heroico por entregar a Joe.

Cage lo agarró por el cuello de la camisa y lo metió dentro. El avión había empezado a avanzar y Linc tuvo que seguir corriendo para permanecer a la altura de la puerta.

—Dame la mano —le gritó Cage.

Linc estiró el brazo cuanto pudo, se tropezó, pero mantuvo el equilibrio milagrosamente. Luego, haciendo un último esfuerzo, agarró la mano de Cage, el cual, con ayuda de Kerry, tiró de él hasta meterlo dentro.

—¡Sal pitando! —gritó Cage mientras cerraba precipitadamente la puerta.

El peligro no había pasado. No paraban de disparar al avión, el cual no empezó a ganar altura hasta muy pocos metros antes de la barrera de jeeps del país vecino.

Los niños estaban abrazados, aterrados por su primer vuelo. Miraron al alto y rubio estadounidense que les hablaba en su idioma, sonriéndoles con amabilidad.

—¡Dios, Linc! ¿Dónde te han dado? —Kerry le examinó el pecho—. ¿Te duele?

—Estoy bien —Linc abrió los ojos como buenamente pudo—. Ve con Joe.

Kerry se acercó junto al adolescente. Tenía la cara gris; los labios, blancos de dolor. Cage la apartó con delicadeza, frotó el brazo de Joe con un paño con alcohol y le puso una inyección.

—Es un calmante —explicó.

—No sabía que supieras poner inyecciones.

—Yo tampoco —contestó él con ironía—. Uno de nuestros médicos me dio un curso intensivo de enfermería anoche... No creo que se haya roto el fémur, pero se ha desgarrado un poco el músculo —añadió después de examinar la fea herida de bala que tenía en el muslo.

—¿Se pondrá bien?

—Creo que sí —Cage sonrió y le apretó la mano—. Haré lo que pueda por limpiarle la herida y que no le duela. Cuando nos acerquemos, el piloto se comunicará por radio con Jenny. Ella se encargará de que haya una ambulancia esperándonos cuando lleguemos... Por cierto, me alegra que lo hayáis conseguido –añadió esbozando una sonrisa que habría cautivado a la mitad de las mujeres de Texas.

–No habríamos podido de no haber sido por Linc.

Como Joe parecía haberse quedado dormido, Kerry se acercó hacia el hombre que seguía tumbado sobre el suelo, con el pecho ensangrentado.

–¿Por quién? –preguntó Cage.

–Linc. Lincoln O'Neal.

–¿De verdad! –exclamó Cage–. ¿El fotógrafo?

–¿Me llama alguien? –Linc abrió los ojos y trató de incorporarse. Ambos hombres se sonrieron como si fueran viejos amigos.

–Bienvenido a bordo y encantado de conocerte –le dijo Cage, estrechándole la mano.

–Gracias.

Linc miró a Kerry. Y ella a él. Cage advirtió al instante que algo pasaba entre los dos.

–Yo... voy con los chicos. Kerry, echa un vistazo a la herida de Linc. Aquí tienes el maletín de primeros auxilios –dijo, acercándoselo, justo antes de dejarlos a solas.

–¿Se puede saber qué intentabas demostrar? –la regañó Linc–. Te dije que os fuerais sin nosotros si pasaba algo. Debería darte un azote por desobedecerme.

–Perdona pero no te estaba esperando a ti. Estaba esperando a Joe –replicó furiosa Kerry–. ¿Te duele?

–Es una herida de nada –Linc se miró el hombro–. Con un vendaje se arregla.

–Cage tiene unos calmantes estupendos. A Joe le ha hecho efecto rápido como una bala.

–Deja, deja. Ya está bien de balas.

Se quedaron mirándose. Fue Kerry quien empezó a sonreír. Luego él. Sorprendieron a todos los pasajeros con una carcajada.

—¡Lo hemos conseguido! —gritó exultante Linc—. ¡Sí, señor!, ¡lo hemos conseguido! Vuelves a casa, Kerry.

—A casa... —repitió ella, emocionada.

Luego se lanzó sobre el ensangrentado pecho de Linc y, mientras lo abrazaba con todas sus fuerzas, rompió a llorar aliviada.

Capítulo 8

Jenny Hendren había preparado un cargamento con comida. Había sándwiches de crema de cacahuete, naranjas, manzanas y galletitas de chocolate. También había refrescos en una nevera portátil. Nada más saciar su apetito, los niños se durmieron.

–¿Cómo está Joe? –le preguntó Kerry a Cage, el cual se había acercado a ajustarle el vendaje del muslo.

–Sigue desmayado.

–Me alegro de que tuvieras esa inyección a punto.

–Yo también. Estaría retorciéndose sin el calmante. ¿Qué tal va el otro paciente?

–Cabezón, testarudo –contestó ella. Nada más enjugar el llanto, se había separado de Linc, el cual se había olvidado de ternuras y se había puesto mandón–. Quiere hablar contigo.

Cage fue a la pared sobre la que estaba recostado Linc. Tenía tan mal aspecto como la primera vez que Kerry lo había visto. Sin afeitar, con la ropa sucia y salpicada de sangre, con el pelo sobre la cara.

–Kerry me ha dicho que querías hablar conmigo.

–Antes comentaste algo de comunicarte con tu esposa por radio, ¿no? –le preguntó y Cage asintió con la cabeza–. ¿Crees que podría conseguirme una cámara para cuando aterricemos?

–Linc tuvo que tirar sus cámaras al río cuando lo cruzamos –explicó Kerry–. Solo hemos salvado los carretes, y de milagro.

Cage, a pesar de todas sus vivencias, los miró sorprendido y con respeto.

—Parece que habéis tenido toda una aventura.

—Sí —Kerry miró a Linc—. Verás, el río...

—Estoy deseando que me lo contéis todo, pero los demás también querrán. ¿Por qué no descansáis ahora y luego nos enteramos todos a la vez? —atajó Cage y Kerry le dio las gracias con una sonrisa—. ¿Qué tipo de cámara necesitas, Linc? —le preguntó a este.

—¿Tienes algo donde apuntar?

Linc le anotó la marca y el modelo de la cámara y le entregó la referencia.

—Veré lo que puedo hacer —dijo Cage, que fue a dejar la nota en la cabina del piloto.

—Buen tipo —comentó Linc.

—No siempre es tan bueno, según tengo entendido —contestó Kerry, sonriente.

—¿Y eso?

—Conocía a Jenny a través de la Fundación Hendren. Estaba prometida a Hal Hendren cuando lo hirieron.

—¿El hermano de Cage?

—Sí.

—¿El misionero?

—Exacto.

—He debido de darme un golpe en la cabeza y no me acuerdo. ¿O es tan raro como suena?

—Es bastante complicado. Jenny conocía bien a los dos hermanos. Creció con ellos. Los Hendren la adoptaron cuando mataron a los padres de Jenny.

—¿Así que formaban una gran familia feliz?

—Sí.

—Suena perverso —Linc esbozó una sonrisa sicalíptica.

—Para nada. Se educaron en la casa de un cura. El padre de Cage es sacerdote.

—Así que es hijo de un sacerdote. No me extraña que me haya caído bien. Seguro que es un demonio.

—Lo era, hasta que Jenny le echó el guante.

—Creo que va a merecer la pena conocer a tu amiga —contestó Linc y Kerry rio.

—Merece la pena. Pero no te hagas ilusiones. Es toda una señorita. Ella y Cage, que era un conquistador nato, están enamoradísimos. Tienen un niño pequeño y está esperando otro. Estoy segura de que si no ha venido a recogernos con Cage ha sido por eso.

—No sé dónde la habríamos metido si hubiese venido.

El comentario de Linc la hizo tomar conciencia de lo pegados que estaban. Tanto que su rodilla tocaba con el muslo de él. Con la mayor discreción posible, retiró la pierna.

Los dos recordaron el beso que se habían dado antes de que llegara el avión. Había besos. Y besos. Y aquel beso solo lo daba un hombre que deseara a una mujer apasionadamente. Había sido brutal, carnal. Kerry temblaba cada vez que pensaba en él. Cada vez que se acordaba Linc, tenía una violenta erección.

Kerry miró la sangre seca de su hombro. Podían haberlo matado. Había arriesgado su vida. Nunca podría pagarle los sacrificios que había hecho por ella y por los niños, pero sabía que, de alguna manera, aunque no fuese suficiente, debía darle las gracias.

—¿Linc?

Como no podía verla sin desearla, había girado la cabeza contra la pared y había cerrado los ojos. Al oír su nombre, pronunciado con tal suavidad, los abrió despacio y se volvió hacia ella.

—¿Sí?

—Lo que has hecho ahí fuera... Quiero darte las gracias por todo. Yo... —Kerry se quedó sin habla. No se le ocurría qué decir que no sonara como una declaración de su amor hacia él. Por desgracia, soltó lo primero que se le pasó por la cabeza—. Te extenderé el cheque por cincuenta mil dólares en cuanto pueda.

Permaneció callado varios segundos. Fue la calma antes de la tempestad. Retiró el brazo de debajo de la mano de ella con violencia. Le entraron ganas de decirle que podía quedarse con el maldito dinero.

—Vete al infierno.

—¿Qué?

—Ya me has oído.

—Pero no entiendo...

—Exacto. No entiendes nada.

—¿Por qué me hablas así? —preguntó irritada Kerry—. Solo intentaba darte las gracias.

—Vale, pues ya me las has dado. Ahora déjame tranquilo.

—Encantada —Kerry fue a marcharse, pero vio que de nuevo le caían gotas de sangre por el pecho—. Has hecho que el hombro te vuelva a sangrar.

—No es nada —contestó él, mirándose la herida con indiferencia.

Kerry agarró una gasa del botiquín.

—Deja que...

Linc le agarró la muñeca antes de que su mano le rozara el hombro.

—Te digo que no es nada. Déjame en paz, ¿quieres? Tal como te has apresurado a recordarme, lo nuestro no es más que un acuerdo de negocios. Y no incluye que cures mis heridas —Linc bajó la voz y se acercó a ella—. Ni que me beses. ¿Por qué me has dejado que te bese ahí fuera?, ¿por qué me has devuelto el beso? Porque tu lengua estaba tan ocupada como la mía, no creas que no me he dado cuenta. Pero podías haberte ahorrado las molestias. Habría corrido lo mismo y habría gastado la misma munición aunque no lo hubieses hecho.

—¡No sé cómo puedes decir eso! —exclamó Kerry, rojas sus mejillas de indignación.

—Diciéndolo. Peor es hacer promesas sexuales que no tienes intención de cumplir —contestó él—. Estamos en paz, hermana Kerry. Me contrataste para hacer un trabajo y me iré en cuanto me pagues. Punto. Haré un par de fotos de los niños bajando del avión, desapareceré y este maldito lío habrá terminado de una vez.

Kerry lo miró con animadversión. Jamás había conocido a alguien tan insensible. «Maldito lío». Así resumía las vivencias que habían compartido. La desilusión fue tremenda, pero no sería la primera que padeciese. Y, por mucho que le doliera, sabía que viviría para contarlo.

Se alejó todo lo que pudo del maldito señor O'Neal, encontró un hueco más o menos cómodo y se dispuso a dormir lo que quedaba de viaje.

—Aterrizaremos en quince minutos —la despertó Cage—. He pensado que querrías despertar a los niños.

—¿Cómo está Joe? —preguntó Kerry al oírlo gemir. Seguía con los ojos cerrados, pero no paraba de mover la cabeza de un lado a otro.

—Por desgracia, está recuperando la consciencia. Pero no voy a darle nada más. Dejaré que el médico se ocupe de él.

—Cage, no me apetece afrontar a un pelotón de periodistas —le dijo antes de que su amigo se marchara a la cabina—. Los niños ya estarán bastante asustados. Estamos sucios y cansados. ¿Puedes encargarte?

Cage se rascó la nuca.

—Haré lo que pueda, pero no estoy seguro de que los medios de comunicación vayan a respetarte. Hay periodistas esperándoos desde hace días —dijo él—. Pero si no quieres que os entrevisten ni que los niños se vean inmersos en un maremágnum así, así será. Llamaré a la policía y le pediré al comisario que acordone el aeropuerto —añadió al ver la cara atribulada de Kerry.

—Gracias.

Los niños, que ya se habían despertado, charlaban emocionados mientras miraban por las ventanas. Kerry se rio con sus comentarios asombrados acerca del paisaje de Texas, tan distinto a la selva a la que estaban acostumbrados.

El experimentado piloto realizó otro aterrizaje perfecto. Cuando el avión se detuvo, lo primero fue llevar a Joe a la ambulancia, que lo trasladaría de inmediato al hospital. Cage bajó a tierra y departió brevemente con el médico.

Linc bajó y buscó con la mirada a una mujer embarazada con una cámara. No le costó distinguirla. Kerry tenía razón. Kerry era una dama, y toda una mujer, de la cabeza a los pies.

–¿Señora Hendren?

–¿Señor O'Neal? –ambos se sonrieron mientras ella le entregaba la cámara que le había encargado–. Una Nikon F3 con un carrete Tri X. Mandé a Gary a Amarillo a recogerla. Hemos tenido que hacer un par de gestiones para localizarla.

–Lamento las molestias.

–Solo espero que hayamos acertado –dijo ella–. Yo no sé ni por dónde agarrar una cámara.

Linc no sabía quién sería Gary, pero se alegraba sobremanera de volver a tener una cámara entre las manos.

–Es perfecta, gracias. Luego arreglamos cuentas.

Metió un carrete y se llevó la cámara al ojo justo a tiempo de tomar un par de fotografías de los paramédicos, que estaban sacando del avión la camilla con Joe. Se acercó. El chico había abierto los ojos.

–Aguanta, campeón –le dijo Linc y, por primera vez desde que se lo habían presentado, Joe le lanzó una débil sonrisa, que Linc registró con la cámara.

El médico metió la camilla en la ambulancia. Cuando se giró a cerrar la puerta, reparó en la herida de Linc.

–Deberíamos mirarte eso.

–Luego –dijo Linc, para enfocar acto seguido hacia la puerta del avión.

Dentro, Kerry trataba de tranquilizar a los niños.

–Todo os parecerá diferente, pero no tengáis miedo. Sois muy especiales para la gente de aquí. Ellos os quieren.

–¿Vas a dejarnos? –preguntó el pequeño Mike.

–No. No me iré hasta que no esté segura de que estáis contentos con vuestras nuevas familias. ¿Estáis listos? –les preguntó y los ocho asintieron–. Bien. Entonces vamos.

Los ayudó a bajar. Cage y Jenny Hendren los acompañaron

a una furgoneta. Kerry hizo lo posible por no prestar atención a las fotografías que Linc les estaba haciendo. También hizo lo posible por no hacer caso a la punzada de envidia que le produjo ver a Cage estrechar a Jenny entre sus brazos y besarla.

Era tan evidente el alivio de ella porque su marido había regresado sano y salvo, como la preocupación de él porque estuviera haciendo demasiado ejercicio en una etapa tan avanzada del embarazo. El amor que se profesaban brillaba alrededor de los dos como un sol exclusivamente de ellos.

Después de meter a todos los niños en la furgoneta, Kerry abrazó a su amiga.

—Es un sueño hecho realidad —dijo—. Gracias por encargaros de prepararlo todo. Habéis estado...

—Calla, calla. Ahora necesitas descansar y alimentarte. Ya tendremos tiempo de hablar luego. Cage —Jenny se dirigió a su marido—, ¿por qué no vienes atrás con el señor O'Neal? Conduciré yo.

—Eh, discúlpeme, señora Hendren —dijo Linc—. Yo llamaré a un taxi en el hotel más cercano y...

Cage y Jenny se echaron a reír a la vez.

—Aquí no hay más que un taxi —explicó él—. Si lo llamas ahora y tienes suerte, puede que vaya a buscarte pasado mañana. Y no hay ningún hotel, aunque sí varios moteles.

—Además —añadió Jenny—, no quisiera dejarte marchar sin darte las gracias por toda tu ayuda. Venga, entrad antes de que os desmayéis de calor.

Y no hubo más que hablar. Linc subió a la furgoneta con Cage. La pequeña Lisa, con cara de no entender nada, estiró los bracitos hacia él. Linc se la acomodó en el regazo durante el trayecto a casa de los Hendren.

—He conseguido contener a los periodistas, pero he tenido que prometerles que les darás un comunicado de prensa, Kerry. Puedes prepararlo cuando te apetezca.

—Gracias, Jenny.

—Y, por supuesto, te quedas en nuestra casa —añadió la amiga.

—¿Y los niños?

—Nos han prestado varias casas portátiles. Están en el rancho —dijo Cage—. También tenemos un par de enfermeras, para satisfacción del Departamento de Inmigración. Los trámites y el papeleo de la adopción tardarán unos cuantos días. Quedará todo solucionado antes de que sus familias vayan a recogerlos... ¿Cuáles son las hermanas? —preguntó, mirando al círculo de jóvenes caras.

Kerry señaló a las hermanas de Juan. Cage les sonrió y les dijo en español que sus nuevos padres ya estaban en casa.

—Os están esperando. Los conoceréis en cuanto lleguemos.

Las niñas, que habían roto a llorar cuando Kerry les había comunicado el mensaje de despedida de su hermano, se abrazaron asustadas y miraron a Kerry y Linc, el cual elevó los pulgares y guiñó un ojo para hacerlas reír.

Kerry se quedó impresionada con la casa y el terreno de los Hendren.

—Gracias —dijo Jenny al oír las alabanzas de su amiga—. Cage había empezado a reformarla antes de casarnos. Desde entonces, no hemos parado de darle retoques y mejorarla. Me encanta.

Cage Hendren se había dedicado al negocio del petróleo, pero a medida que el precio del crudo empezaba a bajar, había ido abriéndose otras vías laborales, en el sector inmobiliario y con ganado vacuno, entre otras actividades. También tenía un establo, de modo que no pasaban apuros económicos. Vivían modestamente porque así lo querían, no por necesidad.

Había tres casas portátiles junto al establo. Antes de que la furgoneta parara del todo, Roxie Fleming salió de una de ellas a todo correr, seguida de cerca por su marido, Gary.

—Esa es Roxy —les dijo Jenny.

—Me has hablado de ella en tus cartas —comentó Kerry.

Roxie, rolliza y alborozada, se habría lanzado a ellos si su cariñoso marido no la hubiera retenido, rodeándola por la cintura.

Cage y Jenny presentaron a Kerry y a Linc a los Fleming. Roxie los saludó con educación, pero distraída, mirando ansiosa hacia los niños.

—¿Quiénes son Cara y Carmen? —preguntó con la voz quebrada.

Kerry señaló a las dos niñas. Roxie extendió los brazos. Transcurrió un segundo tenso antes de que las hermanas se separaran del grupo y avanzaran con timidez hacia la mujer.

Con suma discreción, Linc fotografió la conmovedora escena. La mejor fotografía fue de Kerry Bishop, la persona que había hecho posible aquel milagro. Sabía que sería una buena foto. El reflejo del sol había convertido en diamantes las lágrimas de sus ojos.

Kerry bajó la escalera con inexplicable nerviosismo. Quizá se debiera a que hacía siglos que no se ponía un vestido. Bueno, eso no era del todo cierto. Se había puesto un vestido la noche que había sacado a Linc del bar, pero no era exactamente lo mismo.

Puede que el corazón le palpitara porque sería la primera vez que la vería con el pelo limpio, suave y brillante, con la piel tersa y sin mugre, las uñas relucientes.

Fuera por lo que fuera, las rodillas amenazaban con fallarle a cada paso que daba.

Parecía que había transcurrido una eternidad desde la apurada huida de Monterico. Sin embargo, había ocurrido aquella misma mañana. Habían estado todo el día alojando a los niños en sus casas provisionales. Estos se habían quedado maravillados con los lujos de que disfrutaban. Las enfermeras, después de examinarlos, habían firmado los certificados sanitarios, dando fe de que estaban sanos. Meses atrás, al concebir la idea de que los adoptaran en los Estados Unidos, Kerry se había encargado de que se vacunaran para cumplir las normas de los Estados Unidos.

Los Fleming y los padres de Cage, Bob y Sarah Hendren,

habían ayudado a enjabonar, frotar y lavar la cabeza de todos los huérfanos. Luego los habían vestido con unas ropas donadas por un comerciante. Gracias a los fieles de la congregación de Bob Hendren, los niños ya habían tomado dos comidas en condiciones.

Roxie estaba tan contenta con sus hijas adoptadas que no paraba de peinarlas. Tanto que Gary, tan volcado en las niñas como su esposa, tuvo que decirle que si seguía así, acabaría dejándolas calvas.

Cage había acercado a Kerry al hospital. El personal, respetando su intimidad, le había permitido colarse por una puerta trasera para visitar a Joe. La operación para sacarle la bala ya había concluido. Estaba adormilado por la anestesia, pero la reconoció. El médico le aseguró que la pierna no había sufrido ninguna lesión crónica.

Al volver, Jenny había insistido en que se diese el capricho de un relajante baño de agua. Sin la menor lástima, Kerry se había despojado de las prendas que había llevado encima durante casi cuatro días.

Solo vaciló al quitarse del cuello el pañuelo que Linc le había dado. Lo metió en el lavabo y luego lo colgó para que se secara. Salvo que le pidiera que se lo devolviese, lo guardaría como un recuerdo de lo que había sido una aventura de amor salvaje y apasionada, aunque breve e incompleta.

Le llegó un murmullo de voces procedente del salón. Se le hizo un nudo en el estómago, pero hizo acopio de valor y cruzó el umbral. Jenny fue la primera en advertir su presencia.

–Aquí estás.

–¡Guau! –Cage silbó apreciativo–. Lo que hace un poco de jabón y agua.

Linc no dijo nada. Se quedó paralizado, con la lata de cerveza en el aire, camino de la boca. Kerry fue hasta la mesa y tomó asiento frente a él.

–Qué bonito, Jenny –dijo Kerry, abarcando con la vista el centro de flores, los candelabros, la vajilla de porcelana y los cubiertos de plata.

—Creí que os merecíais una cena tranquila. La comida ha sido un poco ajetreada. Calmaos y disfrutad.

—Solo espero no arruinar mi imagen —dijo Kerry mientras deslizaba los dedos sobre el tenedor de la ensalada—. He estado tanto tiempo en la selva que casi no recuerdo cómo se deben usar los cubiertos.

—Ya lo irás recordando todo —Jenny sonrió.

—Y si no, a nosotros nos da igual —Cage le pasó un plato lleno de comida—. Estamos acostumbrados a comer con Trent. Sus modales a la mesa son atroces.

—Un chico majo —comentó Linc—. Ha hecho que los demás se sientan en casa.

—Majísimo —dijo Cage—. Les ha enseñado cómo atacar una tarrina de helado casero —añadió, y Kerry rio.

—¿Dónde está?

—Dormido como un bendito —dijo fatigada Jenny—. Podéis comer tranquilos.

A Kerry la sorprendió lo sonora y bella que podía ser la risa de Linc cuando no estaba cargada de sarcasmo, cinismo o amargura. Cage, que era de su misma constitución, le había prestado unos vaqueros y una camiseta. Se había duchado y afeitado y, estaba incluso más atractivo y viril.

Mientras comían, la conversación se centró sobre todo en los huérfanos.

—He distribuido copias de tu comunicado de prensa a los periodistas.

—Gracias, Cage.

—Mañana te pondremos al corriente de las familias que se han presentado para las adopciones.

—Gracias de nuevo. Estoy tan cansada que esta noche no me enteraría de nada —reconoció Kerry—. Estoy segura de que habéis hecho una buena selección. ¿Son todos tan maravillosos como los Fleming?

—Gary y Roxie son nuestros amigos y los conocemos bien, así que apostamos sobre seguro. Pero creemos que los otros también serán unos padres estupendos —contestó Jenny—. Nunca imaginé que tendría a toda una celebridad en mi mesa –añadió sonriente, dirigiéndose a Linc.

–¿Dónde? –contestó él, girando la cabeza como en busca de la celebridad.

Los Hendren siguieron picándolo hasta que él los entretuvo con anécdotas de sus aventuras como reportero gráfico. Afirmó que había estado en peligro en más de una ocasión.

–Pero nunca he tenido tanto miedo como esta mañana mientras intentábamos alcanzar el avión –reconoció después de terminarse una segunda porción de pastel de manzana.

Se habían pasado buena parte de la tarde contando la historia. Cage, Jenny, los Fleming y los padres de Cage habían atendido perplejos por todo lo que les había ocurrido camino de la frontera.

–No tengo prisa por volver –dijo Kerry.

–Nosotros tampoco la teníamos cuando salimos –comentó Cage.

–¿Vosotros?, ¿estuvisteis allí? –preguntó sorprendido Linc–. ¿Cuándo?

–Después de que mataran a mi hermano.

–Lo siento.

–No pasa nada. Jenny y yo tuvimos que ir a identificar el cuerpo de Hal y traerlo de vuelta –Cage estiró el brazo y apretó la mano de su mujer–. Fue una experiencia desagradable para los dos. Aunque, si no fuera por la guerra civil, Monterico sería un lugar bonito. Creo recordar que el clima tropical invitaba a la sensualidad.

Como Cage y Jenny se absorbieron mutuamente con los ojos, se perdieron la mirada que cruzaron sus invitados. Tanto Kerry como Linc recordaron la noche que habían pasado escondidos en la selva, bajo la lluvia, rodeados de plantas y flores, medio desnudos.

Parecía irreal. No podían haber estado tan juntos y hallarse tan distantes en esos momentos. Linc no podía haber aliviado sus temores y secado sus lágrimas entonces y herirla con la crueldad con que la había herido esa mañana.

Lo miró a la cara y vio a un desconocido. Habían compartido la cantimplora de agua, pedazos de pan, besos y discusiones apasionadas y, sin embargo, apenas sabía nada de él.

—Todavía no habéis explicado cómo os conocisteis —dijo Jenny—. ¿Cómo fue que te comprometiste con el proyecto de Kerry, Linc?

Kerry respingó como si le hubiera pasado por el cuerpo una descarga eléctrica. Miró a Linc, el cual compuso una expresión presumida. Puede que se hubiera limpiado por fuera, pero seguía podrido por dentro.

—Creo que es mejor que eso os lo cuente Kerry —dijo finalmente, desafiándola con la mirada.

Un desafío que no rechazó.

—Lo recluté para la causa —afirmó Kerry, alzando la barbilla. Linc tosió adrede y ella le lanzó una mirada venenosa—. Está bien, yo...

—Me secuestró —apuntó él, divertido.

Kerry se puso de pie, furiosa porque estuviese aireando sus trapos sucios delante de los Hendren.

—No me lo vas a poner fácil, ¿no?

—¿Fácil? Primero me secuestraste. Luego me destruiste adrede el fruto de un mes de duro trabajo. Me hiciste perder el avión que debía sacarme de aquel infierno. Gracias a ti, me capturó un grupo de guerrilleros, casi me he ahogado, me han disparado... ¿y quieres que te lo ponga fácil? —arrancó Linc tras levantarse él también. Luego la apuntó con un dedo y se dirigió a Cage y Jenny—. Se disfrazó de prostituta y me sedujo para que saliera del bar en que estaba. Así me reclutó. Me fui con ella pensando que iba a echar un polvo y... Oh, perdona, Jenny.

—Tranquilo —murmuró esta.

—Se le ha olvidado mencionar que estaba borracho como una cuba —dijo Kerry con desdén—. Y no lo seduje. Lo arrastré, porque era incapaz de salir por su propio pie.

—¿Y con eso lo arreglas todo? —gritó Linc desde el otro lado de la mesa.

—Creía que era un mercenario —les dijo Kerry a sus ávidos oyentes—. Y lo es. Le pagaré a cambio de su tiempo y sus servicios. Antes de que le colguéis ninguna medalla al valor, quizá debáis saber que no ha hecho nada de esto movido por su infinita bondad. Tuve que prometerle que le pagaría cincuenta mil dólares para que no nos entregara a mí y a los niños al presidente.

—Yo no te pedí que me pagaras por eso, y lo sabes de sobra —Linc se echó hacia adelante ominosamente, como si fuera a subirse a la mesa para agarrarla—. El dinero era para compensarme por el carrete que destruiste. Pero con eso no cubro el martirio de haber tenido que soportarte estos últimos cuatro días... Cage, ¿te importaría acercarme al centro?

—¿No irás a irte? —Jenny Hendren se levantó de la silla.

—Me temo que sí, Jenny —contestó él—. Aunque os agradezco mucho vuestra hospitalidad.

—Pero no puedes marcharte. Todavía no —sentenció ella, y todos la miraron sorprendidos por su vehemencia—. Las fotos de antes, al bajar del avión, eran para tu reportaje, ¿no? —añadió, azorada, tratando de explicarse.

—Sí...

—Y estoy segura de que, como Kerry no quiere que la entrevisten, te cederá en exclusiva los derechos de la historia. ¿Verdad, Kerry?

—Eh... sí —respondió esta.

—Bueno, pues entonces tienes que quedarte, porque la historia no ha terminado todavía —dijo Jenny—. ¿No quieres fotografiar el encuentro de los niños con sus nuevos padres? Además, no puedes marcharte antes de que le den el alta a Joe.

Linc consideró la situación. Era verdad que la historia no quedaría completa si no estaba presente en el momento en que los niños se reunieran con sus padres adoptivos. Pero no creía que fuera a ser capaz de aguantar una hora más junto a Kerry. Una de dos: terminaría asesinándola o haciéndole el amor y, por razones bien distintas, ambas perspectivas le resultaban tentadoras.

–No sé –vaciló Linc–. Supongo que podría alquilar una...
–¡Au!

El quejido de Jenny atrajo las miradas de todos los presentes. Se sujetó el vientre con las dos manos, meciendo la preciosa carga que soportaba.

Capítulo 9

–¡Jenny! –Cage se levantó como un resorte. Antes de que Linc o Kerry pudieran parpadear, ya estaba junto a su mujer–. ¿Es... qué es?
–Solo ha sido un aviso... creo –dijo ella tras tomar aire.
–¿Estás segura?, ¿no es el bebé?
–Creo que no, todavía no.
–Siéntate, Jenny –dijo Kerry, acercándole su silla.
–Estoy bien, de verdad –aseguró mientras tomaba asiento–. También tuve algún pinchazo así cuando estaba embarazada de Trent.
–Y también me pegaba unos sustos de muerte –dijo Cage, mesándose el cabello–. ¿Llamo al médico?
–No hace falta –Jenny agarró la mano de su marido y besó la punta de sus dedos–. Perdón por el numerito –añadió, disculpándose con una sonrisa.
–Has estado demasiado tiempo de pie –la regañó con suavidad Kerry–. Quédate aquí y déjanos limpiar la cocina a nosotros.
A pesar de sus débiles protestas, los tres empezaron a llevar los platos usados a la cocina. Media hora después, Kerry la ayudó a subir a su dormitorio.
Nadie volvió a decir nada sobre la marcha de Linc. Ni siquiera pensó al respecto hasta que salió al porche delantero.
–Debería irme –le dijo a Cage cuando este se le unió–. Mi presencia aquí no es más que una carga extra para Jenny.

–Ni hablar. Puedes quedarte el tiempo que quieras, si no te importa dormir en la cama individual de la habitación de Trent. Y te advierto que ronca.

–Créeme, cualquier cosa será mejor en comparación con los sitios donde he estado durmiendo –contestó sonriente Linc. Luego pensó en la noche que había pasado en la selva, abrazado a Kerry, y la sonrisa se desvaneció–. ¡Buena moto! –añadió para distraerse.

–Sí, ¿quieres verla?

Dejaron el porche y se encaminaron hacia el garaje que había enfrente, abierto. Dentro había diversos vehículos, entre los cuales se encontraba la moto que había llamado la atención de Linc.

–Está lista para ir a una exhibición. ¿Hace cuánto que la tienes?

–Unos cuantos años –contestó Cage–. Mañana damos una vuelta, si te parece. Pero tendrás que agarrarte fuerte. Uno de mis vicios es la velocidad.

Linc sacó un paquete de cigarros del bolsillo de la camisa. Se lo había afanado a Gary Flemming en el transcurso del día.

–¿Quieres uno?

–Me encantaría, pero le prometí a Jenny que dejaría el tabaco cuando nos casamos.

–Parece que has renunciado a unos cuantos vicios –comentó Linc tras encenderse un cigarro.

–Todos menos el sexo –respondió y ambos rompieron a reír.

–¡Qué gusto! –dijo Linc al cabo de un rato–. Hacía más de un mes que no hablaba mi idioma con fluidez.

Luego guardaron silencio. Pero no se esforzaron por romperlo. Se sentían a gusto juntos, porque ya habían sentado las bases de aquella nueva amistad. Estaba cimentada en el respeto y aprecio mutuo.

Por eso no se ofendió Linc cuando Cage dijo:

–Respecto a los cincuenta mil dólares...

—Me importa un pito ese dinero.

—Lo suponía.

Cage dejó el tema. No presionó a Linc en busca de respuestas, y este se lo agradeció.

—Jenny y tú parecéis muy felices juntos —comentó. Hablarle de su esposa a un hombre casado era una experiencia nueva para Linc, y se sentía un poco incómodo abordando la cuestión.

—Y lo somos —afirmó Cage, en cambio, con gran naturalidad.

—Tienes suerte. No he visto muchos matrimonios felices.

—Yo tampoco. Y sigo cuidando el mío día a día. Jenny renunció a mucho por casarse conmigo.

—¿Por ejemplo?

—Bueno, está claro que ella perdió el sentido común —contestó Cage y ambos rieron—. En fin, será mejor que vuelva dentro a ver qué tal se encuentra. Disfruta del cigarro. Hasta mañana.

—Gracias por todo, Cage —Linc le estrechó la mano y se despidió de su nuevo amigo.

Terminó de fumarse el cigarro meditabundo. Los Hendren le caían genial. Envidiaba lo cerca que se sentían el uno del otro. Él nunca había sentido tanto apego por nadie. Ni por sus padres. Ni por ningún amigo especial. Por nadie.

La relación entre Cage y Jenny se basaba en el cariño. El amor que compartían por su hijo creaba un vínculo casi visible entre los dos. Y todo indicaba que mantenían las sábanas de su cama calientes, con frecuente fogosidad sexual. En algún lugar remoto de la cabeza, se le ocurrió que quizá se había perdido algo...

¿Se podía saber en qué estaba pensando?, ¿acaso se había vuelto un filósofo de la noche a la mañana?

Había triunfado. Disfrutaba de una profesión que le permitía viajar, tener aventuras, ganar dinero. Lo había hecho famoso. Las mujeres iban a él atraídas por su dinero, su estrella, su reputación como amante. Les hacía regalos caros, las ponía en contacto con personas influyentes, les daba el placer que buscaban. Y él obtenía lo que quería: una vez que saciaba su apetito sexual, no volvía a pensar en ellas.

Las mujeres de su vida no habían sido más que cuerpos pasajeros. Insustanciales. A diferencia de Jenny Hendren. A diferencia de...

Maldijo para sus adentros y trató en vano de olvidarse de Kerry. Pero seguía impactado por su aspecto al bajar a cenar. No había esperado verla tan... femenina. Tan poco monjil.

Y aunque había cenado hasta quedarse ahíto, no había probado bocado del manjar más exquisito.

Suspiró frustrado al tiempo que sentía cómo se endurecía de deseo. Un deseo que lo condenaría a abrasarse en el infierno. No podía recrearse en aquella lascivia que lo enardecía. Al menos tenía que intentar controlarse.

–¿Qué tal esto?
–Una delicia –Jenny suspiró.

Su marido la había encontrado ya en la cama al entrar en el dormitorio, después de haber comprobado que su hijo dormía plácidamente y de sacar la cama extra para Linc. Kerry se había instalado en la habitación de invitados.

Luego se había unido a su esposa en la cama y había empezado a hacerle suaves masajes en el abdomen. Era un ritual que repetían todas las noches y con el que ambos disfrutaban una enormidad.

–El bebé está tranquilo esta noche –comentó él.

–Estará cansada después de su actuación en la cena –dijo Jenny, convencida de que el bebé sería una niña.

–Ha sido todo un número, sí.

–¿Qué quieres decir?

–Nada más que no estoy seguro de si has notado un pinchazo de verdad o ha sido una artimaña para que Linc se quedara.

–¿Insinúas que...?

—Lo sabía —atajó Cage, sonriente ante el tono ofendido de su esposa—. Te lo has inventado. Si no, no protestarías tanto... ¿Tengo motivos para estar celoso? —añadió después de darle un beso.

—¿Por qué? —Jenny deslizó un dedo por el vello de su torso.

—¿Quizá por tus esfuerzos por que Linc se quede?

—Es que creo que debe hacer esas fotografías de los huérfanos con sus nuevos padres —contestó ella—. Y el pinchazo ha sido de verdad.

Inmediatamente, Cage se convenció de que no había sido una invención y preguntó preocupado:

—¿Un pinchazo de los fuertes?

—No, solo una contracción de esas que no significan nada.

—¿Estás segura?

—Cien por cien.

Cage agarró un bote de loción, se echó un chorro en las manos y le masajeó los pechos con movimientos circulares.

—¿Cómo puedes estar tan embarazada y seguir tan preciosísima? —le preguntó amartelado.

—¿De verdad te gusto? —Jenny alzó una mano y le retiró un mechón de pelo que le caía sobre la frente.

—Mucho.

—¿Y crees que a Linc le gusta Kerry?

—¿Lo dices porque han estado a punto de liarse a mordiscos y arañazos durante la cena?

—Nosotros también nos hemos mordido y arañado —replicó Jenny, incorporándose—. Y encima de la mesa de la cena.

Cage la miró asombrado y rompió a reír.

—Ahí me has pillado. Una sensacional fiesta privada, que yo recuerde —Cage la envolvió en un abrazo, la recostó de nuevo sobre las almohadas y se acercó hasta juntar boca con boca y lengua con lengua.

—Yo creo que discuten porque se sienten muy atraídos —prosiguió ella finalizado el beso.

—¿Kerry qué dice?

–Nada, lo que es curioso, ¿no te parece? Evita pronunciar su nombre. Después de todo lo que han pasado juntos, lo normal es que no se le cayera de la boca. Y se esfuerza por no mirarlo, pero la he cazado un millón de veces. ¿Linc te ha contado algo mientras estabais en el garaje?

–Lo siento, cariño –Cage le dio un mordisquito en el cuello–. No podría romper un pacto entre caballeros.

–¡Luego te ha hablado de Kerry!

–No, pero está... inquieto. No sé si es la palabra correcta. Rabioso quizá.

–¿Cómo lo sabes?

–Porque conozco los síntomas. Sé lo que es desear a una mujer que no puedes tener –Cage le lamió un pezón–. Sin ir más lejos...

–No podemos, Cage. El médico ha dicho que el embarazo está demasiado avanzado –Jenny interpuso una mano para frenarlo–. ¿Y de qué habéis hablado entonces?

–De ti –contestó Cage–. Le he dicho que tú eres mi único vicio.

–Va a pensar que soy horrible –Jenny contuvo la respiración al sentir la lengua de su marido sobre sus sensibles pechos.

–Va a pensar que eres estupenda. Lo que todo hombre desea. Una dama de puertas afuera...

–Y una ninfómana en el dormitorio.

–Exacto –Cage deslizó las manos entre los muslos de Jenny.

–No podemos...

–Hay otras maneras de disfrutar del sexo.

–Pero hay invitados en casa –dijo con un susurro chillón mientras él la acariciaba.

–Eso es problema tuyo –susurró Cage seductoramente–. Eres tú la que gime.

***

Había demasiado silencio.

Kerry miraba por la ventana de su habitación, preguntándose qué la mantenía despierta cuando todo el cuerpo estaba deseando descansar. Había llegado a la conclusión de que, después de un año en Monterico, echaba de menos los ruidos nocturnos de la selva.

En casa de Jenny no se oía nada. Absolutamente nada...

Hasta que se oyó. Una pisada. Miró hacia abajo y vio una silueta salir al terreno que rodeaba la estupenda piscina de los Hendren.

Linc.

El corazón se le desbocó como cada vez que lo veía. En esa ocasión, en parte, le palpitaba de ira. ¡Cómo había sido capaz de contarles a sus amigos su indiscreción!

Su participación en el rescate los habría sorprendido. No los extrañaría que hubiese necesitado la ayuda de alguien, pero sí que hubiese recurrido a un reportero gráfico.

Los huérfanos no le habían permitido minimizar la actuación de Linc durante la odisea. Pues, a la menor duda, se habrían girado hacia él en busca de alguna orientación. Aunque no hablaba español, se comunicaba con gestos, con la expresión de la cara y con un «espanglis» que los niños comprendían y obedecían.

Se portaba como si fuese su padre. No había querido asumir esa función, pero había acabado aceptándola. De hecho, parecía disfrutar meciendo a Lisa y peleándose en broma con los niños.

Kerry sabía que Jenny y Cage se habrían sentido intrigadísimos. Solo su sentido del tacto los había refrenado. Pero Linc había sido tan mezquino que los había informado de cómo se habían conocido.

Todo el día había temido que alguien la delatara. Le daba miedo que alguien pronunciara un nombre; un nombre que haría reaccionar a Linc al instante. Y, de un modo u otro, la verdad acabaría saliendo a la luz.

Linc descubriría que no era quien había dicho ser. Para

entonces, esperaba estar lo más lejos posible de él. Prefería no presenciar su reacción. Se pondría hecho una furia.

Esa mañana, después de haberse besado, había intentado sincerarse. Pero el avión de rescate había arruinado sus buenos propósitos. Luego, después de discutir por el maldito dinero, ya no le había importado mantener el engaño.

Se había sentido aliviada y angustiada cuando, en la cena, Linc había anunciado su marcha. Quería que se fuese antes de que descubriera que no tenía vocación de monja. Por otra parte, la idea de no volver a verlo le resultaba devastadora. Siempre le agradecería al bebé de Jenny haber aplazado, sin consecuencias de gravedad, el momento de la despedida.

Estaba fumando, paseando de un lado a otro. La consolaba comprobar que tampoco Linc lograba conciliar el sueño. Ella no era la única alterada aquella noche.

Claro que él no sentía nada profundo. Solo frustración sexual. Puede que no le cayera bien, pero Kerry sabía que no le era indiferente.

Lo vio apagar el cigarrillo. Se llevó las manos a la cara y se frotó los ojos. Kerry creyó oír una maldición, tan obscena que prefirió pensar que se lo había imaginado.

Entonces se agachó a quitarse las botas que Cage le había prestado. Se desabrochó después los botones de la camisa, hasta abrirla del todo. Se la quitó y la tiró sobre una tumbona. Un vendaje blanco le apretaba el hombro.

Se aflojó el cinturón, se desabotonó los vaqueros...

Kerry se cubrió la boca con una mano al comprender lo que Linc iba a hacer. Era una noche oscura. La luna, en cuarto creciente, apenas iluminaba. Hacía calor. El viento que soplaba era tan seco como la tierra que arrastraba.

Era una noche perfecta para darse un baño desnudo.

Sobre todo, si se estaba tan caliente como Linc.

Dejó de respirar. De hecho, se llevó la mano al cuello para cerciorarse de que seguía teniendo pulso. Estaba hipnotizada con los movimientos de Linc, el cual acababa de bajarse la cremallera.

Empujó hacia abajo los pantalones y, a la altura de las rodillas, los dejó caer. Luego se los sacó de los tobillos.

Y Kerry tuvo una cosa clara: Jenny compraba la ropa interior de Cage. Aquellos calzoncillos eran la clase de prenda que gustaba a las mujeres. Tenían un color suave, que contrastaba con la noche y la piel morena de Linc.

La sangre saltaba tumultuosa en sus venas.

Vio a Linc llevarse las manos a la cintura. Meter los pulgares bajo la banda elástica. Y entonces...

Allí estaba, majestuosamente desnudo. Orgulloso, todo virilidad. Tan bello que dolía mirarlo. Su desnudez la desgarró como una aguja que le atravesara el pecho.

Se arrodilló y apoyó la barbilla sobre el alféizar. Sin pudor, se dio un festín mirando sus formas masculinas.

Se dio la vuelta. Kerry vislumbró un trasero simétrico, perfecto, de nalgas firmes. Linc avanzó con unos andares excitantes. Cuando estuvo en el borde de la piscina, se lanzó y se sumergió en el agua sin apenas hacer ruido. Salió a la superficie y permaneció unos segundos quieto antes de empezar a dar brazadas. Cortaba el agua como una anguila.

Kerry notó un calor sofocante. Le pesaban los pechos. Se los cubrió con las manos, pero el contacto no hizo sino estremecerla aún más. El roce del camisón contra los pezones licuó su interior.

Por fin, Linc nadó hasta un borde y salió de la piscina impulsándose con las manos. Se sacudió el agua de la cabeza y se sujetó el cabello detrás de la cabeza varios segundos, antes de dejar caer los brazos.

Kerry gimió al verlo tocarse el pecho, el estómago. Antes de que se rozara el vello, cerró los ojos con fuerza.

Cuando los abrió, ya se estaba poniendo los calzoncillos. Se acomodó dentro de la prenda antes de soltar la banda elástica. Kerry apenas podía tragar saliva.

Luego, lo miró recoger el resto de la ropa y regresar dentro de la casa hasta perderlo de vista. No se movió, permaneció quieta junto a la ventana hasta que lo oyó subir las escaleras, ir a la habitación de Trent y cerrar la puerta con cuidado.

Kerry se arrastró hasta la cama. Tiró las sábanas. No soportaría nada sobre la piel. Aunque quizá sí soportara ciertas caricias, por todo el cuerpo, deliciosas, sensuales...

¿Estaría delirando?, ¿serían los síntomas de una fiebre tropical? ¿O meramente deseo hacia el hombre al que amaba?

Linc interrumpió sin querer su intimidad. Se disculpó y se retiró de inmediato, pero Cage y Jenny le pidieron que volviera.

Estaban sentados en la mesa de la cocina. Cage tenía la mano sobre el estómago de su esposa. Los dos sonreían radiantes.

—Entra, no pasa nada —dijo Cage.

—Le encanta sentir cómo se mueve el bebé —añadió Jenny.

—¿Tú qué dices?, ¿será bailarina o futbolista? —le preguntó Cage a Linc.

—Podría meter todo lo que sé de niños en un dedal y todavía sobraría espacio —contestó sonriente Linc.

Cage apartó la mano y sirvió a su invitado una taza de café.

—¿Qué quieres desayunar?

—Lo que sea.

—¿Huevos fritos con jamón?

—Perfecto.

—¿Zumo de uvas o de naranja? —terció Jenny.

—De naranja, por favor.

Jenny agarró el cartón adecuado y le sirvió un vaso.

—¿Nunca has tratado con niños? —le preguntó con desenfado.

—No hasta esta semana.

—O sea, que no tienes ninguno.

Cage carraspeó, pero Jenny no hizo caso de la advertencia de su marido.

—No, no, nunca he estado casado —contestó Linc, distraído.

—Ajá —Jenny sonrió, se recostó en la silla y dio un sorbo a su taza de té. Pasó por alto la mirada reprobatoria de Cage cuando este volvió a la mesa con el plato de Linc—. Adelante.

—Tiene una pinta estupenda. ¿Y vosotros?

—Ya hemos desayunado —respondió Jenny.

—Se me han pegado las sábanas, lo siento. ¿Se han levantado ya todos los demás?

—Saqué a Trent de la cama hace un rato. No quería que te despertase —dijo Cage—. Los Fleming y mis padres se han llevado a los niños al hospital a ver a Joe.

—¿Incluido Trent?

—Se agarró una pataleta y, como de costumbre, Roxie cedió. Sarah tampoco quería que se quedara aquí —dijo Jenny—. Me temo que entre su abuela y mi mejor amiga me lo van a malcriar.

No habían mencionado a Kerry. Linc dudó si sacar su nombre. Lo cierto era que, no estando delante, era una buena oportunidad para hacer las preguntas que lo consumían.

—¿Cómo entró Kerry en vuestra fundación?

Tanto Jenny como Cage trataron de disimular su sorpresa.

—¿No te lo ha contado? —preguntó él y Linc negó con la cabeza mientras daba otro mordisco a los huevos.

—Vino a vernos —dijo Jenny—. Después del juicio de su padre...

—Un momento, un momento —Linc dejó el tenedor en el plato—. ¿Qué juicio?, ¿qué padre?

—Wooten Bishop —contestó Cage, como si eso lo explicara todo. Y casi lo hacía.

—¿Wooten Bishop? ¿Wooten Bishop es el padre de Kerry? —preguntó él y sus anfitriones asintieron. Linc negó incrédulo con la cabeza—. En ningún momento se me ocurrió relacionar los apellidos. Ahora recuerdo que tenía una hija. Supongo que nunca presté atención a su edad ni su aspecto. Estaba en África cuando saltó toda esa historia.

—Intentó protegerla del escándalo lo máximo posible. Aunque a ella la afectó mucho de todos modos.

—Lógico —murmuró Linc.

La familia Bishop había sido juzgada y condenada públicamente hacía un par de años. Después de una larga carrera como diplomático, habían hecho regresar a Bishop de Monterico, acusándolo de haber sacado provecho de la situación política del país. Había utilizado información a la que había accedido como diplomático para enriquecerse fraudulentamente.

Cuando lo descubrieron, airearon todos sus tejemanejes por televisión. Luego tuvo una audiencia, seguida de un juicio por lo penal. Al mes de ser condenado, murió de un infarto en una prisión federal.

—Le pregunté a Kerry por su infancia y me dijo que había sido maravillosa —murmuró Linc.

—Lo fue —dijo apenada Jenny—, hasta la tragedia.

—¿Ella estaba al corriente de los delitos de su padre?

—No, sospechaba algo, pero no se lo podía creer —respondió Cage—. La destrozó enterarse de que su padre había explotado a personas que tenían tan poco. Dice que primero lo odió, luego solo pudo sentir lástima. No es de extrañar que haya hecho un sacrificio tan grande yendo a Monterico, para tratar de compensar las fechorías de su padre.

—¡Pero no era culpa de ella!, ¡podían haberla matado! —Linc golpeó la mesa con un puño.

—Cierto —Jenny puso una mano sobre la de él—. Vino a ofrecerse voluntaria para ir allí y dar clases. Le dijimos que aquí había mucho trabajo con el que podía ayudarnos sin necesidad de ponerse en peligro. Pero se negó a escucharnos... Para ella ha sido muy duro. Hasta el escándalo, había viajado con su familia por todo el mundo. Estudió en La Sorbona, asistía a fiestas de altezas reales y jefes de estado...

—En su día se rumoreó que tuvo un romance con un joven de la familia real británica —añadió Cage—. Pero ella siempre dijo que no era más que eso: un rumor frívolo.

—Quizá por eso fue a Monterico —comentó Jenny—. Para demostrarle al mundo que no era una mujer frívola.

–Aun así, sigo sin entenderlo –dijo Linc, frunciendo el ceño–. No tiene sentido.

–¿El qué, Linc?

–¿Por qué una mujer guapa, inteligente y encantadora como Kerry, con la vida entera por delante, renuncia a todo para hacerse monja?

–¿Monja?

Capítulo 10

Repitieron los dos a coro.

De los tres, Cage fue el primero en superar su desconcierto:

–¿De dónde te sacas eso?

–Bueno, monja no; pero, ¿no estaba pensando en tomar los hábitos? –preguntó Linc con la voz quebrada.

–En absoluto –contestó Jenny, estupefacta.

–¿Nunca ha tenido intención de ser monja?, ¿no ha dado los primeros pasos?

–No que yo sepa.

Linc se levantó con tal fuerza que tiró la silla del impulso. Asombrados aún por tan extravagante idea, los Hendren permanecieron sentados y lo miraron salir hecho una furia de la cocina. Subió las escaleras de dos en dos y entró en la habitación de invitados sin llamar.

Estaba vacía. Había hecho la cama antes de irse.

Dio media vuelta y regresó a toda prisa a la cocina.

–No me habéis dicho que ya se había levantado –acusó a sus anfitriones.

Jenny lo miró extrañada. Cage bebía café con tranquilidad. Fue él quien alzó la cabeza y respondió con aire inocente:

–No lo habías preguntado.

–¿Dónde está?

–Ha salido a montar a caballo –contestó Cage con calma–. Se ha levantado temprano, antes que Jenny.

Linc contuvo su temperamento irlandés. Le temblaban los músculos de la cara, pero estaba logrando reprimirse.

–Tomamos un café juntos y luego preguntó si podía dar una vuelta a caballo. La ayudé a ensillarlo y se marchó en esa dirección –Cage apuntó con la barbilla hacia el inalcanzable horizonte.

–¿Hace cuánto? –preguntó Linc tras tomar nota de la dirección a la que había indicado Cage.

–Yo diría que una hora y media –contestó este.

–¿Me prestas tu furgoneta? –Linc se había fijado en la furgoneta del garaje la noche anterior.

–Por supuesto –contestó Cage con amabilidad. Luego se levantó para sacar las llaves del bolsillo de los vaqueros y se las lanzó a Linc.

–Gracias –dijo y se dio media vuelta.

Salió de la cocina y llegó al garaje con la zancada larga e iracunda de quien está dispuesto a cortar cuellos en venganza.

Jenny se levantó y se acercó a la ventana. Miró a Linc subir a la furgoneta, cerrar de un portazo, arrancar y salir disparado.

–Cage, creo que no deberías haberle dado las llaves. Parece muy furioso.

–Si Kerry le ha hecho creer que es monja, apuesto a que lo está. Y no lo culpo, la verdad.

Pero...

–Jenny –dijo él en tono sosegador. La rodeó con un brazo y entrelazaron las manos bajo el pecho de ella–. ¿Recuerdas la noche que fui detrás de ese autobús en el que ibas?

–¿Cómo voy a olvidarlo? En mi vida he pasado tanta vergüenza.

Cage sonrió y le dio un beso junto a la oreja.

–Estaba tan enfadado como Linc ahora. Nada habría podido detenerme. Tampoco nosotros podíamos detener ahora a Linc. Si no le hubiera dado las llaves, habría ido a buscarla a pie –Cage le dio un beso en el cuello–. Solo espero que su persecución acabe tan bien como la mía.

Pero Linc no estaba pensando en finales felices, sino en asesinatos. ¡Qué estúpido! Kerry debía de haberse echado unas buenas risas a su costa. Lo había engañado, no una, sino dos veces. Primero haciéndose pasar por prostituta, y luego por monja. Dos vocaciones tan opuestas y él, sin embargo, había sido tan ingenuo de creérselas las dos.

¿Qué diablos le pasaba?, ¿acaso una enfermedad de la selva le estaba royendo el cerebro? ¿Le habría estado metiendo drogas o alucinógenos en la cantimplora Kerry Bishop? ¿Cómo podía haberle tomado el pelo de esa manera?

Era un hombre experimentado. Sabía de las maquinaciones de las mujeres. ¿Cómo no había sido capaz de calar a Kerry? No era una monja inocente, sino una mujer perversa, capaz de manipular a un hombre sin el menor escrúpulo para sacarle lo que quisiera de él.

Incluso después de haber logrado su objetivo, había mantenido la farsa.

–Para protegerse –masculló entre dientes–. Para salvar el pellejo –le dijo al salpicadero de la furgoneta.

Un cuerpo para la lujuria y una cara bonita le habían hecho perder el sentido común. No había sido el hombre precavido y calculador de costumbre desde que había salido de la cantina con la farsante hija de Wooten Bishop.

La furgoneta pasó por encima de un bache. Linc no tenía ni idea de adónde iba, pero estaba ansioso por llegar. Se dijo que Kerry no estaría familiarizada con la zona y que no se habría alejado de la carretera, para asegurarse de encontrar el camino de vuelta a casa.

El instinto le funcionó. Al cabo de veinte minutos, divisó un abrevadero grande como un pequeño lago, rodeado de árboles y verde césped. Uno de los caballos de Cage estaba atado a una rama baja de uno de los árboles.

Kerry, que estaba tumbada sobre una manta, se incorporó sobre un codo al oír la furgoneta. Al principio pensó que era Cage quien conducía, pero se levantó a toda velocidad al reconocer que la larga silueta que se aproximaba pertenecía a Linc.

Él llegó hasta ella escasos segundos más tarde. Kerry lo miró a los ojos y tuvo la certeza de que estaba colérico. A pesar del calambreo que le recorría el estómago, alzó la barbilla sin dejarse amedrentar por la intimidante mirada de Linc.

–¡Mentirosa!

Kerry no fingió no comprenderlo. Supo que Linc había descubierto la verdad. No le quedaba más remedio que hacer frente a su justificada furia.

–Antes de que saques una conclusión precipitada...

Pero Linc la interrumpió, agarrándola por los hombros y agachándola al suelo junto a él.

–Quieres decir antes de que me dé un revolcón encima de ti.

–No serás capaz –dijo pálida Kerry.

–Te juro que sí. Pero antes quiero saber por qué me dijiste esa absurda mentira.

–¡Yo no te mentí! –contestó mientras trataba, en vano, de liberarse–. Nunca te he dicho que era monja.

–No lo he soñado, pequeña.

–Oíste a los niños llamarme hermana y sacaste tus propias conclusiones.

–Pero no te molestaste en sacarme del error, ¿verdad que no? –rugió Linc, acercándosela a la cara–. ¿Por qué?

–Para protegerme de ti.

–No seas vanidosa.

–Sé lo que estabas pensando. No lo niegues –insistió Kerry–. Pensabas que la huida iba a ser una juerga en la que me usarías como compañera de cama.

–Yo Tarzán, tú Jane.

–No te rías. ¡Me obligaste a besarte y a cambiarme de ropa delante de ti!

–¡No vi nada que no hubieras anunciado con aquel vestido barato! –replicó él–. Y, lo reconozcas o no, disfrutabas cuando te besaba.

–¡No es verdad!

–Por supuesto que sí.

–Yo solo estaba intentando encontrar la manera de frenar tus acometidas sexuales y los niños me la proporcionaron.

–¿Por qué te llamaban hermana Kerry?

–Porque al principio me llamaban mamá. Yo no quería que pensaran en mí de ese modo, pues ya estaba trabajando en el proyecto de adopción. Se me ocurrió que sería mejor si me consideraban algo así como su hermana mayor. No me eches la culpa de tu malinterpretación.

–De lo que te culpo es de haberme engañado.

–No lo hice con malicia –contestó ella.

–¿Ah, no?

–No.

–Venga ya, señorita Bishop, hija de uno de los hombres más corruptos de los últimos tiempos. ¿Me vas a decir que no te has divertido manejándome como una marioneta?

Kerry se estremeció al oír la mención a su padre. Por lo visto, Linc estaba al tanto de todo su pasado. Aunque tenía motivos para sentirse engañado, la destrozaba que la considerase capaz de tales maldades.

–Dejé que me tomaras por una monja para que nos concentráramos en la seguridad de los huérfanos.

–¡De eso nada! Mentiste para que no te pusiera las manos encima.

–¡Vale, sí!

–Para evitar mis miradas lujuriosas.

–¡Sí!

–Por no hablar de esos besos que dices haber detestado.

–¡Exacto!

–¿Lo ves? Sigues mintiendo.

–Intenté decírtelo –murmuró entonces Kerry, a la defensiva.

–Qué curioso, no recuerdo cuándo.

–La última vez que me besaste. Justo antes de que oyéramos el avión.

–¡Vaya, qué casualidad! Aunque tampoco lo intentaste mucho, ¿no?

—No tuve ocasión. A partir de entonces todo fue muy rápido.

—¿Y en el viaje de vuelta?

—Discutimos por el dinero y no quise decírtelo.

—¿Y una vez aquí? Cage y Jenny te habrían protegido de mí. ¿Por qué no me lo has dicho? Has tenido muchas ocasiones.

—Porque sabía que reaccionarías como has reaccionado. Que te pondrías furioso.

—Cariño, furioso no se acerca siquiera a cómo me siento —dijo Linc con un susurro siniestro.

—Nunca quise que las cosas fueran tan lejos. Lo siento, Linc. De verdad que lo siento.

—Ya es muy tarde para disculparse, Kerry.

—Estaba desesperada —trató de justificarse. Para su humillación, el labio inferior empezó a temblarle—. Te necesitaba, pero no podía contener tu deseo sexual. Mi primera obligación era hacia los huérfanos.

—¿De verdad crees que me voy a tragar tus supuestos nobles sentimientos? —contestó Linc—. De eso nada, encanto. Quiero ver cómo te humillas. Quiero que te arrastres tanto como ya se ha arrastrado mi orgullo últimamente. Solo así me daré por satisfecho.

—¿Qué... qué vas a hacer?

—Lo que te dije esta mañana que haría —contestó con voz sedosa—. Voy a hacer que me lo supliques.

—¡No!

Linc la tumbó sobre la manta y se recostó encima de ella. Después de sujetarle las manos, bajó la cabeza hacia la boca de Kerry.

Ella forcejeó, pero no consiguió sino agotar sus energías antes. De nada servía intentar darle patadas, porque Linc había hecho un emparedado con sus piernas. Sus rodillas mantenían pegadas las de ella.

Trató de apretar los labios con fuerza, pero se rindió. Linc usó la lengua como un dulce instrumento de tortura. Se deslizó sobre sus labios, se metió por las comisuras, los contorneó hasta que empezó a disfrutar del beso y, por fin, se rindió y abrió la boca.

—Así me gusta, pequeña.

La besó larga, sensual, profundamente. Plantó los labios sobre los de ella, luego buscó un ángulo, y otro, mientras su lengua se movía en el interior de su boca con pecaminosa maestría. Deseó sentir repugnancia por aquella descarada incursión, pero no podía dejar de gozar. Quería sentir su lengua por todo el cuerpo. Se preguntó cómo sería tocarlo a él por todas partes y ansió satisfacer su curiosidad.

Pero se forzó a no sentir más que indignación por su odioso beso. Trató de no hacer caso del calor que le bajaba del estómago hasta el húmedo vértice de sus muslos. No lo logró del todo, pero sí se mantuvo quieta, cuando quería restregarse contra él como una gata ronroneante.

—Deberías entregarte y participar —dijo él, notándola tensa—. Porque no voy a dejarte hasta que te vuelvas loca de deseo. Cuanto más te resistas, más largo será.

—Púdrete en el infierno.

—Para ser una monja eres muy poco respetuosa —dijo justo antes de lamerle el lóbulo de la oreja—. ¿Te gusta? —añadió al oírla gemir de placer.

—No.

—Estás mintiendo —Linc sonrió—. Los dos sabemos que te gusta mucho.

Luego le acarició detrás de la oreja con la nariz, le besó el cuello, la mejilla, posó la boca sobre sus labios nuevamente. Cuando se separó, la miró a los ojos y le dijo:

—¿Lo sientes?

Al principio creyó que le estaba preguntando si lamentaba haberlo engañado, pero los ojos se le agrandaron desorbitados cuando comprendió que se refería a la rígida carne que palpitaba entre sus propios muslos.

—Ya veo que sí. Así ha sido todo el tiempo, pequeña. Mientras tu te divertías con tus jueguecitos, yo he estado así deseándote. Cada segundo que he estado a tu lado en la selva me sentía frustrado, avergonzado por un deseo que violaría tu santidad –murmuró Linc–. Pero no eres ninguna santa, ¿verdad que no?

Linc introdujo una mano entre sus cuerpos. Cuando Kerry advirtió lo que iba a hacer, se quedó rígida.

–¡No! –gritó casi sin aliento.

–¿No quieres comprobar hasta dónde alcanza tu poder?

Linc se desabrochó los botones de los vaqueros.

–¡No!

Pero él acalló sus protestas con un beso más. Un beso profundo, fogoso, enloquecedor.

Cuando alejó los labios, Kerry tomó conciencia de que lo único que le importaba en esos momentos era tocarlo. Quería descubrir el catálogo completo: la pasión, la suavidad, la violencia.

Se resistió cuanto pudo, pero sus manos se movieron al margen de su voluntad, pasearon por el torso de Linc, descendieron. Se apoderaron de su miembro.

–Así no, Kerry. Siempre jugando sucio, ¿eh? –murmuró él–. Supongo que te viene de familia. Siempre tienes un as más debajo de la manga. Pero esta vez no te vas a salir con la tuya.

Kerry lo miró perpleja, pero Linc no se dio cuenta. Estaba ocupado desabrochándole la camisa.

–Son pequeñas, pero seguro que serán bonitas –comentó–. Y creo recordar que tus pezones eran muy sensibles a mis caricias.

Kerry se puso roja, indignada por sus observaciones sexistas y arrogantes. Ella y Jenny tenían una talla similar cuando su amiga no estaba embarazada. Los pechos de Kerry estaban adornados con un sostén de encaje que apenas dejaba lugar a la imaginación.

–Quítatelo.

–No.

–Entonces ve pensando qué le dirás a Jenny para explicarle que se te ha roto el enganche.

–Eres un canalla.
–Quítatelo.

Kerry se desenganchó el sostén, pero se dejó las copas puestas. Después de darle las gracias, Linc le retiró el sujetador y la contempló con delectación.

–Lo que yo pensaba: no abultan mucho, pero bonitas sí son.

Kerry trató de darle una bofetada, pero él le sujetó la muñeca a tiempo. Luego le acarició un pezón con el pulgar, una y otra vez, incrementando un placer agónico, a veces con un ritmo rápido, otras más suave, hasta dejarlo erguido.

–Muy bonito –murmuró con voz ronca–. ¿A qué sabrá?

–No, no –Kerry arqueó la espalda al tiempo que giraba la cabeza de un lado a otro.

–No estoy convencido de que quieras que pare –dijo Linc después de chuparle el pezón.

Kerry intentó protestar, pero tuvo que morderse el labio para no gritar de placer. Era delicioso sentir su lengua sobre su pezón. Lo lamió hasta dejarlo húmedo y brillante. Luego cambió de pecho para someterlo a la misma tortura exquisita.

–No sigas, por favor –le suplicó ella.

Pero Linc continuó mordisqueándole el pezón, arrancándole sonidos jadeantes.

–¿Ves como no quieres que pare?

–Sí... Para, por favor.

–¿Por qué?

–Porque lo odio. Te odio.

–Estoy seguro de que me odias. Pero esto te gusta mucho –Linc la acarició con la lengua otra vez–. ¿Verdad que sí?

–Sí –reconoció ella, estremecida.

–Eso me había parecido.

Bajó la cabeza y le besó el estómago mientras intentaba abrir los pantalones. Entre tanto, Kerry trataba de recuperar el resuello. Apenas era consciente de lo que Linc estaba haciendo con las manos. Toda su atención estaba centrada en cómo movía los labios sobre su carne.

De hecho, llegó a levantar las caderas para ayudarlo mientras le bajaba los pantalones. Linc le besó una cadera. Luego la otra. Introdujo después la lengua en su ombligo y le besó la pelvis.

Kerry dio un grito, sobresaltada, y le clavó las uñas en el pelo. Linc siguió besándola, calentando y humedeciendo cada centímetro de su piel.

—Aquella noche, en la selva, no paré de pensar en esto —susurró con voz ronca—. Tus pechos bajo mi boca. Tus muslos abiertos.

No recordaba que la hubiese despojado de las bragas, pero, se dio cuenta de que sus ojos estaban devorando su desnudez. Su voracidad debería haberla asustado, pero lo único en que pensó fue en que ojalá estuviera contento con ella.

Paseó los dedos entre el vello que unía sus muslos. Se los separó. Luego bajó la cabeza y situó la boca donde ella más ansiaba.

Cuando sus labios la rozaron, Kerry gritó su nombre. Cuando la tocó con la lengua, se sintió morir. Sujetándola por las caderas, Linc la colmó de placer con la misma dedicación con que hacía todo.

Se detuvo justo antes de alcanzar el clímax, aunque volvió a llevarla hasta el umbral una y otra vez.

—Dime que me deseas —susurró Linc, que ya no podía soportar más la espera, la necesidad de infiltrarse dentro de ella y ceder a una pasión que amenazaba con matarlo si no la compartía con ella.

Y, de pronto, la venganza fue una victoria hueca. Ya no quería humillarla, verla derrotada, sino resplandeciente de deseo. Quería verla disfrutando, no subyugada.

—Dime que me deseas —repitió, apretando los dientes para no hacer lo que el cuerpo le exigía. Colocó la punta de su órgano sobre los húmedos pétalos de su sexo.

—Te deseo —jadeó ella.
—Dentro de ti.
—Dentro de mí.
Perdió el control. Se introdujo en su cuerpo y arremetió con

todas sus fuerzas. Luego gritó angustiado, arrepentido. Quiso retirarse, pero ya había perdido las riendas.

Consciente de que no podía combatir los requerimientos de su cuerpo, no empujó más que tres veces antes de desbordarse. Luego, rendido, hundió la cara sobre el cuello de Kerry y llenó a la mujer a la que había deseado desde lo que se le antojaba una eternidad.

Permaneció un buen rato inmóvil, sobre ella, agotado y consumido. Cuando por fin reunió fuerzas para separarse, evitó mirarla. Con enternecedor embarazo, puso una esquina de la manta sobre la parte inferior del cuerpo de Kerry. Luego se tumbó boca arriba y trató de pensar en un calificativo suficientemente despreciable para describirse.

Porque, hasta hacía unos pocos segundos, Kerry Bishop había sido tan casta como la monja por la que se había hecho pasar. Había sido virgen.

–¿Por qué no me lo dijiste?

–¿Me habrías creído?

–No –reconoció Linc. No habría creído nada que le hubiese dicho.

Se sentó y agachó la cabeza entre las rodillas. Durante varios minutos, no hizo más que insultarse y dirigirse los peores exabruptos. Luego se calló. Por fin, se atrevió a mirar a Kerry.

–¿Te... te he hecho daño? –le preguntó y ella negó con la cabeza. Pero no la creyó–. ¿Tienes agua?

–En la cantimplora, sobre la silla del caballo.

Linc se levantó, se subió los pantalones, los abotonó y fue hasta el caballo. Agarró la cantimplora y humedeció un pañuelo que se había metido en el bolsillo esa mañana. Luego volvió junto a Kerry con la cantimplora, le ofreció el pañuelo y se dio la vuelta mientras ella lo usaba.

–Gracias.

Cuando se giró, la encontró de pie, ya vestida, como esperando instrucciones.

–Volverás conmigo –le dijo–. Si levantamos la capota, podemos meter el caballo en la parte trasera de la furgoneta.

Después de atar al caballo, regresó junto a Kerry, la tomó por el codo y la acompañó al vehículo.

Tardaron bastante más en llegar a la casa de lo que había tardado Linc en recorrer el trayecto a la ida. Condujo despacio, por el caballo y por lo incómoda que debía de estar sintiéndose Kerry. Sabía que aquel camino lleno de baches tenía que estar resultándole muy desagradable, y se castigó por cada uno de los hoyos con que la furgoneta botaba.

Una vez en la casa, aparcó en el garaje y quitó la llave de contacto. Se miraron en silencio unos segundos.

–¿Estás bien? –le preguntó Linc.

–Sí.

–¿Puedo hacer algo por ti?

Kerry se miró las manos, entrelazadas sobre el regazo. «Podrías decirme que me quieres», pensó.

–No –contestó sin embargo, tragándose las ganas de llorar.

Linc salió. Antes de poder rodear la furgoneta para ayudarla, Kerry ya se había apeado. Desató el caballo y lo llevaron al establo. Luego se encaminaron hacia la casa.

Estaban todos reunidos en la terraza. Jenny entretenía a Trent. Cage estaba sentado en una tumbona, mirando hacia la piscina, donde los niños chapoteaban alegremente. En una mesa del jardín, Roxie y Gary Fleming tomaban en silencio sendos refrescos. Sarah Hendren estaba cortando rosas y poniéndolas en la cesta que su marido le sostenía.

Salvo en los niños, flotaba cierto abatimiento en el ambiente.

Cage alzó la cabeza y vio entrar a Linc y Kerry. Fue a ella a quien se dirigió:

–Tenemos problemas.

Capítulo 11

Kerry salió del pozo en que se había hundido.

–¿Qué clase de problemas? –preguntó mientras se acomodaba en un asiento–. ¿Joe?

–No, Joe no –la tranquilizó Roxie–. Físicamente está bien, pero el médico dice que está muy triste. Ha sugerido que nos lo traigamos a casa esta misma tarde. Piensa que se recuperará más rápido si no está separado de los demás niños.

–¿Traerlo aquí? Jenny, ¿no será mucha molestia?

–En absoluto –le aseguró la amiga–. Pondremos una cama más en la habitación de Trent y asunto arreglado.

–No hará falta –terció Linc–. Yo me voy. Habrá sitio suficiente.

–Creía que eso ya lo habíamos arreglado anoche –Jenny lo miró con severidad–. No vamos a dejar que te vayas, Linc. Además, Joe se sentirá mejor si estás cerca.

Era un argumento razonable y, ni él ni Kerry se opusieron.

–Bueno, solo será un día o dos –dijo esta–. Hasta que su familia adoptiva venga a llevárselo.

Gary carraspeó. Roxie se revolvió sobre su silla. Cage y Jenny se miraron incómodos.

–¿He tocado un nervio? –preguntó Kerry–. Debo de haber tropezado con el problema al que os referíais. ¿Qué ocurre?, ¿los padres adoptivos de Joe se han echado atrás después de que lo hirieran cuando escapábamos? El médico ha asegurado que se recuperará del todo, si eso es lo que los preocupa.

—Lo cierto es que... —dijo Cage con notable reticencia— Joe nunca ha tenido una familia candidata.

—¿Qué? —preguntó atónita Kerry—. Establecí como condición para sacar a los huérfanos de Monterico que todos tuvieran un hogar listo esperándolos.

—Lo sabemos —terció incómoda Jenny—. Por eso no te lo dijimos. Cage y yo lo hablamos y decidimos que, aunque no hubiera unos padres para él, no podías dejar a ninguno de los niños en el país.

—A la mayoría de los candidatos le parece que Joe ya es demasiado mayor para adoptarlo —explicó Cage.

—Entiendo.

Kerry dejó caer los hombros, apesadumbrada. Según el reloj, todavía faltaba para mediodía, pero ella tenía la sensación de que habían pasado años desde que se había levantado por la mañana. Ya se había sentido suficientemente mal al asumir que se había enamorado del hombre equivocado. Por eso había optado por relajarse montando a caballo. Luego, lo que debería haber sido una experiencia exultante había sido una pesadilla.

Y, por último, aquello. Cuando ya creía que había tenido éxito en el único esfuerzo que había hecho en toda la vida que mereciese la pena, se llevaba aquel revés. Pobre Joe. Él, más que el resto de los niños, era consciente de lo que significaba para su futuro estar en Estados Unidos.

—No podemos mandarlo otra vez allí —dijo con fiereza.

—Eso dalo por seguro —contestó Cage.

—No conociste a Cage antes de que sentara la cabeza, Kerry —intervino Jenny entonces—, pero es capaz de llegar al Tribunal Supremo con tal de que no envíen al chico de regreso. Jugará sucio si hace falta.

—Gracias —Kerry sonrió.

—Yo también ofrezco mis servicios —dijo Linc—. Y apuesto a que puedo jugar mucho más sucio que Cage.

—¿Ah, sí? —Cage se sintió desafiado. Luego sonrió—. Gracias. Seguro que me vendrá bien tu ayuda.

–Esperemos que no haga falta llegar tan lejos –Kerry se levantó–. Me pondré a trabajar en ello en cuanto me cambie. Conozco a...

–Me temo que eso no es todo –la interrumpió Cage, instándola a que tomara asiento de nuevo.

Kerry no podía imaginar qué podía haber peor de lo que ya le habían dicho. Se recostó sobre la silla, preparándose mentalmente para encajar el golpe.

–La pareja que había solicitado a Lisa ha llamado esta mañana –arrancó Cage.

–¿Y? –preguntó desalentada Kerry.

–Y parece que la mujer está embarazada. Se lo han confirmado hace dos días nada más.

–Llevaban años buscando un bebé –continuó Jenny–. Por eso corrieron a solicitar a uno de los huérfanos de Monterico.

Se le saltaron las lágrimas de los ojos. Lisa no. Había intentado no encariñarse demasiado de ninguno de los niños, sabedora de que, así y todo, le dolería mucho separarse de ellos. Pero Lisa se había hecho un hueco en su corazón, lo más probable por ser la más pequeña y dependiente de todos.

–Pero si llegaron a pensar en adoptar un bebé, seguro que pueden repartir su amor entre dos –dijo al cabo.

–No es eso –respondió Jenny–. Ha tenido varios abortos. No quieren poner en peligro este embarazo. El médico le ha recomendado que pase en cama los siguientes meses. No podría ocuparse de la niña.

Linc masculló una de las palabras que Jenny le había prohibido pronunciar a Cage.

–Amén –dijo este, apoyándolo.

–Comprendo el problema –susurró Kerry.

–Para ellos ha sido una decisión muy difícil. Estaban deseando adoptar a Lisa.

–Nosotros la adoptaríamos encantados –intervino Roxie–. Pero ya tenemos a Cara y Carmen. Ahora no importa, pero luego hay que pagar la universidad y...

–Sois muy generosos –Kerry sonrió a la mujer y a su esposo–. No podéis asumir la responsabilidad de otro niño más. No sería justo para vosotros. Pero os agradezco muchísimo que lo hayáis pensado siquiera.

Kerry miró hacia Lisa, que estaba chapoteando donde no cubría. Chillaba entusiasmada cada vez que el agua la salpicaba.

–Es un cielo. No deberíamos tener el menor problema en encontrarle un hogar feliz.

–Eso mismo hemos pensado nosotros –convino Cage.

–Pero mañana vendrán las demás familias. Para ella será muy duro quedarse sola.

–Ya hemos corrido la voz por la Fundación Hendren. Pero entre tanto...

–Entre tanto, ¿qué? –preguntó Linc al ver que no finalizaba la frase.

–Entre tanto habrá que entregarla a Inmigración.

–¡Ni hablar! –exclamó Linc.

A Kerry se le heló el corazón. Lisa estaría aterrada. Se sentiría sola y desorientada.

–No podemos dejar que eso suceda.

–No pasará, estoy segura. Dos personas afortunadas la adoptarán antes –dijo Jenny. Puso a Trent en el suelo y se levantó–. Kerry, Cage ha accedido a cuidar de Trent mientras nosotras vamos al centro de compras. No me importa prestarte mi ropa, pero estoy segura de que querrás tener la tuya propia.

–¿Y los niños?

–Nos quedamos con ellos nosotros –dijo Roxie–. Gary se ha tomado una semana de vacaciones, así que estamos a vuestra disposición.

–Nosotros también estaremos aquí –añadió Bob Hendren, hablando también por su mujer.

–¿Y Joe? –preguntó Kerry–. Quiero estar aquí cuando llegue.

–Volveremos antes –dijo Jenny, sonriente.

–Venga, ve a divertirte –la animó Roxie–. Te lo has ganado.

Aun así, antes de marcharse, Kerry se acercó al jardín de

nuevo, después de ducharse y cambiarse de ropa. Cage y Linc se habían puesto sendos bañadores y se habían reunido con los niños en la piscina. Cage había lanzado a Trent al aire y lo recogió justo antes de hundirse en el agua. Linc estaba jugando con Lisa.

Los ojos se le humedecieron al verlo con la niña. Linc sonreía y su mirada brillaba de alegría.

Él intuyó que lo estaba mirando y se giró hacia Kerry, la cual se sintió azoradísima. Su cuerpo ya no tenía secretos para él.

Lisa estiró los bracitos hacia Kerry. Esta se arrodilló. Linc se echó a la niña al pecho y la llevó hasta el borde de la piscina. Kerry le dio un besito en la mejilla.

–Adiós, cariño.

–Adiós.

Fue Linc quien respondió. Sorprendidos los dos, sus ojos se entrelazaron y el tiempo pareció detenerse. Luego, Kerry se levantó de golpe y corrió hacia Jenny, que estaba esperándola en el coche. Pero sus pies no se movieron tan deprisa como su corazón.

Hicieron varias paradas. Kerry, gracias a una tarjeta de crédito que le había arreglado Cage, compró varias mudas, incluidos zapatos y ropa interior.

–No sabía que una droguería pudiese ser un paraíso así –exclamó mientras examinaba el contenido de la bolsa que cargaba sobre el regazo mientras volvían al rancho–. Laca de uñas, acondicionador para el pelo, lociones corporales. No estoy acostumbrada a estos lujos.

–Quizá deberías ir a un buen balneario una semana. Dejar que te mimen.

–No. Al menos de momento. Todavía tengo muchas cosas que hacer.

–¿No estarás pensando volver a Monterico? –le preguntó Jenny, alarmada.

—No, ahora se ha puesto demasiado peligroso. No me apetece que me maten —contestó Kerry—. Pero hay mucho trabajo pendiente aquí. Recaudar fondos para comida, medicamentos...

—No puedes seguir tratando de compensar las faltas de tu padre, Kerry —dijo Jenny con voz serena—. Antes o después, tendrás que seguir adelante con tu propia vida.

—Lo sé —Kerry suspiró.

—Cage y yo hemos metido la pata esta mañana, ¿no?

Kerry dio un respingo, pero mantuvo una expresión contenida.

—No os preocupéis. Tenía que enterarse más tarde o más temprano.

—Lo siento. Dimos por supuesto que sabía quién eras. Luego, cuando supimos que él creía que eras...

—¡Por favor! —Kerry alzó una mano para que su amiga no dijera la palabra—. Bastante avergonzada me siento ya. No me recuerdes la jugarreta que le he hecho.

—Perdona si soy indiscreta, pero tengo que preguntártelo. ¿Por qué le hiciste creer que eras una monja?

—Bueno... ya sabes cómo lo convencí para que saliera conmigo del bar.

—Haciéndote pasar por prostituta.

—Sí. El caso es que hice cosas que me parecieron... típicas de una prostituta —Kerry desvió la mirada—. Linc es un hombre viril y él, en fin...

—Creo que me hago una idea. No quiso resignarse después de que le explicaras la situación.

—¿Qué habrías hecho tú en mi lugar? —le preguntó Kerry tras asentir con la cabeza.

—Lo más probable es que nada tan ingenioso —Jenny esbozó una sonrisa compasiva—. Esta mañana se... enfadó un poco cuando se enteró de la verdad.

—Por decirlo suavemente.

—¿Se había calmado cuando te localizó?

—No.

Jenny era demasiado prudente para insistir más. Lo que quisiera que hubiese ocurrido los había afectado mucho a los dos. Habían regresado pálidos. Y, tal como ya había advertido antes, habían evitado tocarse o mirarse siquiera, llevando tal actitud hasta extremos absurdos.

–Linc me dijo que era igual que mi padre: una manipuladora... Y supongo que tiene razón. Lo he utilizado –murmuró Kerry con los ojos vidriosos. Cuando Jenny vio que empezaba a llorar, le apretó una mano a su amiga con cariño–. Cage y tú tenéis mucha suerte de quereros como os queréis.

–Lo sé. Pero no ha sido fácil llegar a lo que tenemos, Kerry –contestó Jenny. Nunca le había hablado a nadie, ni siquiera a Roxie, acerca de su relación con Cage. Había llegado el momento. Si podía servirle de ayuda a Kerry, debía compartirlo–. La noche anterior a marcharse a Monterico, Hal entró en mi habitación. Hicimos el amor. Fue mi primera vez... Solo que no fue Hal, sino Cage. Entonces, cuando me enteré de que estaba embarazada...

–Pensaste que el bebé era de Hal –susurró Kerry, incrédula.

–Todos lo pensaron. Solo Cage sabía la verdad. Luego mataron a Hal. Cage tardó meses en atreverse a contármelo.

–¿Qué pasó entonces?

–Fue espantoso.

–Me imagino.

–Le dije cosas horribles. Lo rechacé con crueldad. Hizo falta una tragedia para volver a unirnos –Jenny se estremeció al hacer memoria–. Linc me recuerda a Cage. Los dos son hombres temperamentales. Con mucho genio. Tienen cierto aire violento y peligroso. Yo me echaba a temblar cuando Cage perdía el control. Intentaba alejarme lo máximo que pudiera de él. Luego, un día, comprendí que las mismas cualidades que me asustaban, me atraían también. En realidad no me daba tanto miedo su virilidad como mi forma de reaccionar a ella... Cage me ponía tan nerviosa que tendía a apartarme de él. No soportaba cómo me hacía sentir, como si me saliera de mí misma y no tuviese ninguna base sobre la que sostenerme... ¿Estás enamorada de Linc? –le preguntó finalmente, mirándola por el rabillo del ojo, al tiempo que le daba un pellizco en la mano.

Kerry bajó la cabeza y el llanto que vertió lo expresó con mayor elocuencia que cualquier palabra. Solo conseguía no sollozar, apretándose el labio inferior entre los dientes.

–Sí –dijo emitiendo un débil gemido–. Lo estoy. Pero es imposible.

–Yo también pensaba lo mismo al principio. Pero aprendí que cuanto más cuesta estrechar los lazos, más valioso es el amor.

Los Hendren pensaban que los niños debían ir familiarizándose con las costumbres estadounidenses cuanto antes. Kerry convino. De modo que, por la tarde, prepararon unos perritos calientes en la parrilla. Luego, Cage encendió el televisor y puso en el vídeo unas películas de Disney. Viéndolos tan alegres, Kerry sintió que habían merecido la pena todos los sacrificios que había hecho por ellos.

En un descanso, vaciaron otras tres tarrinas de helado casero. Los padres de Cage repartieron pastelitos. Aunque seguían aislados de los medios de comunicación y los curiosos, aceptaban ropas y juguetes.

Joe, al que habían recibido con entusiasmo horas antes, esa misma tarde, cojeó hasta Kerry con las muletas.

–Hermana Kerry, ¿tú no quieres helado?

–Estoy esperando a que se dispersen –respondió ella. Los niños se agolpaban alrededor de Roxie, que les servía el helado con una cuchara de mango largo–. ¿Qué tal la pierna?

–Me duele un poco. Pero nada más.

–No he tenido ocasión de decirte lo valiente que fuiste durante la escapada –dijo Kerry y el chico hizo un gesto de timidez–. Estoy orgullosa de ti. Si no lo hubieras ayudado, Linc no nos podría haber salvado.

—Volvió por mí —murmuró conmovido Joe.

Kerry, consciente de la antipatía que el chico le había mostrado a Linc, le sugirió con delicadeza:

—Quizá deberías darle las gracias.

—Ya lo ha hecho.

La voz resonó en la oscuridad, por detrás de Kerry. Solo de oírlo se le aflojaron las rodillas. Cuando giró la cabeza, se quedó sin respiración. Linc había tomado prestado uno de los coches de Cage y se había acercado al centro a hacer algunas compras él también. Llevaba unos vaqueros nuevos que se ajustaban, suaves y ceñidos, a sus muslos y caderas. Lucía una camisa blanca, cuyas mangas se había subido hasta sus potentes bíceps. Por primera vez olió una colonia sobre su piel y le gustó la elección. Y se había cortado el pelo, aunque aún le caía una pequeña melena hasta el cuello de la camisa.

Salió de entre las tinieblas y puso una mano sobre el hombro de Joe.

—Me ha dado las gracias esta tarde, pero le he dicho que no hacía falta. Él me cubrió las espaldas. Tiene todo el derecho a considerarse un soldado, defensor de la libertad y de su país.

Joe lo miró radiante y dijo con orgullo:

—Pero mi país es Estados Unidos ahora.

Nadie se había sentido capaz de decirle que, en esos momentos, no tenía padres adoptivos y, por tanto, había muchas posibilidades de que lo mandaran de vuelta a Monterico. Linc se apresuró a cambiar de tema.

—¿Te ha contado Cage lo bien que se le dan a Joe los caballos?

—Me lo ha comentado cien veces —contestó sonriente Kerry—. Nunca me dijiste que sabías tanto de caballos —añadió, dirigiéndose a Joe.

—¡No lo sabía! —exclamó encantado el chico.

Esa tarde, después de insistir para que lo dejaran salir de la cama, lo habían llevado a dar una vuelta por el rancho. Cage había regresado maravillado con la buena mano que tenía el chico con los animales.

—Por lo visto, es como si hablara su mismo idioma —dijo Linc, sonriendo al adolescente.

Joe parecía iluminarse con los halagos de Linc. En Monterico, había aparentado más edad de la que tenía. Y había dirigido su hostil madurez hacia Linc.

—Al principio creía que querías hacerle daño a la hermana Kerry. Pero ahora sé que nunca le harías daño —afirmó Joe con solemnidad—. Siento haber desconfiado de ti. Gracias a ti somos libres.

Antes de que pudiera formular una respuesta apropiada, Trent Hendren se acercó saltando hasta Joe. Contuvo las ganas de abalanzarse sobre él, lo que habría hecho si no lo hubieran advertido antes de la herida que el adolescente tenía en el muslo.

—Joe, Joe.

El niño había sido la sombra de Joe desde que este había vuelto del hospital. A Joe no parecía importarle. De hecho, asumía una actitud protectora hacia Trent. El niño apuntó emocionado hacia el televisor, donde empezaba otra película. Joe esbozó una sonrisa tímida y se reunió con los demás, seguido de Trent.

—Tan pequeño y tan mayor al mismo tiempo —murmuró Kerry mientras lo miraba avanzar renqueante.

—E intuitivo —dijo Linc.

—¿Con los caballos?

—Conmigo —corrigió él y Kerry se giró a mirarlo—. Tenía razón con lo de hacerte daño. Solo que no ha sido al principio.

—No hablemos de eso, por favor —Kerry desvió la mirada.

—Tengo que hacerlo —Linc susurró, aunque era improbable que los oyeran, con las aventuras de Peter Pan y el Capitán Garfio de fondo—. ¿Te duele?

—Ya te he dicho antes que no.

—¿Por qué no me avisaste?

—Eso también lo hemos discutido ya. No me habrías creído.

—Puede que esta mañana no, pero...

—¿Cuándo? ¿Cuándo, Linc? Echa la vista atrás. ¿En qué momento de nuestra relación me habrías creído? ¿Cuándo habría sido una buena ocasión para dejarlo caer en una conversación? —Kerry suspiró—. Además, ¿qué más da? Tenía que ocurrir antes o después.

—Pero no tan...

—¿Tan qué? —lo instó ella cuando Linc dejó la frase colgada.

—Con tanta violencia.

—Ah, eso...

—¿Te hice daño, Kerry?

—No.

Físicamente, las secuelas eran mínimas. Emocionalmente, había sido devastador. La había penetrado llevado por la ira. No había sido un acto de amor, ni siquiera un intercambio de placer sexual, sino una venganza. No tenía un solo moretón en el cuerpo, pero le había pisoteado el corazón. La había destrozado, pero no dejaría que lo supiese.

—De todos modos, da igual —añadió, alzando la cabeza con arrogancia—. Tu único propósito era hacerme reconocer mi atracción por ti. Querías que te suplicara, ¿recuerdas? Pues ya está: lo hice. Conseguiste lo que querías.

—No, maldita sea.

Linc se acercó. Estaba furioso. Notaba el calor que su cuerpo irradiaba y, a traición, lamentó no haber sentido su piel desnuda contra la de ella. Había compartido con él el acto más íntimo entre un hombre y una mujer, pero seguía sin conocer el placer de frotarse contra su cuerpo.

Y lo peor de todo era que aún deseaba conocerlo.

—Quería que te rebajaras, pero jamás te habría hecho daño. No tenía ni idea y cuando... Quise parar en cuanto... sentí... —Linc la miró a los ojos—. Pero, una vez dentro de ti, fui incapaz de parar.

Se cruzaron la mirada mientras ambos recordaban cómo se había acoplado el cuerpo de Linc en el de ella. Quería abrazarla de nuevo, pero sabía que no podía. Así que dio escape a su frustración, desahogándose con ella.

–Reconoce que eres un poco mayor para no haber tenido una sola pareja.

–No encontré el momento. Mi madre murió cuando tenía dieciséis años. Luego, hice de anfitriona para ayudar a mi padre. Salir de ligue no suele entrar en la agenda de actividades de una embajada. Y en los últimos tiempos...

–Estabas ocupada intentando librar a tu padre de la cárcel.

–No –espetó Kerry–. Estaba ocupada intentando que no se suicidara. No tenía mucho tiempo para cultivar relaciones con ningún hombre.

Linc se arrepintió al instante de sus palabras. Pero contestó:

–Bueno, no tenía forma de saberlo.

–Lo que tú no sabes de mí daría para llenar una enciclopedia. Desde el principio, has sacado tus propias conclusiones sobre mí y te has formado opiniones erróneas...

–¿Y de quién es la culpa? –atajó él–. ¿Por qué me mantuviste en la ignorancia, fingiendo ser quien no eres? No sé cómo te atreves a acusarme de precipitarme en sacar mis propias conclusiones. Y, por si te interesa, resultabas mucho más convincente como prostituta que como monja.

–¡Serás...!

–Lo hiciste de maravilla en el bar. No parabas de toquetearme.

–Te toqué el muslo –gritó Kerry a la defensiva–. Junto a la rodilla.

–El cabello, los morritos, la mirada cargada de promesas, el vestidito...

–Me encantaría que te olvidaras del maldito vestido.

–Va a ser difícil, corazón. ¿De verdad hacía falta todo eso? ¿Por qué no me explicaste desde el principio quién era tu padre?

—Porque, por si no lo recuerdas, pensaba que eras un mercenario, un hombre mezquino, ruin, sin escrúpulos...

—Menos insultos y responde a la pregunta: ¿por qué no me quitaste la borrachera y te presentaste?

—Porque no distinguía a los amigos de los enemigos de mi padre en Monterico. Tenía más de los últimos que de los primeros. Así que, para protegernos a mí y a los niños, me pareció mejor no decírtelo. Los rebeldes me habrían asesinado sin pensárselo si lo hubieran sabido. Tenía que mantener mi identidad en secreto.

—¿Y se puede saber qué hacías allí, para empezar? Para ser licenciada de La Sorbona, no eres muy inteligente.

—Alguien tenía que ir a ayudar a esos huérfanos —contestó Kerry, pasando por alto el insulto.

—Estoy de acuerdo: alguien. Pero no tú. Si tienes cincuenta de los grandes para pagarme, también puedes pagar a un mercenario. Te podían haber matado.

—¡Pero no me han matado!

—Y creo que no estarás contenta hasta que lo hagan.

—¿Qué quieres decir? —preguntó desabrida.

—¿Cuándo sentirás que has terminado de compensar los delitos de tu padre?, ¿cuando te estén enterrando?

—¿Qué sabrás tú de obligaciones morales? —replicó ella—. Tú, que en toda tu vida no has pensado más que en ti mismo.

—Al menos no he engañado a nadie para llegar donde he llegado.

—Eres un...

—Lamento interrumpir —dijo Cage, el cual llevaba dibujada una sonrisa en la boca—. Ya sé que os gusta gritaros, pero hay novedades importantes.

—¿Ha pasado algo? —preguntó Kerry, alarmada.

—Venid con el resto del grupo. Mi padre quiere decir algo.

Una vez se hubieron unido a los demás, el reverendo Hendren dio un paso adelante.

—Sé que os sorprenderá a todos, pero Sarah y yo hemos estado hablándolo todo el día y hemos tomado una decisión que estoy seguro que hará de nuestra casa un hogar mucho más feliz –arrancó. Luego giró un poco la cabeza–. Joe, ¿qué te parecería venirte a vivir con nosotros?

Había sido un gesto precioso. Una hora más tarde, con la vista perdida más allá de la ventana de su dormitorio, todavía se le formaba un nudo en la garganta cuando recordaba el momento.

Cómo no, el revuelo había sido colosal nada más formular Bob Hendren su asombrosa pregunta. Al principio, Joe no había comprendido la trascendencia de la pregunta. Cuando hubo tomado conciencia, sonrió radiantemente de oreja a oreja y asintió con la cabeza eufórico. Cuando Kerry les tradujo a los otros huérfanos lo que estaba pasando, formaron una piña en torno a Joe y celebraron exultantes su buena suerte.

Después de acostarlos a todos, Kerry se dirigió a los flamantes padres adoptivos:

–No os imagináis lo feliz que me siento por lo que habéis hecho. Solo espero que no os hayáis sentido presionados por lo que dije antes –comentó preocupada.

La abrazaron los dos.

–Los dos pensamos que es una forma de honrar la memoria de Hal –afirmó Bob–. Solo tendremos a Joe un par de años antes de que entre en la universidad. Mientras tanto, nos aseguraremos de que se ponga al día con sus compañeros y de que haga buenos amigos.

–Nuestra casa se quedó vacía muy rápido –añadió Sarah Hendren–. Cage se independizó. Luego murió Hal. Poco después, Jenny se casó con Cage. Bob y yo no podemos llenar esas habitaciones. Será un regalo tener a alguien joven en casa otra vez. Trent está fascinado con Joe, así que encajará bien en la familia. Y podrá venir al rancho y estar con los caballos, que tanto parecen gustarle. Es perfecto.

Pero aún quedaba un problema por resolver, pensó Kerry

mientras echaba la cortina de la ventana. Puede que al día siguiente encontraran una solución para el problema de Lisa. Kerry le había dado un abrazo fuerte al meterla en la cama. Parecía una muñequita, vestida con su pijamita nuevo. Lisa le había devuelto el abrazo con naturalidad y le había dado un sonoro beso en la mejilla.

No era la única preocupación que se llevaba a la cama.

Se sentía culpable. Lamentaba haberle dicho a Linc que nunca pensaba más que en sí mismo, cuando había arriesgado su vida numerosas veces para salvarlos a ella y a los huérfanos.

¿Por qué le había dicho eso? ¿Por qué la desquiciaba tanto Linc, que le hacía decir cosas que no pensaba?

De pronto, oyó una pisada en las escaleras. Jenny y Cage se habían retirado a su habitación nada más irse sus padres. Solo podía ser una persona. Sin darse tiempo a acobardarse, corrió hacia la puerta y la abrió justo cuando Linc pasaba delante. La miró sorprendido.

—¿Pasa algo?

Kerry negó con la cabeza, arrepintiéndose ya de aquel impulso. Linc llevaba la camisa por fuera, abierta. El vello de su torso era un paisaje tentador. Siguió su estela hacia abajo. Tenía los vaqueros sin abrochar. Estaba descalzo. Y despeinado. Absolutamente arrebatador.

—Perdón por molestar —dijo él en vista de que Kerry guardaba silencio—. Había bajado a fumarme un cigarro y...

—No, no. No me has molestado —aseguró ella—. Yo... te debo una disculpa por lo que te he dicho antes. Sobre lo de que solo piensas en ti mismo... Es una estupidez, después de todo lo que has hecho por nosotros. Nos has salvado la vida y... quiero que me perdones por haber sido tan injusta.

Cuando se atrevió a levantar la cabeza, vio que Linc estaba deslizando los ojos por todo su cuerpo, cubierto solo por el camisón que se había comprado ese mismo día.

—Me alegra que me hayas parado —dijo él con voz tensa—. Porque yo también te debo una cosa.

–No hace falta que te disculpes otra vez por lo de esta mañana. Ya te has disculpado –contestó Kerry, mirándola fascinada a los ojos.
–Te debo algo más que una disculpa.
–¿El qué?
–Más placer del que puedas imaginar –contestó, justo antes de meterla en la habitación.

Capítulo 12

La puerta se cerró con un leve clic.
—¿Placer?
—P L A C E R. Con mayúsculas.
—¿Quieres decir que...?
—Exacto —Linc tomó los hombros de Kerry entre las manos y se la acercó.
—Pero no podemos —protestó ella sin la menor convicción.
—¿Y eso por qué?
—Ni siquiera nos caemos bien.
—Cierto —Linc encogió los hombros.
—Y cada vez que estamos juntos nos peleamos.
—Si no, la vida sería muy aburrida.
—Siempre me echarás en cara que te engañé.
—Pero admiro tu astucia.
—Para mí siempre serás un mercenario, por mucho que lleves una cámara en vez de una pistola. Y...
—Y a pesar de todo eso, nos sentimos atraídos. ¿O no?
Lo miró a la cara y supo que era inútil luchar contra sí misma. Trató de recordar todas las razones por las que no debía acostarse con Linc, pero su cuerpo tenía una memoria particular. Barrera a barrera, sus defensas fueron derrumbándose.
—Sí —Kerry posó las manos sobre el pecho de Linc.
—Entonces, aunque solo sea por esta noche, ¿podemos olvidarnos de nuestras diferencias y concentrarnos nada más que en eso?

—¿No te parece un enfoque un poco irresponsable?

—¿No te parece que nos merecemos ser un poco irresponsables? —replicó él—. ¿Después de todo lo que hemos pasado?

—Supongo —contestó mientras sentía en las palmas el calor que irradiaba el pecho de Linc.

—No pienses en todas las razones por las que no deberías —dijo él con sensualidad—. Piensa en esto.

Le levantó la barbilla con una mano, le echó la cabeza hacia atrás y apretó los labios contra los de ella, franqueándolos con la lengua. Kerry obedeció y se concentró en el beso. La estaba besando con fuerza, pero sin forzarla. Y su lengua era atrevida, pero no avasalladora.

Cuando Linc levantó la cabeza, ella apoyó una mejilla sobre su torso y escuchó los vivos latidos de su corazón.

—Besas muy bien —le susurró él.

—Hace mucho que no estás con una mujer.

—Sí, pero besas muy bien.

Acto seguido, le inclinó la cabeza de nuevo y volvió a besarla. La apretó contra su cuerpo y se situó entre los muslos de Kerry, a la cual no le quedó la menor duda de que él estaba tan excitado como ella.

Le rodeó la nuca con las manos. Aplastó los pechos contra su torso. Se puso de puntillas y le acarició el cabello. Linc gimió, bajó las manos hasta su trasero y la apretó aún más contra la parte delantera de su cuerpo.

Poco a poco, puso fin al beso. Pasó las manos sobre la estrecha cintura de Kerry, que volvió a apoyarse en el suelo sobre las plantas de los pies. Luego le acarició los hombros, las orejas, el mentón.

Levantó entonces la mirada y, de pronto, lo vio sonreír. Le dijo que no solía hacerlo y que tenía una sonrisa bonita.

—Yo tenía aparato —añadió, cohibida por la intensidad con que Linc la miraba.

—Seguro que estabas preciosa —contestó él, y le dio un besito en la nariz. Luego paseó la punta de la lengua por los dientes de arriba. Kerry tembló de placer—. ¿Tienes frío?

—No.
—¿Calor? —añadió Linc, abrasándola con los ojos.
—Sí.
—¿Dónde?
—Por todas partes.

Linc pegó la mano al estómago de ella y bajó hasta su triángulo.

—¿Aquí?
—Sí —jadeó Kerry.
—Quiero besar cada centímetro de tu piel —murmuró Linc. Buscó su boca y la capturó en un beso tórrido, enloquecedor—. El deseo era lo único que me hacía seguir adelante mientras vagábamos por la selva. En el fondo soy un cobarde.
—Imposible —contestó ella con fervor.
—Me has conocido en una semana valiente —Linc sonrió—. Pero el hecho es que te seguí porque estaba empeñado en, por algún giro milagroso del destino, acabar haciéndote el amor.
—No me engañas, Lincoln. Puede que otras personas se crean ese aire calculador que pretendes proyectar, pero yo sé que querías salvar a los niños.
—Bueno —reconoció él—. Pero me ha ayudado mucho fantasear contigo mientras huíamos.

Luego deslizó las manos sobre su cuello, la acarició con la suavidad con que pulsaba los más delicados equipos fotográficos. Cuando le rozó los pechos, Kerry gimió, se irguieron sus pezones.

—Tus pechos me tenían hipnotizados —murmuró mientras le endurecía las cumbres con los pulgares—. No podía pensar más que en tocarlos, besarlos.
—Dijiste que eran pequeños —susurró Kerry antes de exhalar un gemido de placer.
—Lo son. Pero nunca he dicho que no me gusten pequeños —Linc bajó la cabeza y le lamió los senos a través del camisón, hasta que las rodillas de Kerry flaquearon.
—Quiero verte —afirmó ella con descaro—. Quítate la camisa, por favor.

Le hizo gracia la educación con que se lo había pedido, pero obedeció sin hacer ningún comentario. Tiró la camisa al suelo y permaneció quieto, satisfaciendo la curiosidad de Kerry.

Ella esbozó una sonrisa afectuosa al ver la señal que la bala había dejado en su hombro. Pero se negó a pensar en lo cerca que había estado de perder la vida, concentrándose, como habían convenido, en dar y recibir placer.

Le acarició los pectorales. Jugueteó con el vello de su pecho, que marcaba un sendero sedoso hasta el ombligo. Luego aproximó los dedos a sus tetillas, pero no se atrevió a dar el siguiente paso.

–Tócame igual que te toco yo –murmuró Linc, apretando los dientes.

Kerry le rozó las tetillas. Linc tembló de placer. Animada por tal reacción, acercó la cabeza. Cuando lo rozó con los labios, suspiraron de placer a la vez. Linc empujó hacia adelante con su miembro viril en un acto reflejo.

–Creía que esta noche podría saciarme de ti –gruñó, retirándole la cabeza cuando ya no pudo aguantar más–. Pero no estoy seguro. Eres como una droga, Kerry.

La besó, introdujo la lengua. Con una impaciencia rayana en la violencia, finalizó el beso. Le agarró una mano y la condujo hacia una silla junto a la ventana. Tomó asiento. Kerry permaneció de pie, frente a él.

–Quítate el camisón –le pidió Linc.

Kerry tragó saliva. Sintió un revoloteo de ansiedad en el estómago. Pero disfrutó de su poder de seducción sobre Lincoln O'Neal.

Con innata coquetería, se dio la vuelta. Se echó las manos a los tirantes de los hombros y se los retiró. Cayeron hasta sus codos. Luego, con agónica lentitud, relajó los brazos hasta que el camisón se escurrió por su cuerpo y cayó al suelo.

Casi sentía los ojos ardientes de Linc sobre su espalda. Sabía que la estaba contemplando, examinando. Dio un paso adelante para sacar los pies del camisón y luego, muy despacio, se giró y lo miró a la cara.

—Suéltate el pelo.

No era lo que había esperado oír, pero el tono crispado y ronco de su voz le indicó lo que quería y necesitaba saber.

A Linc le gustaba lo que estaba viendo.

Se echó mano a la coleta y fue bajando la goma con que se había recogido el cabello. Cuando terminó de quitársela, sacudió la cabeza y la melena voló sobre sus hombros, cayendo hasta rozarle casi los pechos.

Linc apenas podía respirar. Estaba a punto de explotar. Por fin, estiró los brazos, tiró de Kerry con fuerza hacia la silla y le besó el estómago con fervor, una y otra vez, moviendo los labios de un lado a otro mientras sus manos le acariciaban el trasero y se tomaban licencias que no le habían concedido.

Le temblaron las piernas. Cuando gimió, Linc se levantó a sostenerla entre los brazos. Alternó piropos con intimidades. Sus palabras se sucedían con un ritmo lírico que la excitó todavía más.

Metió entonces la mano entre sus muslos. Kerry separó las piernas para facilitarle el acceso. Después de que le hundiera un dedo con suavidad, lo llamó en un suave gemido.

—¿Te duele? —preguntó él, y Kerry negó con la cabeza—. Nunca volveré a hacerte daño. Te lo juro.

Mientras la besaba, se desabrochó los pantalones, los dejó caer y se los quitó de en medio sin apartar los labios en ningún momento.

Luego la apretó contra la parte más íntima de su cuerpo y Kerry arqueó la cadera, acercando su sexo a la contundente erección de él.

—Todavía no —susurró Linc mientras seguía haciendo magia con los dedos entre sus muslos.

Kerry le clavó las uñas en los hombros, dejó sus dientes marcados en su pecho. Se apartó lo justo para mirarlo, desnudo y orgulloso, y dijo con un hilillo de voz:

—Eres muy guapo.

—¿Yo? —preguntó extrañado Linc.

—Sí, tú. Y lo que me estás haciendo, también es muy bonito.

–En eso estoy de acuerdo –Linc esbozó una sonrisa pícara–. Pero esto no ha hecho sino empezar –añadió mientras se arrodillaba, agachándola consigo al suelo.

Kerry puso las manos sobre los muslos de Linc, las deslizó hacia arriba con morosidad. Enredó los dedos en el vello ensortijado de entre sus piernas. Al apoderarse de su pujante erección, Linc gruñó de placer.

La penetró vivamente. Poco a poco, Kerry notó la lava que iba gestándose en las profundidades de su cuerpo. Alzó las caderas acompasando las arremetidas de Linc.

–No tan rápido. Esta vez no hay prisa –murmuró ella.

Dando muestra de un control asombroso, Linc la regaló con caricias por todo el cuerpo, la colmó de atenciones.

Pero no pudo contenerse más. De nuevo incrementó el ritmo y, moviéndose desenfrenados, bailaron una danza incandescente que acabó abrasándolos.

–Cage, ¿no has oído algo? –Jenny se incorporó sobre la almohada.

–Sí –murmuró él.

–Será mejor que...

–Te quedes donde estás –Cage le agarró la punta del camisón.

–Pero...

–Lo que has oído es la puerta de Kerry. Linc ha entrado en su habitación.

–Ah –Jenny volvió a recostarse–. ¿Lo ha invitado ella?

–¿Cómo quieres que lo sepa? Es asunto suyo. Anda, venga, intenta dormirte de nuevo.

–¿Crees que sigue enfadado con ella?

–¡Jenny!

–Está bien, está bien. No me regañes –murmuró esta–. El bebé me está dando patadas –añadió entonces.

Cage posó la mano sobre el estómago de su esposa y lo masajeó con cuidado.

—¿Sabes? —dijo mientras la acariciaba—. De alguna manera, siento envidia de Linc.

—¿Cómo puedes decirle una cosa así a una mujer gorda y embarazada?

—¿Tienes miedo de que me vaya de ligue? —bromeó Cage, ganándose un codazo en las costillas—. No me has dejado terminar. Cuando digo que lo envidio, me refiero a la emoción de la caza. Pero no cambiaría lo que tenemos ahora por el punto en que se encuentra la relación de ellos ahora.

—Yo tampoco.

Cage le acarició el estómago con sensualidad.

—Creo que el bebé se ha dormido —comentó.

—Pero la mamá sigue despierta —Jenny se giró hacia su marido—. Bésame.

—No deberíamos, Jenny. Es muy peligroso a estas alturas.

—Nada más que un beso, Cage. Solo uno. Pero en condiciones.

—¿Estás dormida?

—Creo que estoy muerta —dijo Kerry tras suspirar profundamente.

Linc sopló sobre uno de sus pechos y el pezón se endureció.

—No estás muerta —contestó travieso.

—¿Tengo un aspecto demasiado horrible? —preguntó de pronto ella.

—¿Me está hablando la misma mujer que se ha paseado por toda la selva sin una barra de labios ni un cepillo para el pelo?

—Entonces no éramos amantes.

—No porque yo no lo intentara —respondió Linc—. ¿Sabes que si uno pudiera morirse de excitación, el matorral en que pasamos aquella noche en la selva habría sido mi lecho de muerte?

Kerry rio.

—Yo también lo pasé mal, no creas.

—¿Sí?

—Sí.
—Eres preciosa –susurró Linc entonces.
—Nunca me lo habías dicho.
—No soy muy dado a decir piropos.

Kerry alzó un brazo y le retiró un mechón que le caía sobre la frente.

—No te acercas a mucha gente, ¿verdad?
—No –contestó con rudeza. Para suavizar su respuesta, le pasó un pulgar sobre los labios–. Esta noche estoy cerca de ti. No lo estropeemos poniéndonos analíticos.

Había tantas cosas que quería decirle. El corazón le rebosaba de amor hacia aquel hombre. Pero sabía que si daba voz a sus sentimientos solo conseguiría alejarlo. Así que guardó silencio.

Resuelta a demostrarle su amor por otros medios, se incorporó, empezó a darle besos en los hombros, mordisquitos, le lamió el pecho, bajó hasta el estómago mientras le acariciaba el trasero.

—¿Kerry? –gruñó excitado Linc.
—¿Sí?

Ella alzó la cabeza, lo miró. Y se quedó sin respiración.

Había en sus ojos una súplica silenciosa. Un deseo inconfeso, pero que tampoco podía ocultar.

—No tenemos que hacerlo si no quieres.

Kerry sonrió y luego bajó la cabeza.

Le besó las dos rodillas y fue subiendo por los muslos, haciéndole cosquillas con el cabello. Luego, sin la menor inhibición, le dio un beso en la punta de su erección.

Incapaz de soportarlo, Linc se incorporó. La agarró por la cintura y la situó encima de él. Insegura, pero guiada por el instinto, se fue acomodando hasta sentirlo dentro.

—¿Así?
—¡Sí! –Linc soltó un gemido estrangulado–. Muy bien.

Kerry empezó a mover las caderas. Él abarcó sus pechos con las manos, excitó sus pezones; primero con los dedos, con la lengua después.

Kerry cerró los ojos y se abandonó al torrente de sensaciones que se arremolinaban en su interior. Su único pensamiento era notarlo más y más profundo, hacerlo una parte intrínseca de ella. De nuevo, aquella maravillosa presión fue incrementándose, elevándola cada vez más.

Momentos después, ambos yacían sobre las sábanas, entrelazados en un amasijo de piernas y brazos desnudos. Linc fue el primero en recobrar el sentido. Podría haberse apartado. Podría haberla dejado. Pero la estrechó entre los brazos y repitió su nombre:

–Kerry, Kerry.

Una mezcla de sentimientos tiñó el color de su voz: anhelo, placer, cariño. Sobre todo, tristeza.

Pero Kerry, atenta solo al latido sincronizado de sus corazones, no oyó nada de eso.

Capítulo 13

Necesitaba un cigarro.

Podía haber encendido uno, pero no quería que el olor del humo la despertara. Podía haber vuelto a su habitación o haberse marchado a cualquier otra pieza de la casa... Aunque en verdad no podía.

Habría sido mucho más prudente haber seguido andando cuando ella había abierto la puerta la noche anterior. Si lo hubiera hecho, no tendría que herirla. Podría salir de su vida con la misma facilidad con que había entrado en ella.

No tanto.

Linc maldijo para sus adentros. Por muchas vueltas que le diera, estaba en un lío. Se había enganchado con Kerry Bishop. Lo había estado desde que ella lo había seducido para sacarlo de la cantina. Y lo estaría hasta que se despidiera de ella, con alguna ocurrencia de las que salían en las películas y quedaban tan bien.

Solo que en la vida real no funcionaban.

Despedirse no era el peor problema. El peor problema era que tardaría mucho en sacársela de la cabeza. Le gustara o no, no podía dejar de pensar en ella.

De recordar su sonrisa. Su voz. Sus ojos. Su cabello. Su cuerpo.

Maldijo de nuevo y reparó en la excitación que tensaba sus vaqueros. Su cuerpo estaba respondiendo a los recuerdos de la noche interior. No entendía cómo, pero aún no había tenido bastante de Kerry. Habían hecho el amor en serio, juguetonamente, con lascivia, ternura. Pero siempre se había quedado con ganas de más.

Kerry había despertado algo en su interior. Y esa novedad era lo que tanto lo turbaba.

No pudiendo resistir la tentación más tiempo, giró la cabeza y miró hacia donde Kerry dormía. No pudo evitar sonreír al ver el moretón que le había hecho en una pierna con un fogoso beso.

—¿Quién más te lo va a ver? —había preguntado él.

Ella se había echado a reír y le había rodeado la nuca con las manos.

—¿Estás celoso?

Lo había sorprendido darse cuenta de que lo estaba. La idea de que cualquier otro hombre disfrutara de esa mujer maravillosa, cariñosa, sensual, a la que él había iniciado, lo hacía enrojecer de rabia.

Desvió la mirada del ligero moretón, pero no había un solo centímetro de su cuerpo que no evocase algún recuerdo erótico. La había besado, lamido y saboreado desde la curva de la oreja hasta el arco de su frágil pie.

Con todo, a pesar de lo sexual que se había mostrado toda la noche, parecía una niña inocente mientras dormía. Su cabello se extendía sobre la almohada. Tenía los labios, aún rojos tras los besos, levemente separados.

Un pecho asomaba de debajo de la sábana. Tenía la punta rosada. Linc conocía bien su textura, su sabor. ¿Cuántas veces había buscado sus senos con la boca aquella noche?

Exhaló un gruñido inaudible y miró otra vez hacia la ventana. Amanecía. El cielo empezaba a irisarse de rojos y dorados. Tenía ante sí un paisaje bello, pero no era suficiente para animar a Linc. Tenía que marcharse ese mismo día. Cuanto más lo retrasara, más se complicarían las cosas.

Misión cumplida. Fin de la historia. Habían hecho lo que se habían propuesto. Era el momento de seguir adelante con sus vidas.

Linc había decidido aceptar la oferta que le había realizado una revista internacional para publicar las fotografías que documentaban su escapada. Con el dinero que ganaría, podría mantenerse hasta el siguiente golpe de Estado, o accidente aéreo, o lo que quiera que la gente quisiera ver fotografiado.

Además, ¿cómo no iba a marcharse? No tenía otra opción que alejarse de Kerry. ¿Qué podía ofrecerle? Un apartamento en Manhattan al que acudía una o dos veces al mes a recoger el correo. Pequeño, revuelto, sin más electrodomésticos que una nevera.

Pero, aunque hubiese tenido un lujoso chalé en Park Avenue, no podía aspirar a una mujer como Kerry Bishop. Él se había criado en las calles. No había ido a la universidad. A los treinta y cinco años, se consideraba un soltero empedernido.

Mientras que ella estaba acostumbrada a que le sirvieran. Seguro que podría hablar varios idiomas. Pertenecía a la élite de la sociedad.

Y era lo mejor que le había pasado en toda su vida.

Suspiró, dio una vuelta por la habitación y la miró. Si las cosas fueran diferentes... Pero no lo eran y no tenía sentido lamentarse por lo que no podía ser de ninguna manera.

Se acercó a la cama, apoyó una mano en la pared del cabecero y se inclinó. Estuvo tentado de besarla una última vez, pero le dio miedo despertarla. Dios, qué guapa era. Se le hizo un nudo en el estómago ante la perspectiva de no volver a verla.

Jamás se lo había dicho a ninguna otra persona. En todo caso a su madre, pero era tan joven cuando esta murió que no lo recordaba.

—Te quiero —susurró entonces.

Segundos después, Kerry abrió los ojos un resquicio. Tuvo miedo de que lo hubiera oído, pero tardó demasiado en desperezarse para haberlo hecho. Al estirar los brazos sobre la cabeza, corrió la sábana y Kerry quedó expuesta, vulnerable.

—Es pronto —le dijo Linc cuando abrió los ojos del todo—. No tienes que levantarte todavía.

–Si tú estás de pie, yo también quiero estarlo –contestó Kerry, radiante–. ¿O puedo tentarte a que vuelvas a la cama? –añadió con picardía, tirando de la camisa de Linc.

No necesitaba que lo tentara. La deseaba tanto que apenas podía subirse la cremallera de los vaqueros.

–No, necesito un cigarro.

–Puedes fumar aquí.

–Y me apetece un café –rehusó Linc–. ¿Crees que a Cage y Jenny les importará si preparo un poco?

–Estoy segura de que no –contestó Kerry, desconcertada por el distanciamiento de él.

–Te veo abajo –dijo y enfiló hacia la puerta.

–¿Linc? –lo llamó ella, forzándose a sonreír todavía–. ¿Qué prisa tienes?

–Tengo mucho que hacer esta mañana. Me largo en cuanto fotografíe a los huérfanos con sus nuevos padres –Linc se odió por ser el culpable de apagar el brillo que había iluminado el rostro de Kerry al despertar–. Te veo abajo –repitió.

Luego salió de la habitación. Después de cerrar la puerta, se detuvo en el pasillo. Tuvo que apretar los dientes para no proferir un grito angustiado. Luego, maldiciendo a la vida por los reveses del destino, bajó las escaleras.

Kerry dejó que el chorro de la ducha le golpeara el cuerpo a toda presión.

No lo había soñado. Su cuerpo guardaba rastros que demostraban lo contrario. Y aunque no tuviese pruebas físicas, había grabado cada delicioso instante en la memoria. Linc le había hecho el amor la noche anterior. El amor.

Había sido tierno, atento y exquisito. Extremadamente sensual. Era como si hubiese leído sus más íntimas fantasías sexuales y las hubiese ido haciendo realidad.

Y por la mañana, se había comportado como un desconocido: distante, ausente. Indiferente.

Mientras bajaba las escaleras, después de vestirse, su incurable optimismo la alentó a creer que la frialdad de Linc se debía a que de veras necesitaba la nicotina y la cafeína para arrancar. Quizá no fuera persona de buen amanecer.

Porque se negaba a considerar que lo que habían compartido no había sido más que un escarceo más para él, y que, satisfecha su curiosidad, ya no tenía razón alguna para quedarse.

Pero nada más entrar en la cocina comprendió que era justamente eso lo que ocurría. Linc la saludó impávido, sin la menor emoción en la mirada, y le dio otro sorbo a su café.

–Buenos días, Kerry –dijo Jenny con alegría mientras daba de desayunar a Trent–. Cage, ¿te importa servirle un zumo a Kerry?

–Café nada más, gracias.

–¿Qué te apetece comer? –le preguntó su amiga al tiempo que dejaba el vaso de leche de Trent sobre la mesa.

–Nada, gracias –murmuró cabizbaja Kerry mientras tomaba el café que Cage le había puesto.

–Esta mañana estás despampanante –comentó Jenny.

–¿Vestido nuevo? –añadió Cage.

–Sí, y gracias –contestó Kerry, engalanada con un modelo amarillo–. ¿Sabéis algo de los niños?, ¿están listos?

–He ido a verlos hace un par de minutos –dijo Cage–. Están en estado de caos controlado, pero se están preparando para irse.

–¿Algún candidato para Lisa?

–Me temo que no –respondió Jenny.

Linc corrió su silla. No había dicho una palabra desde la llegada de Kerry.

–Le prometí a Joe que lo bajaría. Voy a ver si lo ayudo a vestirse –dijo antes de salir de la cocina.

–Ve a lavarte las manos, Trent –le dijo Jenny al niño–. Kerry, hay café de sobra. Cage, ¿me ayudas un momento con la colada?

Nada más entrar en la pieza anexa a la cocina, Jenny se giró hacia su marido y le preguntó:

–¿Estás seguro de que oíste entrar a Linc en la habitación de Kerry?
–Sí.
–¿Pasó la noche dentro? –susurró ella.
–Creo que sí, pero no es asunto nuestro.
–¿Qué les pasa?
–Todo el mundo tiene una noche mala de vez en cuando.
–Tú no.
–Eso es verdad –Cage sonrió y le dio un beso en el cuello–. Claro que tú tampoco –añadió, buscando sus labios.
–Cage, para. Ya sé lo que pretendes. Solo intentas distraerme de la cuestión de Linc y Kerry.
–Eso mismo.
–Tenemos que hacer algo.
–No.
–Pero, ¿entonces?
–Jenny –Cage la sujetó por los hombros para que lo atendiese–, lamento parecer un disco rayado, pero lo diré una vez más: no es asunto nuestro.
–Pero se quieren. ¡Lo sé!, ¡puedo sentirlo!
Estaba preciosa cuando se enfadaba.
–¿Quieres sentir algo? –murmuró él, sonriente–. Yo te haré sentir.
–Dios, eres imposible.
–Por eso me quieres. Ahora, salvo que quieras pagar las consecuencias de quedarte a solas conmigo un segundo más, sugiero que nos pongamos en marcha. Va a ser un día muy largo.

Casi había oscurecido cuando los Hendren, Kerry y Linc tomaron asiento en el porche, agotados. El día había sido más ajetreado de lo que Cage había predicho.

Un restaurante había organizado una barbacoa para distender la tensión inicial del encuentro entre los huérfanos y sus padres adoptivos.

Las parejas que habían adoptado a los huérfanos eran todo

cuanto Kerry había deseado para ellos. Los despidió con lágrimas en los ojos, confiada en que todos crecerían en una hogar lleno de amor.

Había rehuido cualquier halago o protagonismo. Los periodistas la habían intentado entrevistar, pero se había mostrado retraída. Y lo poco que había hablado había sido para agradecer a los niños lo mucho que había aprendido de ellos y cómo habían enriquecido su vida.

Roxie y Gary Fleming se habían marchado a casa con sus hijas. Bob y Sarah Hendren se habían ido con Joe unos minutos antes. Su despedida de Linc había sido muy emotiva. El niño había contenido las lágrimas que habían asomado a sus ojos. También Linc se había puesto triste después de estrecharle la mano y pedirle que se mantuviera en contacto con él.

Trent y Lisa jugaban en el césped. La pequeña no había dado señales de sentirse rechazada. De hecho, ni siquiera parecía extrañarse por no haberse ido con nadie.

–Hay carne asada en la cocina –anunció Jenny–. Quien quiera cenar que se sirva.

–No, gracias –dijo Cage, hablando en nombre de todos–. Pero me tomaría una cerveza. ¿Linc?

–Debería irme al aeropuerto, de verdad.

Estaba preparado. Había guardado la ropa que había comprado en La Bota, así como su nueva cámara y los objetivos que le había procurado Jenny. El equipaje esperaba en las escaleras del porche, a la espera de meterlo en el coche que lo llevaría al aeropuerto.

Kerry se había enterado de su partida por Jenny. Se le había roto el corazón, pero se obligó a mantener la compostura. Había asumido la misma actitud distante que él. En unas cuantas semanas, Linc la habría olvidado. Ella no habría sido más que una de sus numerosas conquistas por todo el mundo.

Esa noche, cuando todo hubiera terminado y se quedara sola, podría llorar en el pañuelo que él le había regalado. Hasta entonces, contendría su tristeza.

–Tranquilo, tienes tiempo para una cerveza –dijo Cage.

—Está bien —convino Linc—. Una cerveza.

—Ya voy yo. Tengo que entrar para ir al baño, de todos modos —se ofreció Jenny. Se levantó, dio un par de pasos hacia la puerta y se llevó las manos hacia el vientre—. ¡Dios!

Cage saltó de la silla.

—¿Qué pasa?, ¿otro pinchazo?

—No —Jenny sonrió radiante—. Es el bebé.

—¿El bebé? —repitió Cage como un tonto.

—El bebé.

—¡El bebé!, ¡Dios! ¿Cómo lo sabes? ¿Te duele? —preguntó Cage, alarmado. De pronto, alzó la barbilla y la miró con recelo—. ¿Estás segura?

Jenny rompió a reír, consciente de que pensaba que se lo estaba inventando para detener a Linc.

—Segurísima.

—Pero todavía faltan tres semanas.

—Según el calendario, puede. Pero el bebé tiene otros planes.

—¡Voy por la maleta!, ¡siéntate, haz el favor! —gritó Cage mientras corría hacia la puerta—. ¿Llamo al hospital, al médico? ¿Cada cuánto tienes las contracciones? ¿Qué puedo hacer?

—Lo primero, calmarte. Luego traerme la maleta. Kerry, ¿llamas tú al médico? El número está junto al teléfono de la cocina —dijo Jenny con serenidad—. Linc, ¿te importa cuidar de Trent? Me parece que Lisa acaba de darle un escarabajo como complemento a su dieta.

Luego volvió a sentarse y observó con gran diversión cómo salían todos disparados a cumplir sus instrucciones.

Cage olvidó sus modales y echó mano del lenguaje que había utilizado hasta casarse con ella. Trent estaba disfrutando tanto del crujiente escarabajo que protestó cuando Linc, que tenía la cara verde, se lo sacó de la boca.

De los tres, Kerry fue quien se mantuvo más calmada. Fue su mano a la que Jenny se agarró antes de que se la llevaran en la silla de ruedas al paritorio, nada más llegar todos en masa al hospital.

—Todo va a ir bien. Lo sé —le dijo a Kerry, esbozando una sonrisa significativa.

Como Cage entró al paritorio para ayudar a su esposa, Kerry y Linc se encargaron de avisar a los Hendren y a los Fleming.

Cage regresaba de vez en cuando a la sala de espera para informar de que el bebé aún no había llegado.

—¿Cómo está Jenny? —le preguntó Kerry.

—Preciosa. Jenny está preciosa —exclamó él, entusiasmado.

Cuando se marchó, tanto Kerry como Linc sonreían por el amor de Cage hacia su esposa. Pero sus sonrisas se desvanecieron nada más cruzarse sus miradas. Kerry giró la cabeza hacia los dos niños, que se habían quedado dormidos sobre el sofá. Linc y Kerry se habían ofrecido a llevarlos a casa, pero Cage había insistido en que se quedaran.

—Jenny quiere que Trent esté aquí cuando el bebé nazca —les había dicho—. Así participará del momento.

—Es curioso cómo pueden dormirse con el follón que hay en el hospital —murmuró Kerry mientras acariciaba el pelo de Lisa.

—Sí —dijo Linc—. ¿Algún candidato para la adopción?

—La fundación está en ello —contestó Kerry tras negar con la cabeza.

—Espero que Inmigración no empiece a meterte prisa.

—No creo que sean capaces de enviarla de vuelta allí —Kerry miró a la niña. Luego a él—. Antes de irte, quiero darte las gracias otra vez por todo lo que has hecho por nosotros. Y antes de que se me olvide... —Kerry alcanzó su bolso, sacó un cheque y se lo ofreció.

Linc se lo quitó de un tirón. Lo leyó, vio que el dinero salía de la cuenta corriente de ella, se fijó en que tenía una firma bonita y, por último, lo hizo añicos.

—¿Por qué has hecho eso? —preguntó Kerry. Prefería no tener ninguna deuda pendiente con Linc. De lo contrario, seguiría teniéndolo presente y le costaría más seguir adelante con su vida.

—Estamos en paz, ¿de acuerdo?

Kerry sintió que le incrustaban un puño en el corazón.

—Entiendo. Ya te he pagado por tus servicios —murmuró—. ¿De veras vale cincuenta mil dólares lo de anoche?

Furioso, se puso de pie.

—¡Es niña!

La súbita aparición de Cage los sobresaltó. Se giraron hacia él, que sonreía de oreja a oreja.

—Pesa tres kilos. Es preciosa. Perfecta. Jenny está bien. No ha habido complicaciones. Podéis verla en cuanto tengan la huella del pie y eso —prosiguió Cage. Después de recibir las sinceras felicitaciones de sus amigos, se arrodilló junto a su hijo—. Trent, despierta, tienes una hermanita —le susurró.

A pesar de sus protestas, Cage insistió en que Kerry pasara a ver a la madre y a la niña primero. Al final del pasillo, una enfermera la condujo hasta la sala en que se encontraba Jenny, la cual mecía a su hijita en los brazos, arropada con una mantita rosa.

—Casi había olvidado lo maravilloso que es sujetarlos por primera vez —dijo mientras miraba aquella carita arrugada.

Kerry se sintió conmovida por la expresión de paz que iluminaba la cara de su amiga. Mientras hablaba, Jenny no paraba de mencionar a Cage, a Trent y a Aimee, que era como iban a llamar a la niña.

Kerry salió de la sala con la impresión de que acababa de ver la quintaesencia del amor. Un amor que desbordaba el corazón de los Hendren. Kerry se alegró por ellos, pero también envidió esa felicidad que no hacía sino poner más de manifiesto lo vacía que estaba su vida.

Regresó a la sala de espera. Cage abrazaba a su hijo, aún dormido sobre su regazo, mientras le describía a Lisa en español cómo era el nuevo bebé. La niñita estaba sentada en el brazo de Linc. Tenía una mano apoyada sobre el muslo de este, en un gesto inconsciente de afecto y confianza.

Fue entonces cuando Kerry supo lo que iba a hacer.

Capítulo 14

–No me lo esperaba en absoluto, ¿y tú? –preguntó retóricamente Cage. Linc siguió en silencio, mirando por la ventanilla del copiloto–. Cuando Kerry anuncio que quería adoptar a Lisa casi se me desencaja la mandíbula.

Cage miró a Linc de reojo. Apenas había dicho dos palabras seguidas desde que habían salido hacia el aeropuerto. No era el paisaje lo que lo dejaba mudo. No, Cage sabía que su hosquedad se debía a otra cosa.

–¿Por qué crees que habrá decidido de pronto educar a una niña ella sola? –prosiguió.

–¿Cómo diablos voy a saberlo? –bramó Linc–. ¿Cómo va a saber nadie por qué hace esa mujer nada? Está como una cabra.

–Algo así me había parecido a mí también –Cage sonrió–. Aunque eso también la hace interesante: ser tan impredecible.

–Impredecible no es la palabra. Te digo que está loca. Primero se hace pasar por prostituta. Luego por monja. ¿Qué persona con dos dedos de frente hace eso? –Linc se giró hacia Cage y lo apuntó con un dedo–. Algún día se va a meter en un lío y no va a poder salir –añadió enojado.

Había sido una dura noche. Sus caras acusaban el cansancio. Ninguno estaba afeitado. Tenían los ojos un poco rojos. Seguían con la ropa del día anterior.

Pero Linc había insistido en tomar ese vuelo y no posponer su marcha un día más. También había insistido en hacer autostop hasta el aeropuerto, para que Cage pudiera quedarse con Jenny en el hospital; pero este se había empeñado en llevarlo después de dejar a Kerry en casa con Trent y Lisa.

Se había despedido de ella con formalidad, sin apenas mirarse. Cage no se había atrevido a decirle a Jenny que Linc se iba. Lamentaría enterarse de que sus esfuerzos como alcahueta habían fracasado.

–Me da que no lo va a tener nada fácil –comentó entonces, en alusión a Kerry–. Inmigración especificó que los huérfanos debían ir a familias consolidadas. No creo que consideren a una mujer soltera una familia consolidada.

–No creo que sean capaces de mandar a una huérfana de cuatro años de vuelta a Monterico –contestó Linc–. Además, con lo testaruda que es Kerry, seguro que le conceden la adopción con tal de no aguantarla.

–Eso o se vuelve con Lisa a Monterico –lo provocó Cage.

–¿Qué? ¡Tendría que estar loca!

–¿No habíamos quedado en que lo estaba? –Cage sonrió–. Hay que reconocer que cuando se le mete algo en la cabeza, es terca como una mula. La verdad es que me recuerda a Jenny en ese sentido.

–A mí no me parece que Jenny sea testaruda –comentó distraído Linc.

–Las apariencias engañan –Cage rio–. Creí que jamás nos casaríamos. Estaba embarazada, sola. Le supliqué que se casara conmigo. Pero ella insistía en rechazarme.

–¿Jenny estaba embarazada de Trent antes de que os casarais? –preguntó Linc, atónito.

–Es mío –respondió ofendido Cage.

–Oye, oye, que no estaba insinuando nada. Es solo que... no me pega con Jenny –se explicó Linc–. Pero, en fin, lo importante es que al final se arregló todo.

–Pues sí, porque al principio tuvimos nuestras buenas peleas –comentó Cage–. Es curioso: en toda mi vida, jamás había ido a ninguna parte sin un paquete de preservativos en el bolsillo. Y la única vez que no me protegí, dejé embarazada a Jenny. ¿Quién sabe? Igual era un deseo subconsciente para que tuviera que aceptarme con el lote.

Linc se quedó de piedra. De pronto, se puso tenso, como si su asiento tuviese un botón de autopropulsión y estuvieran a punto de pulsarlo. Apretó los dientes.

–Da la vuelta –dijo ásperamente.

–¿Qué?

–Para y da la vuelta. Volvemos al rancho.

–Pero tu avión sale en...

–¡Me importa un pito el avión! –ladró Linc–. Llévame al rancho.

Cage realizó una maniobra perfecta y al instante puso rumbo de vuelta a casa. Regresaron en un tercio de lo que habían tardado en cubrir el mismo trayecto a la ida. A Linc, que no paraba de revolverse sobre el asiento, se le hizo una eternidad.

¡No había pensado en eso!

La noche de la cantina sí había llevado preservativos, pero luego los había perdido junto con la mayoría de sus pertenencias. La mañana que había ido tras Kerry, después de enterarse de que no era monja, había estado tan fuera de sí que no se había parado a tomar precauciones.

Y, desde entonces, durante esa noche de ensueño inigualable, ¿cuántas veces había...? Ni siquiera podía contarlas.

–Si no te importa, voy a volver al hospital –le dijo Cage después de aparcar frente a la casa.

–Por supuesto –Linc recogió su equipaje del asiento de atrás, salió del coche y cerró de un portazo.

Una vez en el vestíbulo, dejó las maletas en el suelo. Luego registró las habitaciones de la planta inferior. Cuando comprobó que estaban vacías, subió las escaleras de dos en dos.

No la encontró en la habitación de invitados, así que se dirigió impaciente a la de Trent.

Empujó la puerta con tanta fuerza que golpeó contra la pared. Kerry estaba sentada en un borde de una de las dos camas, junto a Lisa. Trent roncaba con suavidad en la otra.

—¡Me has dado un susto de muerte! —susurró Kerry para no despertar a los niños—. Creía que eras un ladrón.

Linc le dio alcance en tres zancadas, la agarró por un brazo y la sacó de la habitación.

—No pasa nada. Si hubiera sido un ladrón, podrías haberte hecho pasar por una experta en kárate.

—Muy gracioso. Y suéltame el brazo —Kerry trató de liberarse—. ¿Por qué has vuelto? Te hacía camino de Dallas. ¿Qué estás haciendo aquí?

—Declararme.

—¿Qué?

—He venido a pedirte que te cases conmigo.

—¿Por qué?

—Porque me gusta asumir mis responsabilidades. Mientras íbamos al aeropuerto, Cage me ha hecho darme cuenta de que no usé nada para que no te quedaras embarazada —contestó con aplomo—. No habías pensado en eso, ¿verdad?

—¡Pues, ya que lo dices, sí! —replicó ella, enojada porque el único motivo por el que Linc le había pedido que se casaran fuera que se sintiera obligado a hacerlo—. Lo pensé hace un año. Empecé a tomar la píldora antes de ir a Monterico, por miedo a quedarme embarazada si algún soldado me violaba. Así que está usted libre, señor O'Neal. Y ahora, si me disculpas, estoy muy cansada... ¿Qué quieres ahora? —añadió cuando Linc la retuvo después de hacer ella ademán de marcharse.

—Te olvidas de Lisa —dijo él—. ¿De verdad crees que te dejarán adoptarla? Cage me ha dicho que Inmigración puede poner pegas a una mujer soltera.

—Agotaré todas las posibilidades —respondió Kerry—. Y si no lo consigo, me la llevaré fuera de Estados Unidos, a México, donde sea.

—Estupendo. Una vida genial para una niña: sin la menor estabilidad, sin un país en el que echar raíces.

—No voy a renunciar a ella —aseguró Kerry—. ¡La quiero!

—¡Y yo!

Sus palabras resonaron en el ancho pasillo.

–¿Sí? –susurró Kerry con un hilillo de voz, al cabo de unos segundos.

–No imaginas lo que me ha costado despedirme de ella –reconoció Linc, con la voz quebrada por la emoción–. Podríamos solicitar la adopción juntos. Tendríamos más posibilidades. Y sería mejor para Lisa. Necesita a un padre y a una madre –le propuso entonces.

Kerry quiso lanzarse a sus brazos y cubrirle la cara de besos. Pero se contuvo.

–Aun así, no es motivo suficiente para casarse –contestó, haciendo de abogada del diablo.

Linc la miró a los ojos. No sabía cómo decírselo, pero sí que se arrepentiría toda su vida si dejaba pasar aquel momento.

–Lisa no es la única razón por la que quiero que nos casemos –afirmó finalmente.

–¿No?

–No. Yo... tampoco estaba entusiasmado con la idea de dejarte. No hay quien te aguante, pero aun así te quiero.

–¿En la cama?

–Sí... Pero no solo eso.

–¿A qué te refieres? –preguntó Kerry, sin atreverse aún a hacerse ilusiones.

–Está claro que eres cabezota. Quieres oírmelo decir, ¿no es eso? –contestó Linc, y ella lo miró con aire inocente–. Está bien: te quiero, ¿vale?

–¡Vale! –Kerry se abalanzó sobre él, que la estrechó entre los brazos con todas sus fuerzas. Sus bocas se buscaron y el beso que intercambiaron los dejó sin aliento–. Yo también te quiero –añadió ella, emocionada.

–No tengo muchos bienes materiales que ofrecerte –dijo Linc después de besarla de nuevo–. Ni siquiera tengo una casa adecuada donde vivir.

–Yo sí. Tengo una casa estupenda en Charlotte, Carolina del Norte.

—No me lo habías dicho.

—No me habías preguntado. Es muy bonita. Estoy segura de que a Lisa y a ti os gustará.

—También tienes un título universitario.

—Pero no tengo ningún Pulitzer y tú tienes dos.

—Ya sabes cómo es mi trabajo. Estaré fuera mucho tiempo.

—De eso nada, Lincoln —Kerry negó con la cabeza—. Lisa y yo te acompañaremos donde vayas. Soy profesora, ¿recuerdas? Puedo educarla sin necesidad de llevarla a un colegio.

—No es lo mismo. Necesitará...

—Linc, ¿estás intentando echarte atrás?

—No. Solo quiero que sepas con quién te la estás jugando —contestó él, sonriente.

—Lo sé. Y sé que nos arreglaremos. Poco a poco, ¿de acuerdo?

—Pequeña, sintiendo tu cuerpo tan cerca, podría estar de acuerdo con lo que fuera —respondió Linc en tono seductor—. Si no tuviéramos tanta ropa encima...

—Pero eso tiene arreglo.

Kerry se frotó contra su pecho. Linc le pasó un brazo por debajo de las piernas, otro tras la espalda, y la levantó. La llevó a la habitación de invitados, la posó en el suelo. Nada más bajarla, empezaron a quitarse la ropa, dejándola de cualquier forma, según caía.

Tácitamente, fueron al cuarto de baño y acordaron darse una ducha. Linc abrió el grifo, reguló la temperatura. Kerry se unió a él debajo del chorro.

Sus bocas se encontraron con el mismo deseo que sus cuerpos. Sus manos estaban tan ocupadas que lamentaron tener que emplear tiempo en enjabonarse. Luego se movieron el uno contra el otro como dos animales marinos durante el ritual de apareamiento.

Linc le dio la vuelta, apoyó la espalda de Kerry contra su pecho y deslizó sus manos por delante, masajeándole los pechos, excitándole los pezones. Kerry sintió su erección entre las pantorrillas. Cuando Linc introdujo un dedo en su interior, ya estaba tan húmeda y caliente como el agua que salpicaba sus cuerpos.

Y seguía húmeda cuando la llevó a la cama y se inclinó sobre ella.

—Nos pelearemos.

—Todo el tiempo.

—¿No te importa?

—Linc —Kerry le rodeó la nuca con las dos manos—, ¿todavía no te has enterado de que hace falta pasar un pequeño infierno...

Linc se entregó a ella y completó el pensamiento:

—Para llegar al cielo.

www.ingramcontent.com/pod-product-compliance
Lightning Source LLC
LaVergne TN
LVHW091614070526
838199LV00044B/801